La cavalière de Ludgate Hill

DE LA MÊME AUTRICE AUX ÉDITIONS J'AI LU

Jim, le gentleman

Les belles de Londres

1 – *L'amazone du Sussex*
2 – *La belle de Belgrave Square*

MIMI

MATTHEWS

LES BELLES DE LONDRES – 3

La cavalière de Ludgate Hill

Traduit de l'anglais (États-Unis)
par Carole Pauwels

J'AI LU

J'AI LU POUR elle

Si vous souhaitez être informée en avant-première
de nos parutions et tout savoir sur vos autrices préférées,
retrouvez-nous ici :

www.jailu.com

Abonnez-vous à notre newsletter
et rejoignez-nous sur Facebook !

Titre original
THE LILY OF LUDGATE HILL

Éditeur original
Published by arrangement with Berkley,
an imprint of Penguin Publishing Group,
a division of Penguin Random House LLC

À ma mère, Vickie,
une fidèle amie, une formidable alliée,
et une source d'inspiration inépuisable.

« La plante est issue de graines envoyées par le major Madden il y a cinq ou six ans de cela ; mais ce n'est qu'aujourd'hui qu'elle a fleuri pour la première fois. »

The Botanical Magazine,
à propos du lis géant de l'Himalaya, 1852

1

Londres, Angleterre, juin 1862

Lady Anne Deveril se flattait de posséder d'innombrables qualités, la plus remarquable étant sa détermination à tout mettre en œuvre dès lors qu'il s'agissait d'aider une amie.

Et Julia Wychwood était sa meilleure amie au monde.

Leur amitié remontait à l'époque où, faisant ensemble leur entrée dans le monde – l'une tout de noir vêtue, l'autre arborant une extravagante robe bleue à ruchés –, elles avaient dû se contenter de faire tapisserie.

Ignorées de tous, elles avaient vécu comme un calvaire chaque bal mondain, chaque soirée musicale, chaque représentation de théâtre.

Les deux saisons suivantes avaient été aussi décevantes, mais le lien entre Julia et Anne s'en était trouvé renforcé. Elles se considéraient désormais comme des camarades de guerre. Des cavalières associées. Des sœurs.

Oui, pour Julia, Anne était prête à tout. Même à affronter le diable lui-même.

Un exemplaire du *Spiritualist Herald* fermement calé sous son bras, elle gravit le perron d'un pas décidé. Puis elle actionna vigoureusement le heurtoir en laiton de la luxueuse maison de ville que le comte de March occupait sur Arlington Street.

Lord March n'était pas un démon, mais il en abritait un.

La porte fut prestement ouverte par un jeune valet.

— Bonjour, dit Anne d'un ton énergique. Veuillez informer Sa Seigneurie que lady Anne Deveril souhaite lui parler.

Le valet ne mit pas en doute son identité. Pour tout dire, il parut même la reconnaître. Qu'y avait-il de surprenant à cela ? Elle-même fille de comte, elle possédait quelque notoriété en raison de la conduite passablement excentrique de sa mère. Une veuve, fût-elle comtesse, ne pouvait en effet persister, année après année, à se draper de noir de pied en cap, et à sillonner la ville pour consulter médiums et diseuses de bonne aventure, sans s'attirer un minimum d'attention.

— Oui, milady.

Le valet s'écarta pour la laisser entrer.

— Si vous voulez bien vous donner la peine d'attendre dans la bibliothèque, je vais voir si Sa Seigneurie est là.

Le comte ne pouvait être que chez lui – dans sa serre, à n'en pas douter. Quoi qu'il en soit, Anne n'avait nullement l'intention de voir le maître des lieux. Elle consentit néanmoins à suivre le valet.

Dès son entrée dans la spacieuse bibliothèque du comte, des odeurs entremêlées de fumée de pipe et de parchemin montèrent à son nez. Une légère odeur de cire au citron flottait également dans l'air, même si rien ne laissait supposer qu'un quelconque ménage ait été fait récemment. À vrai dire, le désordre qui régnait en ces lieux était spectaculaire.

Loin d'être parfaitement alignés sur les rayonnages qui occupaient trois murs, les livres aux reliures de cuir traitant de botanique, d'agriculture ou d'histoire naturelle dépassaient ici et là comme si un curieux, errant d'une étagère à l'autre, avait tiré des volumes au hasard.

Le quatrième mur était entièrement couvert de dessins encadrés de fleurs et de feuillages. Réalisés au crayon ou à l'aquarelle, ils témoignaient, tout comme les piles de revues botaniques et autres cartes géographiques qui encombraient le bureau en acajou sculpté, de la passion dévorante du comte.

L'amour que lord March portait aux plantes exotiques était légendaire. Il avait passé la plus grande partie de sa vie à arpenter le globe, des terres sauvages d'Amérique aux pics élevés de l'Himalaya, rapportant de ses voyages les graines et les plants les plus rares, qu'il se plaisait à dorloter dans sa serre.

Pour autant qu'Anne s'en souvienne, c'était un homme distrait mais fort aimable. Il y avait bien longtemps qu'elle ne lui avait rendu visite. Une éternité, lui semblait-il.

Tout en tirant nerveusement sur ses gants de chevreau noir, elle se mit à arpenter le tapis passablement élimé disposé devant la cheminée en marbre. La patience n'avait jamais été son fort. Surtout lorsqu'un désastre s'annonçait.

Heureusement, elle n'eut pas à attendre longtemps.

— Bonjour, ma chère ! lança une voix familière du seuil de la pièce.

Anne pivota sur ses talons, tandis que son traître de cœur faisait dans sa poitrine un petit sursaut involontaire.

M. Félix Hartford se tenait dans l'embrasure de la porte, une épaule appuyée contre l'encadrement, et elle n'aurait su dire depuis combien de temps il l'observait.

Elle se raidit. Après toutes ces années, cet homme avait encore le pouvoir de la décontenancer. Mais elle ne laisserait pas les émotions la submerger à cause d'un visage séduisant ou d'une silhouette plaisante. Que lui importait son imposante stature ? Sa mâchoire ciselée à la perfection ? La lueur diabolique dans ses yeux d'azur ?

Et diabolique, il l'était ! Ce n'était autre que lui, le démon qu'elle était venue voir.

— Hartford, dit-elle.

Elle avait légèrement levé le menton en signe de défi. C'était systématique. Chaque fois qu'ils se croisaient, ils ne pouvaient se retenir d'engager une joute verbale.

Cette fois, pourtant, Hartford ne fit rien pour la provoquer.

Il portait un pantalon de lainage à carreaux et une ample veste noire, ouverte sur un gilet sombre. La simplicité de sa mise était accentuée par son apparence générale. Non seulement ses vêtements étaient froissés, mais ses cheveux noirs n'avaient pas été pommadés et lui tombaient sur le front.

Il semblait préoccupé, comme s'il était sur le point de se rendre quelque part. Comme s'il ignorait qu'elle se trouvait dans la bibliothèque et l'avait découverte là par hasard.

Le silence s'éternisa entre eux.

Dispensée des salutations habituelles, Anne s'en trouvait étonnamment troublée, presque perdue. Plus surprenant encore, Hartford semblait ressentir la même chose.

Figé sur le seuil, il finit cependant par esquisser un sourire.

— Je savais que le jour viendrait où vous franchiriez de nouveau ma porte. Cela ne vous a demandé que…

Tirant de son gilet sa montre de gousset, il y jeta un bref regard, haussant les sourcils.

— Sept ans, conclut-il.

Elle eut un soupir d'agacement.

— Cela ne fait pas sept ans.

— Six ans et demi, alors.

Six ans et cinq mois, plus exactement. En décembre 1855, le comte de March avait donné une soirée pour les fêtes. Jeune et naïve, Anne n'avait pas tout à fait dix-sept ans, et n'avait pas encore officiellement fait son entrée dans le monde. Hartford l'avait embrassée sous une branche de gui, dans le corridor éclairé au gaz qu'empruntaient les domestiques pour se rendre aux cuisines.

Et il lui avait demandé sa main.

Mais Anne refusait de penser au passé.

— Vous n'allez pas faire de difficultés, n'est-ce pas ? demanda-t-elle.

— Ça dépend, dit-il en commençant à traverser la pièce. À quoi dois-je l'honneur de votre visite ?

— Je vois que vous êtes toujours aussi présomptueux. Qui vous dit que je ne suis pas venue voir votre grand-père ?

Hartford était le seul enfant du deuxième fils du comte de March – le défunt et très regretté Everett Hartford. Anne se le rappelait fort bien, aussi prude et austère qu'un vicaire. N'était-ce pas pure ironie que son fils soit aussi irrévérencieux et indompté ?

— Mon grand-père est dans sa serre, plongé jusqu'aux coudes dans la fiente de poule qui constitue, paraît-il, un excellent engrais, répondit-il. Si c'est réellement lui que vous voulez voir, vous risquez d'attendre longtemps.

Anne retint une grimace. Il ne lui était pas nécessaire de se montrer grossier.

— Vraiment, Hartford !

— Vraiment, milady.

Il avançait lentement vers elle, son expression amicale ne parvenant pas à faire oublier à Anne qu'il était capable de la dominer de toute sa hauteur.

— Pourquoi êtes-vous venue ?

Anne ne bougea pas. Elle n'avait pas peur de lui.

— Je suis venue vous demander une faveur.

Hartford esquissa un demi-sourire.

— De mieux en mieux, dit-il, désignant un sofa recouvert d'une tapisserie des Gobelins. Asseyez-vous, je vous prie.

Elle le contourna prestement pour prendre place sur le siège capitonné. Au passage, le bas de sa robe de voyage effleura la jambe de son pantalon. Telle une caresse, le frottement de la bombazine de soie noire contre la laine fit entendre comme un soupir.

Son cœur s'emballa, et elle sentit son pouls battre furieusement à la base de son cou.

Elle n'osa pas le regarder et fit un effort pour se concentrer sur l'affaire qui l'avait conduite en ces lieux. Ouvrant sur ses genoux son exemplaire du *Spiritualist Herald*, elle en lissa les plis du plat de la main, tandis que Hartford demeurait posté près de la cheminée.

— Qu'avez-vous là ?

— Avant toute chose, dit-elle en se forçant à le regarder dans les yeux, sans doute avez-vous appris l'enlèvement de Mlle Wychwood par le capitaine Blunt ?

Hartford plissa le front.

— Un enlèvement ? Il s'agit d'une accusation d'importance.

— La remettez-vous en cause ?

— Je ne possède pas tous les éléments pour me prononcer. Cependant…

— Laissez-moi vous éclairer.

Elle se redressa sur le sofa, l'horreur de la situation subie par son amie donnant à sa colonne vertébrale la rigidité de l'acier.

— Le capitaine Blunt, un ancien soldat de réputation douteuse, a détourné du droit chemin une héritière vulnérable, et l'a épousée contre l'avis de ses amis et de sa famille. Et probablement contre la volonté de l'infortunée jeune fille. Si cela n'est pas un crime à vos yeux…

— Blunt est un héros de guerre, fit remarquer Hartford, comme si cela excusait tout.

— C'est un scélérat, décréta Anne. Il l'a arrachée à son lit de malade. Le saviez-vous ? Il l'a emportée loin de la maison de ses parents, à Belgrave Square, pour la cloîtrer dans son domaine hanté du Yorkshire.

Elle eut une grimace de mépris.

— Exactement comme un forban dans un roman de quatre sous.

— Les conditions de vie de Mlle Wychwood étaient loin d'être idéales. Et je connais Blunt. Bien qu'il manque quelque peu de bonnes manières, elle n'avait aucune objection à son encontre. J'ai eu l'occasion de les voir ensemble, et ils semblaient fort bien s'entendre. Par conséquent, je trouve vos conclusions pour le moins hâtives.

— Je ne vous ai pas demandé de les corroborer. Mlle Wychwood est mon amie, pas la vôtre. Il est de mon devoir de m'assurer qu'elle va bien. Je ne trouverai pas le repos tant que je n'en aurai pas confirmation.

L'ombre d'une irritation assombrit le visage d'ordinaire affable de Hartford.

Anne avait déjà eu l'occasion d'observer cette expression.

— Vous n'appréciez pas mes amies ! protesta-t-elle.

— Comme toujours, vous vous imaginez lire dans mes pensées.

— Je ne lis pas dans vos pensées. Je déchiffre votre expression. Mais peu importe. Je me moque de ce que vous pensez de mes amies.

Les mâchoires de Hartford se crispèrent de façon presque imperceptible.

— Puis-je vous dire ce que je pense ?

Il n'attendit pas sa réponse.

— Vous utilisez vos amies comme un bouclier.

— Ce n'est absolument pas le cas !

— Vous voyagez en troupe, comme une armée prête à livrer bataille. Une troupe qui s'étoffe d'ailleurs à chaque nouvelle saison.

Elle voulut protester, mais Hartford n'en avait pas terminé.

— Il y a eu d'abord Mlle Wychwood, dit-il. Puis Mlle Hobhouse. Et maintenant Mlle Malravers.

Son sourire se fit sardonique.

— Les « quatre Amazones ».

— J'imagine que vous trouvez ça amusant, rétorqua Anne.

Cependant, c'était sans doute préférable à l'épithète qu'il employait avant que Mlle Malravers arrive à Londres. Hartford surnommait alors Anne et ses amies les « trois Furies ».

— Amusant, sans doute pas. Intéressant, tout au plus. Je me demande pourquoi vous avez besoin de leur protection.

Anne redressa un peu plus le menton.

— Je suis là, n'est-ce pas ? Sans escorte. Sans protection.

Il est vrai qu'elle n'avait guère eu le choix.

Julia se trouvait quelque part dans le Yorkshire, prisonnière du diabolique capitaine Blunt. Evelyne Malravers était dans le Sussex, à attendre l'arrivée de son prétendant, M. Malik. Quant à Stella Hobhouse – cette chère Stella ! –, elle se trouvait présentement cloîtrée à George's Street avec son austère ecclésiastique de frère. Fraîchement revenue d'une conférence œcuménique à Exeter, où elle l'avait accompagné, la malheureuse avait été chargée de transcrire la quantité invraisemblable de notes que le pasteur avait prises.

Non que Stella eût compris les raisons qu'avait son amie de se présenter à la résidence du comte de March. S'agissant de Félix Hartford, Anne préférait garder ses secrets. Mieux valait ne pas les partager, fût-ce avec ses amies les plus chères.

— Ce n'est guère avisé de votre part, dit Hartford. Vous auriez dû, à tout le moins, être accompagnée par une servante.

— Pour rendre visite à un ami âgé de la famille ? Votre grand-père ne constitue en rien une menace pour ma réputation. C'est pourquoi j'ai demandé à le voir.

— Dans l'espoir que je finirais par me montrer.

— Ne le faites-vous pas toujours dès que vous me savez présente ?

Les mots s'apparentaient à une accusation, et Anne éprouva une légère sensation de nausée en les prononçant.

Le sourire de Hartford s'évanouit.

— Qu'attendez-vous de moi, milady ?

— Ce que je veux, c'est que vous écriviez quelque chose de bien particulier dans votre prochaine chronique du *Spiritualist Herald*.

Il se figea, tandis qu'une lueur de vigilance s'allumait fugitivement dans ses yeux.

— Je n'écris pas dans le *Spiritualist Herald*.

— Balivernes ! Vous avez des rubriques dans de nombreuses publications : le *Spiritualist Herald*, le *Weekly Heliosphere*, le *Glendale's Botanical*... Et je pourrais en citer d'autres.

— Vous faites erreur.

— Certes non. Vous êtes M. Drinkwater, n'est-ce pas ? Et M. Bilgewater, et M. Tidewater. Vous savez, vous devriez songer à diversifier vos pseudonymes. Et vos tournures de phrases. Elles sont aisément identifiables pour quiconque vous connaît.

Le regard de Hartford se durcit tandis qu'il soutenait le sien d'un air de défi.

— Et vous me connaissez, bien sûr ?

— À mon grand regret, c'est en effet le cas.

Il en fallait beaucoup pour entamer l'humeur égale et le sens de l'humour de Hart, qui s'enorgueillissait de déceler l'absurdité de chaque situation. Même s'il en était blessé. Même si cela lui brisait le cœur.

Mais il ne s'agissait pas d'un jour ordinaire.

Il s'était levé avant l'aube afin de régler les derniers détails du détestable héritage de son père – héritage que la société ignorait, et dont il se serait volontiers épargné le tracas.

Il n'avait hélas pu y échapper.

Neuf ans plus tôt, sa propre mère s'était déchargée sur lui de ce fardeau, confessant sur son lit de mort les détails les plus sordides de l'affaire. Il n'avait alors que vingt ans, et se trouvait fort dépourvu face à la réalité forgée par les dernières paroles de sa mère.

Pour autant, son inexpérience ne l'avait pas exempté de ses responsabilités.

À l'exception d'une modeste somme et d'un domaine en ruine dans le lointain Somersetshire, son père ne lui avait laissé ni fortune ni propriété. Toutefois, Everett Hartford s'était montré considérablement moins avare de scandales, plus ou moins bien dissimulés.

Hart avait fini par comparer la vie secrète de son père à l'hydre de la mythologie. Rien n'était jamais pleinement résolu. À peine venait-il de trancher l'une des têtes du serpent qu'il en poussait deux autres à la place.

Il n'en pouvait plus.

Et maintenant, *ça*.

Elle.

Lady Anne Deveril était la dernière personne qu'il avait envie de voir en ce moment. Et, paradoxalement, l'unique personne à qui il désirait ouvrir son cœur.

Mais pas au sujet de son passé familial.

Ni de celui de sa famille à elle. Obsédée par la mort, lady Arundell s'y accrochait avec une détermination grandissante. Et Anne l'imitait, victime volontaire des divagations de sa mère.

Comme d'habitude, elle était vêtue de bombazine noire, cette étoffe lourde et dense dont la chaîne est faite de soie et la trame de laine peignée. Cependant, la coupe de la robe était irréprochable et flattait sa silhouette délicate. Le corselet très ajusté, avec sa rangée de boutons de jais, soulignait l'étroitesse de sa taille et rehaussait les rondeurs de sa poitrine. La longue jupe à crinoline, qui s'épanouissait à partir de ses hanches en un volumineux cercle d'étoffe soutenu par plusieurs épaisseurs de jupons, produisait le plus sensuel des sons quand elle se déplaçait.

Il n'en fallait pas plus pour troubler ses sens et faire courir son sang dans ses veines.

Heureusement, elle avait consenti à s'asseoir.

Ce n'était pas chose courante, car elle était toujours en mouvement, que ce soit pour suivre sa mère dans ses pérégrinations, ou pour galoper à Hyde Park avec ses bas-bleus d'amies – toutes des cavalières émérites, aussi redoutables que les Amazones de la mythologie.

Il choisit ses mots avec soin.

— Quoi que vous pensiez savoir...

— Ce que je sais, dit-elle avec le ton sentencieux d'une maîtresse d'école, c'est que vous ne vous consacrez qu'à ce qui vous intéresse. Et ces rubriques ne sont rien d'autre qu'une version revisitée de vos jeux d'enfant. Mais je ne vous juge pas.

— Ah non ?

— Ce que je veux, c'est me servir de vous.

Elle tapota de son doigt ganté le journal posé sur ses genoux.

— Tout ce qu'il vous suffit de faire, c'est d'évoquer sous l'angle du spiritisme la demeure que ce Blunt possède dans le Yorkshire.

— Est-ce tout ?

— Oui.

— Et que dois-je donc dire ?

Il observa une pause infime, avant d'ajouter :

— Si toutefois je suis bien ce M. Drinkwater, comme vous le prétendez.

— On raconte déjà que le domaine de Blunt serait hanté. Il vous suffit de broder un peu sur le sujet, en lui insufflant un caractère d'urgence. Dites par exemple que des phénomènes paranormaux y seront observés prochainement, et que tous les adeptes du spiritisme devraient s'y rendre sans tarder. Ensuite, ce sera à moi de jouer.

Hart ne put retenir un sourire narquois. Elle était certaine de son plan. Débordante d'énergie et de détermination. Cela faisait partie des choses qu'il admirait le plus chez Anne : cette confiance inébranlable.

— Vous avez tout prévu, n'est-ce pas ?

— Naturellement.

Elle esquissa un mouvement pour se lever.

— Tout ce que j'attends, c'est que vous jouiez votre rôle. Je m'occuperai du reste.

— Et que ferez-vous de votre mère ?

L'amusement que lui avait procuré la situation s'était évanoui aussi vite qu'il était né, éteint par des années d'amertume.

— Veuillez me pardonner si je m'autorise à douter de vos capacités en la matière, insista-t-il.

Tandis qu'elle se levait, Anne lui lança un regard courroucé, ses yeux bruns étincelant de reflets dorés.

Cela lui évoqua le jeu de *snapdragon* auquel ils avaient participé ici même, durant une soirée donnée par son grand-père juste avant leur expédition en Inde. Des raisins secs imbibés de brandy et des noisettes avaient été enflammés sur un plateau d'argent. Tour à tour, les jeunes gens s'étaient essayés à extraire les friandises des flammes.

Anne s'était montrée intrépide, naturellement.

Et elle s'était brûlée.

Aussitôt, Hart l'avait conduite aux cuisines, afin que la cuisinière puisse appliquer du beurre sur la brûlure.

C'était en regagnant le salon que cela s'était produit.

Ils étaient seuls dans le vestibule des domestiques. Les lampes au gaz allumaient des reflets d'or dans la chevelure claire d'Anne. Il avait saisi une mèche soyeuse entre ses doigts, avant d'incliner son visage vers le sien pour l'embrasser sous le gui. Les lèvres charnues de la jeune fille avaient frémi sous les siennes. Il avait tremblé aussi.

— J'ai eu envie de faire ça toute la soirée, avait-il dit d'une voix troublée.

Il ne rimait à rien de prétendre le contraire : ils s'en souvenaient parfaitement tous les deux. Pas seulement du baiser, mais de tout ce qui s'était produit après.

Si seulement il pouvait l'oublier !

— Vous pouvez dire ce que vous voulez, reprit Anne, du moment que vous faites ce que je vous ai demandé.

Il prit appui sur le manteau de la cheminée et croisa les bras.

— Pourquoi devrais-je me donner cette peine ?

— *Pourquoi ?* répéta-t-elle, élevant la voix. Mais pour faire quelque chose de nouveau, à défaut d'une autre raison. Dieu sait que vous n'avez jamais rien fait d'honorable ou de responsable dans votre vie.

En proie à un élan de colère, il rétorqua, la voix lourde de ressentiment contenu :

— Vous ne savez rien de mes responsabilités.

— Je sais que vous ne vivez que pour vous amuser. Est-ce trop espérer que d'envisager que, pour une fois, vous fassiez quelque chose d'utile ? Un geste qui pourrait aider quelqu'un ?

— C'est à vous-même que vous faites allusion, je suppose.

— Pas du tout ! Je vous demande d'aider Mlle Julia. Quoi que vous pensiez de moi, elle n'a rien fait pour mériter votre haine. C'est une âme douce et pure, qui pourrait se trouver en grand péril. Si vous...

— Je n'ai pas de haine envers vous, coupa-t-il d'un ton bourru.

— Je vous demande pardon ? dit-elle, surprise.

— Je ne vous hais pas. Je ne vous ai jamais haïe.

— Eh bien...

Une rare expression de vulnérabilité passa sur le visage d'Anne. Elle la dissimula en baissant la tête tandis qu'elle tirait sur ses gants.

— Dans ce cas, vous ne verrez pas d'inconvénient à faire ce que je vous demande.

— Comme si c'était aussi simple.

— Assurément, ça ne présente aucune difficulté. Je peux écrire l'article moi-même, si nécessaire. Votre rôle se limitera à veiller à ce qu'il soit publié le plus vite possible.

— La difficulté ne réside pas dans l'écriture.

Elle lui adressa un regard suspicieux.

— De quoi est-il question, alors ?

— Je vous l'ai dit. Je répugne à me donner cette peine.

— Hartford…

— Je ne m'y sens guère encouragé.

Il esquissa un sourire.

— Comme vous l'avez souligné, je suis un bon à rien qui ne pense qu'à lui.

— Je n'ai pas…

— Toutefois, si je pouvais en tirer un quelconque profit…

Les derniers vestiges des bonnes manières d'Anne s'évanouirent de façon spectaculaire. Sa posture se fit aussi rigide que le marbre. Les bras raidis le long du corps, froissant dans son poing les pages du journal, elle darda sur lui un regard meurtrier, digne des Furies de la mythologie auxquelles il l'avait souvent comparée.

— Espèce d'arrogant maître chanteur ! Scélérat !

Le cœur de Hartford se mit à battre plus vite tandis qu'elle s'approchait. Voir Anne se fâcher était un spectacle des plus plaisants.

— Il ne s'agit pas de chantage, mais de troc. Quelque chose que vous voulez contre quelque chose que je veux.

— Et que voulez-vous, au juste ?

L'idée le traversa d'un coup, tel un éclair de génie. Ou de folie.

Demain, il regretterait sans doute la brutale honnêteté de ses mots. Mais à cet instant ils semblaient justes. Il les ressentait comme justes.

— Je vous veux, dit-il.

Anne s'arrêta net, bouche bée.

— *Moi ?*

— Vous. Et pas de cette façon. Pas ici, à Londres, vêtue de noir comme un spectre à des funérailles. Je vous veux dans le Hampshire. Et en couleur. Rouge, de préférence.

Elle parut horrifiée.

— Je ne porte pas de rouge. En outre, que peut-il bien y avoir dans le Hampshire ?

Elle comprit soudain, et son regard s'assombrit.

— Vous ne pensez quand même pas à Sutton Park ?

Sutton Park était le domaine familial des comtes de March. Le grand-père de Hart n'en avait guère pris soin, préférant parcourir le globe plutôt que de se languir dans la campagne anglaise. Toutefois, la vaste bâtisse servait occasionnellement de lieu de réception.

— Grand-père va donner une réception à l'occasion des fêtes. Il y aura essentiellement des naturalistes. Quelques hommes d'affaires également, je suppose. Et des parfumeurs. Il a prévu de leur proposer ses nouvelles roses.

Anne n'avait pas lâché son regard.

— Vous parlez d'une réception pour Noël.

« Une de plus », aurait-elle pu dire.

— Et quand bien même s'agirait-il de cela ? rétorqua-t-il. Mlle Wychwood ne vaudrait-elle pas ce sacrifice ?

— Mon amie mérite tous les sacrifices.

— Dans ce cas, vous savez ce qu'il vous reste à faire.

Anne se rembrunit. Les bras croisés, elle se mit à arpenter la pièce dans une envolée de jupons, et il ne put s'empêcher de la trouver absolument splendide.

— Il y aura d'autres ladys, précisa-t-il. J'imagine que ma tante aura prévu tout un contingent de charmantes demoiselles à me présenter. Peut-être pourrez-vous m'aider à choisir ma future femme ?

Elle lui lança un regard noir.

— Il est grand temps pour moi de me marier, poursuivit-il. Personne n'a envie de finir ses jours à prendre la poussière comme un vulgaire objet oublié sur une étagère.

Hart avait conscience d'aller trop loin. Mais tout était bon pour obtenir une réaction de la part d'Anne. Pour la faire sortir du rôle exaspérant qu'elle s'était attribué : celui d'une ombre obéissante et muette, tyrannisée par sa mère.

Il préférait la voir en colère plutôt que de l'observer s'étioler saison après saison, jusqu'à menacer de s'effacer un jour totalement.

Quant à savoir pourquoi il s'en souciait, il n'aurait su le dire.

— Vous pourriez emmener votre cheval, proposa-t-il. Passer la semaine entière à chevaucher, si le cœur vous en dit.

— Ma mère ne permettrait jamais que je m'éloigne aussi longtemps sans son chaperonnage.

— Dans ce cas, demandez-lui de vous accompagner.

Elle fronça les sourcils.

— À condition que je ne porte pas de noir ?

Il haussa les épaules.

— Ce n'est pas cher payé.

Ses jupes s'enroulèrent autour de ses jambes tandis qu'elle pivotait vers la cheminée.

— Décembre est loin encore, dit-elle. Tant de choses peuvent se produire d'ici là.

— C'est vrai, reconnut Hartford. Toutefois, si je fais ce que vous avez demandé, j'attends de vous que vous teniez votre promesse.

Anne s'arrêta devant lui, ses traits élégants assombris par une résolution soudaine – celle d'une femme indisposée prête à endurer la pire des médications afin d'être guérie une fois pour toutes.

— Fort bien, dit-elle. Vous avez ma parole.

2

Anne rentra chez elle en ayant l'impression que les chiens de l'enfer étaient lancés à ses trousses. Durant tout le trajet entre Arlington Street et Grosvenor Square, il lui sembla qu'ils broyaient de leurs crocs les roues de la calèche des Arundell. « Je viens de pactiser avec le diable », se dit-elle, horrifiée.

Plût au ciel que ça en vaille la peine.

« Il ne peut en être autrement », songea-t-elle tandis que Horbury, le majordome vieillissant de la famille, la faisait entrer dans le hall pavé de marbre.

Si seulement il lui était possible de se rendre dans le Yorkshire. Si seulement elle pouvait s'assurer par elle-même que Julia était hors de danger...

— Votre mère s'est enquise de vous, milady, dit Horbury en prenant son bonnet et ses gants. Elle vous attend dans sa chambre.

Anne ne put retenir une grimace. Elle avait espéré que sa mère dormirait encore. Hormis quand elle chevauchait son cheval adoré, Saffron, elle était rarement autorisée à s'aventurer seule à l'extérieur. Maman préférait la garder près d'elle, et ainsi contrôler chacun de ses gestes.

Nombreux étaient les gens du monde qui voyaient cela comme une forme de tyrannie. La personnalité notoirement autoritaire de lady Arundell n'y était sans doute pas pour rien.

Et pourtant, ce n'était pas du tout le cas.

Comme si Anne accepterait d'être rabaissée à ce point !

En réalité, maman voulait la protéger. Elle croyait que sa fille courait les pires dangers chaque fois qu'elle échappait à son contrôle.

— Est-elle levée depuis longtemps ? demanda Anne.

— Une demi-heure, répondit Horbury. La femme de chambre vient de lui monter son plateau avec le courrier du matin.

Anne soupira. Défroissant ses jupes du plat de la main, elle gravit l'escalier jusqu'au premier étage.

Maman prenait toujours son petit déjeuner dans sa chambre. C'était un privilège auquel n'avait pas droit sa fille : seules les dames mariées étaient autorisées à paresser dans leur lit le matin. Selon Anne, c'était probablement lié à la croyance que les épouses devaient être fatiguées par les activités conjugales de la nuit. Une notion scandaleuse, vraiment, si on prenait le temps d'y réfléchir.

Elle frappa délicatement à la porte de sa mère avant d'entrer.

Les lourdes draperies du lit à baldaquin étaient ouvertes, révélant lady Arundell assise contre une pile douillette d'oreillers. Avec ses cheveux d'un noir de jais, son léger double menton et sa poitrine opulente, elle était souvent décrite dans les pages mondaines comme une personne dotée d'un pouvoir dont il fallait tenir compte.

Anne ne pouvait qu'en convenir. Même dans un lit, vêtue d'une camisole en batiste garnie de volants et d'un bonnet de nuit en mousseline indienne à rubans, sa mère parvenait à ressembler à une impératrice. Catherine la Grande, peut-être.

— Anne, dit-elle. Enfin.

Un plateau était disposé sur ses genoux. De la vapeur s'échappait en tourbillonnant du bec de la théière en porcelaine. Elle n'avait pas encore touché à son habituel repas du matin – composé de deux œufs durs et d'une tranche de pain grillé à l'excès –, trop occupée sans doute à parcourir sa correspondance.

Il n'y avait pas de coupelle de sucre ni de pot de confiture en évidence. Il n'y en avait jamais. Maman était persuadée que les douceurs étaient désastreuses pour les dents et la silhouette des dames. De fait, la prohibition des choses sucrées dans la maison avait valeur de loi. Anne s'efforçait occasionnellement de se plier à cette loi, mais uniquement par solidarité envers sa mère lorsqu'elle se trouvait en compagnie de celle-ci. Elle aimait trop les friandises pour y renoncer complètement.

— Où étais-tu ? demanda maman.

Anne ne se donna pas la peine d'inventer une excuse. C'était inutile. Sa mère pourrait facilement la démasquer.

— J'ai rendu visite à lord March.

Maman lui lança un regard acéré.

— Tu t'es présentée chez le comte de March ? À cette heure-ci ?

Anne traversa la pièce pour s'approcher du lit de sa mère.

— J'ai eu l'étrange intuition qu'il fallait que je le fasse. Cela faisait longtemps que nous ne l'avions pas vu.

Maman ne trouva rien à redire à cette explication. Pour elle, si souvent guidée par des signes et des symboles, une « étrange intuition » était une raison valable pour rendre visite à une personne.

— Tu as fait un rêve, n'est-ce pas ? demanda-t-elle avec une mimique entendue. Tu as senti qu'il était malade ou à l'article de la mort.

— Quelque chose de ce genre.

— L'était-il ?

— Quoi donc ?

— Malade.

— Je ne le crois pas.

D'un geste absent, Anne lissa le bord du couvre-lit brodé de sa mère.

— Je ne l'ai pas vu. Il vaquait à ses occupations dans sa serre.

— Évidemment. Il reçoit rarement le matin. Si tu m'avais consultée, je te l'aurais dit, et tu te serais ainsi évité un déplacement inutile.

Maman se replongea dans son courrier.

— Horbury a dit que vous souhaitiez me voir, lui rappela Anne.

— Ah, oui.

Maman fouilla parmi les enveloppes déjà ouvertes, mises de côté sur le plateau, et en exhuma une lettre.

— Elle est arrivée ce matin, dit-elle en tendant à Anne la coûteuse feuille de papier. Qu'en penses-tu ?

— Qui l'envoie ?

— Le comte d'Arundell.

Anne blêmit.

— Papa ?

— Non, mon enfant. Il s'agit du nouveau comte. Ton cousin au second degré, Joshua Deveril. C'est bien lui qui a signé, mais je suis certaine qu'il a été manipulé par sa mère, laquelle lui a dicté ce chef-d'œuvre d'impertinence.

Maman agita la main.

— Lis !

Anne baissa les yeux sur la lettre. Elle ne contenait que quelques lignes, tracées d'une écriture étroite mais élégante.

Ma chère lady,

De retour d'un bref tour d'Europe, j'ai la fervente intention de m'installer à Londres. Même si mon bon plaisir a été de vous autoriser à demeurer à Grosvenor

Square jusqu'à présent, je suis désormais impatient d'assumer mes devoirs de comte, et d'occuper la place qui m'est due dans la société – et dans ma maison.

Ma mère m'accompagnera en ville le 5 août. J'ai hâte de vous rencontrer pour discuter des arrangements concernant votre confort futur.

Votre dévoué,
Arundell

Anne baissa lentement la page, l'estomac noué. D'ordinaire, elle n'était pas encline à la nervosité ou à l'anxiété. Mais si Joshua était sérieux, il y avait tout lieu de s'inquiéter.

— Il a l'intention de venir à Londres pour nous chasser de chez nous ? demanda-t-elle.

— Il nous en menace, en tout cas.

Maman tendit la main et Anne lui rendit la lettre, surprise de la voir aussi indifférente.

— Qu'avez-vous l'intention de faire ?

— Absolument rien.

Maman jeta la lettre sur le plateau, choisit une autre enveloppe dans la petite pile de courrier restant et en brisa le sceau à l'aide d'un coupe-papier en nacre.

— L'impudent personnage n'a montré nul empressement en six ans, ajouta-t-elle. Je ne vois aucune raison de croire que cela va changer.

Anne n'était pas aussi confiante que sa mère. Si Joshua ne s'était pas manifesté par le passé, ce n'était dû qu'à sa minorité. Lorsqu'il avait hérité du titre, il était trop jeune pour venir en ville. En lieu et place, son odieuse mère et lui avaient élu domicile à Cherry Hill, le domaine familial situé dans le Shropshire.

Quel camouflet cela avait été.

Anne était née à Cherry Hill et y avait passé la plus grande partie de sa jeunesse. Sa vie y avait été idyllique en tout point.

Et comment aurait-il pu en être autrement ?

Elle était le fruit d'un mariage d'amour indiscutable. Une enfant unique, chérie par des parents singulièrement dévoués l'un à l'autre.

Oui, maman et papa avaient été merveilleusement heureux. Anne avait été heureuse aussi, jusqu'à ce que papa tombe malade. Une faiblesse du cœur, avait déclaré le médecin local.

Maman n'avait eu aucune confiance en son diagnostic.

Sous sa direction, papa avait été conduit à Londres et installé dans leur maison de Grosvenor Square – l'une des nombreuses propriétés appartenant au comte, toutes plus somptueuses les unes que les autres. À Londres, papa pourrait être au plus près des meilleurs praticiens du pays. Il pourrait recevoir les meilleurs traitements.

Et les traitements avaient été innombrables, l'un succédant à l'autre. Tout ce que les médecins avaient recommandé, si invasif ou onéreux cela soit-il, papa l'avait enduré – de même qu'Anne et sa mère – dans l'espoir éperdu de recouvrer la santé.

Ses vœux n'avaient pas été exaucés.

Son état n'avait fait qu'empirer avec le temps, le laissant si faible qu'il avait été contraint de garder le lit.

Anne avait refusé de baisser les bras. Il lui semblait impensable que le cœur de papa, plus grand et plus généreux que celui de quiconque, soit finalement la cause de sa perte. Jusqu'à la dernière minute, elle avait cru qu'il finirait par guérir. Il avait quand même eu quelques bons jours. Des jours de lucidité où elle avait pu s'asseoir en sa compagnie et parler avec lui. Elle aurait voulu qu'il lui donne son avis sur la demande en mariage de Hartford.

L'occasion ne lui en avait pas été offerte.

Moins de deux jours après la réception donnée par le comte de March pour Noël, papa était mort dans son sommeil.

Le comté d'Arundell et tout ce qui s'y rapportait avait été transmis à Joshua. Pas seulement Cherry Hill et leur maison de Grosvenor Square, mais toute la fortune et tous les biens familiaux. Même le nom de papa. Joshua était un Arundell, désormais.

Sans le douaire de maman - une généreuse somme que papa avait constituée pour elle –, Anne et sa mère se seraient retrouvées complètement démunies. Ni l'une ni l'autre ne pouvaient en effet compter sur la générosité incertaine de Joshua, ce dernier ne leur ayant proposé aucun soutien depuis son accession au titre.

— Nous ne pouvons juger ses actions futures à l'aune de son passé, déclara Anne. Il n'était qu'un enfant quand papa est mort.

— Il est toujours un enfant.

— Pas exactement. Il doit avoir au moins vingt et un ans. Si sa mère et lui exigent que nous quittions les lieux, qu'allons-nous faire ?

— Absolument rien, décréta maman avec un calme implacable. Si nous avions eu des raisons de nous inquiéter à ce sujet, Dmitri m'aurait mise en garde.

Anne pinça les lèvres.

Dmitri était le nom de l'esprit familier de maman, une entité qui ne communiquait qu'avec elle. La présence de ces créatures était monnaie courante dans le monde du spiritisme. Anne détestait qu'il soit fait mention de Dmitri, notamment parce que ses déclarations spectrales - qui coïncidaient bien trop souvent avec l'opinion de sa mère - mettaient un terme à toute contestation.

— Dmitri n'est pas infaillible, argua-t-elle.

Maman secoua la tête.

— Sa perception ne peut être mise en doute. Il voit des choses que nous ne voyons pas. C'est la nature de son existence, derrière le voile qui sépare le monde des vivants de celui des esprits.

Elle examina la lettre suivante, paraissant avoir déjà oublié l'alarmante missive du comte d'Arundell.

— Comme c'est contrariant, murmura-t-elle. Fielding me recommande de ne pas lui rendre visite cette semaine. Il est souffrant et craint que ce ne soit contagieux.

M. Harris Fielding était un excentrique vieux garçon qui résidait à Russell Square. Fervent adepte du spiritisme et collectionneur d'antiquités, il était l'un des plus proches amis de lady Arundell en ville. Il était aussi l'oncle d'Evelyne Malravers.

Anne jeta à la lettre un coup d'œil inquiet.

— J'espère que ce n'est pas grave.

— Un mal de gorge. Il l'a sans doute contracté durant notre voyage dans les West Midlands.

M. Fielding avait récemment accompagné Anne et sa mère à la faveur d'un déplacement à Birmingham. Evelyne était venue avec eux. Stella n'était pas non plus à Londres à ce moment-là, se trouvant à Exeter avec son frère. Seule Julia était restée en ville. Livrée à elle-même, dépourvue de la protection de ses amies. C'était à ce moment-là que le capitaine Blunt avait choisi de frapper.

Anne se sentait coupable. Si elle avait été là, Julia serait probablement hors de danger aujourd'hui.

— Comme c'est fâcheux, dit-elle.

— Extrêmement fâcheux, renchérit sa mère. Nous devions assister à la causerie de Mme Frazil sur la pratique de la planchette de divination, ce jeudi à Fitzroy Square.

Anne se retint de faire remarquer la valeur toute relative d'un tel événement. Elle avait appris depuis fort longtemps que plus sa mère se consacrait au spiritisme, à ses engagements mondains et à l'école caritative qu'elle finançait à Wimbledon, moins il lui restait de temps pour sombrer dans les ténèbres du désespoir.

Maman écarta la lettre et se versa une tasse de thé Assam fortement infusé, sa boisson préférée du matin.

— Nous devrions y assister toutes les deux. Cela te fera oublier cette histoire au sujet de cette petite jeune fille avec qui tu es amie.

La description fit tiquer Anne.

— Il est possible que mon amie soit en très grand danger, à l'instant où nous parlons. Si nous pouvions seulement nous rendre dans le Yorkshire et nous assurer...

— Impossible, dit maman. J'ai pris des dispositions pour toute la semaine. Je ne vais pas modifier mon emploi du temps à cause de l'escapade amoureuse d'une petite sotte. Mon engagement à la cause spirite sera toujours prioritaire.

« Et mes propres engagements ? » voulut demander Anne. Mais elle ne dit rien. Elle se mordit la langue, comme elle le faisait toujours dans ce genre de situation.

Elle avait adopté pour règle de ne jamais argumenter face à sa mère. Plutôt que de la défier ou de semer la confusion dans leur relation, elle avait opté pour le calme et la stratégie, obtenant ce qu'elle voulait par d'autres moyens.

Cette fois encore, elle espérait parvenir à ses fins, si tout fonctionnait comme prévu avec la chronique de Hartford.

Cependant...

Elle ne pouvait se départir du sentiment d'avoir peut-être fait un mauvais calcul en impliquant son vieil adversaire.

Il la voulait dans le Hampshire.

Il la voulait en rouge.

Décembre était loin encore, il est vrai. Mais ce mois finirait par arriver, et elle serait alors obligée d'honorer leur arrangement, au mépris du danger pour sa réputation, sa conscience, et peut-être même son cœur.

Construite en périphérie du Londres chic, la petite maison toute simple des Neale se situait dans un quartier respectable mais quelconque, dans une rue tout aussi quelconque, non loin de l'usine de creusets de Battersea, dont Hart était l'un des commanditaires. L'endroit semblait on ne peut mieux choisi, puisque la plupart des gains qu'il retirait de cette coopération allaient directement dans les poches des Neale.

Hart se tenait devant la fenêtre du salon, les mains croisées dans le dos.

Cela faisait deux matins de suite qu'il était convoqué ici, et il avait de plus en plus de mal à conserver sa bonne humeur. Ces derniers temps, garder le sourire, sauver les apparences, se retenir de tout envoyer promener relevait de la tâche herculéenne.

Il pressentait d'ailleurs qu'un jour, sans doute assez proche, il perdrait son calme de façon spectaculaire.

Que le ciel vienne en aide aux personnes présentes lorsqu'une telle chose se produirait.

— Comment pourrais-je l'exprimer plus clairement, monsieur ? demanda Mme Neale, assise dans son fauteuil bergère à oreilles près du feu.

Ses cheveux noirs étaient arrangés de façon juvénile, sa coiffe de matrone étant la seule concession faite à son âge.

— Les miettes que vous jugez bon de nous abandonner depuis neuf ans ne nous suffisent plus. Personne ne peut vivre dans de telles conditions.

— Mère, dit à mi-voix sa fille Ethel.

À dix-sept ans, elle était la puînée de la fratrie Neale. Accompagnée de sa sœur cadette, âgée de quinze ans, elle était assise sur un divan en chintz en face de sa mère.

— Pourquoi ne pourrais-je pas demander davantage ? répliqua Mme Neale. C'est mon droit. Vous étiez les enfants de cœur de votre père. Il ne souhaiterait pas que vous mouriez de faim.

Hart se retint de faire remarquer que son défunt père, l'honorable Everett Hartford, avait exprimé ses dernières volontés de façon parfaitement claire. Ni sa maîtresse ni aucun des trois enfants qu'il avait engendrés avec elle ne figuraient dans son testament.

Hart n'avait appris leur existence qu'un an après la mort de son père – un bien douloureux cadeau de la part de sa mère, rongée par l'amertume et mourante. « C'était ma femme de chambre, avait-elle dit entre deux quintes de toux qui l'avaient secouée tout entière. Ma propre domestique ! »

Hart avait écouté toute l'histoire, puis – à la consternation de sa mère – il avait ri. C'était une étrange sonorité caverneuse, dénuée de son humour habituel, mais un rire néanmoins. L'évidence de la trahison de son père était quelque peu comique, d'une manière pitoyable.

Mais il n'y avait rien d'amusant dans la perspective que le grand-père de Hart découvre cette ignominie. Bien qu'immergé dans le monde de la botanique, le comte de March se souciait encore de sa réputation. Pas uniquement pour lui-même, mais pour le bien de son héritier, l'oncle de Hart, le vicomte Brookdale.

Brookdale était l'un des chefs du parti de l'opposition au gouvernement de Sa Majesté. Immuable conservateur, il aspirait à de hautes fonctions, et n'apprécierait guère que sa carrière politique se trouve compromise par un scandale familial.

Hart déployait tous ses efforts pour l'éviter.

Dans ce but, il payait de sa poche une coquette allocation à Mme Neale, et ne manquait pas de lui fournir des fonds supplémentaires dans les moments difficiles. Il lui rendait même visite lorsque c'était nécessaire, bien que ses déplacements soient limités aux petites heures du matin, quand il était moins susceptible d'être aperçu.

— Comme je le dis toujours, poursuivit Mme Neale, nous n'aurions pas la moitié des soucis que nous connaissons aujourd'hui si Marcus avait les moyens de vivre comme un gentleman. À présent qu'il est de retour à la maison, vous ne pouvez pas attendre de lui qu'il continue à faire sans rien.

Marcus était l'aîné de Mme Neale, et son seul fils. Âgé de dix-neuf ans, il avait passé la quasi-totalité des neuf années précédentes dans un pensionnat de Plymouth. Depuis son retour, il ne cessait de grever les finances de sa mère – et celles de Hart.

Hier matin, à peine quelques heures avant que lady Anne se présente à Arlington Street, Hart se trouvait dans ce même salon, contraint de régler les considérables dettes de jeu que Marcus avait accumulées dans plusieurs établissements des environs.

— C'est pour cette raison que vous m'avez fait revenir ? demanda Hart. Ma dernière visite remonte à moins de vingt-quatre heures. Ne me dites pas que Marcus a de nouveau des ennuis.

Mme Neale détourna brièvement le regard.

— Il ne s'agit pas de Marcus, marmonna-t-elle. Cela concerne notre droit à obtenir ce qui nous est dû.

Hart doutait qu'elle l'ait mandé uniquement pour réclamer une hausse de ses subsides. Mais il ne chercherait pas à explorer le sujet. Il avait d'autres obligations à endosser aujourd'hui, la plus urgente étant son arrangement avec Anne.

Il ne lui serait pas facile de remplir sa part du marché conclu avec elle. Il restait moins d'une semaine avant que la prochaine édition du *Spiritualist Herald* parte à l'impression. Et, contrairement à ce que croyait Anne, il n'avait pas pour habitude de rédiger des balivernes pour le simple plaisir de se distraire.

C'est-à-dire qu'il écrivait pour s'amuser, mais il prenait soin – spécialement dans sa rubrique pour le *Herald* – d'élaborer ses allégations les plus extravagantes à partir de vérités authentifiables, même si celles-ci étaient souvent difficiles à prouver.

Il allait devoir trouver la source des rumeurs au sujet de la propriété du capitaine Blunt dans le Yorkshire. Cette réputation de maison hantée devait bien avoir son origine quelque part. Un meurtre effroyable, peut-être, ou une apparition spectrale sur les lieux.

C'était cela qui occupait l'esprit de Hart à ce moment précis, et non les dernières turpitudes de Marcus.

— L'allocation trimestrielle que je vous octroie suffit largement à couvrir vos besoins, dit-il.

— Une allocation ?

Mme Neale se rengorgea comme une pintade offensée.

— C'est ainsi que vous l'appelez ?

— Une généreuse allocation, renchérit Hart.

Suffisamment généreuse pour qu'ils puissent se vêtir, se chausser et se nourrir, mais aussi employer une cuisinière-gouvernante et un valet. Hart ne se montrait aucunement parcimonieux. Il n'était pas non plus inutilement prodigue. Il ne pouvait se le permettre, ne bénéficiant pas d'un vaste héritage. L'argent qu'il avait, il le gagnait lui-même.

Un secret de plus qu'il taisait pour protéger sa famille.

La simple suggestion que l'un de leurs membres ait prospéré grâce au commerce suffirait pour qu'une onde de choc se propage dans la bonne société. Peu importait sa réussite, ou l'utilité de la Parfit Plumbago Crucible Company pour l'Empire britannique.

La plombagine, connue aussi sous le nom de graphite ou de plomb noir, était un composant essentiel de leurs creusets. Un procédé novateur, consistant en un apport d'argile, avait révolutionné la fabrication de ces pots qui servaient à la fusion des alliages. Le métal y fondait plus vite que dans les modèles proposés par la concurrence, ce qui entraînait une économie de carburant et de main-d'œuvre pour de nombreux secteurs de l'industrie, celui du rail n'étant pas le moindre.

Si les choses continuaient à se dérouler comme prévu, Hart et ses associés s'enrichiraient considérablement.

Mais Hart n'était pas encore riche.

Mme Neale désigna ses filles d'un geste de la main.

— Ethel et Ermintrude n'ont pu se faire confectionner de nouveaux vêtements depuis des mois. Et mon fils ? Un jeune homme devrait être en mesure de constituer son écurie. Je me moque qu'on me refuse une calèche, mais Marcus est le petit-fils d'un comte.

— Un petit-fils illégitime, dit posément Hart. Ce serait une folie de sa part – ou de celle de quiconque parmi vous – d'aspirer à exister dans une sphère où il ne sera pas le bienvenu.

Hart n'avait aucun désir de se montrer inutilement cruel. Il n'en demeurait pas moins, malgré les sordides origines de leur lien, qu'il se sentait en quelque sorte responsable de son demi-frère et de ses demi-sœurs. Ce serait criminel, du fait de cette responsabilité, de ne pas leur expliquer les limites sociales imposées par leur naissance.

— Il en est donc ainsi ?

Mme Neale se leva, furieuse.

— Nous verrons ce que le reste du monde dira de votre avarice. Si on apprenait combien Everett m'aimait, l'affection qu'il avait pour ses enfants… eh bien, je pourrais devenir une personne aussi respectée que lady Hamilton en son temps.

Hart s'écarta de la fenêtre avec un soupir de lassitude.

— Mon père n'était pas l'amiral Nelson, madame. C'était un austère moraliste. Si la société apprend votre existence, il sera largement, et à juste titre, traité d'hypocrite.

Le visage de Mme Neale se couvrit de plaques rouges sous l'effet conjugué de la honte et de l'indignation.

— Quel toupet ! Venir ici, aussi moralisateur qu'un vicaire. Vous qui nous obligez à rester dans l'ombre, privant d'une miette de pain supplémentaire mes enfants si précieux...

— Mère, je vous en prie, implora Ethel.

— Je ne le permettrai pas, m'entendez-vous ? poursuivit Mme Neale, indifférente aux suppliques de sa fille. Veuillez sortir, monsieur. Je ne me laisserai pas insulter dans ma propre maison !

Hart lança un regard de sympathie en direction d'Ethel. Rien de plus ne pouvait être dit. Pas après que sa mère se fut mise dans un tel état. S'inclinant à peine, il s'empressa de prendre congé.

Rares avaient été les visites où Mme Neale ne l'avait pas mis à la porte dans un élan de colère, oubliant que c'était lui qui payait son loyer.

Neuf ans plus tôt, Hart avait trouvé ce comportement alarmant. Aujourd'hui, c'était simplement lassant.

Collectant son chapeau et ses gants sur la console du vestibule, il sortit de la maison.

Il avait besoin de vacances. Plusieurs semaines loin de Londres, quelque part où il pourrait être libéré des responsabilités suffocantes que lui imposait l'administration des secrets de son père.

Sans sa promesse d'aider Anne, Hart aurait été tenté de partir aujourd'hui même.

Il plaça sur sa tête son haut-de-forme en feutre de castor. Son phaéton l'attendait dans la rue, ses deux juments alezanes aux robes coordonnées – Kestrel et Damselfly – piaffant d'impatience. Le gamin des rues qu'il avait payé pour les garder était toujours à son poste, agrippé à la bride de Kestrel avec une détermination juvénile.

— Elles ont été sages ? demanda Hart en prenant le relais.

— Franches comme l'or, patron, répliqua le garçon.

Hart lui lança une piécette en argent – que le gamin attrapa en souriant, avant de détaler – puis il se hissa dans son phaéton.

Il venait de prendre les rênes quand la porte des Neale s'ouvrit, livrant passage à Ethel.

— Hartford ? appela-t-elle en se précipitant vers lui.

Il attendit consciencieusement sa demi-sœur. Bien qu'il soit agacé par la situation, il n'éprouvait aucune animosité à l'égard de la jeune fille. Au contraire, elle semblait être la seule personne raisonnable de la famille.

Elle s'approcha du phaéton, un châle à motifs drapé autour de ses fines épaules.

— J'implore votre pardon pour ma mère.

— Je vous l'accorde bien volontiers, dit aimablement Hart. Mais je dois m'en tenir à ma décision en ce qui concerne l'augmentation de ses ressources.

— Je crains que vous ne compreniez pas. Il s'agit de mon frère, voyez-vous. Il avait une autre dette de jeu dont il a omis de vous parler hier. Il nous l'a avoué tard dans la soirée. La somme est considérable. Je suis au désespoir...

Elle s'interrompit en remarquant que l'une de ses voisines les observait par une fenêtre ouverte. Son visage se décomposa.

— Je ne fais qu'aggraver les choses en parlant avec vous dans la rue.

Hart esquissa un sourire résigné.

— Venez, dans ce cas.

Les yeux d'Ethel s'arrondirent de surprise.

— Avec vous ? Maintenant ?

— Je vous emmène faire un tour au parc. Nous bénéficierons d'un peu plus de discrétion.

Voyant son indécision, il tendit la main.

Il était encore tôt dans la matinée, et Battersea était loin du champ de vision de la bonne société londonienne. Même si on le voyait conduire sa sœur, il était peu probable que cela provoque un quelconque commentaire.

Ethel lui permit de l'aider à se hisser sur le siège du phaéton et, lorsqu'elle fut installée à côté de lui en toute sécurité, il mit ses chevaux au pas, s'adressant à eux aussi cordialement que s'ils étaient de vieux amis – ce qui était le cas.

— En avant, Kestrel. En avant, Damselfly.

Ethel lui glissa un regard étonné.

— Crécerelle et Libellule... Quels noms étranges pour des chevaux ! Est-ce vous qui les avez choisis ?

— Non, c'est une amie qui les a nommés ainsi.

Le souvenir doux-amer d'Anne lui arracha l'ombre d'un sourire. Il la revoyait, hissée sur les traverses en bois de la clôture du paddock à Sutton Park, les bras croisés sur la rambarde, tandis qu'elle observait les jeunes pouliches en train de s'ébattre. Il se tenait à côté d'Anne, son attention partagée entre elle et les chevaux, tombant amoureux si graduellement qu'il ne s'en était pas aperçu tout de suite.

Aujourd'hui, il avait le sentiment, que cela lui plaise ou non, qu'une partie de son cœur appartiendrait toujours à Anne.

Hart fit un effort pour revenir au présent et concentrer son attention sur la jeune lady très différente qui se trouvait à son côté.

Alors qu'ils quittaient le quartier isolé des Neale et s'engageaient dans une rue animée, il lança ses chevaux au trot.

— Fort bien, dit-il, se préparant au pire. Dites-moi combien doit Marcus, cette fois-ci.

3

Anne intercepta Horbury alors que ce dernier traversait le hall avec le courrier du matin. Cela faisait une semaine qu'elle avait rendu visite à Hartford. Sept jours d'une expectative sans fin, à espérer que se manifesteraient les résultats de cette démarche misérable.

En attendant, elle n'était pas restée oisive. Tout en s'alarmant de l'arrivée prochaine de Joshua, et en s'inquiétant pour la sécurité de Julia, Anne avait mené sa propre enquête sur le passé du capitaine Blunt. Cet après-midi même – à supposer qu'elle parvienne à s'échapper durant une heure –, elle avait l'intention de visiter les bureaux du *London Courant*. Un journal devait sans doute posséder dans ses archives un détail quelconque qui permettrait de discerner la véritable personnalité du nouveau mari de Julia.

Quel but Anne poursuivait-elle en agissant ainsi ? Elle n'en avait aucune idée. Un divorce était impossible pour Julia. Le scandale serait trop lourd à supporter. Une annulation, en revanche…

Anne tempéra ses pensées galopantes.

Tant de choses dépendaient de ce qu'elle découvrirait dans le Yorkshire. Et son voyage sur place reposait entièrement sur la maudite rubrique de Hartford.

— A-t-il été livré ? demanda-t-elle.

— Oui, milady, répondit Horbury en lui tendant la dernière édition du *Spiritualist Herald*.

Le pouls d'Anne s'accéléra tandis qu'elle s'emparait du journal.

— Veuillez ne pas mentionner son arrivée à ma mère. Je le lui apporterai moi-même dès que j'aurai terminé de le lire.

— Comme il vous plaira.

Le visage de Horbury était dénué d'expression. À leur service depuis qu'Anne était enfant, le majordome connaissait la valeur de la discrétion.

— Désirez-vous autre chose, milady ?

— Ce sera tout, Horbury. Merci.

Anne le gratifia d'un sourire reconnaissant avant de se précipiter vers la bibliothèque, où elle pourrait lire en paix le dernier article de Hartford.

Contrairement à la bibliothèque en désordre du comte de March, celle du comte d'Arundell était un sanctuaire. La pièce était restée exactement comme du temps du père d'Anne – sombre, masculine, et chargée des effluves d'un coûteux tabac à pipe.

Quand elle y entrait, elle avait toujours l'impression que les bras protecteurs de son père allaient l'envelopper, la serrant contre lui.

Anne ferma la porte derrière elle et s'assit sur le sofa de cuir capitonné. Les lourds rideaux étaient ouverts, et le soleil matinal illuminait les murs où s'alignaient des rayonnages en acajou impeccablement ordonnancés, ainsi que les épais tapis d'Aubusson rouge et or couvrant le sol. La lumière était largement suffisante pour lire.

Le cœur battant à tout rompre, Anne tourna rapidement les pages du *Spiritualist Herald*, jusqu'à ce que ses yeux se posent sur le feston d'étoiles et d'arabesques surmontant la rubrique de Hartford.

LES PLAUSIBLES CONTEMPLATIONS
DE M. DRINKWATER

Saturne est une planète puissante et dangereuse. Lorsqu'elle est ascendante, une grande prudence doit être observée en matière de voyages.

Ce mois-ci, toutefois, le prodigieux Saturne réserve un précieux cadeau à ceux qui s'aventureront hors de chez eux. En effet, l'aspect qu'il forme avec Mercure et Vénus, unique dans le calendrier de nos courtes vies, rend brièvement plus ténu le voile qui sépare le monde des vivants de celui des esprits dans les lieux de forte résonance spirite des comtés du Nord. Parmi eux, Edgemoor House (ou le manoir des Chardonnerets, comme certains l'appellent) présente un intérêt certain. Les exécutions commises durant la guerre civile ont imprimé aux lieux une indélébile marque psychique, suscitant depuis des siècles des témoignages de déambulations spectrales.

Rien de bon n'a jamais résulté de l'ignorance de notre histoire mutuelle. Les injustices du passé clament à cor et à cri leur besoin de reconnaissance. Ceux qui, parmi mes estimés lecteurs, trouveront la force d'affronter ces esprits sans repos se trouveront amplement récompensés.

Aurez-vous, chers amis, ce courage ? Si oui, précipitez-vous dans le Yorkshire du Nord avant le 1er août, faute de quoi vous perdrez à jamais cette opportunité.

« Les injustices du passé », vraiment ! Mais il avait fait ce qu'elle lui avait demandé, songea Anne. Il ne lui restait plus qu'à partager cette rubrique avec sa mère.

Et avec Stella.

Anne avait mauvaise conscience en sortant de la bibliothèque. Elle n'avait pas encore confié à Stella sa visite à Arlington Street. À dire vrai, elle parlait rarement de Hartford à ses amies, si ce n'était pour déclarer qu'elle le détestait de toutes ses forces.

Elle était trop fière pour admettre qu'elle avait reconnu depuis longtemps le style de Hartford derrière les écrits de M. Drinkwater. Qu'elle avait commencé à lire sa rubrique avec régularité et que, découvrant dans le *Weekly Heliosphere* un article écrit de la même manière et signé par un certain M. Bilgewater, elle avait pressenti qu'il s'agissait également de Hartford.

Ses soupçons l'avaient conduite à rechercher d'autres de ses travaux anonymes – et elle n'avait pas manqué d'en découvrir, à son grand mécontentement.

Hartford avait toujours eu une tournure d'esprit frivole.

Tout était fait pour son propre amusement, sans que jamais il se soucie des conséquences, l'essentiel étant de satisfaire son sens de l'humour particulier.

Il se moquait de tout le monde, tournant en ridicule les spirites, les lecteurs de romances, les horticulteurs et les adeptes de la sobriété au travers de ses courts articles. Même ses pseudonymes étaient satiriques : Drinkwater, Bilgewater et autres. Ces allusions à l'eau étaient ridicules. Qui avait pour nom de famille « Eaupotable », « Eaudecale », « Eaudemer » ? Il prenait vraiment ses lecteurs pour des imbéciles.

Si la dernière visite d'Anne au comte de March remontait à six ans et demi, Hart n'avait pas fait preuve d'une telle retenue concernant ses venues à la résidence de la jeune lady à Grosvenor Square. Il assistait fréquemment à des réceptions ou à d'autres événements, dédaignant le fait que ces rassemblements incluaient généralement des médiums, des diseuses de bonne aventure et leur boule de cristal, et divers autres protagonistes aux mérites douteux.

Autrefois, Hart ne se souciait pas d'endurer les mises en scène du spiritisme, tant qu'il avait la possibilité de demeurer en marge de la vie d'Anne. Ces derniers mois, cependant, l'idée de finir ses jours à rôder dans son ombre présentait de moins en moins d'intérêt pour lui.

Pour autant, ses réticences ne l'avaient pas retenu de venir aujourd'hui.

Il se consola en voulant croire que c'était par curiosité qu'il se présentait ce matin à Grosvenor Square. Il avait écrit ce qu'Anne avait exigé qu'il écrive, et son rédacteur en chef avait veillé à ce que l'article figure dans la dernière publication en date du *Spiritualist Herald*, qui paraissait deux fois par mois.

Hart s'attendait à ce que l'annonce du départ de lady Arundell pour le Yorkshire s'ensuive rapidement.

Il n'en fut rien.

Près d'une semaine après la publication de sa rubrique, la comtesse et sa fille étaient toujours à Londres.

Voilà qui était pour le moins curieux.

Il suivit le majordome grisonnant des Arundell dans l'escalier incurvé en marbre, puis dans leur petit salon aux murs tapissés de papier vert et or.

— M. Félix Hartford, milady, indiqua le majordome.

Hart attendit sur le seuil tandis qu'on l'annonçait, tout en balayant du regard la pièce exagérément meublée. La déception ne tarda pas à l'envahir. Aucun signe d'Anne. Seule sa mère était présente.

Sa *redoutable* mère.

Assise sur un sofa de velours vert, drapée comme toujours de crêpe noir, lady Arundell était aussi majestueuse que la figure de proue d'un navire.

— Hartford, dit-elle d'un ton qu'aurait pu employer la reine Victoria elle-même. À quoi devons-nous le plaisir de votre visite ?

— Milady.

Il s'inclina avant d'entrer.

— Une raison est-elle nécessaire ? demanda-t-il.

D'un geste sec, la comtesse ouvrit son éventail de dentelle noire, et lui fit signe de s'asseoir.

— Vous rendez la politesse à ma fille, je suppose.

Il prit place dans un fauteuil qui faisait face à lady Arundell, son sourire de circonstance masquant une bouffée d'irritation spontanée. Naturellement, Anne avait parlé à sa mère de sa visite à Arlington Street. Elle n'avait aucun secret pour elle.

Ou plutôt, elle n'avait pas pour habitude de lui cacher quoi que ce soit. Pas durant ces six dernières années, en tout cas.

Mais quelque chose avait changé. Hart l'avait senti dans l'air quand Anne lui avait rendu visite.

C'était à cause de cette histoire avec Mlle Wychwood. L'inquiétude d'Anne pour sa fragile amie avait accompli l'impossible. Elle avait ranimé son sens de l'indépendance – une flamme qui s'était presque complètement éteinte après le décès de son père.

Le désespoir était un puissant aiguillon.

Et Anne devait être désespérée, pour avoir enrôlé Hart dans sa manigance.

— C'était fort aimable de sa part de rendre visite à mon grand-père, dit-il.

— Un déplacement en pure perte, répliqua lady Arundell. Anne m'a dit qu'elle ne l'avait pas vu.

— Grand-père a pris pour habitude de passer ses matinées dans sa serre. Il ne reçoit plus guère de visiteurs. N'y voyez aucune discourtoisie de sa part.

— Nous n'en avons aucunement été offensées. Nos familles sont amies de longue date. Nul besoin de cérémonie entre nous.

C'était vrai. Les Hartford et les Deveril se connaissaient depuis très longtemps. Tout avait commencé avec lady Arundell et la mère de Hart, Eloise. Pensionnaires dans la même école quand elles étaient petites, elles avaient noué des liens d'amitié qui avaient perduré jusqu'au décès d'Eloise. Les relations s'étaient alors distendues. Et quand lord Arundell était mort à son tour, les contacts avaient semblé totalement rompus.

— J'espère que nous le sommes toujours, madame, dit-il. Amis, j'entends.

Lady Arundell le scruta.

— Je suppose que vous avez la nostalgie du bon vieux temps où votre mère séjournait avec nous à Cherry Hill. Vous ne deviez pas avoir plus de quatorze ans. Et Anne n'était qu'une fillette de huit ans, encore à la nursery. Quel plaisir preniez-vous à la taquiner et à la tourmenter !

Hart esquissa un sourire.

— C'était un bonheur de se moquer d'elle.

Anne était une enfant tellement singulière. En grandissant, contrairement aux autres jeunes filles de leur monde, elle n'avait pas hésité à le taquiner en retour.

— Est-elle à la maison ? demanda-t-il.

— Où pourrait-elle être ? s'étonna Sa Seigneurie. Elle est partie quérir mon écritoire. Je souhaite dicter une lettre.

— Je vois.

Hart dut faire un effort pour conserver son sourire.

Donc, elle avait fait d'Anne sa secrétaire ainsi que sa dame de compagnie. Quel rôle la jeune femme endosserait-elle ensuite ? Celui d'infirmière ?

— Je pensais que vous seriez toutes deux occupées à préparer votre voyage dans le Nord, dit-il.

Lady Arundell cilla.

— Un voyage ! Quel voyage ?

— Pardonnez-moi. Je pensais que vous étiez une lectrice assidue du *Spiritualist Herald*.

Le visage de la comtesse s'éclaira.

— La rubrique de M. Drinkwater ! Un fascinant concours de circonstances. Quand on songe que le voile entre les mondes devrait atteindre son point le plus ténu pendant un mois seulement – et uniquement dans cette partie du pays…

Fascinant, en effet.

Hart avait accompli un effort considérable pour construire cette histoire. Il s'était même donné la peine de consulter d'anciennes éditions du *Herald*, cherchant le moindre détail sur lequel bâtir sa fiction.

Il avait eu la chance de le trouver.

— Le manoir des Chardonnerets possède une histoire, semble-t-il. Quelque chose en rapport avec des exécutions de royalistes ayant eu lieu là-bas au XVIIe siècle.

La comtesse hocha la tête.

— Cela explique la réputation de la maison. On la dit hantée depuis longtemps.

Hart avait connaissance de ces rumeurs, comme tout le monde. Le comportement scandaleux du capitaine Blunt n'arrangeait pas les choses. Individu à l'apparence dangereuse, avec un visage barré d'une cicatrice acquise au combat et un rictus perpétuellement moqueur, on disait de lui qu'il résidait dans son domaine hanté du Yorkshire avec ses nombreux enfants illégitimes. De fait, la vie de cet homme semblait tout droit tirée de ces ridicules romans à sensation dont Hart faisait souvent la critique pour le *Weekly Heliosphere*.

Il n'était pas étonnant que Mlle Wychwood se soit amourachée d'un tel personnage.

— Il semblerait que les rumeurs soient fondées, répondit Hart d'un ton grave. Le manoir des Chardonnerets est une maison qui possède une forte charge spirite.

— C'est ce qu'affirme M. Drinkwater, admit lady Arundell.

— Dans ce cas, vous comprenez sans doute l'importance de la révélation faite dans sa chronique. Ne pas aller dans le Yorkshire durant cette période particulière serait se priver d'une rare opportunité médiumnique.

— Oui, oui.

La comtesse agita son éventail avec un émoi grandissant.

— C'est terriblement regrettable. Mais il ne peut en être autrement. Comme je l'ai rappelé à Anne ce matin… Ah ! La voici.

Anne se tenait dans l'embrasure de la porte, une volumineuse écritoire en bois de rose entre les mains. Ses joues étaient empourprées par l'effort.

Hart se leva aussitôt. Tandis qu'il traversait la pièce pour lui porter assistance, son sang se réchauffa comme chaque fois qu'il était en sa présence.

— Permettez-moi, dit-il en tendant les mains vers l'objet.

Anne s'y agrippa un moment, avant de le lui abandonner. Une mèche de cheveux de la couleur du blé s'était échappée de ses tresses et bouclait devant son visage. Elle semblait adorablement troublée – ce qui était rare. Anne ne perdait pas souvent contenance.

— Que faites-vous ici ? demanda-t-elle à mi-voix.

— Je satisfais ma curiosité, murmura-t-il en retour. De quoi d'autre pourrait-il s'agir ?

La voix de stentor de lady Arundell interrompit ces messes basses.

— Veuillez vous asseoir, tous les deux !

Hart fit signe à Anne de le précéder.

Elle passa devant lui dans un mouvement de jupes de soie noire, ses tresses scintillant sous le soleil qui filtrait par les hautes fenêtres du salon.

Il la suivit en souriant malgré lui.

Lady Arundell pointa son éventail vers le fauteuil voisin de celui de Hart. Obéissante, Anne y prit place, arrangeant autour d'elle sa superposition de jupes.

— Où désirez-vous que je pose votre écritoire ? demanda Hart.

— Sur la table en malachite.

Il déposa l'objet, tout en ayant conscience du regard d'Anne rivé dans son dos.

— J'étais en train de dire à Hartford combien nous sommes déçues de manquer cette opportunité de communiquer avec les esprits dans le Yorkshire, expliqua lady Arundell.

— Oui, très déçues, renchérit Anne d'un ton pincé.

Hart observa les deux femmes avec perplexité tandis qu'il regagnait son siège. Il y avait rarement de la tension entre elles. Encore qu'il n'ait pas eu l'occasion d'en être témoin depuis une demi-douzaine d'années.

— Quelque chose vous empêche-t-il d'y aller ?

— Nous ne pouvons parcourir une telle distance sans escorte, dit lady Arundell.

— Vous venez pourtant de rentrer d'un long voyage, fit remarquer Hart.

Anne et sa mère s'étaient dernièrement rendues à Birmingham en compagnie de Mlle Malravers et de son oncle, Harris Fielding. Ils voulaient vérifier la légitimité d'un enfant médium qui, disait-on, avait pris contact avec le prince consort récemment décédé.

Il s'agissait d'une entreprise ridicule, et Hart supposait qu'elle n'avait fait qu'exposer un peu plus Anne à un assortiment de charlatans.

— M. Fielding nous accompagnait, dit lady Arundell avec une pointe d'irritation. Sa présence ne souffre aucun reproche.

La solution parut alors évidente à Hart.

— Peut-être M. Fielding pourrait-il se laisser persuader de vous accompagner de nouveau ?

Lady Arundell fit claquer son éventail d'un geste impatient.

— Si seulement il était en mesure de le faire ! Hélas, il souffre des suites d'une indisposition et n'est pas suffisamment remis pour quitter la chambre.

Hart glissa un regard vers Anne. Elle avait les mains étroitement jointes sur ses genoux.

— Un valet, dans ce cas, suggéra-t-il. Nombreuses sont les dames de qualité à voyager avec des domestiques de confiance. Personne ne peut y trouver à redire.

Lady Arundell balaya cette recommandation d'un geste de la main.

— Il ne saurait en être question. Une lady ne peut visiter un site chargé de spiritisme sans être assistée d'un gentleman. Pensez aux dangers. Non, non. Nous devons accepter l'impossibilité de cette entreprise. C'est très regrettable, comme je l'ai dit.

— Infiniment regrettable.

Une frustration palpable vibrait dans les mots d'Anne.

— Si nous étions allées au manoir des Chardonnerets, j'aurais pu voir Mlle Wychwood. J'aurais pu m'assurer en personne de sa santé et de son bonheur.

— Encore cette Mlle Wychwood ?

Lady Arundell lâcha son éventail dans un mouvement d'humeur.

— Que cette fille est donc fatigante ! Ne puis-je avoir la paix, maintenant qu'elle est mariée ?

— Moi, je ne suis pas en paix, répliqua Anne. Je n'aurai pas de répit tant que je ne saurai pas si elle va bien.

Il y avait des ombres sous ses yeux. Une lassitude que Hart n'avait pas constatée auparavant.

Sa poitrine se serra sous l'assaut d'une émotion familière. Ce satané besoin de lui venir en aide. Il sentait cette aspiration prendre vie en lui chaque fois qu'Anne, ou quiconque était cher à la jeune femme, se trouvait en détresse.

C'était sa malédiction personnelle. Il s'y mêlait un ressentiment persistant à l'égard des choix qu'elle avait faits.

Anne avait choisi une vie dans l'ombre de sa mère, plutôt qu'une vie avec lui. C'était plus que décevant. C'était véritablement insultant. Tout homme ayant un peu de dignité s'en serait lavé les mains depuis longtemps.

Mais ce n'était pas son amour-propre qui tourmentait Hart pour le moment.

Bon sang, c'était intolérable de la voir si épuisée et vaincue.

Ce n'était pas la Anne qu'il connaissait. Il voulait qu'elle soit de nouveau elle-même.

Cette exigence l'encouragea à passer à l'action.

— Il ne vous manque qu'une escorte appropriée ? demanda-t-il.

— Un gentleman, répéta lady Arundell.

Hart redressa les épaules.

— Dans ce cas…

« Ne le dis pas, l'exhorta sa conscience. Ne le dis surtout pas ! »

Mais quel homme avait jamais écouté sa conscience dans une situation comme celle-ci ?

— ... je serais heureux de vous proposer mes services, conclut-il.

Anne releva brusquement la tête.

— *Vous !* s'exclama-t-elle.

— *Vous ?* s'enquit en même temps lady Arundell, le regard brillant.

— Moi, acquiesça-t-il. Ne suis-je pas un gentleman ?

Anne émit un petit bruit étranglé.

Hart esquissa un sourire.

— L'offre est tentante, reconnut lady Arundell. Mais vous êtes un homme jeune, contrairement à Fielding. Et le Yorkshire n'est pas tout à côté. Ce serait une contrainte pour vous.

— Pas le moins du monde.

Hart croisa le regard stupéfait d'Anne.

— C'est une occasion à ne pas manquer. Ce serait une folie de ma part de m'en tenir écarté.

— Vous aviez vous-même l'intention de vous rendre dans le Yorkshire ? demanda lady Arundell.

— En effet.

Hart se promit d'expier son mensonge un jour ou l'autre.

— Si vous voulez bien vous en remettre à mes bons soins, je serai heureux de prendre les dispositions nécessaires.

— C'est très généreux de votre part, approuva lady Arundell. N'est-ce pas, Anne ?

Anne ne répondit pas. Elle l'observait toujours fixement, les yeux écarquillés dans un mélange d'incrédulité et d'horreur.

— Comme je le disais, poursuivit Sa Seigneurie en se laissant séduire par l'idée, nous ne voulons pas être une charge pour vous. Mais si vous faites déjà le voyage, je suppose que nous pourrions bénéficier de votre escorte.

— Ce serait un honneur pour moi, assura Hart. Nous sommes après tout des amis de longue date.

4

— M. Hartford vous accompagne dans le Yorkshire ?

Les yeux bleu-gris de Stella s'arrondirent d'étonnement derrière la voilette en mousseline de soie de son chapeau d'équitation.

Perchée sur une selle d'amazone en cuir passablement usé, elle montait Locket, sa fringante jument, avec l'aisance d'une cavalière accomplie. Sa nouvelle tenue d'équitation, récemment conçue par le chevalier servant d'Evelyne, le couturier Ahmad Malik, parachevait le tableau. La coupe du lainage teint en bleu Mazarine avait été magistralement exécutée, chaque pince et chaque couture accentuant les charmes de Stella.

Et ils étaient nombreux.

Elle possédait également une caractéristique qui pouvait être considérée comme désastreuse : des cheveux qui étaient devenus complètement gris à l'âge de seize ans. La fâcheuse couleur était présentement cachée par un filet de soie aux mailles serrées.

— Je ne puis y croire, dit-elle.

— Moi non plus, renchérit Anne.

Une légère brise agitait la courte voilette de son propre chapeau. C'était une belle journée d'été. Le soleil brillait au-dessus de Rotten Row, à Hyde Park, mais Anne n'en ressentait pas la chaleur.

Depuis la visite de Hartford la veille, elle se trouvait dans un état d'appréhension presque constant.

D'une subtile pression de la jambe, elle guida Saffron hors du passage d'un gentleman qui trottait vers elles sur un cheval bai. Saffron répondit aussitôt. Après plus d'une décennie de partenariat, la communication entre la cavalière et sa monture était remarquablement fluide.

L'étalon à la robe ambrée et aux crins blond clair était le fidèle destrier d'Anne depuis l'enfance. Son père le lui avait acheté à Shrewsbury en guise de cadeau pour ses onze ans.

Cela avait été une surprise aussi bien pour sa mère que pour elle.

— Un étalon, mon ami ? avait dit maman. Mais Anne n'est qu'une enfant.

— Anne est une cavalière née, avait répliqué papa, ses paroles résonnant d'une confiance inébranlable. Elle doit posséder un cheval adapté à ses capacités.

À l'époque, Anne n'était pas certaine d'être prête pour un animal aussi splendide, mais les années écoulées avaient prouvé que ses craintes étaient infondées. À présent, Saffron avait dix-huit ans.

Près d'elle, Stella guida avec dextérité sa propre monture.

— Pourquoi M. Hartford s'est-il senti obligé de faire une telle offre ?

— La raison est toujours la même, répondit Anne d'un ton amer. Le plaisir mauvais qu'il prend à me tourmenter. Quel homme odieux !

— Odieux, sans doute, dit Stella. Mais son escorte vaut mieux que pas d'escorte du tout.

Anne admit cet argument.

— Je suppose que tu as raison. Ainsi, je peux au moins me rendre dans le Yorkshire.

Un autre cavalier les approcha sur la gauche. Lord Untel, fraîchement arrivé de sa province. Anne se rappelait lui avoir été présentée à l'une des réceptions de maman, mais son nom lui échappait.

— Bon après-midi, mademoiselle Hobhouse. Milady.

Il toucha le rebord de son chapeau en passant, tandis que son regard s'attardait sur la poitrine d'Anne plus longtemps que ne le permettait la décence.

Anne le salua d'une froide inclination de tête.

Il n'était pas le premier gentleman à la regarder avec insistance.

Tout comme Stella, Anne portait une tenue dessinée par M. Malik – un flatteur ensemble d'étoffe de Venise noir. Mais Anne n'avait pas revêtu cette création à la mode dans le but de faire sensation au parc. Elle agissait ainsi pour venir en aide à Evelyne.

Avant de pouvoir se marier, M. Malik devait d'abord réussir en affaires. Pour y parvenir, il avait besoin que ses créations soient vues. C'était pourquoi Anne et Stella s'étaient adressées à lui pour leurs nouvelles tenues d'équitation, mais aussi pour les robes qu'elles avaient récemment portées à l'occasion d'un bal dans les jardins de Cremorne.

Anne n'avait pas imaginé que de sobres vêtements noirs puissent présenter une allure aussi sophistiquée et séduisante. Elle n'osait imaginer ce que M. Malik serait capable d'accomplir avec une étoffe rouge.

— Remercions le ciel pour la rubrique de M. Drinkwater, dit Stella, reprenant leur conversation. Quelle chance inouïe qu'il ait écrit sur le domaine du capitaine Blunt !

Rongée par la culpabilité, Anne regardait droit devant.

Elle n'avait pas tout dit à Stella. Elle doutait d'en être un jour capable. C'était franchement embarrassant. Quelle femme adulte et raisonnable reconnaissait encore les envolées lyriques rédigées par un gentleman qu'elle avait embrassé dans sa jeunesse ? Une sotte, voilà ce qu'elle était.

— Crois-tu que ce soit véridique ? demanda Stella. Cette histoire de voile entre les mondes qui se réduit dans le Yorkshire du Nord ce mois-ci ?

— Ce sont des sornettes, décréta Anne. Du début à la fin. Mais je ne peux pas m'en plaindre, dans la mesure où c'est ce qui me permettra d'atteindre mon but.

— J'espère que tu n'arriveras pas trop tard.

— C'est déjà trop tard. Il y a des semaines que Blunt a enlevé Julia.

— Il l'a épousée, dit Stella. Nous ne savons pas encore s'il l'a réellement enlevée. Et après ce que tu as découvert à la rédaction du journal…

— Ce que je n'ai pas découvert, la corrigea Anne. Il n'y a aucune trace de rumeurs de brutalités de la part du capitaine Blunt dans les archives du *London Courant*.

Tout ce qu'elle avait exhumé était un récit élogieux de son héroïsme.

— D'après mon frère, la presse n'a pas davantage de crédibilité que les ragots mondains.

Anne lança à son amie un regard éloquent. Le frère aîné de Stella était un despote vindicatif, dont le point de vue sur la plupart des sujets était positivement moyenâgeux. Bien qu'il autorise sa sœur à prendre part à la saison londonienne – une condition figurant dans le testament de leur défunt père –, il entravait son succès à la moindre occasion.

— Je n'ai aucune raison de douter du récit du journaliste, dit Anne. Bien que je puisse avoir des raisons d'être sceptique.

— En as-tu fait une copie pour Julia ?

— Oui. Mais le capitaine Blunt reste un mystère presque entier pour nous.

— Nous savons qu'il est un héros. Et Julia affectionne les héros.

— Dans les romans, peut-être. Quant à Blunt, puis-je te rappeler qu'elle a failli s'évanouir lorsqu'il l'a approchée ?

— Elle tombe en pâmoison dès qu'elle est en présence d'un gentleman.

— Précisément. Crois-tu vraiment qu'elle est partie avec lui de son plein gré ?

Stella plissa le front.

— Je l'ignore. Mais je ne peux pas non plus la considérer comme une victime. Julia est plus forte qu'il n'y paraît. Regarde de quelle manière elle dirige Cossack. Ce n'est pas donné à n'importe quelle jeune lady de maîtriser une monture de cette taille.

— Nous sommes toutes plus fortes quand nous sommes à cheval, dit Anne.

C'était ainsi que les quatre jeunes femmes étaient devenues amies.

— Ça ne signifie pas que nous pourrions repousser un homme de la stature du capitaine Blunt, poursuivit-elle. Je ne pourrais même pas échapper à Hartford. Et si je ne peux pas avoir le dessus sur lui, il y a peu de chances que Julia ait triomphé de Blunt.

— M. Hartford et le capitaine Blunt sont des gentlemen très différents, commenta Stella. D'après mon expérience, ce sont les plus spirituels qui présentent le plus grand danger.

Anne faillit poser une question, mais se ravisa lorsqu'elle aperçut une familière silhouette blonde qui trottait vers elles, montant une gracieuse petite jument.

Il s'agissait de la vicomtesse Heatherton.

Le visage d'Anne se fit impassible tandis qu'elle adoptait la même froideur dans son attitude que la vicomtesse elle-même.

Grâce à son mariage avec un gentleman âgé, lady Heatherton était une personnalité éminente de la société londonienne. Célébrée pour sa beauté et connue pour sa nature vindicative et perfide, elle éprouvait une profonde aversion pour Anne et ses amies, au point d'avoir provoqué une confrontation avec Evelyne et M. Malik durant le bal dans les jardins de Cremorne.

N'eût été l'intervention de la mère d'Anne, la rencontre aurait pu se terminer en véritable esclandre.

Depuis, Anne avait conseillé à ses amies d'éviter cette femme.

— Lady Anne, dit froidement la vicomtesse en inclinant la tête.

Anne répondit sur le même ton crispé.

— Lady Heatherton.

Le nez en l'air, Sa Grâce passa son chemin, sans un regard ou un mot pour Stella.

Anne se raidit, outrée de l'offense faite à son amie. Stella n'était peut-être que la sœur d'un pasteur, elle n'en demeurait pas moins une jeune femme de bonne famille et méritait des égards.

— Quelle horrible personne ! s'exclama Anne dès que lady Heatherton fut hors de portée de voix.

Stella avait pâli sous l'affront, mais elle se ressaisit très vite.

— C'est sans importance. Je ne la laisserai pas gâcher ma promenade.

— Et tu as bien raison, approuva Anne.

Elles aiguillonnèrent leurs chevaux.

— Que voulais-tu dire, tout à l'heure ? demanda Anne. À propos des hommes spirituels.

— Ils sont effectivement dangereux car ils te dupent avec leurs plaisanteries et leurs railleries, comme s'ils étaient aussi inoffensifs qu'un oncle taquin ou un frère espiègle. Puis ils donnent l'estocade. À l'inverse, ceux qui ont une apparence sinistre sont généralement moins menaçants qu'il n'y paraît. Il en va de même dans la nature, n'est-ce pas ? Avec les serpents et les autres bêtes venimeuses.

Anne en savait peu sur les serpents et, il fallait le reconnaître, moins encore sur les hommes.

— Es-tu en train de dire que Hartford représente une plus grande menace pour moi que Blunt pour Julia ?

Hartford ? Un gentleman qui préfère se moquer de moi plutôt que de me toucher ?

— Eh bien, ma chère, je crois que tu devrais te tenir un petit peu plus sur tes gardes avec cet homme, répondit honnêtement Stella. Même si tu l'as connu dans sa jeunesse, et même s'il aime te taquiner, ce n'est plus un jeune garçon. C'est un homme. Un homme *non marié*.

— Je sais qu'il n'est pas marié, le scélérat. Il a eu l'audace d'en faire mention récemment.

— Il t'a dit ça ? Quand ?

— Au détour d'une conversation. Il a laissé entendre que sa tante était disposée à jouer les entremetteuses pour lui.

— C'est un excellent parti, argua Stella. Je me suis souvent demandé pourquoi il demeurait célibataire. À une époque, j'ai même suspecté, compte tenu de l'attention qu'il te porte...

— Hartford n'a aucune intention de faire de moi l'une de ses conquêtes. Je doute même qu'il songe à moi de cette façon.

— Oh, je le sais à présent, assura Stella.

Anne crispa involontairement ses mains sur les rênes. Aussitôt, Saffron eut un mouvement de tête pour l'inviter à adoucir le contact.

— Qu'est-ce que cela signifie ?

— Je ne fais qu'approuver ce que tu viens de dire.

— Avec beaucoup d'empressement, semble-t-il. Suis-je un tel repoussoir ?

Stella rit doucement.

— Tu sais très bien que ce n'est pas le cas. Tu es sans conteste la plus belle de nous quatre.

Anne se sentit mortifiée.

— Je n'allais pas à la pêche aux compliments.

— Je ne fais que dire la vérité, affirma Stella avec un sourire.

— Ce n'est pas vrai, protesta Anne. Et tu le sais pertinemment.

La plus belle de toutes était Stella elle-même. Même ses cheveux gris avaient quelque chose de séduisant, en dépit du fait que la plupart des gens avaient tendance à considérer cela comme un défaut rédhibitoire.

Mais Anne refusait de cataloguer ses amies selon leurs attributs physiques. Chacune possédait des qualités qui pouvaient lui être enviées.

Evelyne était intrépide et déterminée, avec assez de puissance physique pour faire voler son étalon andalou au-dessus du sol.

Julia était une âme gentille et douce, aussi heureuse quand elle avait le nez plongé dans un roman que lorsqu'elle traversait Rotten Row au galop.

Et Stella était tendre, sérieuse, et savait écouter. C'était la meilleure cavalière des quatre, bien qu'elle ne paraisse jamais fournir le moindre effort.

— Inutile d'argumenter à ce sujet, décréta Stella. Le fait est que ta beauté n'est pas pertinente, pour un homme dans la situation de M. Hartford.

— À quelle situation fais-tu allusion ?

Stella lui jeta un regard conspirateur.

— Je crois que son cœur est engagé ailleurs.

Anne tressaillit.

— Qu'as-tu entendu ?

— Il ne s'agit pas de ce que j'ai entendu, mais de ce que j'ai vu.

Stella hésita une fraction de seconde avant de préciser :

— Je l'ai vu dans le parc il y a deux semaines, aux petites heures du matin.

Anne se rembrunit.

— Ici ? À Rotten Row ?

— Pas ici. C'était à Battersea Park.

— Battersea Park !

C'était situé de l'autre côté du fleuve.

Une étendue s'ouvrit devant elles, et Stella fit adopter à Locket un trot ample et altier. Anne adopta le même rythme avec Saffron. Leurs garçons d'écurie suivaient à distance.

— J'accompagnais mon frère lors d'une visite à la vieille tante de l'une de ses paroissiennes qui souffre d'ulcères aux jambes, expliqua Stella. Nous nous apprêtions à rentrer chez nous en empruntant Prince of Wales Road quand j'ai vu M. Hartford s'engager dans le parc. Je l'ai reconnu tout de suite.

— Que faisait-il ? demanda Anne. Je suppose qu'il ne montait pas à cheval.

Hartford n'était pas très bon cavalier. Il préférait conduire son phaéton – ce qu'il faisait avec un aplomb irritant, prenant les virages à la corde et attaquant au galop des collines outrageusement pentues.

Il avait entraîné lui-même ses deux juments et n'avait jamais laissé personne les mener, pas même son garçon d'écurie. Elles étaient trop sensibles et imprévisibles pour être confiées à d'autres mains.

Elles s'appelaient Kestrel et Damselfly.

Anne connaissait bien le duo. Elle avait choisi leurs noms quand elles n'étaient que de jeunes pouliches, et elle ressentait toujours une certaine tendresse pour elles.

Elle était loin d'avoir les mêmes sentiments pour leur propriétaire.

— Il conduisait son phaéton, dit Stella.

Ses mains gantées demeurèrent fermes sur les rênes tandis qu'elle remettait Locket au pas.

D'un subtil changement d'appui, Anne signala à Saffron qu'il devait lui aussi modifier son allure.

— Est-ce tout ?

Stella baissa la voix.

— Il était avec quelqu'un. Une *lady*.

Anne sentit son estomac se tordre.

— Qui ?

— Personne de notre connaissance. Je ne l'avais jamais vue auparavant. Mais elle le regardait comme si elle éprouvait une grande admiration pour lui.

Une pointe de jalousie piqua le cœur d'Anne. Elle se détesta de ressentir une telle émotion. Et se détesta encore plus de demander :

— Comment était-elle ?

— Jeune. Dix-huit ou dix-neuf ans, je suppose, avec des cheveux très noirs et un teint clair. Assez jolie, vraiment.

Anne sentit le sang se retirer de son visage tandis qu'une douleur inexplicable lui fouaillait le ventre.

Stella lui lança un regard spéculatif derrière sa voilette.

— Mais pas aussi jolie que toi. Comme je te l'ai dit, tout le monde pense…

— Ce que pensent les gens, c'est que je suis une insupportable excentrique, répliqua Anne d'un ton irrité. Et ils n'ont pas tout à fait tort.

Le regard de Stella, empreint de sympathie, s'adoucit.

— Tu n'es pas une demoiselle insipide, je te l'accorde. Mais qui voudrait être ainsi ? La vie d'une excentrique est bien plus intéressante.

Le cœur d'Anne rejeta le compliment, même si elle reconnaissait que l'intention était louable. Quel bonheur y avait-il à être excentrique quand Hartford – ce démon ! – courtisait secrètement une jeune et jolie lady ?

Une *très* jeune et jolie lady.

Une lady tout juste éclose, à peine âgée de dix-neuf ans.

C'était un âge qui donnait à Anne l'impression d'être une antiquité. À presque vingt-trois ans, avec deux saisons manquées à son actif et une troisième en cours, elle ne tarderait pas à être considérée comme une vieille fille.

Elle ne devrait pas s'en soucier. Et elle voulut se convaincre que cela lui était égal. Hartford ne lui appartenait pas. Il n'avait jamais été à elle sauf pendant un bref moment, il y avait de cela six ans et cinq mois.

Cette partie de sa vie n'existait plus, et elle l'avait accepté depuis longtemps. Elle n'en ressentait pas moins un alarmant pincement dans la poitrine.

Ce n'était pas son cœur. C'était pire. Il s'agissait de son esprit. L'essence même de son être qui criait à l'injustice, comme ces royalistes dans le ridicule article que Hartford avait rédigé sur le manoir des Chardonnerets.

Cette évocation lui fit aussitôt penser à Julia. Elle avait déjà tant perdu. Il était impossible qu'elle perde aussi son amie...

— J'aimerais être beaucoup plus excentrique, déclara-t-elle, l'esprit soudain revigoré par cette cause. J'aurais pu me rendre dans le Yorkshire depuis des semaines et arracher Julia à sa tragique destinée.

— Dieu merci, tu ne l'as pas fait, dit Stella. Ta réputation aurait été détruite.

Locket dansait nerveusement sous elle. Stella flatta l'encolure de la jument, l'apaisant d'un geste.

— Quand partez-vous ?

— Demain. Hartford vient nous chercher à 9 h 30. Il s'est procuré des billets de train pour York. Nous ferons étape dans une auberge sur le trajet.

— Ce qui veut dire que tu seras en sa compagnie pendant des jours.

— Pas plus que nécessaire.

Mais elle savait qu'une journée serait déjà trop longue. Même une heure.

Surtout maintenant que Hartford en courtisait une autre.

Comment vais-je le supporter ? Comment vais-je y survivre ?

Ses épaules menaçaient de s'affaisser. Elle ne dut qu'à un suprême effort de volonté de parvenir à rester droite.

— Et si nous galopions ? proposa-t-elle.

Stella sourit.

— Oh oui, faisons ça ! Un bon galop remet toujours les choses en place.

5

— Où cours-tu ainsi, mon garçon ? demanda le comte de March du seuil de sa bibliothèque.

Ses cheveux blancs décoiffés et ses vêtements maculés de terre attestaient qu'il avait passé la matinée dans sa serre.

Hart descendait l'escalier, tenant son chapeau et ses gants à la main.

— J'ai une course à faire, dit-il sans plus d'explication.

Son grand-père ne chercha pas à en savoir davantage.

Flegmatique et excessivement distrait, le vieux gentleman ne se préoccupait que de botanique. Jamais il ne lui serait venu à l'esprit que son petit-fils puisse mijoter quoi que ce soit de malavisé. Les descendants d'un comte étaient, dans son esprit, aussi nobles que les plantes à qui il prodiguait ses soins dévoués.

Apprendre que Hart se rendait à une réunion dans une usine de Battersea, pour discuter d'un sujet aussi vulgaire que l'apport de capital nécessaire pour accroître l'exploitation minière de plombagine, l'aurait anéanti.

— Pourquoi ? demanda Hart en s'arrêtant dans le hall. Avez-vous besoin de moi aujourd'hui ?

— Mes lis de l'Himalaya semblent péricliter. J'aimerais ton avis.

Hart eut un regard intéressé. Les graines de *Cardiocrinum giganteum* faisaient partie des nombreux spécimens que son grand-père et lui avaient rapportés de leur expédition en Inde en 1856.

Les lis géants de l'Himalaya étaient une espèce encore rare en Angleterre, notamment parce qu'il leur fallait six années ou plus pour fleurir. Ils avaient été présentés pour la première fois au salon de la Royal Horticultural Society en 1853 par le botaniste Thomas Lobb. Depuis, la compétition pour collecter et cultiver cette fleur notoirement difficile était rude.

— Je pensais qu'ils se portaient comme un charme, dit-il.

— Les feuilles ont pris une inquiétante couleur brune.

Le grand-père de Hart retourna dans sa bibliothèque.

— Tu pourras y jeter un œil après le déjeuner. Brookdale et son épouse viennent avec Mariah. Tu te joindras à nous, naturellement.

Hart contint un mouvement d'irritation.

— Bien sûr.

Il ne s'entendait pas bien avec son oncle, ni avec sa femme. Quant à Mariah – une petite sotte qui participait à sa première saison, et n'avait ni esprit ni conversation –, ce n'était même pas sa cousine. Elle était née du premier mariage de lady Brookdale avec un riche propriétaire terrien du Berkshire nommé Spriggs.

Si cela n'avait tenu qu'à lui, Hart aurait préféré se consacrer à ses occupations professionnelles. Mais, se souvint-il tandis qu'il rédigeait hâtivement un mot d'excuse à l'intention de ses associés de la manufacture, la famille devait toujours avoir la priorité. C'était la seule règle édictée par le comte de March, et ce dernier s'attendait à ce que ses enfants et petits-enfants s'y plient.

Durant le déjeuner, le grand-père de Hart présida la table d'acajou ciré de la salle à manger, en regardant sa famille avec fierté.

Ils échangèrent tous les cinq des banalités jusqu'à ce que s'achève le repas – composé de soupe, de poulet froid, de fromage et de fruits – et que les domestiques viennent en débarrasser les reliefs.

À la première opportunité, Brookdale envoya à sa femme un signal muet pour l'inviter à se retirer.

Tante Esther était une femme emplie de dignité, avec une expression presque aussi sévère que celle de son mari. Veuve à un âge encore jeune, elle avait épousé Brookdale dix ans auparavant et donné naissance à trois garçons.

Elle se leva en compagnie de sa fille.

— Mariah et moi allons vous laisser à vos discussions politiques.

Mariah suivit sa mère, la tête docilement baissée.

Après le départ des dames, un valet en livrée apporta un décanteur de xérès et trois petits verres, ainsi qu'un cendrier en cristal qui fut déposé en silence à côté de l'oncle de Hart.

Brookdale renvoya le domestique d'un geste de la main et, après avoir allumé un cigare, entreprit d'expliquer la raison de sa visite.

— L'héritier du comte de Denham est passé à Mount Street hier. Il a demandé la main de Mariah.

— Le vicomte Storridge ? demanda grand-père en faisant montre d'un intérêt inhabituel. Son jeune frère n'est-il pas…

— Dans le commerce, dit Brookdale. Ce n'est pas tout. Il y a des rumeurs inquiétantes à propos de Denham lui-même.

— Il serait aussi dans le commerce ? lança Hart, narquois, tandis qu'il se servait un verre de xérès.

Brookdale fronça les sourcils d'un air désapprobateur. C'était un homme dénué d'humour, qui avoisinait les cinquante ans, avec des cheveux bruns et un regard encore plus sombre. Une barbe noire soigneusement entretenue et des favoris encadraient son visage, lui donnant l'air d'un respectable homme d'État.

Et sans doute l'était-il.

Oncle Brookie, comme Hart avait pris l'habitude de l'appeler quand il était petit, avait à son actif une longue et illustre carrière politique. Élu au Parlement à l'âge de vingt-trois ans, il était connu pour sa dévotion aux institutions traditionnelles – y compris le mariage. De fait, il était si irréprochable et si vertueux qu'il se plaisait à proclamer que le tabac était son seul vice.

— Trouves-tu que les projets maritaux de ma belle-fille constituent une source d'amusement, Félix ? demanda-t-il.

— Tout est source d'amusement à mes yeux, répondit Hart.

De quelle autre manière pourrait-il réagir ? Il était lui-même dans le commerce, bien que ce ne soit pas connu publiquement. Cet état de fait, s'il était révélé, suffirait à provoquer chez son oncle une attaque d'apoplexie.

Et si cela ne suffisait pas à détruire sa réputation – et sa carrière –, les révélations au sujet de Mme Neale le feraient à coup sûr.

— Ton père serait déçu de ta désinvolture, dit son oncle. Tout comme je le suis moi-même.

Il tira sur son cigare.

— Tu deviendras bientôt un fardeau si tu ne t'amendes pas.

— Revenons à Denham, pria le comte de March, non sans une certaine impatience. Il ne s'agit pas de commerce, j'imagine.

— Pas à ma connaissance. Mais le bougre entretient une maîtresse à Clarges Street. On dit qu'il lui aurait fait un enfant.

Hart faillit s'étouffer avec son xérès.

— Il n'y a pas matière à rire ! s'exclama Brookdale. Une telle lascivité – un tel vice – ne peut être tolérée.

— Certes non, approuva grand-père. Je compare cela à de la putréfaction.

— Très juste, dit Brookdale. Sa Majesté soutiendrait ce point de vue.

Hart observa tour à tour les deux hommes.

— Permettez que je comprenne. Lord Storridge a demandé la main de Mariah, mais puisque son frère s'est lancé dans le commerce et que son père entretient une maîtresse...

— Et peut-être aussi un bâtard, ajouta Brookdale.

— Qu'en est-il de Storridge lui-même ? demanda Hart. Mariah a-t-elle des objections à son égard ?

— Mariah tient à faire un mariage d'amour – si stupide que soit cette notion. Je la soupçonne de s'être entichée d'un autre jeune homme. Elle refuse de révéler de qui il s'agit, mais sa mère finira par lui tirer les vers du nez.

Brookdale aspira de nouveau une longue bouffée de tabac.

— Il est regrettable que Storridge ne soit pas à la hauteur. Mariah aurait sans doute pu se laisser persuader de l'accepter.

Hart posa son verre.

L'intransigeance de son oncle l'irritait, notamment parce que la situation de Storridge semblait refléter la sienne.

— Storridge est-il d'une quelconque façon compromis par le comportement de son père ? Ou celui de son frère ?

— De toute évidence. Ce qui est vrai pour la nature l'est aussi pour l'être humain. N'ai-je pas raison, père ? Une branche pourrie peut corrompre la plante tout entière.

— Il faut prendre garde à la pourriture, approuva grand-père. Mieux vaut couper la branche infectée dès les premiers signes de détérioration.

— C'est bien ce que j'ai l'intention de faire, dit Brookdale. Le jeune Storridge épousera une autre demoiselle. Je ne veux pas être associé à cette famille.

— Je commence à me demander ce qui est pire, murmura Hart. Le commerce, ou l'adultère.

Brookdale fit tomber les cendres de son cigare, tapotant celui-ci contre le cendrier avec une force inutile.

— C'est une question que je me pose aussi. Et je me demande également comment un homme tel que mon frère a pu engendrer un fils qui ne comprend pas les devoirs incombant à cette famille. Si tu passais autant de temps à réfléchir qu'à te complaire dans de méprisables bouffonneries...

— Je ne me suis guère illustré dans le domaine de la bouffonnerie ces dernières années, objecta Hart.

Pas publiquement, en tout cas. Et rien de grave : quelques courses de phaétons occasionnellement, un pari ou deux...

Ce n'était rien en comparaison des tours pendables qu'il avait joués dans sa jeunesse.

À l'époque, il se souciait peu de risquer sa vie ou de se ridiculiser. Si quelque chose éveillait son sens de l'amusement ou de l'aventure, il y allait sans s'inquiéter du danger, qu'il s'agisse de marcher sur une corde raide dans les jardins de Cremorne en étant ivre, ou de relever un défi stupide et de nager nu dans la rivière Cam en plein cœur de l'hiver.

Il avait failli mourir d'une pneumonie en raison de cette dernière péripétie, ce que sa famille avait eu du mal à oublier.

— J'ai entendu dire tout le contraire, rétorqua Brookdale. Ton père ne se serait jamais abaissé à s'engager dans...

Le comte de March interrompit son fils aîné.

— Everett était un homme honnête et respectable. Le souvenir de sa piété m'apporte le plus grand réconfort dans mon vieil âge. Tout comme la présence de Félix. Je ne te laisserai pas critiquer sa bonne humeur. Un jardin serait un endroit lugubre sans une touche de couleur.

Hart contint un sourire.

Mais Brookdale n'était pas du genre à se laisser intimider aussi facilement.

— Et toi, demanda-t-il en posant sur Hart son regard de politicien impitoyable, quand te maries-tu ?

— Excellente question, fit grand-père.

La bonne humeur de Hart s'évanouit.

— Un jour. Quand je le jugerai bon.

— Lady Grantley a dit à ma femme que lady Anne Deveril s'était présentée ici, il y a quelques semaines, déclara Brookdale. Est-ce vrai ?

Lady Grantley était la commère du quartier. Elle passait le plus clair de son temps à la fenêtre de son salon, à observer ce qui se passait dans la rue grâce à des jumelles d'opéra qui devaient être les plus puissantes du pays.

Hart aurait dû se douter que la vieille pie aurait remarqué la venue d'Anne.

— Et alors ?

— Il est à espérer que tu ne lui as pas renouvelé ton intérêt.

— Vous avez des objections à son égard ?

Brookdale porta son cigare à ses lèvres, avant d'affirmer :

— Tout le monde en a.

— Est-ce un fait établi ?

Comme toujours, Hart contenait ses émotions.

— À ma connaissance, lady Arundell est considérée comme la femme la plus éminente de la bonne société, fit-il remarquer.

— Je ne fais pas allusion à cela. Mes préoccupations concernent son excentricité. Cette histoire d'occultisme...

— Ce sont des sornettes inoffensives, coupa Hart.

— C'est contraire à la religion, répliqua Brookdale. Et ce n'est pas bon pour l'opinion publique. Une veuve dans le chagrin aurait mieux fait de se tourner vers l'Église.

— On prétend que la reine elle-même s'intéresse au spiritisme, lui rappela Hart. Si c'est assez bien pour elle...

— Lady Arundell ne se trouve pas encore au niveau de Sa Majesté, mon garçon, rétorqua Brookdale. Elle risque de se ridiculiser. Quant à sa fille...

— Prenez garde, le prévint Hart.

Les yeux de Brookdale étincelèrent.

— Aurais-je touché une corde sensible ?

— Laisse-le tranquille, Brookie, intervint grand-père. Je me suis marié sur le tard, et je n'ai pas eu à m'en plaindre. Tout le monde ne peut pas avoir ta chance.

Brookdale se rengorgea.

— Espérons que Félix finira par trouver, tout comme moi, une personne de qualité à qui donner son nom.

Il se remit à fumer.

— Quel dommage que tu ne te sois pas marié avec Mlle Sterling quand tu en avais l'opportunité. Elle aurait fait une excellente épouse pour toi.

L'évocation de Mlle Sterling provoqua un sursaut dans la poitrine de Hart.

Il se souvenait très bien de cette élégante jeune lady, la reine de chaque bal où elle apparaissait. Cela n'avait pas échappé à Anne. Plus d'une fois, il l'avait surprise à regarder Mlle Sterling avec envie.

Finalement, il s'était servi de cette particularité contre Anne, ciblant sa faiblesse d'une façon abjecte. Aujourd'hui, il n'en était pas fier.

— J'ai appris qu'elle était mariée et avait cinq enfants, poursuivit Brookdale. Ce n'est pas de chance, bien que ma femme m'assure que cette saison recèle d'autres candidates prometteuses. Elle a l'intention de te présenter à certaines d'entre elles au bal donné par les Kettering, ce jeudi.

Hart finit de boire son xérès.

— Je ne serai pas là jeudi.

— Tu as d'autres engagements ? demanda grand-père.

— En effet. Je quitte Londres dans la matinée et ne pense pas être de retour avant vendredi.

— Où vas-tu ? demanda Brookdale.

Hart n'eut pas l'ombre d'une hésitation.

— J'escorte lady Arundell et sa fille dans le Yorkshire.

Son grand-père et son oncle s'exclamèrent en même temps, l'un curieux, l'autre médusé :

— Le Yorkshire ? répéta grand-père. Qu'y a-t-il donc dans le Yorkshire ?

— Lady Arundell ! fit Brookdale. Tu as donc des intentions à l'égard de sa fille.

— Je n'ai pas la moindre intention, répliqua Hart. Elles avaient besoin d'une escorte pour rendre visite au capitaine Blunt et à sa nouvelle épouse. J'étais disponible, et je me suis proposé.

L'allusion à la scandaleuse fugue matrimoniale du capitaine Blunt ne rassura en rien l'oncle de Hart.

— Tout cela est scandaleux, marmonna-t-il. Que crois-tu gagner en te mêlant de cette affaire ?

— Je ne sais pas, admit Hart.

Mais il était très curieux de le découvrir.

6

Vêtue d'une robe de voyage en soie noire, ses cheveux nettement tirés en un chignon de tresses, Anne était assise seule dans la salle du petit déjeuner de leur maison de Grosvenor Square et grignotait un morceau de toast dur comme du bois. Il était 8 h 45. Sa femme de chambre avait déjà fait ses bagages. Tout ce qu'il fallait maintenant, c'était que maman achève ses préparatifs et que Hartford vienne les chercher.

Anne s'était préparée à l'affrontement depuis qu'elle était réveillée.

D'après Stella, un voyage entrepris en compagnie de Hartford était plus périlleux pour sa sécurité que tout ce que Julia avait déjà enduré. Aussi Anne était-elle décidée à garder la tête froide et à se tenir sur ses gardes en permanence. Un simple moment d'inattention pourrait occasionner une catastrophe. Elle était susceptible de dire ou de faire quelque chose d'éminemment regrettable.

Ce diable de Hartford pouvait se montrer tellement provocateur.

Horbury entra dans la pièce à pas silencieux.

— Le courrier, milady.

Il tendit à Anne un plateau d'argent sur lequel étaient posées deux lettres.

Tandis que le majordome prenait la liberté de remplir sa tasse de thé à moitié vide, elle déchiffra le nom de l'expéditeur au dos des enveloppes.

Son cœur fit un bond dans sa poitrine.

Juste ciel !

Elles provenaient toutes deux de Julia, postées à quelques jours d'intervalle et distribuées avec un retard inexplicable.

— Pourquoi ont-elles mis autant de temps à me parvenir ? s'interrogea-t-elle à haute voix. Elles ont été postées voilà deux semaines, de...

Elle plissa les yeux pour déchiffrer l'encre brouillée du cachet de la poste.

— Hardholme, Yorkshire du Nord.

— Si je puis me permettre, milady, intervint Horbury, ces bureaux de poste de campagne sont loin d'être aussi efficaces que ceux dont nous disposons en ville.

— Certes. Et cela le prouve.

Anne adressa un coup d'œil reconnaissant au majordome tandis qu'elle ouvrait la première missive.

— Merci, Horbury. Ce sera tout.

Le domestique se retira.

Une fois seule, Anne déplia les pages de la première lettre de Julia et commença à lire.

Ma très chère Anne,

Quand tu recevras cette lettre, tu auras appris ma fugue avec le capitaine Blunt. N'en sois pas alarmée. Ce n'est pas du tout ce qu'on peut s'imaginer. La vérité, c'est que ma situation est devenue intenable peu après ton départ de Londres. Je devrais même dire périlleuse. Ma mère a convoqué le Dr Cordingley pour me faire administrer une saignée, et cet abominable personnage a insisté pour procéder à deux ponctions consécutives. J'ai craint pour ma vie.

Plus tard dans la journée, le capitaine Blunt m'a rendu visite. Je sais que tu auras de la peine à le croire, mais c'est un homme bon et d'une moralité irréprochable. Il s'est montré excessivement prévenant avec moi, se portant plusieurs fois à mon secours. Quand il est apparu, alors que j'étais au plus mal, j'y ai vu un signe divin. Il s'est assis à côté de moi, si solennel et si doux à la fois. C'est alors que j'ai pris ma destinée en main et que (je t'en prie, ne sois pas choquée, ma bien chère amie) je lui ai demandé de m'épouser.

Anne interrompit sa lecture avec une exclamation médusée :

— Oh, Julia ! Qu'as-tu fait ?

Jamais une lady ne demandait un gentleman en mariage, pas même sur son lit de mort !

À la rigueur, c'était le genre de chose qui pouvait se produire dans les romans sentimentaux que lisait Julia, mais pas dans la vraie vie.

Anne reprit sa lecture.

Mes parents auront sans doute présenté les événements d'une façon bien différente. Je te supplie de ne pas les croire. Sache que je connais mon propre esprit et, plus important, mon propre cœur. Si tu pouvais me voir maintenant, tu constaterais que ce que je dis est vrai.

Mot après mot, Anne comprenait à quel point elle s'était fourvoyée. De fait, la seule doléance de Julia à propos de sa nouvelle demeure était le manque de personnel. En l'absence de femme de chambre à son unique service, elle n'avait personne pour prendre soin de ses robes. Un désagrément bien minime, comparé à ce qu'Anne s'était imaginé.

De toute évidence, elle s'était trompée. Complètement.

La deuxième lettre de Julia était encore plus explicite. C'était un véritable catalogue de bouquets de roses, de clairs de lune et de sentiments d'un romantisme échevelé.

Je ne pensais pas que le bonheur pouvait être possible en dehors des pages de l'un de mes chers romans, mais il existe dans ce monde. Je l'ai trouvé ici, dans le Yorkshire, avec le capitaine Blunt.

Quand Anne eut terminé sa lecture, la véritable situation de son amie ne laissait plus de place au doute.

Julia n'avait pas été enlevée. Au contraire. Il semblait que, laissée seule pendant le bref voyage d'Anne à Birmingham, Julia soit tombée amoureuse.

— Bonté divine, murmura-t-elle. Quelle folie ai-je déclenchée ?

Elle bondit sur ses pieds, quitta en trombe la salle du petit déjeuner et se précipita dans la chambre de sa mère à l'étage.

Maman, drapée de soie rose, était assise à sa coiffeuse. Sa femme de chambre française, Hortense, se tenait derrière elle, apportant les dernières touches à son chignon.

— Nous ne sommes pas tenues d'y aller, annonça Anne, à bout de souffle.

Maman lui adressa un regard distrait dans le miroir doré.

— De quoi s'agit-il ?

Anne pressa une main sur sa taille corsetée, s'exhortant à reprendre le contrôle d'elle-même.

— Mlle Wychwood ne court aucun danger.

« Mais ça pourrait être mon cas, ajouta-t-elle en silence, si je suis confrontée trop longtemps à la compagnie de Hartford. »

— Bien sûr que cette fille n'est pas en danger. Le dommage a déjà été infligé à sa réputation. Il ne lui reste plus qu'à tirer le meilleur parti de son irresponsable décision.

— Ce n'est pas ce que je voulais dire.

Anne fit un pas en avant, et le bas de ses jupes heurta le côté incurvé de la coiffeuse.

— En réalité, nous n'avons pas besoin de nous rendre dans le Yorkshire.

Sa mère pinça les lèvres.

— S'il s'agit d'une plaisanterie, elle tombe mal à propos.

— Ce n'est pas une plaisanterie, maman. Nous pouvons rester à Londres.

— Balivernes ! D'après la rubrique de M. Drinkwater, notre visite au domaine de Blunt est de la plus haute urgence.

Anne fit un effort pour modérer son intonation. Il n'était pas question qu'elle cède à la panique. Elle était responsable de ce désastre, et elle allait y remédier.

— M. Drinkwater est loin de faire autorité. Voyez la faible diffusion du *Spiritualist Herald*. Il n'a que peu de lecteurs.

— C'est exact. Il s'agit d'une publication exclusive.

— Une publication que personne ne prend au sérieux. Il est inutile que nous nous mettions en peine parce qu'un homme prophétise une chose ridicule.

— Ridicule ?

Maman lui lança un regard exaspéré.

— Vraiment, Anne. C'est intolérable. Il y a une semaine à peine, tu n'avais pas assez de louanges pour ce M. Drinkwater.

— Oui, je sais, mais à la réflexion…

— Il suffit ! Nous partons dans une heure, et je dois finir de m'apprêter.

Maman s'adressa à sa femme de chambre.

— Ajoutez davantage d'épingles, Hortense. Je ne tiens pas à devoir sans cesse remettre de l'ordre à ma coiffure durant ce voyage.

Hortense sortit docilement une poignée d'épingles à cheveux d'un récipient en verre dépoli. Ce faisant, ses doigts heurtèrent le pot, et quelque chose qui se trouvait derrière tomba dans un délicat cliquètement de verre.

L'objet caché apparut, s'avérant être une fiole à demi emplie d'un liquide brun-rouge.

Hortense redressa immédiatement la fiole, la plaçant de nouveau hors de vue.

Mais c'était trop tard. Anne l'avait remarquée.

Lentement, elle leva le regard vers la domestique.

Le visage d'Hortense était livide. La femme de chambre d'une lady était comme un confesseur : la gardienne des secrets de sa maîtresse. Même si les secrets en question étaient mortels.

— Laissez-nous, dit Anne d'un ton sec.

Après un signe de tête, Hortense se retira.

La comtesse se tourna vers sa fille.

— Au nom du ciel, que t'arrive-t-il ? Je ne tolérerai pas que tu donnes des ordres à mes domestiques.

Anne sortit la fiole de sa cachette derrière le pot et la tint du bout des doigts comme un serpent venimeux.

— Où avez-vous eu ceci ?

Maman se figea.

— Tu vas trop loin, Anne…

— Dites-moi où. Hortense l'a-t-elle acheté pour vous ? Pardieu, si elle vous fournit ce poison, je jure de…

Maman s'empara de la fiole.

— Hortense n'y est pour rien. J'ai acquis le laudanum moi-même.

— *Pourquoi ?*

L'angoisse que ressentait Anne se communiquait à sa voix. Elle ne pouvait pas vivre de nouveau cela.

Au décès de son époux, sa mère s'était effondrée. Elle avait refusé de s'alimenter, et même de parler. De fait, elle avait semblé renoncer à la vie. Pendant une longue période, elle était restée confinée dans son lit, s'administrant du laudanum pour engourdir la douleur, les rideaux tirés et la chambre plongée dans l'obscurité.

Jamais Anne n'avait ressenti une telle désolation – une telle peur. Elle avait déjà perdu son père, et redoutait de perdre sa mère également.

— Vous aviez promis...

— J'éprouve des difficultés à dormir, répondit maman, sur la défensive. Que veux-tu que je fasse ? Que je reste étendue pendant des heures à chercher vainement le sommeil, jusqu'à en devenir folle ?

— Vous sauriez dû me faire appeler.

— À 3 heures du matin ? Nuit après nuit ?

— Oui !

— Ne sois pas sotte. Je n'ai pris que quelques gouttes, un soir où je me faisais du souci pour la santé de Fielding. Je me suis tellement accoutumée à me reposer sur lui.

La comtesse remit la fiole en place sur sa coiffeuse.

— Tu ne sais pas ce que c'est que d'être une femme seule.

— Vous n'êtes pas seule, protesta Anne. Vous m'avez.

— Et j'en remercie le Seigneur. Ta présence est un tel réconfort. Mais ce n'est pas comparable à la présence d'un gentleman dans sa vie. En l'absence de Fielding, ce voyage avec Hartford me fera le plus grand bien.

Anne se crispa. Sa compagnie était sûrement aussi agréable que celle de M. Fielding. Ou que celle de Hartford, pour l'amour du ciel !

Mais maman était d'une autre génération. Mariée très jeune, elle avait placé l'autorité et la compagnie de son époux au-dessus de tout. Il ne s'agissait aucunement d'une offense à l'égard d'Anne. C'était ainsi qu'allait le monde. Aucune fille, fût-elle très aimée, ne pourrait égaler un mari ou un fils.

Il ne servirait à rien de prétendre qu'il pouvait en être autrement.

Anne posa la main sur celle de sa mère, la compassion prenant le pas sur toute autre émotion.

— Ces soucis sont-ils uniquement dus à l'absence de M. Fielding ?

Maman lui pressa les doigts.

— Innocente enfant. Tu sembles croire que ces soucis ont cessé un jour.

— Et Dmitri ?

Anne n'aimait pas mentionner le nom de la créature, mais elle avait appris à encourager sa mère à chercher du réconfort là où celle-ci pouvait en trouver.

— Sa présence ne vous a-t-elle apporté aucun soulagement ?

— Dmitri se montre silencieux depuis quelque temps.

— Oh, maman…, murmura Anne.

Le visage de sa mère se décomposa un instant sous le poids du chagrin, mais elle se ressaisit aussitôt.

— Aucun réconfort n'est possible. Je ne suis pas naïve au point de l'espérer. Personne ne peut comprendre ma douleur. À part peut-être Sa Majesté. L'ampleur de son deuil s'apparente au mien.

Le prince Albert était mort six mois plus tôt, laissant la reine figée devant cette perte irrémédiable. Mais Anne ne s'attendait pas à ce que la reine Victoria succombe à cette émotion. Sa Majesté était solide et volontaire. Sans doute serait-elle de nouveau elle-même après une ou deux années de deuil.

Contrairement à maman.

Quand elle avait finalement émergé de ses appartements, les yeux gonflés de larmes et le teint brouillé par le laudanum, la comtesse d'Arundell s'était immergée dans son deuil de tout son être, s'enfermant et enfermant tous ceux qui l'entouraient sous une chape d'affliction.

Anne avait parfaitement compris cette attitude.

Papa était leur roc. Leur étoile. Quand sa mère et elle l'avaient perdu, le sol avait cédé sous leurs pieds.

Depuis, elles étaient en chute libre et tentaient de s'accrocher à tout ce qui pouvait fournir un appui quelconque.

Maman s'était tournée vers les fantômes, cherchant désespérément à trouver un sens à la mort de son époux. Et Anne... sans doute s'était-elle accrochée à sa mère.

Avait-elle eu raison de le faire ? N'aurait-il pas été préférable de s'en détacher ?

Elle ne voulait pas s'autoriser à entretenir cette pensée. Peu importait que maman soit à présent plus intéressée par le royaume des esprits que par le monde des vivants.

— Oserais-je dire que c'est cela qui a provoqué cette mélancolie ? suggéra Anne. La perte du prince consort vous a rappelé les premiers jours qui ont suivi le décès de papa ?

— Une bien sombre époque.

La comtesse tapota sa main, avant de la libérer.

— Mieux vaut ne pas en parler. Nous avons à nous préoccuper d'affaires plus urgentes. Hartford sera là d'une minute à l'autre. Je suppose que tu n'as pas d'autres objections à notre départ ?

— Certes non, dit Anne, se résignant à son sort. Si ce voyage peut égayer votre humeur, alors nous devons évidemment l'entreprendre.

7

Assis en face d'Anne dans le wagon de première classe, Hartford observait la jeune femme tandis que le train brinquebalait vers York. Il y avait entre sa mère et elle une étrange tension, différente de celle qu'il avait pu observer la dernière fois qu'il leur avait rendu visite à Grosvenor Square.

Lady Arundell semblait pourtant dans de bonnes dispositions. Confortablement installée dans un compartiment aux parois doublées de bois vernis et aux sièges richement capitonnés, elle était absorbée par la lecture d'une publication consacrée au spiritisme – un almanach astrologique, à en juger par l'apparence de l'ouvrage.

Anne était quant à elle immobile et silencieuse. C'était souvent le cas en la présence de sa mère, comme si la personnalité autoritaire de lady Arundell reléguait systématiquement sa fille dans l'ombre. Mais il s'agissait d'autre chose, cette fois. Anne n'était pas seulement discrète : elle était en retrait, presque ailleurs.

Sans lecture pour l'occuper, elle avait passé les deux premières heures de leur voyage à contempler le paysage qui défilait derrière la fenêtre. Elle ne lui avait jeté qu'un seul regard, et encore était-ce pour grimacer devant le choix de sa tenue.

Hart avait ressenti la désapprobation de ce regard brun cognac jusqu'au plus profond de son âme. Il s'y était abreuvé, tel un voyageur du désert en quête d'un verre d'eau, mais cela n'avait rien changé. Il avait toujours la gorge parcheminée, et sa soif n'était pas étanchée.

Anne produisait souvent cet effet sur lui.

Dehors, un bruit d'engrenages et de frottement de métal annonçait qu'ils approchaient de la gare de Derby.

Hart rajusta sa veste à carreaux bleus et verts tandis que le train perdait de la vitesse. Fabriquée en sergé de laine, elle était assortie à son manteau et à son pantalon. L'ensemble était selon lui d'une élégance flamboyante, contrairement à ce que semblait penser Bishop, son valet. Le brave garçon était présentement consigné dans un wagon de classe inférieure à l'arrière du train, avec les femmes de chambre des dames.

— Nous pouvons sortir brièvement, proposa-t-il. Cela nous donnera l'occasion de nous dégourdir les jambes.

Lady Arundell leva les yeux de son ouvrage.

— Je suis très bien ici.

Hart n'avait aucun mal à le croire. Il avait déboursé une jolie somme pour ce voyage, ainsi qu'un pourboire faramineux afin de s'assurer qu'ils ne seraient pas contraints de partager leur compartiment avec des inconnus.

— Nous n'aurons pas d'autre arrêt de cette durée avant le changement de train à York, précisa-t-il. Si vous éprouvez le besoin de faire quelques pas…

— Allez-y, fit lady Arundell d'un ton impatient. Toi aussi, Anne. Je n'ai nul besoin que tu montes la garde près de moi.

Anne pinça les lèvres, visiblement contrariée par les directives de sa mère. Mais quand le train entra en gare, annonçant son arrivée par un coup de sifflet strident, elle se leva pour en descendre.

Hart lui offrit son bras afin de l'aider à quitter le wagon. Elle le prit à contrecœur.

— Vous avez l'air d'un paon, dit-elle d'un ton pincé.

Hart sourit. Il portait fréquemment des couleurs vives et des motifs voyants en présence d'Anne et de sa mère. S'il avait consenti à porter un costume noir, comme l'avait suggéré Bishop, le trio aurait eu l'air de personnes endeuillées se rendant à des funérailles.

— Et de quoi avez-vous l'air, ma blonde Furie ? répliqua-t-il tout en la guidant à travers la foule des passagers qui attendaient pour monter à bord.

C'était une scène chaotique et bruyante, constituée de porteurs braillards et de voyageurs courant en tous sens à travers l'épaisse fumée qui envahissait le quai.

— D'une corneille, je suppose, répondit Anne avec franchise.

Elle n'avait jamais hésité à parler vrai, même au détriment de son amour-propre.

Hart ne l'en appréciait que davantage.

— D'un corbeau, assurément, dit-il. Un noble et intelligent oiseau.

— Tandis que le paon…

— … n'est pas aussi intelligent, cela va sans dire.

Il pencha la tête vers elle et murmura à son oreille :

— Mais il est splendide, vous devez l'admettre.

L'ombre d'un sourire flotta sur les lèvres d'Anne. Elle le masqua avant qu'il s'épanouisse pleinement.

— Pourquoi faut-il que vous soyez toujours aussi…

— Enjoué ? *Felix* signifie « heureux ». Auriez-vous oublié votre latin ?

— Je crois comprendre que vous considérez votre prénom comme un défi personnel.

— C'est fort possible. Quand j'étais enfant, j'y ai certainement vu un but à atteindre. Je suppose que vous désapprouvez la bonne humeur, tout comme vous désapprouvez les paons.

— Ne soyez pas absurde. Et j'ai une bonne raison d'avoir une mauvaise opinion des paons. Nous en avions à Cherry Hill, quand j'étais petite. Ils poussaient des cris terrifiants. C'était vraiment un son affreux.

— Je m'en souviens.

Hart cala plus fermement la main gantée d'Anne dans le creux de son bras.

— Si nous marchions jusqu'à l'éventaire du bouquiniste ? suggéra-t-il.

— À votre guise.

Hart prit la direction du kiosque, qu'on pouvait distinguer au milieu du quai.

Les jupes d'Anne frôlaient ses jambes tandis qu'ils marchaient. Des effluves de son parfum montaient à ses narines, échauffant son sang et éveillant ses sens. C'était le même parfum que celui qu'elle portait autrefois. La fragrance – mélange ensorcelant de vanille et de rose – évoquait d'intenses souvenirs.

Il y avait bien longtemps qu'il ne s'était pas tenu aussi près d'elle, et il avait presque oublié à quel point cela lui était naturel. Il y avait dans cette situation quelque chose de parfaitement et merveilleusement juste.

Ils se correspondaient idéalement. Cela avait toujours été le cas. Pas en taille, toutefois, car il dépassait le mètre quatre-vingts, tandis qu'elle était… sensiblement moins grande. Mais Anne n'était pas pour autant une frêle damoiselle. Elle était vive et énergique. Une force de la nature.

Cette force semblait cependant s'être amenuisée au cours des années. Sa mère la lui avait enlevée. Pourtant, même diminuée, Anne Deveril était toujours plus vigoureuse que n'importe quelle autre lady de sa connaissance.

Il savourait chaque seconde en sa compagnie.

— Vous pourriez apprécier un peu de lecture, suggéra-t-il. Ce serait mieux que de regarder par la fenêtre pendant tout le voyage.

— Je n'ai nul désir de lire. J'ai beaucoup trop de choses en tête.

— C'est ce qu'il m'a semblé.

Hart hésita un court instant.

— Dites-moi, ma douce amie, vous êtes-vous disputée avec votre mère ?

Elle lui adressa un regard aiguisé.

C'était suffisant, en matière de réponse.

— Bien, bien, murmura-t-il. En voilà une surprise.

Le regard d'Anne s'assombrit.

— Faut-il absolument que vous soyez un je-sais-tout ?

— Oh, mais je ne sais rien du tout. Je suis un homme qui ne vit que pour son propre amusement – c'est en tout cas ce qu'on m'a dit récemment. Il arrive toutefois que je m'intéresse à d'autres sujets que moi-même. Vous, par exemple.

— Comme c'est flatteur.

Hart étudia le visage d'Anne. L'abattement était toujours là, présent dans les cernes sous ses yeux, tandis qu'un soupçon de gris voilait son teint d'albâtre. Cela n'altérait en rien sa beauté. Elle était et serait toujours l'éblouissante fille aux cheveux d'or de sa jeunesse.

— Vous feriez aussi bien de me dire ce qui s'est passé, reprit-il. Faute de quoi, je vous asticoterai jusqu'à ce que je le découvre.

Anne eut un soupir agacé.

— Fort bien. Puisque vous tenez à le savoir, Julia Wychwood n'est absolument pas en danger. J'ai reçu ce matin une lettre d'elle, m'informant qu'elle avait épousé le capitaine Blunt de son plein gré. Ce qui veut dire qu'il n'existe pour nous aucune raison légitime d'entreprendre ce voyage infernal.

Hart ne parvint pas à contenir un éclat de rire.

Une dame élégante qui passait à proximité, en compagnie de ses enfants et de sa domesticité, lui lança un regard de dédain comme seules en sont capables les personnes bien nées.

Montrer ses émotions en public était considéré comme une marque d'appartenance aux classes inférieures, et se trouvait dès lors proscrit. Hart était parfaitement informé de ce préjugé. Sa bonne humeur n'en fut nullement affectée.

Anne, en revanche, était mortifiée.

Et furieuse.

— Quelle outrecuidance ! gronda-t-elle.

Elle essaya de libérer son bras.

— Si vous avez l'intention de braire comme un âne…

Hart saisit sa main gantée.

— Veuillez me pardonner. J'ai réagi sans réfléchir.

— Comme un…

— Un âne, d'accord. Allons, ne faites pas de scène.

— Moi ? protesta-t-elle. Ce n'est pas moi qui ris de la mauvaise fortune d'une autre personne sur un quai de gare bondé !

— Quelle mauvaise fortune ?

Hart replaça gentiment la main d'Anne au creux de son bras.

— Vous verrez quand même votre amie. Cela doit vous être agréable. Et vous aurez aussi la chance de passer un moment en ma compagnie. Combien de temps avez-vous dit que cela faisait ? Six ans et demi ?

— Vous le savez parfaitement, répliqua Anne. Devez-vous toujours m'asticoter ?

— Préféreriez-vous parler sérieusement ?

Elle détourna le regard, observant le quai d'un air pensif.

— Je ne saurais par où commencer.

Hart éprouva des regrets. Cette expression perdue sur le visage d'Anne, il en était responsable. Même si elle l'avait rejeté six ans et demi plus tôt, il n'était pas sans reproche en ce qui concernait la suite des événements. Il s'était montré revêche. Antipathique. Le refus qu'elle lui avait opposé n'avait fait qu'exacerber son désir pour elle. À l'époque, le fait de ne pas pouvoir la faire sienne lui avait porté un coup dont il avait pensé ne jamais se remettre.

Et peut-être ne s'en était-il pas remis.

Sa voix se fit plus grave, animée d'une indubitable sincérité :

— Je ne suis pas perpétuellement tenté de vous taquiner, Anne. J'aimerais aussi parler sérieusement. Si vous le souhaitez.

— Dans quel but ? De toute évidence, vous êtes passé à autre chose.

Hart fronça les sourcils.

— Qu'est-ce censé signifier ?

— Vous avez dit vous-même que vous étiez en quête d'une épouse.

— Je n'ai jamais…

Il s'interrompit, se rappelant ses paroles provocatrices quand Anne lui avait rendu visite à Arlington Street.

— Ce n'était qu'une médiocre tentative pour…

— Ce que vous avez omis de mentionner, c'est que vous courtisiez déjà quelqu'un.

— *Quoi ?*

— Ne niez pas. Vous avez été vu avec quelqu'un à Battersea Park, dans votre phaéton. Une grande beauté, à ce qu'il paraît.

Plus tard, Hart se remémorerait cette scène en se morigénant pour son manque de tact. Mais à cet instant, alors qu'il pensait à Ethel Neale et aux mélodramatiques circonstances qu'elle lui relatait tandis qu'ils faisaient le tour du parc, il ne put se retenir d'éclater de rire de nouveau.

C'était précisément la chose à ne pas faire.

Libérant son bras d'un geste brusque, Anne pivota sur ses talons et retourna vers le wagon dans un furieux ondoiement de soie noire.

Contrit, Hart la suivit à travers l'épaisse fumée.

— Anne, attendez…

— Ne vous adressez plus à moi.

Il osa un demi-sourire.

— Jamais ?

Elle lui jeta un regard par-dessus son épaule, les joues empourprées.

— Jamais, dit-elle. En tout cas, pas avant que vous réussissiez à devenir adulte.

À leur arrivée à York, la comtesse d'Arundell avait annoncé son intention de prendre du repos. Normalement, ils avaient prévu de voyager de nuit et de ne faire étape qu'un peu plus loin, à Malton, mais la fatigue avait eu raison de la mère d'Anne.

Hartford leur avait trouvé une auberge tout à fait respectable près de la gare, et avait pris trois chambres. Maman préférant partager la sienne avec Hortense, Anne avait été reléguée dans la chambre communicante – une petite pièce aux allures de placard où elle se trouvait un peu à l'étroit avec sa propre femme de chambre française, Jeanette. Là, elle se défit de sa robe de voyage poussiéreuse et s'adonna à une toilette complète.

Voyager par le train était salissant. Elle ne savait pas ce qui était le pire : la fumée ou la suie. Cette dernière collait aux vêtements et aux cheveux de façon effroyable.

Quand elle se fut lavée, changée, et eut remis de l'ordre dans sa chevelure, il était presque 20 heures. Hartford leur avait fait savoir qu'il leur avait obtenu un petit salon privé.

Anne n'avait aucune raison de douter de ses compétences. Même si elle rechignait à l'admettre, il s'était occupé d'elles avec efficacité. Mais elle enrageait encore en songeant à la façon dont il s'était moqué d'elle.

Cette simple évocation lui faisait monter le rouge aux joues.

Il était inconcevable qu'il ait encore le pouvoir de la vexer à ce point, comme si elle était une fille de seize ans et non une femme adulte.

Elle ne lui avait pas dit un mot depuis qu'ils étaient remontés à bord du train, à Derby. De son côté, il s'était abstenu de l'irriter, et c'était tout à son honneur. Si elle ne l'avait pas connu aussi bien, elle aurait pu penser qu'il se sentait coupable.

Mais non.

Anne n'allait pas tomber dans le piège consistant à s'apitoyer sur le sort du diable.

Elle alla frapper à la porte qui séparait sa chambre de celle de sa mère.

— Maman ?

— Entre.

Anne s'arrêta au pied du lit en cuivre.

Maman était calée contre une pile d'oreillers, un plateau sur les genoux, et avait commencé à dîner.

— J'ai demandé qu'on me fasse monter un plateau, dit-elle.

Anne s'approcha.

— Je pensais que nous dînerions en bas.

— Le voyage m'a éreintée. Je dois me reposer.

— Dans ce cas, je vais me retirer également.

Sa mère balaya cette idée d'un revers de main.

— En aucune façon. Tu dîneras avec Hartford. L'une de nous se doit de le faire.

Anne se crispa.

— Maman, je ne pense vraiment pas…

— Prie-le d'excuser mon absence, et dis-lui que je compte reprendre notre voyage aux aurores demain. Qu'il ne se fasse aucun souci, je ne le retarderai pas.

Du regard, sa mère lui intima de se ressaisir.

— Allons, mon enfant. Tu peux sûrement te montrer courtoise avec lui pendant une heure ou deux.

— Dans un salon privé ? demanda Anne avec incrédulité.

— Ne sois pas sotte, répliqua sa mère tout en coupant sa viande. C'était presque un frère pour toi, quand tu étais petite. Je ne redoute aucunement qu'il se comporte de façon indécente. Il a depuis longtemps passé l'âge de tirer tes nattes ou de mettre des grenouilles dans ta chasuble. Au pire, il te posera quelques questions bien intentionnées.

La jeune femme se demanda comment sa mère pouvait être aussi aveugle en ce qui concernait Hartford. Il est vrai qu'elle ignorait tout de sa demande en mariage et du refus qu'Anne lui avait opposé, autrefois.

— Hartford n'est pas mon frère, protesta-t-elle. C'est un…

— Vraiment, Anne.

Maman abaissa sa fourchette.

— Dois-tu remettre en question tout ce que je dis ? Tu n'étais pas aussi désobligeante avant que tu commences à passer du temps avec tes amies férues d'équitation. Elles semblent avoir eu sur toi une influence déplorable.

La comtesse tourna la tête vers la porte, visiblement à bout de patience.

— Sors d'ici.

Anne ravala ses objections. À quoi cela aurait-il servi ? La parole de maman avait force de loi, et elle serait une fille ingrate si elle choisissait ce moment précis – où sa mère connaissait une résurgence de son deuil – pour lui chercher querelle à propos d'un sujet aussi trivial qu'un dîner.

Bien qu'Anne ne le ressente pas comme étant trivial, à dire vrai.

Elle quitta la chambre dans un silence morose.

C'était une chose d'endurer la compagnie de Hartford en présence de sa mère ; c'en était une autre de se retrouver seule avec cet homme.

Elle songea de nouveau à la façon dont il s'était moqué d'elle.

Oh, comme elle le méprisait !

8

Hartford attendait Anne dans le hall de l'auberge. Comme elle, il s'était lavé et changé. Ses cheveux sombres étaient méticuleusement peignés, et sa mâchoire carrée était rasée de près. Ayant renoncé au style écossais, il portait à présent un pantalon rayé et une veste de velours d'une outrageante couleur violine.

Anne ferma brièvement les paupières, se demandant quel crime elle avait commis pour être punie de cette façon.

Hartford sourit devant l'air de martyre qu'elle ne pouvait se retenir d'afficher.

— Je pensais qu'il y avait du progrès, dit-il en rajustant sa veste.

Si choquant qu'il soit, le vêtement était taillé à la perfection et magnifiait sa large carrure.

— Vous n'aimez pas le velours ?

Anne refusa de répondre à la provocation.

— Mon opinion n'a que peu d'intérêt.

Souriant toujours, Hartford regarda par-dessus son épaule.

— Où est la comtesse ?

— Ma mère est épuisée par le voyage, dit-elle d'un ton pincé. Elle vous prie de l'excuser, et promet qu'elle sera sur pied dès demain matin.

La réponse de Hartford ne fut en rien celle qu'Anne attendait.

Il ne rit pas, ne grimaça pas, et ne fit aucune remarque sarcastique. En lieu et place, il l'observa – silencieusement, solennellement –, l'air pensif.

— Donc, dit-il enfin, nous allons dîner seuls vous et moi ?

— Il semblerait.

Rassemblant sa dignité, Anne passa devant lui, déterminée à faire contre mauvaise fortune bon cœur.

Il la saisit gentiment par le bras.

— Notre salon privé est de ce côté.

Anne ressentit la pression de ses doigts à travers l'étoffe de sa robe aussi intimement que s'il avait touché sa peau nue.

Une nuée de papillons s'envola au creux de son estomac, sans qu'elle comprenne pourquoi.

Peut-être était-ce parce qu'elle se trouvait dans d'étranges dispositions, inquiète à propos de maman, de cousin Joshua, et même de Julia.

Ou peut-être était-ce parce que Hartford et elle étaient dans un endroit inconnu, sur le point de se retrouver seuls.

Quoi qu'il en soit, elle refusait de succomber à cette sensation.

Le menton fièrement dressé, elle autorisa Hartford à la guider vers le salon qu'il avait réservé pour eux.

C'était une pièce bien tenue, réchauffée par un récent feu de cheminée. Deux hommes de service déposaient sur la table des plats chauds composés de poulet rôti et de légumes, ainsi qu'une bouteille de vin.

Hartford lui tira une chaise.

— Veuillez m'excuser pour l'austérité du repas. Je l'ai commandé en songeant à votre mère.

Il aurait tout aussi bien pu qualifier le repas de totalement insipide, songea Anne.

Le penchant de maman pour les mets simples était bien connu. Elle ne condamnait pas seulement le sucre, mais désapprouvait également les sauces trop riches et l'excès d'assaisonnement. Cette règle lui était essentielle pour garder le contrôle de son régime.

— Je ne m'en plains pas, dit Anne en s'asseyant.

La table en bois avait été dressée pour trois personnes, et Hartford donna l'ordre aux deux hommes de débarrasser le troisième couvert.

Ils s'empressèrent de s'exécuter, puis ils quittèrent la pièce avec force courbettes et formules de courtoisie.

Anne était habituée à un tel comportement. Chaque fois qu'elle voyageait avec sa mère, les aubergistes faisaient tout un tintouin qui était fort désagréable.

Hartford prit place en face d'elle à la table.

— Ça ne vous dérange pas ? demanda-t-il. Ces génuflexions.

— Je n'y prête pas attention, prétendit-elle en dépliant sa serviette. Je suis surprise que vous le fassiez.

— Vous oubliez que je ne suis qu'un roturier.

— Vous êtes le petit-fils d'un comte, même si vous n'êtes pas titré vous-même.

— Cette distinction ne signifie pas grand-chose pour le commun des mortels, répondit Hartford en lui servant un verre de vin. Quelles que soient les circonstances, je préfère que mon arbre généalogique ne me précède pas au moment où j'entre dans une pièce. Il m'est plus agréable d'être jugé sur mon mérite.

Il eut une moue narquoise.

— Ou sur mon absence de mérite.

Anne leva la main pour lui signifier d'arrêter de remplir son verre.

— Sous-entendez-vous que je me repose sur mes lauriers ?

— Je l'ignore, milady. Est-ce le cas ?

— Absolument pas.

Anne souleva ses couverts.

— Et ne cherchez pas à prétendre que vous êtes au même niveau qu'un aubergiste. Votre nom de famille n'est peut-être pas précédé du titre de « lord », mais vous n'en êtes pas moins un gentleman de bonne famille. Tout le monde peut le voir.

— Ainsi, vous l'admettez ? demanda Hartford tout en emplissant son propre verre. Et dire que, pendant tout ce temps, j'étais convaincu que vous me considériez comme un faquin.

— Vous êtes surtout un homme terriblement prévisible. À peine cinq minutes en ma compagnie, et vous cherchez déjà à me provoquer.

— Je ne souhaite aucunement vous provoquer.

Son regard bleu scintilla.

— Mais j'aime voir votre tempérament de feu se réveiller de temps en temps.

Anne coupa un morceau de poulet rôti.

— Je vais finir par m'en aller si vous ne cessez pas vos ergoteries. Vous pouvez d'ailleurs vous estimer chanceux que je vous parle, après la façon dont vous vous êtes comporté à Derby.

À peine eut-elle prononcé ces paroles qu'elle les regretta.

C'était un rappel non seulement du rire inopportun de Hartford, mais de la conversation qui l'avait précédé.

Une conversation au sujet de la ravissante jeune lady qu'il courtisait.

Anne aurait pu se gifler pour avoir ravivé le sujet.

L'amusement disparut du regard de Hartford. Durant un bref instant, il sembla sur le point de dire quelque chose de sérieux. Mais les mots ne vinrent pas.

Reportant son attention sur la nourriture, il sombra dans le silence.

Anne observa la même réserve.

Pendant de longues minutes, on n'entendit dans la pièce que le cliquètement des couverts, les craquements du feu et les gorgées de vin avalées avec discrétion à mesure que Hartford remplissait les verres.

Anne buvait bien plus qu'elle n'en avait l'habitude. Non seulement à cause du silence inhabituel, mais aussi en raison des émotions hasardeuses couvant sous la surface.

L'air était chargé d'une tension presque palpable.

Pourquoi n'avait-elle pas insisté pour dîner dans sa chambre ? Elle aurait pu s'éviter ce moment embarrassant.

Juste quand elle pensait ne pas pouvoir en supporter davantage, Hartford posa ses couverts et la dévisagea avec une expression soucieuse.

— Anne, commença-t-il d'un ton grave. À propos de cette jeune lady à Battersea...

— Taisez-vous.

— Vous ne savez même pas ce que je m'apprête à dire.

— Je le sais, et vous n'avez pas à le faire.

À son tour, Anne posa ses couverts. Puis elle affronta courageusement le regard de Hartford.

Il n'y avait pas de place pour la pusillanimité. C'était elle qui avait abordé le sujet : il lui revenait d'y mettre un terme.

— Je n'aurais jamais dû en parler, dit-elle. Vous pouvez bien courtiser qui vous voulez, ça ne me regarde pas.

— C'est bien le nœud du problème. Je ne courtise pas cette jeune fille.

Anne le regarda sans comprendre.

Puis la lumière se fit dans son esprit.

Une bouffée de chaleur lui monta au visage. *Miséricorde.* C'était sa maîtresse.

Hartford entretenait une femme.

Une inexplicable et douloureuse sensation de trahison lui noua la gorge, comprimant son cœur et ses poumons jusqu'à ce qu'il lui soit presque impossible de respirer.

Quelle sotte, mais quelle sotte ! Quelle légitimité avait-elle de se sentir blessée ? Elle n'avait aucun droit sur lui.

En outre, elle n'était pas naïve. Nombreux étaient les gentlemen qui avaient des maîtresses. Des femmes belles et expérimentées avec qui ils partageaient des baisers et d'autres moments d'intimité. Ce n'était sans doute pas plus grave que de courtiser une jeune fille.

Et pourtant, Anne en était davantage blessée.

Hartford ne côtoyait pas la lady de Battersea Park par sens du devoir – en raison d'une injonction familiale de se marier et de fonder une famille. Il était avec elle parce qu'il l'appréciait. Parce qu'il la désirait.

Durant tout ce temps, Anne n'avait pas osé envisager une seule fois que Hartford puisse reporter ses tendres affections sur quelqu'un d'autre.

— Elle s'appelle Ethel Neale, dit-il. C'est ma...

Anne tiqua.

— Je vous supplie de ne pas continuer.

— ... sœur.

— Je ne veux pas...

Anne enregistra avec un temps de retard le mot qu'il avait employé. Ce n'était pas celui auquel elle s'attendait.

— Je suis désolée. Qu'avez-vous dit ?

Hartford serra la mâchoire.

— C'est ma sœur. Ma demi-sœur.

Anne le dévisagea, abasourdie. Il lui fallut cinq bonnes secondes pour retrouver sa voix.

— Mais... vous n'avez pas de sœur. Ou de demi-sœur, en l'occurrence. Enfin, pas que je sache.

— Personne ne le savait, à part mes parents, dit Hartford avec une gravité inaccoutumée. Ma mère me l'a révélé avant de mourir. J'ai gardé le secret depuis, pour le bien de ma famille. Il est impératif que je continue à le faire. Je vous le dis uniquement parce que… je ne veux pas que vous vous fassiez une fausse opinion de moi. Je ne courtise pas Mlle Neale.

Il marqua une pause, avant d'ajouter :

— Et elle n'est pas ma maîtresse.

Anne rougit violemment.

— Je n'ai jamais pensé…

— Bien sûr que si. Je l'ai vu sur votre visage.

Seigneur, elle détestait quand il avait raison !

— Savez-vous qui est son père ? demanda-t-elle.

Hartford esquissa un sourire teinté d'amertume.

— Elle n'est pas la fille de ma mère, mais celle de mon père.

— Votre père !

Anne n'avait pu masquer son ébahissement.

— Mais il était…

— Oui, je sais. Un parangon de moralité.

— Et durant tout ce temps, il avait un enfant naturel ?

— Trois.

— Comment cela, trois ?

Anne avait les yeux écarquillés.

— Je ne peux y croire…

— C'est pourtant vrai. Il a entretenu une maîtresse pendant plus de dix ans. Une ancienne femme de chambre de ma mère.

— Miséricorde !

La femme de chambre de son épouse ? N'y avait-il donc rien de sacré ?

— C'est une femme impétueuse, continua Hartford, mais je suppose qu'on peut lui trouver des qualités. Ensemble, ils ont eu un fils et deux filles : Marcus, Ethel et Ermintrude. Je pourvois à leurs besoins depuis mes vingt ans.

— Votre père ne leur a laissé aucune pension ?

— Pas un penny.

— Ça ne lui ressemble pas.

Hartford lui adressa un regard sardonique qui la fit grimacer.

— Bien sûr, vous avez raison, reconnut-elle. Rien de tout cela ne ressemble à votre père. Ce n'est pas l'homme que nous connaissions.

Feu Everett Hartford était un modèle de respectabilité. Un honorable et sévère gentleman qui, par le biais de ses actions charitables choisies avec discernement, et ses pamphlets virulents sur l'influence désastreuse de l'immoralité régnant parmi les classes laborieuses, avait gagné le respect de la royauté, de l'Église et de la plupart des personnes bien nées.

Naturellement, il n'était pas parfait. Il avait été un père indifférent à l'égard de Hartford. Froid, distant, apparemment insensible. Anne l'avait fréquemment observé quand elle était enfant. Il ne faisait montre d'aucune chaleur envers son fils, ni en paroles ni en actes. Elle en avait ressenti de la peine pour Hartford. C'était un garçon si joyeux, si malicieux... On aurait dit un jeune chiot enthousiaste, guettant un encouragement ou une récompense.

La froideur de son père l'avait profondément blessé.

Et cependant...

Rien dans le comportement affiché par Everett Hartford ne laissait supposer une telle hypocrisie.

Au contraire, les parents de Hartford paraissaient être des personnes sérieuses et responsables. Des piliers de la communauté qui avaient, par un étrange hasard, engendré un fils au caractère superficiel.

Mais ce n'était pas le cas, si Hartford disait vrai.

En réalité, il avait démontré son sens des responsabilités en protégeant la réputation de sa famille, au détriment de sa tranquillité d'esprit – et de ses revenus.

— Comment pouvez-vous les prendre en charge ?

Anne n'avait pu s'empêcher de poser la question.

— Votre héritage ne suffit pas à...

— Très juste, admit Hartford. Fort heureusement, j'ai d'autres sources de revenus.

— Il ne s'agit pas de vos écrits.

Il eut un petit rire sans joie.

— Vous dites ça avec une telle conviction…

— Parce que vous n'êtes pas un écrivain, répliqua Anne.

Son intention n'était pas de se montrer insultante. Il s'agissait d'un simple fait. Tout le monde pouvait constater, en lisant ses articles dans le *Spiritualist Herald*, le *Weekly Heliosphere* et même le *Botanical Magazine*, que Hartford ne prenait pas ce travail au sérieux.

En tout cas, quiconque le connaissait bien pouvait s'en apercevoir.

Il n'avait jamais eu la fibre littéraire. Quand il était plus jeune, il ne jurait que par l'action – qu'il s'agisse de courses de phaétons, de matchs de boxe, ou de paris extravagants qui le poussaient à monter dans des engins à vapeur ou à participer à d'effrayantes ascensions en montgolfière. Il prenait des risques invraisemblables. Et tout cela dans le seul but de se divertir.

— Je n'ai jamais prétendu être un écrivain, répliqua-t-il. C'est seulement un passe-temps. Un parmi tous ceux que je pratique pour m'amuser.

Anne termina son vin. Elle n'aimait pas qu'il lui rappelle son penchant pour la frivolité.

— J'hésite à demander quels sont les autres.

— Est-ce une question ?

Ça ne la regardait pas. Et cependant…

— Je suppose que oui.

— Puisque vous tenez à le savoir, j'investis dans de nouveaux brevets.

Elle haussa les sourcils, l'air interrogateur.

Il s'expliqua avec réticence :

— Un nouveau modèle de pompe d'alimentation pour un moteur de locomotive. Une machine qui lave et essore le linge, et fera gagner du temps aux femmes dans leurs tâches ménagères. Et, plus récemment, un véhicule routier sans cheval, dans la même veine que l'invention de M. Trevithick. Ce n'est pas le plus économique des engins pour le moment, mais...

— Vous plaisantez.

— Pas du tout.

Anne ne sut que dire.

Hartford était depuis toujours un admirateur de l'inventeur Richard Trevithick. Il lui avait un jour prêté un livre sur le sujet. Éprise de lui comme elle l'était, elle l'avait lu pour lui faire plaisir, et avait observé que les machines à vapeur que M. Trevithick avait tenté de faire circuler sur les routes avaient engendré des catastrophes.

Son opinion n'avait en rien refroidi l'enthousiasme de Hartford.

Il reprit la parole, et Anne fut rappelée à l'instant présent.

— Je soutiens financièrement les brevets de plusieurs inventeurs prometteurs, l'informa-t-il. Je suppose que vous désapprouvez cela aussi.

— Je ne désapprouve pas. Je me demande seulement comment des investissements aussi hypothétiques peuvent suffire à faire vivre la maîtresse de votre père et ses trois enfants.

— Ils ne suffisent pas. J'ai d'autres sources de revenus plus fiables. Ordinaires, pourriez-vous dire. Et je remercie le ciel de les avoir. Faute de quoi, je serais dans l'incapacité de régler les dettes de jeu de Marcus Neale.

Il termina son vin et posa son verre vide sur la table.

— C'est d'ailleurs de cela que Mlle Neale et moi discutions quand nous avons été vus ensemble : des deux mille livres que doit son frère.

Anne inhala profondément.

— Deux mille livres ! Au nom du ciel, comment...

— Depuis qu'il a quitté le pensionnat au printemps, mon demi-frère a développé une appétence pour les jeux de hasard. Si je ne paie pas ses dettes, sa mère menace de révéler au monde toute l'étendue de la perfidie de mon père. Elle s'imagine qu'elle sera accueillie comme une éminente figure romantique, à la manière d'Emma Hamilton.

— Bonté divine.

— Oui, c'est un dilemme pour le moins comique. Je suis à moitié tenté de la laisser répandre son venin.

Anne secoua la tête, incrédule.

— Et votre grand-père ne sait rien ?

— Il n'en a pas la moindre idée. Ni mon oncle. Il ne faut pas qu'ils le sachent, même si j'adorerais que Mme Neale éclaire leur lanterne. Si les péchés de mon père devaient être révélés, cela déclencherait un scandale qui se propagerait d'Arlington Street à Westminster. Brookdale pourrait dire adieu à sa carrière politique.

Hartford eut une mimique amère.

— Voyez-vous, ma chère Furie, je crains d'avoir été le seul, pendant ces neuf dernières années - si inutile que vous me considériez –, à tout mettre en œuvre pour protéger la réputation de ma famille. Je me demande s'il ne faut pas y voir une parabole biblique.

Malgré elle, Anne ressentit de la compassion pour lui.

— Oh, Hart..., dit-elle d'une voix douce.

Une étrange émotion, impossible à déchiffrer, apparut sur le visage de Hartford. Anne se rendit alors compte, un peu tardivement, qu'elle l'avait appelé par le surnom affectueux qu'elle lui donnait quand ils étaient enfants.

Le même qu'elle avait murmuré quand il l'avait embrassée, il y avait de cela si longtemps. « Oh, Hart », avait-elle soufflé en refermant une main sur la ferme colonne de son cou.

Il la tenait dans ses bras avec une telle assurance, une telle confiance en lui. Et pourtant, il n'était pas tout à fait sûr de ce qu'il faisait. D'ailleurs, c'était la seule et unique fois où elle l'avait senti trembler.

Un frisson la traversa tandis que ce souvenir remontait à sa mémoire.

Hartford se le rappelait-il aussi ?

Ce devait être le cas, car il la regardait avec une ardente intensité.

— Je ne veux pas de votre sympathie, dit-il d'une voix soudain enrouée. Si vous avez l'intention de vous adresser à moi de la sorte, vous…

La porte du salon privé s'ouvrit avant qu'il ait eu le temps de terminer sa phrase.

La mâchoire de Hartford se crispa tandis que l'aubergiste entrait, accompagné des deux hommes de service qui avaient dressé la table. Le tenancier portait un plateau avec un petit gâteau recouvert de glaçage et une bouteille de vin.

— Milady, mon bon monsieur, dit-il en s'inclinant très bas. J'espère que le repas vous a donné satisfaction. Puis-je vous proposer un gâteau au vin de Madère ? C'est notre spécialité, et elle est généralement fort appréciée.

— Excellente idée, approuva Hartford. Et laissez la bouteille, je vous prie.

— Très bien, monsieur.

L'aubergiste déposa le gâteau et le vin tandis que les deux hommes débarrassaient les reliefs du repas. Quand ils eurent terminé, ils s'inclinèrent tous les trois et quittèrent la pièce en fermant la porte derrière eux.

Anne fixa Hartford du regard. Ce qu'il s'apprêtait à dire s'était perdu à jamais.

— Vous savez ce que ma mère pense des douceurs.

— Votre mère n'est pas là, rétorqua-t-il. Mais peut-être ne l'avez-vous pas remarqué.

Anne se rembrunit un peu plus. Elle s'en était bien évidemment rendu compte. Se retrouver seule avec Hartford ce soir lui avait fait endurer mille morts.

Le comble était qu'elle avait failli baisser sa garde. En entendant son histoire, elle avait ressenti un besoin urgent de l'aider. De le réconforter.

Il lui servit du vin pour la troisième fois.

— Cela figure-t-il aussi sur la liste des interdits de votre mère ?

Anne fut vaguement alarmée quand elle constata combien elle avait bu ce soir. À la maison, elle ne buvait pas plus d'un demi-verre de vin rouge au dîner. Mais ce cru semblait à la fois plus agréable au palais et plus puissant.

Plus elle buvait, plus sa langue se déliait.

— Au contraire, dit-elle, maman considère que le vin est bon pour la santé.

— Comme c'est pratique.

— Ma mère édicte ses propres règles. Toutes les ladys devraient en faire autant.

Hartford reposa la bouteille sur la table.

— Pour elles-mêmes, sans doute. Pas pour les autres.

Anne ouvrit la bouche pour répondre, et choisit finalement de se taire. Boisson ou non, elle ne permettrait pas à Hartford de ressusciter cette vieille querelle. La dernière fois qu'ils avaient évoqué ce sujet, cela avait créé entre eux un fossé que rien n'avait pu ensuite combler.

Il n'aidait pas les choses en la taquinant continuellement – lui rappelant sans cesse le choix qu'elle avait fait de rester avec sa mère plutôt que de l'épouser. Quelques semaines plus tôt, il avait même impliqué l'une de ses amies, lui faisant passer un message par l'entremise d'Evelyne. « Il m'a demandé de te dire qu'aucune plante ne peut fleurir à l'ombre d'une autre, quoi que cela puisse vouloir dire », avait-elle relayé.

Anne se crispa rien qu'en y pensant.

C'était à croire que Hartford lui cherchait de nouveau querelle. Il voulait que le fossé entre eux devienne non seulement infranchissable, mais que celui-ci leur soit fatal à tous les deux.

— Peut-être devrions-nous en faire porter une part à votre mère, suggéra-t-il tandis qu'il coupait le gâteau.

— En aucune façon.

— Vous avez raison. C'est un plaisir qu'il faut garder pour nous seuls.

Il déposa sur une assiette une large part de gâteau abondamment garnie de glaçage.

L'eau vint à la bouche d'Anne. Le gâteau avait l'air délicieux. Et puis, elle n'adhérait pas toujours aux restrictions de maman. Quand elle était en compagnie de ses amies, elle s'autorisait souvent une ou deux gourmandises.

C'était l'une de ses rares faiblesses.

Félix Hartford en était une autre.

Il poussa l'assiette vers elle.

— Allez, dit-il, aussi suave qu'un démon envoyé pour la tenter. Autorisez-vous une douceur.

— Je ne devrais pas.

— Cela facilitera les choses. C'est votre tour, après tout.

Elle le regarda avec circonspection.

— Mon tour de quoi ?

Il sourit.

— De me révéler vos plus sombres secrets, bien sûr.

9

Anne ricana, mais il n'y avait pas à se tromper sur la roseur soudaine de ses joues. Ses pommettes empourprées contrastaient avec la pâleur de son teint et le sempiternel noir de son habillement.

Elle était vêtue d'une robe de deuil en bombazine, différente de celle qu'elle portait dans le train mais pareillement sévère dans son agencement.

Cette vision était pour Hart une provocation identique à celle d'un drapeau rouge agité devant un taureau.

Il se coupa une énorme part de gâteau.

— N'est-ce pas ainsi que cela fonctionne ? L'un de vos secrets contre l'un des miens ? Ça paraît juste, après tout ce que j'ai révélé.

Elle lui adressa un regard sévère.

— Vous n'étiez pas obligé de me dire quoi que ce soit.

— Vraiment ?

Sa confession n'était peut-être pas une obligation, mais il s'agissait assurément d'un impératif.

C'était comme une malédiction qui pesait sur lui. Ce besoin qu'il éprouvait d'alléger les tourments d'Anne était plus fort que lui – quel qu'en soit le prix à payer.

Et c'était bien de l'affliction qu'il avait vue sur son visage quand elle lui avait dit qu'il avait été aperçu en compagnie d'une jeune lady au parc. Elle était troublée à l'idée qu'il courtise quelqu'un. Plus troublée encore d'imaginer qu'il puisse avoir une maîtresse.

De la jalousie.

Voilà ce que ressentait Anne. Et cette réaction l'avait touché au plus profond de lui-même, ravivant un espoir qu'il n'avait pas éprouvé depuis très longtemps.

Elle tenait à lui, après tout. Pas de façon réticente, mais avec un sens résolu de la propriété.

C'était exactement ainsi qu'il se souciait d'elle.

Dieu seul savait comment il réagirait si les situations étaient inversées. Si c'était Anne qui avait été vue au parc en compagnie d'un gentleman.

Si ce jour devait arriver, Hart espérait qu'elle ne le laisserait pas dans l'ignorance. Qu'elle lui dirait la vérité – si douloureuse soit-elle.

— Non, rien ne vous y obligeait, insista Anne. C'était votre décision de me parler de Mme Neale et de ses enfants.

Hart avait du mal à prendre conscience qu'il l'avait bel et bien fait. Il s'était pourtant promis d'emporter le secret de son père dans sa tombe. Et dans le même temps…

Il avait eu envie de tout dire à Anne. Pas seulement aujourd'hui, mais chaque jour depuis qu'il connaissait la vérité.

C'était de la nostalgie, voilà tout. Un élan venu du passé – époque où il avait l'habitude de se confier à elle comme à une amie. Dans ses rares moments de faiblesse, Hart souhaitait désespérément le retour de cette amitié. Le privilège des conseils d'Anne. L'assurance de recevoir son réconfort.

Et pas seulement cela.

Il voulait le reste aussi.

— J'imagine que le secret qui existe entre votre mère et vous est loin d'être aussi navrant que celui que je viens de confesser, dit-il.

Il poussa le verre d'Anne vers elle.

— Buvez. Cela vous donnera du courage.

— Ce n'est pas une question de courage.

Elle observa une pause pendant quelques instants, avant de lever son verre et d'en avaler le contenu d'un trait.

— Et il ne s'agit pas d'un secret inavouable, précisa-t-elle en reposant son verre d'un geste décidé. Ce n'est d'ailleurs pas un secret du tout.

Hart commença à déguster son gâteau.

— J'attends.

Anne croisa les mains sur son estomac.

— Mon cousin Joshua a écrit. Il viendra s'installer à Grosvenor Square en août.

— Avec votre mère et vous ?

— J'en doute. Sa mère l'accompagne, et maman ne voudra jamais partager sa maison avec une telle personne, même si c'est ce que mon cousin a en tête. Mais je ne crois pas que ce soit le cas. Je suis persuadée qu'il s'attend à ce que nous déménagions.

Hart retrouva son sérieux. Si Anne disait vrai, c'était en effet préoccupant.

— Qu'allez-vous faire ?

— Rien, vraisemblablement. Ma mère est disposée à croire qu'il s'agit d'une lubie. Elle est persuadée qu'il ne viendra pas à Londres.

— Et vous ?

— Je ne sais pas. Il faudra bien qu'il vienne un jour ou l'autre, n'est-ce pas ? Il possède le titre et dispose d'un siège à la Chambre des lords. Je ne l'imagine pas se morfondre à la campagne, maintenant qu'il a atteint sa majorité.

Hart avait parfaitement conscience de ce que l'arrivée du nouveau comte pourrait signifier pour le bonheur et la sécurité d'Anne.

— Je suis désolé, dit-il. Je n'avais pas idée que cette menace planait au-dessus de votre tête.

— J'avoue que j'ai d'autres sujets d'inquiétude. La situation de Mlle Wychwood et...

— Et ?

Elle lui lança un coup d'œil circonspect.

— Pourquoi vous souciez-vous de mes ennuis ? Après tout ce qui s'est passé entre nous...

— Oui, dit-il. Précisément. Nous avons une histoire commune. C'est la raison pour laquelle vous vous êtes adressée à moi au départ, et la raison pour laquelle je suis ici. Je me soucie toujours de ce qui vous arrive, Anne. À dire vrai... je ne saurais cesser de le faire.

Anne se sentait perdue. Pourtant, elle n'ignorait pas l'intérêt que Hartford lui portait.

Si on pouvait appeler cela de l'intérêt.

Cela semblait parfois alimenté tout autant par de la colère que par la résurgence de sentiments passés.

L'intérêt qu'elle-même lui portait devait être à peu près de la même veine. Une sorte de regret amer et furieux.

Non, ce n'était pas l'intérêt de Hartford qui la surprenait, mais plutôt le fait qu'il l'exprime.

Ils ne parlaient jamais du passé. En réalité, ils s'adressaient rarement la parole, sauf pour se chamailler.

S'ils en discutaient – s'ils en parlaient *vraiment* –, Anne avait le triste pressentiment que la page serait définitivement tournée. Et elle n'était pas certaine de le vouloir, même si Hartford l'agaçait au plus haut point.

Leur interlude avait été la seule part de romance dans sa vie. Elle était habituée à garder ce souvenir à proximité, le préservant comme une veuve l'aurait fait avec son bouquet de mariée complètement desséché. C'était le rêve presque effacé d'un avenir radieux.

L'espoir qu'une vieille fille chérissait, quand tous les autres espoirs s'en étaient allés.

Anne se détestait de s'y s'accrocher ainsi.

— Peut-être est-il temps de passer à autre chose, suggéra-t-elle. Nous ne pouvons pas continuer à nous accrocher au passé.

— Vous voulez oublier le passé ?

Il détailla d'un regard ironique sa robe de deuil.

— Êtes-vous vraiment en situation de faire cette suggestion ?

Un inhabituel sentiment de gêne la traversa. Ce n'était pas plaisant d'être jugée. Surtout par lui.

Elle redressa légèrement le menton.

— Vous n'avez jamais compris mon point de vue.

— Non, dit-il. Heureusement pour moi.

— Vous n'avez jamais fait l'effort de le comprendre.

Elle ne pouvait contrôler l'accusation qui vibrait dans sa voix.

— Si vous vous étiez donné la peine de vous mettre à ma place…

— Qu'y avait-il à comprendre ? Vous vous êtes totalement effacée. Je m'étonne même que vous ne soyez pas montée avec votre mère sur un bûcher funéraire pour vous immoler par le feu, comme le veulent certaines traditions.

Il enfourna une bouchée de gâteau à l'aide de sa fourchette à dessert.

— La seule question à laquelle je ne trouve pas de réponse, c'est comment une personne possédant votre esprit et votre caractère a pu être assez faible pour renoncer à la vie.

— *Faible ?* répéta Anne.

— Pensez-vous que j'obéirais à mon grand-père s'il m'ordonnait de m'enterrer vivant ? Que je serais assez lâche pour renoncer à la seule personne que je…

— *Lâche ?* fit en écho Anne, de plus en plus outrée.

C'était exactement ce qu'il lui avait dit au cours de leur dernière dispute.

Cela, et bien pire.

— Vous ne savez rien de mes choix, décréta-t-elle.

La fourchette de Hartford heurta bruyamment la table quand il la reposa. Ses yeux luisaient d'une étrange lueur.

— Je sais *tout* de vos choix. Je vis avec vos choix depuis six fichues années et demie.

— Je ne vous ai jamais demandé…

— Vous n'aviez pas à le faire.

Il se cala contre le dossier de sa chaise.

— Mon Dieu, Anne. Pour qui me prenez-vous ? Pensiez-vous que j'allais oublier ?

C'était la pire chose à dire.

Le cœur d'Anne se contractait si fort que la douleur dans sa poitrine était intolérable. Même après toutes ces années, le souvenir de leur séparation était encore vif. Comme une plaie ouverte. En d'autres circonstances, jamais elle n'aurait trouvé la force d'en parler. Mais ce soir…

Trois verres de vin lui avaient donné du courage.

— Vous m'avez dit que vous oublieriez, lui rappela-t-elle. Vous prétendiez que ce serait facile, que je ne représentais rien de spécial pour vous. Que je n'étais qu'une potiche, faible et lâche, que personne n'appréciait vraiment. Vous avez affirmé…

La mâchoire de Hartford se crispa.

— Je sais ce que j'ai dit.

— Vous avez affirmé que vous n'aviez fait votre demande que parce que je vous faisais de la peine. Que vous aviez déjà trouvé quelqu'un d'autre. Quelqu'un de mieux. Je crois qu'il s'agissait de Diana Sterling.

— J'étais en colère. J'ai dit beaucoup de choses stupides.

— Des choses *cruelles*.

Hartford soutint son regard, sans montrer le moindre signe de repentance.

— Si mes souvenirs sont bons, je n'ai pas eu le monopole de la cruauté.

Anne le regarda sans broncher, pas plus désolée qu'il ne l'était.

Elle s'était peut-être montrée cruelle envers lui – assurément, elle l'avait été –, mais elle était jeune, en deuil, et provoquée au-delà du supportable.

— En quoi est-ce important, maintenant ? demanda-t-elle. Il est possible que nous n'ayons oublié ni l'un ni l'autre, mais il est inutile d'y revenir. Je suggère que nous mettions un terme à cette conversation, que nous finissions notre repas...

— J'ai déjà fini le mien.

Hartford froissa sa serviette et la jeta rageusement sur la table.

— Et vous ? Allez-vous laisser cela dans votre assiette ?

Le regard d'Anne se posa sur sa part de gâteau. Même si elle lui faisait envie, elle n'esquissa aucun geste vers sa fourchette.

Son hésitation ne fit qu'attiser la colère de Hartford.

— C'est juste devant vous, dit-il. Tout ce que vous avez à faire, c'est tendre la main et le prendre.

Derrière la brutalité de son intonation, le sous-entendu était évident.

— Ça n'attendra pas éternellement.

Une alarmante sensation de brûlure picota les yeux d'Anne.

Elle avait trop bu. Elle avait trop parlé.

Et elle ne pouvait pas manger son gâteau, même si elle en avait très envie. Hartford avait tout gâché.

Il n'était plus question d'un innocent gâteau au vin de Madère, mais de tout autre chose. Il était question de tout ce à quoi elle avait renoncé : la romance, le mariage... *lui*.

— Oh, devez-vous absolument tout compliquer ? lança-t-elle dans un élan d'exaspération. Comme si je n'avais déjà pas assez à...

Elle fut interrompue par un coup frappé à la porte.

— Milady ?

Hortense entra sans y avoir été invitée, et esquissa une révérence.

— Je vous demande pardon, mais j'ai un message de Sa Seigneurie.

La mauvaise humeur de Hartford disparut derrière son habituel sourire ironique.

— Bien évidemment, dit-il. De quoi s'agit-il ? Je vous en prie, ne nous laissez pas dans l'expectative.

Anne l'ignora autant que possible.

Cela ne l'empêcha pas de comprendre quelque chose.

Tout à coup, elle venait de prendre conscience que Félix Hartford arborait en permanence un air enjoué, comme un chevalier l'aurait fait d'une armure. Derrière ce masque protecteur se cachaient nombre d'émotions secrètes.

Faire un tel constat à ce moment précis était particulièrement agaçant.

Elle n'était pas en état d'en tirer des conclusions.

— Je vous écoute, Hortense, dit-elle.

— Lady Arundell me demande de vous rappeler que vous devez vous lever de bonne heure demain, dit la femme de chambre.

— En effet, reconnut Anne.

Elle se leva et s'obligea à croiser le regard de Hartford.

— Le dîner fut on ne peut plus agréable, monsieur, mais il est temps que je me retire. Je vous souhaite une bonne soirée.

Hartford se leva. L'espace d'un instant, elle eut l'impression que son masque allait tomber. Mais il n'en fut rien.

Égal à lui-même, Hartford s'inclina tandis qu'Anne et Hortense quittaient la pièce.

Ce ne fut qu'une fois en sécurité dans sa chambre que la jeune femme s'aperçut que ses mains tremblaient de façon incontrôlable.

10

Le lendemain matin, Hart escorta lady Arundell et sa fille à la gare, et ils montèrent à bord du train pour Malton.

Il souffrait d'un épouvantable mal de tête.

Après qu'Anne eut quitté le salon privé la veille au soir, il y était resté seul jusqu'à ce que le feu finisse par mourir. Il en avait profité pour terminer non seulement la part de gâteau de la jeune femme, mais aussi la bouteille de vin.

Si Anne ressentait les effets de son propre excès de boisson, il n'en décelait aucun signe. Hart se montra néanmoins attentionné envers elle. Plus attentionné sans doute qu'il ne l'avait jamais été auparavant.

« Vous m'avez dit que vous oublieriez. Vous prétendiez que ce serait facile, que je ne représentais rien de spécial pour vous. Que je n'étais qu'une potiche, faible et lâche, que personne n'appréciait vraiment… Vous avez affirmé que vous n'aviez fait votre demande que parce que je vous faisais de la peine. »

Ces mots l'avaient hanté toute la nuit. C'étaient ses mots à lui. Prononcés sous l'effet de la douleur et du chagrin. Jetés au visage d'Anne.

Elle se les rappelait. Chaque syllabe de chaque méchanceté formulée par lui.

Bien sûr qu'elle se les rappelait.

Hart n'avait pas oublié non plus ce qu'elle lui avait dit. Des mots impitoyables, aiguisés comme des lames, qui l'avaient lacéré jusqu'à l'os.

Fraîchement rentré d'un séjour d'un an dans l'Himalaya, il était encore un jeune homme sous bien des aspects, même s'il avait été contraint de grandir vite. Depuis la mort de ses parents et les révélations qui avaient été faites, les bases de sa vie semblaient s'être effondrées.

Depuis, il n'y avait plus rien eu de solide. Plus rien de vrai.

Seulement Anne.

Lors de son retour en Angleterre, il s'était imaginé qu'elle aurait quitté le deuil. Qu'elle serait, enfin, prête à l'épouser et à débuter leur vie commune. Il se rappelait encore combien il avait la gorge serrée tandis qu'il montait le perron pour frapper à la porte de sa résidence de Grosvenor Square.

Son bonheur tout entier reposait sur la possibilité de la faire sienne.

Mais Anne n'était pas dans les mêmes dispositions d'esprit.

Et elle n'avait pas quitté le deuil.

Elle était toujours drapée de noir de pied en cap. Une expression froidement déterminée se lisait sur son visage livide.

— Vous ne saisissez pas, avait-elle dit. On a besoin de moi à la maison.

Hart avait alors compris qu'elle ne l'épouserait jamais.

Ce constat avait dérobé les derniers vestiges de chaleur qui l'animaient, transformant ses espoirs en cendres, le laissant dévasté et – il avait honte de l'admettre – en colère.

— Pendant combien de temps ? avait-il demandé.

— Je ne sais pas. Un an de plus, j'imagine.

— Vous devez plaisanter, avait-il répliqué.

Il avait déjà attendu trop longtemps. Il n'avait pas eu le choix. L'étiquette ne transigeait pas avec la durée du deuil qu'un enfant devait respecter quand il perdait l'un de ses parents. Hart l'avait toléré parce que c'était ainsi. Mais c'était terminé maintenant.

— Je n'attendrai pas une minute de plus, avait-il déclaré avec force.

— Hart, je vous en prie, essayez de...

— Votre période de deuil est terminée. Il n'est plus nécessaire de reporter les noces. Nous pouvons nous marier dès maintenant, et quitter cet endroit de malheur pour toujours.

— Je ne peux pas quitter Londres.

— Vous le pouvez. Vous et moi devons quitter nos familles et en fonder une nouvelle, ailleurs. C'est la seule façon d'aller de l'avant pour vous comme pour moi.

Anne avait secoué la tête.

— Je ne peux pas. Pas encore. J'aurais mauvaise conscience...

— Vous ne pouvez pas, ou vous ne voulez pas ?

Le désespoir avait communiqué à sa voix une intonation hostile.

— Les deux, avait-elle admis. Si je dois choisir entre mes devoirs envers ma mère et mes sentiments pour vous...

— C'est exactement cela, avait rétorqué Hart. Le choix ne devrait pas être compliqué.

Il n'avait pas anticipé les répercussions d'un ultimatum aussi brutal. Il était trop furieux, trop amer d'avoir été privé d'elle pendant si longtemps.

Elle lui avait demandé de partir, de la laisser à son deuil. Et il l'avait fait. Était-il si déraisonnable de sa part d'attendre qu'elle lui manifeste une dévotion sans partage à son retour ?

À l'époque, il avait pensé que non.

— Si vous preniez conscience de ce que j'ai enduré, avait-elle dit, de ce que j'endure toujours, vous n'exigeriez pas cela de moi. Les choses n'ont pas été simples pendant votre absence. Ma mère requiert…

— Votre mère requiert ! avait-il répété d'un ton sarcastique. L'excuse est opportune.

Une lueur outrée avait brièvement traversé les prunelles couleur cognac d'Anne, d'autant plus identifiable qu'un sombre voile de tristesse semblait nimber tout son être.

— Ce n'est pas une excuse, avait-elle protesté. Si vous saviez ce que sont les devoirs et les obligations…

— Mais je l'ignore, de toute évidence.

— En effet, vous en ignorez tout, avait rétorqué Anne, au comble de l'irritation. Faire le sacrifice de sa personne pour ceux qu'on aime est une notion que vous ne pouvez pas comprendre.

Le visage de Hart s'était durci en un masque implacable.

— Vous avez parfaitement raison sur ce point. Je ne suis pas prêt à me sacrifier inutilement pour qui que ce soit.

— Mais c'est cela, l'amour, avait plaidé Anne avec toute l'arrogante certitude de la jeunesse. Ne le savez-vous pas ? Ou bien tout n'a-t-il été qu'un jeu pour vous ? Un baiser insouciant sous le gui ? Une demande en mariage tout aussi insouciante ?

— Un baiser stupide, et une demande en mariage inconsidérée, avait-il sèchement corrigé. Et je le regrette profondément.

Anne était postée face à la fenêtre du salon, dans une attitude raidie de dignité.

— Vous n'êtes pas le seul à avoir des regrets. Par chance, nous n'en souffrons ni l'un ni l'autre.

— Parlez pour vous ! avait-il rétorqué durement. Moi, j'en souffre.

— Dans ce cas, permettez-moi de mettre un terme à votre tourment.

Elle s'était tournée vers lui, les joues en feu.

— Je vous libère de votre engagement.

Hart avait eu un mouvement de recul, comme si elle l'avait frappé.

Anne avait poursuivi sans pitié :

— J'imagine que vous oublierez vite votre moment d'égarement. Vous ne vous êtes jamais attaché à quoi que ce soit très longtemps.

Hart avait blêmi.

Et soudainement, toutes les injustices auxquelles il avait été confronté, toute la douleur, la trahison et la perte avaient jailli en lui, se manifestant par une glaçante cruauté dont il ne se serait jamais cru capable.

— À cet égard, madame, je n'ai aucun doute. Je suis certain que cette histoire sera aisée à oublier, à présent que je suis sobre et que je vous vois à la lumière du jour.

Cela avait été au tour d'Anne de blêmir.

— Êtes-vous en train de dire que vous avez fait votre demande uniquement parce que vous étiez ivre ?

Hart avait ressenti un pincement à l'estomac, prenant conscience qu'il mettait le feu aux poudres, au risque de briser définitivement tout lien entre eux. Mais cela ne l'avait pas arrêté. Il était trop irrité, trop blessé.

— Pour quelle autre raison ? avait-il demandé. Trop de vin chaud. Si ma mémoire est bonne, il a coulé à flots cette nuit-là.

— Vous y avez peine touché !

— Au contraire, j'en ai bu plus que de raison. J'étais suffisamment ivre pour me croire amoureux de vous. J'étais alors incapable de voir que vous n'avez rien de spécial. Que vous n'êtes qu'une potiche, faible et lâche, que personne n'apprécie vraiment.

Anne était restée bouche bée quelques instants.

— Faible ? avait-elle répété. Lâche ?

Hart s'était dirigé vers la cheminée et s'était posté devant le foyer, tournant le dos à Anne.

Une impression de froid intense avait couru dans ses veines.

— Je m'en suis tenu à notre accord parce que j'avais de la peine pour vous. En réalité, je cherchais un moyen de me libérer de cet engagement, afin de pouvoir courtiser quelqu'un de mieux. Je songe à Mlle Sterling. Cela fait longtemps qu'elle a exprimé son intérêt envers moi.

— Oh, elle peut vous avoir ! s'était exclamée Anne d'un ton vibrant de rage. Avec ma bénédiction, qui plus est. Je lui souhaite beaucoup de bonheur avec un gentleman aussi insignifiant, écervelé et bon à rien. Vous ne tarderez pas à vous détourner d'elle, comme vous le faites avec toutes les personnes de votre connaissance.

Anne n'avait pas vu son visage tandis qu'elle prononçait ces paroles cruciales. Elle n'avait pu se rendre compte à quel point il en avait été affecté.

Hart avait encaissé les coups sans broncher. Puis il s'était redressé, avait salué, et avait quitté la pièce en marmonnant quelques mots d'adieu.

Un gentleman insignifiant, écervelé et bon à rien.

Si seulement Anne avait su que ces mots le poursuivraient au fil des années, comme une malédiction proférée par une belle et vengeresse Furie.

Il ne lui avait pas fallu longtemps pour regretter tout ce qu'il avait dit. Pour prendre conscience que son ultimatum avait été une erreur fatale.

Mais il était trop tard.

Aujourd'hui, elle était assise en face de lui, drapée de noir, le visage dénué d'expression, dans l'ombre de sa redoutable mère.

Hart ressentit le besoin ancien de la taquiner, simplement pour faire ressurgir une étincelle dans ses yeux. Pour la ramener à la vie. Mais il ne pouvait pas le faire. Pas après leur dîner de la veille. Pas après l'avoir vue quitter le salon en tremblant.

Cette vision l'avait meurtri comme rien d'autre ne pourrait jamais le faire.

— Malton est la dernière gare sur le trajet vers le domaine de Blunt, annonça-t-il. Le reste du voyage devra se faire en diligence.

Anne esquissa une grimace à cette perspective, et porta discrètement la main à sa tempe.

Ainsi, elle avait mal à la tête également...

Ce constat inspira de la sympathie à Hart.

— Si vous préférez, nous pourrons louer des chambres et reprendre notre périple demain matin.

Lady Arundell releva la tête de son almanach astrologique, sa lorgnette à monture d'argent suspendue entre ses doigts.

— Sottises ! décréta-t-elle. Nous prendrons directement un coche. D'après mes calculs, nous devrions être au village en début d'après-midi. Comment s'appelle-t-il, déjà ?

— Hardholme, dit Anne d'une voix éteinte.

Hart l'observa avec inquiétude, et s'adressa à sa mère :

— C'est un endroit isolé, madame. Les hébergements n'y sont sans doute pas très luxueux.

— Il ne s'agit pas d'un voyage d'agrément, répliqua lady Arundell. Nous sommes ici pour des questions relevant du spiritisme. Fielding et les autres s'attendent à ce que je leur fasse part sans délai de mes découvertes.

Hart ressentit une bouffée d'irritation devant l'égoïsme de lady Arundell. Ne voyait-elle pas que sa fille ne se sentait pas bien ?

— Peut-être devrions-nous avoir la courtoisie de faire parvenir un mot au capitaine Blunt pour lui annoncer notre arrivée ? suggéra-t-il.

Cela laisserait à Anne le reste de l'après-midi pour se reposer. Et ce serait plus correct vis-à-vis de Blunt.

— Ce n'est pas nécessaire, trancha lady Arundell. C'est la campagne, comme vous l'avez souligné. Nul besoin d'être aussi formels. Nous n'avons pas de temps à perdre.

— Je souhaite faire un arrêt, intervint Anne, à la grande surprise de Hart.

Lady Arundell haussa les sourcils.

— Au nom du ciel, pour quelle raison, ma fille ?

— J'aimerais acheter un cadeau de mariage pour Julia.

— À Malton ?

Lady Arundell ne cachait pas sa surprise.

— Quel genre de cadeau espères-tu trouver dans un tel endroit ?

— Un livre, répondit Anne. Il doit bien y avoir une boutique près de la gare.

— Je vais vous en trouver une, proposa Hart.

Le regard d'Anne croisa brièvement le sien.

— Je vous en serais reconnaissante.

Il inclina la tête.

— Fort bien, céda lady Arundell. Du moment que ça ne vous prend pas plus de dix minutes.

Levant sa lorgnette, elle reprit la lecture de son almanach.

Anne reporta son attention sur le paysage qui défilait derrière la vitre tandis que le train continuait à rouler.

Le fracas des roues sur les rails s'accompagnait du chuintement régulier de la vapeur. C'était d'ordinaire un son propice à la détente, mais pas quand on souffrait des suites d'un excès de boisson. Anne tiquait à chaque sifflement et à chaque claquement.

Hart sortit un petit carnet et un crayon de la poche intérieure de sa veste, et rédigea une courte note. Après avoir plié le papier en deux, il sonna l'employé de bord.

Lady Arundell leva les yeux.

— Y a-t-il un souci ? demanda-t-elle.

— Absolument pas, répondit-il posément. C'est un message pour mon valet.

L'employé de bord apparut aussitôt, et Hart lui donna le mot.

Rien de plus ne fut dit sur le sujet jusqu'à ce qu'ils arrivent en gare de Malton. Là, le valet de Hart le rejoignit sur le quai.

Âgé d'une cinquantaine d'années, les cheveux clairs et la silhouette musculeuse, Bishop était aussi compétent qu'il était discret. Il tendit à son maître une flasque en argent ciselé.

— Comme vous l'avez demandé, monsieur.

— Parfait.

Hart glissa la flasque dans la poche de son manteau et alla rejoindre Anne et sa mère, qui s'entretenaient avec leurs propres domestiques. Comme il approchait, lady Arundell et sa femme de chambre prirent la direction des commodités pour dames.

Restée en arrière, Anne se tenait au bout du quai, les bras croisés. Le halo du soleil matinal jetait des ombres sur son visage. Non loin de là, sa femme de chambre veillait sur les bagages.

— Ma mère a besoin d'une dizaine de minutes pour se rafraîchir, annonça Anne.

Hart observa son visage.

— Naturellement. Souhaitez-vous…

— Tout va bien.

Un vent fort balayait le quai, soulevant un nuage de poussière et de scories de charbon.

Spontanément, Hart se plaça devant Anne pour la protéger.

— Pardonnez-moi, mais on ne dirait pas, remarqua-t-il.

La jeune femme se crispa.

— Je n'ai pas souvenir d'avoir sollicité votre opinion.

— C'était une observation, pas une insulte.

Il brandit la flasque.

— Tenez, dit-il. C'est pour vous.

Elle la prit en fronçant les sourcils.

— Que suis-je supposée en faire ?

— Buvez son contenu. C'est le remède de Bishop quand il a trop bu. Dieu seul sait ce qu'il met dedans. S'il voulait bien me le dire, je déposerais le brevet et ferais fortune.

L'expression d'Anne se radoucit.

— Comment saviez-vous...

— Disons que je n'ai pas de mal à me mettre à votre place, répondit-il. Buvez avant le retour de votre mère. Il nous reste encore à trouver cette librairie.

Anne dévissa le bouchon et porta lentement la flasque à ses lèvres.

Elle avait une bouche charnue, veloutée comme un pétale de fleur, et diaboliquement voluptueuse, avec des lèvres de l'exacte couleur de la spirée rose qui occupait les massifs du comte de March dans sa propriété du Hampshire.

Hart ne pouvait regarder ces lèvres sans se rappeler leur contact avec les siennes.

— Il est préférable de tout avaler d'un seul trait, dit-il, charitable.

Pour une fois, elle lui obéit et but le contenu de la flasque en une seule fois.

— Seigneur, fit-elle avec une grimace d'écœurement. Le goût est épouvantable.

— Les remèdes les plus amers sont souvent les plus efficaces, d'après moi, commenta Hart.

Il récupéra la flasque vide et la glissa dans sa poche.

— Vous devriez en ressentir le bénéfice dans moins d'une heure.

— En avez-vous pris également ? demanda-t-elle. Vous disiez que vous vous mettiez à ma place. Votre mal de tête est-il équivalent au mien ?

— Il est pire, je crois.

À cet instant, il semblait à Hart qu'un forgeron se servait de son crâne comme d'une enclume.

— Je considère cela comme une juste punition pour vous avoir bouleversée hier soir.

Elle plissa le front.

— Hartford…

— Ne vous mettez pas en peine, chère amie. Je m'attends à vous blesser de nouveau. C'est ce que nous savons faire le mieux, semble-t-il. Nous faire du mal.

Le vent joua dans le bonnet à la dernière mode d'Anne, rabattant les plumes teintes en noir qui l'ornaient le long de la colonne ivoirine de son cou. Elle les repoussa de sa fine main gantée de noir.

— Je suppose que nous devrons en parler un jour, dit-elle. En parler vraiment. C'est la seule façon de tourner la page une fois pour toutes.

Un soupir souleva et abaissa sa poitrine.

— Cela semble fou, vraiment. Il y a si longtemps que c'est fini…

Les paupières de Hart se plissèrent.

Fini ?

Était-ce ce qu'elle pensait ?

Il s'approcha d'Anne, emplissant son champ de vision, jusqu'à ce qu'il ait l'impression qu'il n'y avait plus qu'eux sur ce quai d'une lointaine gare du nord du pays.

— Ce n'est pas fini, dit-il. Mais nous aurons cette conversation. Vous pouvez y compter.

11

Anne jeta un nouveau regard par la fenêtre du coche qu'ils avaient loué.

Il n'y avait toujours aucun signe de civilisation, seulement une interminable lande désertique aussi loin que portaient ses yeux.

Elle laissa retomber le rideau de velours usé.

Sa tête ne la faisait plus souffrir, grâce au ciel. Elle en était redevable à Hartford. Ou plutôt, à son valet. Jamais elle n'aurait pu endurer ce long trajet, sinon. Cela faisait des heures qu'ils étaient brinquebalés dans ce véhicule, dont les suspensions délabrées tressautaient et tanguaient à la moindre déformation de la route.

À leur arrivée à Hardholme, ils n'étaient restés que le temps de déposer domestiques et bagages à l'auberge du village – un établissement décrépit, avec une enseigne peinte au-dessus de la porte annonçant qu'ils se trouvaient au Lion Rouge.

Maman n'avait pu se laisser convaincre de prendre du repos. Plus ils approchaient du domaine hanté du capitaine Blunt, plus elle s'animait.

Anne s'en réjouissait, même si son propre abattement menaçait de la submerger.

Les coups d'œil inquiets que Hartford lui lançait de temps en temps ne l'aidaient en rien.

Assis en face d'elle, il était incroyablement séduisant – d'une façon insouciante et frivole – dans son costume à carreaux et son manteau assorti.

Mais il ne l'était pas, n'est-ce pas ? Frivole, voulait-elle dire.

En fait, il avait affirmé qu'il devait être de retour à Londres pour affaires d'ici vendredi.

Elle se demandait de quel genre d'affaires il pouvait s'agir.

« J'ai d'autres sources de revenus, lui avait-il confié. Ordinaires, pourriez-vous dire. »

Ordinaires.

Sans doute faisait-il allusion au commerce. C'était la seule chose que les personnes de leur rang pourraient considérer comme ordinaire. Mais quel type de commerce ? Elle avait envie de lui poser la question. Elle voulait savoir. Dans le même temps, il valait mieux qu'elle se tienne aussi loin de lui que possible.

« Ce n'est pas fini. »

Il avait dit cela aussi.

Et il n'avait pas tort.

Elle n'était pas stupide au point de ne pas se l'avouer à elle-même. Il y avait quelque chose entre eux depuis des années. Elle avait toujours pensé que c'était de l'animosité. Mais cela n'expliquait pas ce qu'elle avait ressenti quand elle avait cru qu'il en courtisait une autre.

Au lieu de clarifier le sujet, leur dispute de la veille n'avait fait qu'ajouter à la confusion de ses sentiments. La gentillesse dont Hartford avait ensuite fait preuve à son égard avait contribué à la perdre un peu plus.

Depuis qu'ils avaient quitté York, il s'était montré on ne peut plus aimable, non seulement en l'aidant à faire passer son mal de tête, mais aussi en s'abstenant de la taquiner. Il avait même trouvé une librairie à Malton et l'y avait escortée, attendant patiemment tandis qu'elle achetait un exemplaire de *L'Économie domestique* de Mme Beeton, consacré à l'intendance et à la bonne tenue d'une maison.

— Ce n'est plus très loin, dit-il, interrompant ses pensées. D'après le cocher, le domaine devrait apparaître au prochain tournant.

— Je perçois sa proximité, déclara maman. Assurément, il y a une vibration dans l'air… Ne la sens-tu pas, Anne ?

Anne évita soigneusement le regard de Hartford. Elle percevait en effet quelque chose, mais elle doutait que cela ait quelque chose à voir avec les esprits sans repos des royalistes assassinés.

— Je ne sais pas, maman, dit-elle. C'est possible.

Sa mère tira le rideau de son côté. Un haut portail en métal apparut au loin, ouvert et pendant sur ses gonds.

— Les grilles d'origine, murmura maman, j'en suis sûre. Dire que ce fer est d'époque… Extraordinaire !

Anne croisa les mains sur ses genoux. Elle se rappelait très bien les lettres de Julia, emplies de bonheur et de joie. Malgré l'aspect menaçant des grilles, ce qui se cachait au-delà devait ressembler à un petit paradis.

Ce n'était pas le cas.

— Eh bien, dit Hartford en découvrant le manoir des Chardonnerets. On comprend mieux pourquoi Blunt voulait épouser une héritière.

Anne grimaça en constatant l'état de déréliction du château. Construit en granit, il possédait une toiture discutable, une tour menaçant de s'écrouler, et une façade en décomposition que les rosiers grimpants avaient colonisée. La vision était totalement gothique, mais rien n'évoquait la romance. Il s'en dégageait plutôt une impression de négligence et de ruine.

Était-il possible que Julia soit vraiment heureuse ici ?

La voiture s'arrêta devant le perron aux marches recouvertes de mousse.

Au même moment, les portes de la maison s'ouvrirent, et Julia en sortit au bras du capitaine Blunt. Il la dominait de sa haute stature, le visage balafré et l'expression bougonne, ressemblant tout à fait à un dragon redoutable chargé de garder un trésor.

Mais Julia ne semblait pas avoir peur de lui. Pas le moins du monde. Se tenant droite et fière à côté de son mari, non seulement elle ne portait aucune trace de blessure, mais elle irradiait de bonheur.

La morosité d'Anne s'envola aussitôt.

Sans attendre l'intervention du valet, elle ouvrit la portière, descendit prestement du coche et marcha d'un pas décidé vers le perron.

— Anne !

Julia courut à sa rencontre.

Anne enveloppa son amie dans une chaleureuse accolade.

Une heure plus tard, après de rapides explications sur leur présence et plusieurs tasses de thé servies au salon, Anne eut enfin la possibilité de s'entretenir seule avec Julia.

Les deux amies s'assirent côte à côte à l'ombre d'un grand arbre envahi par le lierre, dans un coin du jardin retourné à l'état sauvage.

Là, Anne offrit son livre à Julia et promit de lui envoyer Jeanette dès le lendemain.

— Elle est à l'auberge, expliqua-t-elle. Mais je lui demanderai de nous accompagner demain quand nous reviendrons vous rendre visite. Ainsi, elle pourra nettoyer et repasser tes robes.

Les yeux de Julia s'emplirent de larmes de gratitude. Depuis qu'elle s'était enfuie avec le capitaine Blunt, l'état de sa garde-robe était sa seule source de contrariété.

— Merci, dit-elle en embrassant de nouveau Anne.

— Ce sera mon deuxième cadeau de mariage, dit celle-ci quand elles se séparèrent. Et voici le troisième.

Plongeant la main dans le réticule de velours noir suspendu à son poignet, elle en sortit une copie de l'article qu'elle avait trouvé dans le *London Courant*.

— J'avoue avoir espéré apporter la preuve de la vilenie du capitaine Blunt, dit-elle. À présent que je sais que tu as des sentiments pour cet homme, je suis soulagée de ne pas y être parvenue.

— De quoi s'agit-il ? demanda Julia.

— Du rapport le plus détaillé que j'aie pu trouver sur ce qui s'est passé en Crimée.

Anne eut un sourire rassurant.

— Ne sois pas inquiète. Cet article dit qu'il a agi en héros. Tiens, vois par toi-même.

Julia prit le document. À mesure qu'elle lisait, l'expression enjouée qui rosissait ses joues s'évanouit.

Anne fut aussitôt attentive.

— Qu'y a-t-il, ma chère ? Je pensais que la nouvelle te réjouirait.

— Ce n'est rien, répondit Julia en cillant rapidement. Enfin...

D'un geste brusque, elle rendit à Anne l'article de journal.

— Excuse-moi. Je suis passablement bouleversée. C'est toute cette excitation liée à ta visite, je suppose.

— Est-ce tout ?

Anne la dévisagea.

— Je croyais que tu étais heureuse ici, mais si ce n'est pas le cas...

— Je suis heureuse. Seulement...

Julia se mordit la lèvre, et son expression se fit contrite.

— Je me demande dans quelle mesure une femme peut vraiment connaître un homme.

Anne fronça les sourcils. Elle se posait la même question depuis son dîner avec Hartford.

Découvrir dans ces moments chargés d'émotion que son humour était une sorte d'armure, qu'une personne complètement différente se cachait sous la surface – vulnérable, fatiguée – l'avait bouleversée.

Loin d'être frivole, Hartford était un gentleman accablé par le poids des responsabilités.

Mais aussi un homme qui éprouvait pour elle des sentiments non résolus.

Peut-être s'était-elle trompée à son sujet. Peut-être ne le connaissait-elle pas aussi bien qu'elle se flattait de le croire.

L'hypothèse était en tout cas troublante. Anne en avait été perturbée toute la journée.

— Je ne sais pas, répondit-elle avec honnêteté. Très bien, je suppose, si cette femme est mariée avec lui.

— Le mariage ne donne pas accès à tous les secrets de son mari, dit Julia. Je l'ai appris dernièrement.

— Vraiment ? Eh bien, si je me marie un jour, j'exigerai de tout savoir.

Julia esquissa un sourire.

— Je pensais que tu ne souhaitais pas te marier.

— En effet.

C'était ce qu'Anne avait toujours dit à ses amies, en tout cas. Et c'était largement vrai. Bien qu'elle prenne part à la saison, ce n'était aucunement dans le but de se marier. Que pouvait-on faire d'autre, quand on résidait à Londres une grande partie de l'année ?

Depuis le décès de papa, maman avait besoin d'un tourbillon constant d'activités pour la distraire de son deuil. Anne avait pris l'habitude de l'accompagner, moins en tant que jeune demoiselle à marier qu'en guise de dame de compagnie restée vieille fille.

— Le mariage n'est pas aussi odieux que tu le redoutes, assura Julia.

Anne esquissa un sourire.

— Vraiment ? Je ne peux imaginer m'y essayer un jour.

— Pour quelle raison ?

— Parce que la plupart des gentlemen me semblent toujours manquer de quelque chose dans un domaine ou un autre. Et aucun d'eux ne me considère comme l'épouse idéale. J'ai beaucoup trop de caractère.

Julia lui prit la main et la serra avec force.

— En tout cas, tu es la meilleure amie qui soit. Venir ici comme tu l'as fait… c'est héroïque.

Anne pressa en retour les doigts de Julia.

— J'aurais remué ciel et terre pour toi. Tu le sais.

— Je le sais, en effet, et j'aimerais pouvoir faire la même chose pour toi.

— Pourquoi ? Je ne suis pas en danger. Ma situation est telle qu'elle a toujours été.

— Exactement, dit Julia avec sérieux.

Anne eut un petit rire.

— Ne sois pas ridicule. Je suis parfaitement satisfaite de ma vie.

— Je voudrais que tu sois plus que satisfaite. J'aimerais que tu sois sauvagement et follement heureuse. Si M. Hartford pouvait te faire ressentir cela...

— Hartford ? Allons, Julia, tu n'es pas sérieuse !

— Pourquoi pas ? J'ai toujours suspecté qu'il était secrètement amoureux de toi. Jamais il ne passe à côté d'une opportunité de te rendre service.

— Fadaises.

— C'est vrai, pourtant. Quand tu étais à Birmingham, lord Gresham m'a importunée au cours du bal chez les Clavering. Le capitaine Blunt s'est porté à mon secours, naturellement. Mais M. Hartford est intervenu également. C'est lui qui a fait sortir Gresham et l'a jeté au fond de sa voiture. Je suis persuadé qu'il l'a fait pour toi, car il sait que je suis ton amie. Il se soucie de toi.

Anne lui adressa un regard faussement sévère.

— Comment as-tu réussi à changer de sujet ? Mon intention était de te réconforter.

— Je n'ai pas besoin de réconfort. Uniquement de ta compagnie.

Julia se leva, entraînant Anne avec elle.

— Marchons jusqu'à la grange. Tu dois voir les chatons avant de partir.

C'était l'une des premières choses dont elle avait parlé à l'arrivée d'Anne : une chatte sauvage avait donné naissance à ses petits dans leur grange. Julia avait une passion pour les animaux, et elle avait désiré toute sa vie en avoir. Jusqu'à présent, cette affection s'était limitée à son cheval.

— Cossack est-il ici ? demanda Anne.

Le grand hongre noir de Julia l'avait accompagnée dans sa fuite hors de Londres, aussi Anne supposait-elle que le cheval se trouvait dans les parages.

— Il n'est pas dans la vieille écurie, mais dans un paddock de l'autre côté de la maison. Nous pouvons aller le voir aussi, si tu le souhaites. À moins que ta mère n'ait besoin de toi.

Maman était restée au salon avec Hartford, avide qu'elle était de questionner le capitaine Blunt et son vieux valet à propos de l'histoire de la maison.

Anne se sentait presque désolée pour les trois hommes.

Presque.

— Pas du tout, répondit-elle à son amie. Maman est en bonne compagnie avec les gentlemen. Elle n'a nul besoin de moi.

Lorsqu'ils furent de retour à l'auberge, Hart souhaita une bonne soirée à ses compagnes de voyage et se retira dans sa chambre jusqu'au dîner.

Sans surprise, ils n'avaient pas été invités à manger au château. Hart doutait d'ailleurs que Blunt ait une cuisinière à demeure. Une chose était sûre : l'homme avait été soulagé de les voir partir. Il était éperdument amoureux de sa femme, qui le lui rendait bien, et ne voulait personne d'autre dans leur monde.

Hart les enviait un peu, et se demandait si Anne ressentait la même chose.

Il n'avait pas eu l'opportunité de lui poser la question.

Lady Arundell avait monopolisé la conversation durant tout le trajet du retour à Hardholme. Malgré l'absence évidente de fantômes au château, elle était convaincue d'avoir perçu une présence.

Hart en avait plus qu'assez, franchement. La plupart du temps, il ne pouvait supporter la mère d'Anne qu'à petites doses. C'était une femme autoritaire, plus soucieuse de ses propres opinions que de ce que ressentait ou pensait sa fille.

Il ne pouvait s'empêcher de lui en vouloir pour l'avoir séparé d'Anne.

Lady Arundell n'avait peut-être pas été avertie de sa demande en mariage, mais elle avait provoqué la mort de ses espoirs aussi sûrement que si elle s'était opposée à la publication des bans. Sans elle, Anne aurait peut-être accepté de l'épouser.

Aujourd'hui, ils seraient mariés et vivraient à Barton Court, le modeste domaine du Somersetshire que Hart avait hérité de son père. Peut-être auraient-ils des enfants. Peut-être seraient-ils heureux.

Au lieu de quoi, au lendemain du rejet d'Anne, Hart avait touché son maigre héritage et, plutôt que de l'utiliser pour subvenir aux besoins d'une famille en devenir, il l'avait investi dans la production d'une nouvelle sorte de creusets pour l'aciérie.

C'était un pari aventureux, mais cette audace lui avait pleinement réussi.

En effet, on s'était vite arraché ces nouveaux creusets, et la Parfit Plumbago Crucible Company lui avait procuré des revenus bien plus élevés que ce qu'il aurait pu retirer – comme tout bon gentleman-farmer – de l'exploitation agricole de son domaine du Somersetshire.

C'était passablement ironique, vraiment. Bien que Hart n'ait ni femme ni enfants, son argent servait pourtant à faire vivre une famille. Celle de son père. La tâche était ingrate. Et cette charge pesait lourdement sur ses finances.

Il ôta son chapeau et ses gants, et entra dans sa chambre située au premier étage de l'auberge. Bishop l'y attendait. En son absence, son valet avait réussi à rendre les lieux relativement habitables.

— Un télégramme est arrivé pour vous, monsieur.

Bishop le tendit à Hart, avant de le débarrasser de ses effets.

Hart ouvrit le message, le front plissé.

Il n'avait dit qu'à deux personnes qu'il séjournerait dans ce petit village du Yorkshire du Nord : son grand-père et son oncle.

Le télégramme ne provenait ni de l'un ni de l'autre.

DÉPÊCHE TÉLÉGRAPHIQUE
M. FÉLIX HARTFORD
POSTE DE HARDHOLME, YORKSHIRE DU NORD

FONDS INSUFFISANTS POUR COUVRIR DETTE – RÉCLAME ASSISTANCE IMMÉDIATE – SINON OBLIGÉ DEMANDER AIDE MARCH OU BROOKDALE – URGENCE EXTRÊME

MARCUS NEALE

Un muscle joua sur la joue de Hart tandis qu'il abaissait le télégramme.

Cela faisait à peine deux semaines qu'il avait donné à Marcus deux mille livres afin de couvrir sa dernière dette de jeu. Il ne s'agissait pas d'une petite somme. D'autant qu'elle succédait à trois autres paiements.

Si on ajoutait à cela l'argent qu'Ethel lui avait quémandé pour le compte de son frère, cela représentait six mille livres en tout – une somme supérieure au revenu annuel que Hart dégageait de son activité commerciale, et bien plus élevée encore que la rente que lui assuraient les fermages de Barton Court.

Hart commençait à avoir l'impression qu'il allait à sa perte.

Dans le même temps, Marcus ne faisait aucun effort pour réformer ses habitudes. Bien au contraire.

Et voilà maintenant qu'il employait la menace.

Sans parler d'une question évidente : comment diable avait-il découvert où se trouvait Hart ? Avait-il corrompu ses domestiques ? Ceux de son grand-père ?

Le culot de ce garçon !

Froissant le télégramme dans son poing, Hart reprit son chapeau et ses gants des mains de Bishop, et se précipita hors de la chambre.

12

Ce soir-là, Anne dîna dans la chambre de sa mère. C'était lâche de sa part, elle en avait conscience. Mais maman avait insisté pour se faire monter un plateau, et Anne n'avait pu se résoudre à dîner seule avec Hart.

Cette fois, maman n'insista pas.

— Hartford avait raison, dit-elle. La qualité d'hébergement de cette auberge est très éloignée de ce dont nous avons bénéficié à York. Il vaut mieux que tu évites la salle à manger. Les gens du coin sont incroyablement tapageurs. Je ne tiens pas à ce que tu sois exposée à leur paillardise.

Le son étouffé d'un rire masculin filtra à travers le sol, donnant du poids à ces paroles. La salle se trouvait directement en dessous. C'était le seul endroit du village où on servait à boire, et le lieu était fort prisé le soir.

— Ça ne me plaît pas non plus que vous y soyez confrontée, dit Anne tandis qu'elle finissait sa modeste part de tourte à la viande et aux rognons.

Maman ricana.

— À mon âge ? Je n'ai rien à craindre des gens du peuple, ma fille. En fait, ils ont beaucoup à nous apprendre. Si tu étais plus âgée – et un peu moins séduisante –, je t'encouragerais à les observer de près.

— Dans quel but ?

Maman se tapota les lèvres à l'aide de sa serviette.

— Il m'est apparu que mes investigations dans le monde du spiritisme étaient entravées par le fait que nous résidons à Mayfair. Si nous souhaitons faire des progrès, il nous faut nouer des contacts avec une plus grande partie de la société.

Anne manqua de s'étouffer avec sa tourte. Afin de s'éclaircir la voix, elle avala une gorgée de vin coupé d'eau.

— Je suis désolée… Qu'avez-vous dit ?

— Je souhaiterais vivre parmi eux. Partager leur vie quotidienne. Je consulterai Fielding à ce propos quand nous serons de retour à Londres.

Anne abaissa son verre.

— Comment en êtes-vous arrivée à cette conclusion ?

— À l'issue d'une longue réflexion, répondit maman. Le regard d'Anne se fit plus acéré sous l'effet de la suspicion.

— Ça n'a rien à voir avec la lettre de cousin Joshua ?

— Ne sois pas sotte.

— Que pourrais-je penser d'autre ? Vous n'avez jamais évoqué la possibilité de déménager avant. En tout cas, depuis que nous avons été obligées de quitter Cherry Hill.

L'expression de maman s'assombrit à cette évocation. Cela avait été un jour sombre, quand Joshua et sa mère s'étaient installés dans la propriété familiale du Shropshire.

— Ce sont des circonstances complètement différentes, affirma sa mère. Cela n'a rien à voir avec ce méprisable garçon, mais plutôt avec le monde des esprits. Il est impossible que tu n'aies pas remarqué que les spirites les plus doués sont issus des classes inférieures. Zadkiel, Mme Frazil, et même cet enfant médium à Birmingham… Cela nous serait profitable de communiquer librement avec de tels gens.

— Et pour communiquer avec eux, nous devons vivre parmi eux ?

— Je n'ai encore rien décidé. C'est seulement une idée que j'ai eue.

Maman coupa avec sa fourchette le dernier morceau de sa tourte.

— Nous verrons comment elle se développe.

Anne serra plus étroitement autour de ses épaules son châle de cachemire noir.

Leur table avait été disposée sous l'unique fenêtre de la chambre. Il faisait encore assez chaud quand elles y avaient pris place pour dîner, mais la température était descendue depuis. Un courant d'air s'engouffrait à travers l'encadrement en bois disjoint de la fenêtre, soulevant les rideaux dévorés par les mites.

Mais ce n'était pas l'air nocturne qui faisait courir un frisson dans les veines d'Anne.

— Tout bien considéré, dit-elle, je préférerais rester à Mayfair.

— Tu n'as aucun point de comparaison, à l'exception du Shropshire, répliqua sa mère. Une fois que nous serons établies, tu verras très vite que j'ai raison. Il y a une grande richesse d'énergie psychique dans les îles Britanniques. Nous n'avons fait qu'en effleurer la surface. Pense à ce qui reste à venir.

Anne n'était pas sûre de pouvoir endurer ce qui s'annonçait, surtout si cela consistait à s'enfoncer dans l'excentricité. C'était déjà compliqué de supporter le poids de leur notoriété à Mayfair, alors qu'elles côtoyaient des personnes qui les connaissaient depuis des lustres. Recommencer ailleurs était une perspective angoissante.

— Que faites-vous de mes amies ? demanda-t-elle. Et des vôtres ? Tous ceux que nous connaissons sont à Mayfair. En faisant quelques économies, votre douaire devrait nous permettre d'acheter une autre maison dans le quartier.

— Ne me cherche pas querelle, Anne. J'ai besoin que tu comprennes ce que je ressens. Tu sais qu'il me faut de la distraction. Dans une période comme celle-ci, c'est ce qui me permet de tenir bon. Je ne peux supporter la tranquillité. Tu sais à quel point mes pensées sont pernicieuses quand je leur laisse libre cours.

Anne laissa échapper un soupir tremblant.

— Je le sais. Je crains seulement que vous ne réagissiez d'une manière excessive à la menace de l'arrivée de Joshua.

— L'arrivée de Joshua, répéta maman avec dédain. Je persiste à croire qu'il ne viendra pas. Mais les temps sont inhospitaliers, mon enfant, ne t'y trompe pas. Nous devons explorer de nouvelles voies, ou prendre le risque de sombrer totalement.

Anne n'aimait pas l'expression de sa mère. Il y avait des ombres sous ses yeux et son regard était ailleurs, comme si elle regardait en arrière plutôt que de songer à l'avenir.

Cette attitude ne présageait rien de bon, pour l'une comme pour l'autre.

— Vous devez faire ce que vous pensez être le mieux, bien sûr, admit Anne.

Sa mère parut se satisfaire de cette réponse.

De son côté, Anne était loin de se sentir aussi rassurée. Elle passa le reste du repas à ruminer des pensées moroses, imaginant différents avenirs possibles, chacun lui apparaissant pire que ce qu'elle vivait actuellement.

La tournure d'esprit maussade de maman n'était pas pour l'aider. Quand elle eut terminé son vin, la comtesse d'Arundell annonça d'un ton prophétique :

— Le sommeil ne viendra pas aisément, ce soir. Je vais être obligée d'avoir recours à quelques gouttes de laudanum.

Anne avait anticipé quelque chose de la sorte, ce qui ne l'empêcha pas d'être profondément affectée par cette annonce.

— Est-ce vraiment nécessaire ?

— Si je veux être un tant soit peu apaisée, ça l'est.

Maman se leva.

— Fais venir Hortense, je te prie. Elle va s'occuper de moi.

À son tour, Anne quitta son siège.

— Je peux le faire.

Pendant quelques instants, il lui sembla que sa mère allait refuser, mais cette dernière n'émit finalement aucune objection. Après un bref hochement de tête, la comtesse d'Arundell se dirigea vers son lit.

Anne lui emboîta le pas et l'aida à se changer pour la nuit. Pour finir, quand sa mère fut soigneusement bordée dans son lit, Anne confisqua à Hortense la fiole de laudanum.

La femme de chambre ne représentait pas en elle-même un danger, mais c'était une domestique obéissante qui suivait aveuglément les ordres, sans tenir compte du mal que cela pourrait causer.

La relation d'Anne avec sa mère n'était pas celle d'une servante et de sa maîtresse, contrairement à ce que certains pouvaient penser. Anne était l'égale de sa mère. Jamais elle n'obéirait à un ordre qui déboucherait sur des conséquences fâcheuses.

Assise au bord du matelas, elle mesura une faible dose de laudanum, exactement comme elle l'avait fait tant de fois depuis le décès de papa.

Maman avala la potion avec la docilité d'une enfant.

— Les choses iront bientôt mieux, promit-elle, les paupières déjà lourdes. Nous aurons fort à faire dans les semaines à venir.

Anne éteignit la lampe.

— Oui, maman, dit-elle posément.

Elle savait reconnaître qu'elle avait perdu quand c'était le cas.

Si sa mère avait besoin de changement, et si elle avait besoin de se convaincre qu'elles quittaient Grosvenor Square pour une autre raison que l'arrivée du nouveau comte, Anne ne la forcerait pas à voir la réalité en face.

À quoi cela servirait-il de la replonger dans l'état dépressif qu'elle avait traversé après le décès de papa ?

Anne ferait tout pour ne pas revivre cela.

Elle attendit que sa mère soit emportée par le sommeil pour gagner sa propre chambre. Située un étage au-dessus, celle-ci était desservie par un escalier étroit et instable.

Tandis qu'elle montait les marches, une profonde voix masculine s'éleva derrière elle, arrêtant ses pas.

— Vous allez déjà vous coucher ? demanda Hartford.

À regret, Anne se tourna vers lui. Elle n'était pas d'humeur pour une joute verbale.

Hartford monta quelques marches, à demi masqué par la pénombre. Ses cheveux étaient en bataille et sa mâchoire d'ordinaire rasée de près était assombrie par un début de barbe.

Cela lui donnait un air sinistre, comme s'il était un dangereux brigand qu'elle aurait croisé de manière inopinée.

Le cœur d'Anne se mit à battre plus vite.

— Que voulez-vous que je fasse d'autre ?

— Il est à peine 23 heures.

— Et alors ? Au cas où vous ne l'auriez pas remarqué, nous nous trouvons dans une auberge miteuse au beau milieu de nulle part. Il y a peu de choses à faire à la nuit tombée, à part boire ou dormir, et je n'ai nulle envie de boire.

Hart monta une marche de plus.

— Venez vous promener avec moi.

Elle eut un mouvement de recul.

— À cette heure-ci ?

— La lune est pleine, et il y a un bois de l'autre côté de l'écurie. Je ne vois pas meilleure façon de passer une soirée.

— Mais vous pouvez sans doute songer à meilleure compagnie.

— Pas à cet instant.

Il était inhabituellement solennel.

— J'ai envie d'être avec vous.

Anne ressentit un pincement déconcertant au creux de son estomac. Hart avait l'air si sérieux. Si différent.

Elle étudia son visage dans la faible luminosité. Comme toujours, il était incroyablement séduisant, et il y avait de quoi s'en agacer. Il semblait aussi fatigué, insatisfait.

La compassion lui fit baisser sa garde.

— Fort bien, mais nous ne devons pas aller loin.

— Pas si vous ne le souhaitez pas.

Il s'écarta, lui faisant signe de le précéder dans l'escalier.

— Après vous.

Anne resserra plus étroitement son châle de cachemire autour d'elle et descendit les marches. Le passage était dangereusement étroit. Quand elle dépassa Hart, leurs bras se frôlèrent et ses jupes vinrent frapper sa jambe dans un froissement d'étoffe.

Pendant un périlleux instant, ils furent assez proches pour qu'elle l'entende reprendre son souffle et perçoive les fragrances mêlées de whisky, de tabac et d'eau de Cologne qui émanaient de lui.

Son cœur se mit à tambouriner dans sa poitrine.

Le bruit montant du rez-de-chaussée, de plus en plus fort à mesure qu'ils s'en approchaient, empêchait toute conversation et elle en fut soulagée.

Maman avait raison de dire que les clients étaient tapageurs. De toute évidence, ils avaient abusé de la boisson.

Tandis qu'Anne descendait la dernière marche, l'un d'eux – un homme trapu entre deux âges – sortit de la salle en chancelant et lui barra le passage.

Ses yeux injectés de sang se posèrent sur sa poitrine, et un sourire lascif étira ses lèvres.

— Eh ben, y a du monde au balcon, grasseya-t-il.

Tandis qu'Anne se recroquevillait devant une telle impudence, Hart passa devant elle et, apparemment sans effort, souleva l'homme par le col de sa chemise.

— Je vous demande pardon, dit-il d'une voix terriblement calme. À qui vous adressiez-vous ?

L'homme jura furieusement, tout en se débattant pour se libérer.

Hartford resserra sa prise et souleva l'homme un peu plus haut, jusqu'à ce que seules les pointes de ses bottes touchent le sol.

— Je suis désolé, reprit-il froidement. Je n'ai pas compris.

L'homme toussa et cracha tandis que son visage prenait une inquiétante couleur violacée.

Alarmée, Anne posa la main sur la manche de Hartford.

— Relâchez-le. Vous risquez de l'étrangler.

— Je vais le relâcher. À condition qu'il soit poli.

— Je voulais pas, fit l'homme d'une voix sifflante. Je savais pas que c'était votre...

— Vous le savez, maintenant, dit Hartford d'un ton menaçant.

Il libéra brutalement l'homme, qui porta aussitôt les mains à sa gorge. Marmonnant des excuses, il battit prestement en retraite vers la salle à manger.

Anne remarqua à peine son départ, occupée à fixer Hartford. Son cœur cognait douloureusement dans sa poitrine – non pas en raison de l'insulte, mais à cause de la façon dont il avait réagi.

Sa manière de la défendre était aussi possessive qu'inappropriée. Pourtant, elle en avait été troublée.

— Était-ce vraiment nécessaire ? demanda-t-elle.

— Vous auriez préféré que je laisse ce goujat vous insulter ?

Elle redressa le menton.

— Je vous demande pardon, mais vous semblez me prendre pour une chétive damoiselle.

— Loin de là !

— Dans ce cas, pourquoi avez-vous cru nécessaire de voler à ma rescousse ? Croyez-vous qu'il est le premier à remarquer ma poitrine ? Sans doute même pensait-il me faire un compliment.

Une dangereuse expression apparut sur le visage de Hartford. L'espace d'un instant, il donna l'impression de souhaiter que l'ivrogne revienne pour achever de l'étrangler.

— La prochaine fois qu'un homme se permettra un tel comportement, ayez l'obligeance de m'en informer.

— Pourquoi ferais-je une chose pareille ? Et pourquoi cela vous importe-t-il ? Vous n'êtes ni mon père ni mon frère pour vouloir ainsi défendre mon honneur.

— Non, admit-il en se penchant au-dessus d'elle. Je ne suis ni votre père ni votre frère, Dieu merci. La plupart du temps, je me demande même si je suis votre ami. Mais ne vous y trompez pas, milady : si quiconque se risque à vous insulter ou à vous menacer, je vous défendrai jusqu'à mon dernier souffle.

13

Hart glissa les mains dans ses poches tandis qu'il traversait la cour déserte de l'écurie en compagnie d'Anne. Il lui avait fait sa déclaration, lui offrant son indéfectible dévotion – ou, à tout le moins, sa protection –, et en réponse...

Elle s'était complètement repliée sur elle-même.

À son grand agacement, elle était terriblement silencieuse depuis qu'ils avaient quitté l'auberge. Lui aussi, d'ailleurs, occupé qu'il était à ressasser ce qu'elle avait dit un peu plus tôt.

« Croyez-vous qu'il est le premier à remarquer ma poitrine ? »

Plus jeune, Anne avait été embarrassée par sa beauté. Elle avait une silhouette fine, qui rendait ses courbes encore plus évidentes. On les remarquait même si elles étaient comprimées dans une sévère robe de soie boutonnée jusqu'au cou.

Hart se montrait certes quelque peu possessif à l'égard de ces courbes, tout comme il l'était de la lady à laquelle elles appartenaient. L'idée que n'importe quel forban puisse avoir la témérité de les remarquer faisait bouillir son sang.

Cependant, Anne avait évoqué cela non pas en rougissant de gêne comme autrefois, mais avec l'indifférence d'une vieille fille désenchantée.

Elle n'avait pas besoin de sa protection.

Elle ne semblait même pas la souhaiter.

Au moment où il en avait pris conscience, il avait aussi compris qu'il ne la connaissait plus vraiment.

Il glissa vers elle un regard morose tandis qu'ils entraient dans le bois. Enveloppée dans un châle de cachemire – teint en noir pour s'assortir à sa robe –, elle avait les bras croisés autour de sa taille.

— Je crois, dit-il finalement, que nous avons été bien plus seuls, vous et moi, au cours de ces deux derniers jours que durant les six années écoulées.

— Vous avez probablement raison.

Les arbres baignaient dans la lueur d'un magnifique clair de lune. Son doux halo argenté illuminait le visage d'Anne et faisait briller ses cheveux, magnifiant sa beauté.

Une boule d'émotion se forma dans la gorge de Hart.

— Je suis surpris que vous ayez accepté mon invitation à sortir.

— Je n'aurais pas dû, admit-elle. N'importe qui pourrait nous voir.

— Et qu'y a-t-il de spécial à voir ?

Elle lui lança un regard réprobateur.

Il ne put retenir une moue ironique. Même à présent, il lui était impossible de ne pas la taquiner.

— Il n'y a personne, figurez-vous. Ceux qui ne sont pas déjà couchés sont au bar, trop ivres pour y voir clair.

Il marqua une pause, et son expression redevint sérieuse.

— Pourquoi avez-vous accepté mon invitation ?

— Vous sembliez avoir besoin de compagnie, répondit Anne avec franchise.

Il eut un rire bref.

— C'est assez vrai.

Le ciel était piqueté d'étoiles, en plus grand nombre que ce que Hart avait jamais pu observer dans le ciel de Londres, noirci de fumée.

Il répugnait à gâcher ce moment en parlant de ses préoccupations.

— Comment avez-vous trouvé Mme Blunt ? demanda-t-il à la place.

— Mme Blunt, répéta Anne, pensive. Il va falloir que je m'habitue à l'appeler ainsi. Bien que cela paraisse étrange, je l'avoue.

— Il n'y a rien d'étrange dans le fait qu'une femme prenne le nom de son mari.

— Pour vous, peut-être. Un homme ne renonce à rien quand il se marie, tandis qu'une femme doit abandonner son nom, sa maison, sa famille. Elle doit tout laisser derrière elle et consacrer sa vie à quelqu'un d'autre. Ça semble injuste, non ?

Hart ressentit un picotement d'irritation en entendant Anne dénigrer ainsi le mariage.

— Mme Blunt n'a pas semblé malheureuse de son choix.

— Non. Elle paraissait même assez contente, je crois. Un peu changée toutefois, mais je suppose qu'il fallait s'y attendre.

— Vos inquiétudes sont-elles apaisées, maintenant que vous l'avez vue ?

— Non, à dire vrai. Je suis toujours inquiète pour mes amies.

Le regard d'Anne croisa le sien, et il discerna une lueur d'ironie dans ses prunelles ambrées.

— Puisque nous abordons le sujet, avez-vous l'intention de me dire pourquoi vous avez l'air si sombre, ce soir ?

Hart esquissa un sourire.

— Dois-je déduire de cette question que vous me considérez comme un ami ?

Elle haussa une épaule.

— Une étrange connaissance, à tout le moins.

Il hésita quelques secondes avant de prendre la décision de se confier de nouveau à Anne.

Même si cette dernière pouvait se montrer têtue, intraitable et agaçante, elle était aussi d'une loyauté à toute épreuve. En dépit de leur passé tumultueux, il appréciait sa discrétion.

En outre, il lui avait déjà révélé le pire durant leur dîner à York, et il n'avait plus de raison de lui cacher quoi que ce soit.

Tandis qu'ils continuaient leur promenade le long du chemin, enveloppés par la délicate fragrance des bruyères qui recouvraient la lande baignée par le clair de lune, il parla du télégramme de Marcus.

Et il dit de quelle façon il y avait répondu.

— J'ai envoyé à sa mère un télégramme, la prévenant que je cesserai immédiatement de soutenir financièrement la famille Neale si Marcus tentait de prendre contact avec mon grand-père ou mon oncle.

Anne haussa les sourcils.

— Vous n'êtes pas d'accord avec moi ? s'étonna Hart.

— Vos demi-sœurs n'ont rien fait pour mériter de perdre votre soutien, ne croyez-vous pas ?

— Je n'ai pas réellement l'intention de les laisser sans le sou, dit-il.

— Mais alors, pourquoi…

— Parce que j'ai tout essayé pour raisonner Marcus et sa mère, en faisant preuve de patience, de compréhension… Mais l'argent est le seul langage qu'ils comprennent. Je n'ai pas fini d'éponger une dette que deux autres prennent sa place.

— L'hydre de Lerne, murmura-t-elle.

Hart sourit. Anne avait toujours partagé l'intérêt qu'il portait à la mythologie.

— Précisément, dit-il.

Elle marqua une pause afin de réfléchir.

— Si je me souviens bien, l'hydre n'avait qu'une seule tête immortelle parmi toutes les autres. Si vous pouviez découvrir la faille de votre demi-frère, peut-être…

— Sa faiblesse, c'est l'argent. Si je lui coupe les vivres...

— Il n'aura plus rien à perdre. Et alors il s'adressera à votre grand-père.

— Je n'ai fait que le menacer. Avec un peu de chance, cela suffira pour lui faire peur et le remettre dans le droit chemin.

— Vous ne vous êtes pas contenté de le menacer, corrigea Anne avec une pointe d'impatience. Vous avez menacé sa famille. Qui sait ce qu'un jeune homme peut faire quand le bien-être de sa mère est en danger ?

Hart plissa le front, maussade.

— Avez-vous une meilleure solution ?

— Cela me paraît assez simple, répondit Anne. Laissez-le parler à votre grand-père et à votre oncle.

Hart s'arrêta brusquement sous les branches tordues d'un vieux chêne. S'étirant à bonne distance du tronc massif, elles formaient une voûte aux allures de cachette romantique.

— Auriez-vous perdu la raison ? demanda-t-il.

Anne s'arrêta à son tour et lui fit face.

— Bien au contraire. Il s'agit de la seule solution possible, eu égard aux limites de votre capacité financière. Vous ne pouvez continuer à payer éternellement les égarements de votre demi-frère, surtout s'il prend goût aux tables de jeu. Il provoquera votre faillite et finira malgré tout par s'adresser à votre grand-père. N'est-il pas préférable de tout révéler maintenant et d'en finir ?

Hart la regarda avec hébétude. Cela faisait un moment qu'il envisageait de lui demander conseil, et voilà ce qu'elle lui répondait ? Elle l'encourageait à faire la seule chose qu'il lui était impossible de faire ?

Elle s'approcha, ses prunelles brunes se parant de paillettes d'or sous le clair de lune.

— Et vous avez confondu les récits de la mythologie, comme toujours, dit-elle avec l'intonation pincée d'une maîtresse d'école. Il ne s'agit pas de l'hydre de Lerne, mais des écuries d'Augias. Un vilain secret qui doit être nettoyé. Or rien ne purifie mieux que la lumière du soleil.

Hart faillit éclater de rire. Les écuries d'Augias, rien que ça !

— Vous suggérez que je ne le révèle pas seulement à mes proches, mais à toute la société ?

— Pourquoi pas ? Cela vous ferait le plus grand bien.

— À moi peut-être, mais pas à mon grand-père ni à mon oncle.

Anne répondit à ses inquiétudes avec un agaçant pragmatisme.

— Ce sont des hommes adultes, pas des enfants. Laissez-les endosser leur part de responsabilité.

— La responsabilité m'incombe. C'était celle de mon père.

— Il était également le fils de votre grand-père, et le jeune frère de votre oncle. Il est normal qu'ils partagent avec vous le poids de ses péchés.

Hart secoua la tête.

— Non.

Il fit un pas en arrière, prenant ses distances.

— C'est impossible.

Elle se rapprocha.

— Pourquoi est-ce impossible ?

— Parce que...

Dans un effort pour contenir la vérité, il serra les dents. Les mots franchirent pourtant la barrière de ses lèvres, et il confia à Anne ce qu'il n'avait encore jamais dit à quiconque.

— Si le monde avait connaissance de l'existence de la famille secrète de mon père, quelles conclusions en tirerait-il à propos de sa famille légitime ? Qu'est-ce que cela dirait de moi ?

— Vous n'étiez qu'un enfant.

— Son premier enfant avec Mme Neale est né quand j'avais dix ans. Mon père ne s'intéressait donc plus à moi. N'est-ce pas ce qu'il faut en déduire ?

Anne fronça les sourcils.

— C'est ce que vous croyez ?

— Que pourrais-je croire d'autre ?

Anne soupira.

— Mon très cher garçon, votre père ne vous a pas abandonné. Il a cédé à la tentation. Malgré sa piété et sa moralité affichées, il était aussi faillible que n'importe quel être humain. Il ne faut pas y voir autre chose.

Mon très cher garçon.

Elle ne l'avait pas appelé ainsi depuis des années.

L'emploi de cet ancien terme affectueux serra le cœur de Hart.

— Vous m'écoutez ? demanda-t-elle. Il n'y a aucune raison de vous mettre martel en tête pour cette histoire. Ni d'en avoir honte. Votre père a succombé à sa faiblesse, c'est tout. Il n'est pas le premier gentleman à qui une telle chose arrive.

Ce constat éveilla l'attention de Hart.

— Vous parlez du sujet avec une certaine autorité, remarqua-t-il.

Le châle d'Anne glissa de l'une de ses épaules sans qu'elle s'en rende compte, révélant l'austérité de sa robe noire.

— Je sais bien ce que je vois autour de moi. Les gentlemen épousent des ladys tout à fait charmantes, mais cela ne les empêche pas d'avoir des maîtresses. Ce n'est pas un secret.

— Tous les hommes ne sont pas aussi inconstants.

— C'est vrai. Mon père est resté fidèle à ma mère toute sa vie.

La voix de Hart prit une tonalité solennelle.

— Je ne parlais pas de votre père.

14

Le regard d'Anne resta rivé à celui de Hartford. Une étrange tension s'installa entre eux, assortie d'un douloureux et palpable désir inassouvi.

Elle fut frappée par le besoin de se jeter dans ses bras. Mais une lady ne pouvait se permettre de céder à ses lubies romantiques.

Une lady qui se trouvait dans la position d'Anne, en tout cas.

Elle crispa plus fortement les doigts dans les plis de son châle, qui était en train de glisser, et le releva sur son épaule.

— Je ne vous ai jamais demandé de me rester fidèle. Si... si c'est à cela que vous faites référence.

L'air déterminé, Hartford fit un pas vers elle.

— Vous l'avez fait. Vous m'avez demandé d'attendre.

Anne sentit son cœur s'emballer. Hartford était tellement sérieux, tellement sincère... et si dangereusement proche qu'elle devait rejeter la tête en arrière pour croiser son regard.

— C'est faux, protesta-t-elle.

Plus exactement, elle ne lui avait rien demandé au cours des six ans et demi qui venaient de s'écouler.

Au moment où Hart lui avait fait sa demande, le comte de March, son grand-père, s'apprêtait à partir pour une expédition d'un an dans l'Himalaya.

Un an. C'était précisément la durée pendant laquelle une fille était obligée de porter le deuil de son père.

Anne avait alors encouragé Hart à accompagner son grand-père, à voyager avec lui en Inde et à la laisser à son chagrin.

À l'époque, cela semblait la décision la plus raisonnable.

Il n'y avait guère de raisons pour que Hartford reste à l'attendre à Londres, alors qu'elle n'avait rien d'autre à l'esprit que son deuil et l'obligation de veiller sur sa mère éplorée.

Hartford était venu lui rendre visite à Grosvenor Square la veille de son départ, sobrement vêtu et rongé par l'inquiétude. Il lui avait tendu les mains tandis qu'ils entraient dans le salon, et Anne les avait saisies avec reconnaissance, les serrant fort entre les siennes.

— Un an, ce n'est pas long, mon amie, avait-il dit. Cela pourrait même nous être bénéfique. Je me suis laissé dire que l'absence attise les sentiments.

— Elle peut aussi les réduire à néant, avait-elle répliqué, regrettant déjà sa décision de le laisser partir.

— Mon cœur ne vous oubliera pas. Jamais. Et lorsque je reviendrai…

— Oui, avait-elle dit. Oui.

Ce souvenir lui arracha un frisson.

Mais quand il était revenu de son voyage dans l'Himalaya, presque treize mois plus tard, son bateau ayant été retardé, Anne était toujours en noir.

Sa vie avait changé. Tout avait changé.

Hartford n'était plus le même non plus.

Il n'était plus l'homme patient et compréhensif qu'elle avait connu.

Il avait suffi de quelques paroles maladroites pour que leur vieil antagonisme renaisse de ses cendres et enflamme tout sur son passage.

En le regardant à présent, penché au-dessus d'elle au clair de lune, Anne avait l'impression de discerner les cicatrices des blessures qu'elle lui avait infligées au cours de cette dernière querelle.

Elle aussi en portait les stigmates.

— Peut-être cela venait-il de moi, alors, dit-il d'un ton bourru. Je devais m'imaginer que nous étions faits l'un pour l'autre.

Anne secoua la tête.

— Hartford...

— Il ne s'agit peut-être même pas de ça, ajouta-t-il en grimaçant. À dire vrai, j'ai essayé de vous oublier. D'aller de l'avant. Mais c'était impossible.

Anne frémit.

Elle n'était pas insensible. Pas à l'égard de Hartford.

Il y aurait toujours une part d'elle qui regretterait sa douceur. C'était l'une de ses faiblesses. Cet inextinguible désir de l'avoir. De s'appuyer sur lui, comme si on pouvait lui faire aveuglément confiance.

— Ça n'a plus d'importance, dit-elle. C'est de l'histoire ancienne.

Ses paroles se transformèrent en murmure quand il lui effleura la joue du revers de la main.

— Je vous l'ai dit à York, chuchota-t-il. Ce n'est pas fini.

Il inclina la tête vers la sienne.

— Ça ne l'a jamais été. Pas pour moi.

Anne sentit son souffle tiède sur ses lèvres et le temps se suspendit quelques secondes, avant que la bouche de Hartford prenne possession de la sienne.

Un soupir étouffé. L'ombre d'un doute. Et puis...

Oh, et puis...

Anne rendit les armes, comme si elle avait attendu cet instant toute sa vie. Ses lèvres se firent souples et consentantes contre les siennes.

Un sourd grognement de satisfaction s'échappa de la gorge de Hartford et se répercuta en elle. La sensation était déconcertante. Elle voulait...

Mais elle ne savait pas ce qu'elle voulait, si ce n'est qu'elle n'avait aucune hâte que cette étreinte s'achève.

Hartford n'était pas disposé à se précipiter. Sa bouche se mouvait sur la sienne avec une lenteur presque douloureuse, comme s'il cherchait à imprimer dans sa mémoire chaque seconde de cette expérience.

Les jambes d'Anne menaçaient de se dérober sous elle. Elle leva les bras et les enroula autour de son cou pour retrouver son équilibre.

En réponse, les bras de Hartford se refermèrent sur sa taille, et il l'attira plus étroitement contre lui.

Elle s'abandonna à ce baiser. À ses propres désirs. Étrangement, tout en elle se fit chaud et malléable.

Seigneur, on pouvait dire que Félix Hartford savait embrasser !

Elle n'avait pas de point de comparaison, exception faite du baiser qu'il lui avait donné sous le gui. Mais c'était le baiser chaste et respectueux d'un homme plus jeune.

Il s'agissait à présent de tout autre chose.

C'était le baiser d'un homme approchant les trente ans. Un homme qui avait attendu. Qui s'était langui comme elle-même s'était languie.

Anne n'avait pas l'expérience pour juger des talents de Hartford dans ce domaine. Mais chaque fibre de son être reconnaissait la profonde et bouleversante perfection de cet échange.

Ou peut-être était-ce tout simplement qu'il était fait pour elle.

Une pensée alarmante.

Elle écarta sa bouche de la sienne, le souffle court.

— Ce n'est pas une bonne idée, protesta-t-elle.

— Croyez-vous ?

Il l'embrassa de nouveau.

— Ça me paraît pourtant très agréable, ajouta-t-il.

Elle tourna la tête.

— Vous n'avez pas les idées claires.

Les lèvres de Hartford se posèrent sur sa joue.

— Vous pouvez réfléchir à votre guise. Je vais continuer à vous embrasser.

En d'autres circonstances, ces paroles lui auraient peut-être arraché un rire embarrassé. Mais elle ne pouvait pas succomber à ses taquineries. Elle n'était plus une jeune fille énamourée.

Elle laissa glisser ses bras jusqu'à ce que ses mains reposent sur le devant de la veste de Hartford.

— Ça ne résout rien entre nous, dit-elle. On ne peut évacuer un problème avec un baiser.

Il rejeta la tête en arrière pour la regarder, sourcils froncés.

— C'est ce que nous faisons ?

— Je ne sais pas ce que nous faisons. Nous étions en train d'argumenter, et puis tout à coup… Ce n'est pas du tout raisonnable. Même s'il y a eu quelque chose entre nous autrefois…

— Autrefois, répéta platement Hartford.

— Ça ne nous donne pas d'excuse pour céder à toutes nos inclinations.

Elle retira ses mains, sans parvenir à en masquer le tremblement.

— Je me demande d'ailleurs comment il se fait que nous ayons encore ces inclinations, ajouta-t-elle.

— Je vois.

Une note de froideur s'était infiltrée dans la voix de Hartford.

— Fort bien, dit-il. Appelons cela une affaire non conclue.

Anne se crispa. Elle avait la vague impression qu'il concevait cette observation comme une insulte.

— Quelle remarque grossière, s'offusqua-t-elle.

Il libéra sa taille, lui permettant de s'écarter.

— Vous vouliez du sensé et du raisonnable. Quel dommage que vous ne soyez motivée que par le pragmatisme.

— Et quel dommage que vous ne preniez rien au sérieux, répliqua-t-elle.

Une lueur de colère s'alluma dans le regard de Hartford.

— Comme toujours, vous confondez humour et manque de certitudes.

— Pas du tout.

Et s'il disait vrai ?

S'était-elle montrée injuste envers lui ? L'avait-elle mal jugé ?

Anne n'était pas rigide au point de ne pouvoir admettre que c'était peut-être le cas. Après ce qu'il lui avait confessé à York, puis ce soir, elle avait compris qu'il prenait au moins une partie de sa vie au sérieux.

— Je constate que vous êtes plus responsable que je ne le pensais, dit-elle en rectifiant sa tenue. Mais en quoi cela s'applique-t-il à...

Il ne la laissa pas aller au bout de sa phrase.

— J'en veux à votre mère, dit-il.

La tête rejetée en arrière, Anne reprit brièvement son souffle.

Dans sa jeunesse, Hartford était connu pour envenimer rapidement les querelles, allant du point A directement au point Z sans argument intermédiaire. C'était une tactique sans pitié qui avait pour effet de déstabiliser totalement ses interlocuteurs.

Peut-être n'avait-il pas tellement changé, après tout.

— Je vous défends de parler de ma mère, décréta-t-elle.

— Quelqu'un doit bien le faire. Elle va détruire votre vie.

— Je vous préviens...

— Elle vous a déjà métamorphosée en ectoplasme. Et vous l'avez laissée faire. Choisir ceci...

Il considéra d'un regard écœuré sa robe noire.

— ... au lieu de la joie. Même quand c'est juste sous votre nez, vous êtes trop cadenassée par les règles de votre mère pour prendre le risque de tendre la main et saisir ce qui s'offre à vous.

Ce que lui disait Hartford n'était pas différent de ce que pensait tout un chacun dans leur monde. Mais l'entendre de ses lèvres – ces mêmes lèvres qui l'avaient embrassée avec une telle tendresse quelques instants plus tôt – lui était insupportable.

Une boule d'émotion obstrua sa gorge.

— Si c'est ce que vous croyez, vous ne me connaissez pas du tout.

— Je sais de quoi j'ai été témoin, ces dernières années. J'ai vu une jeune fille qui n'était que feu s'éteindre comme une bougie que l'on souffle. Et de son plein gré. Vous n'avez même pas cherché à vous battre. Pourquoi ? De quoi avez-vous peur, Anne ?

— Je n'ai pas peur ! s'exclama-t-elle. Et je ne suis pas « cadenassée ».

Il eut un ricanement incrédule.

— Comment appelez-vous ça, alors ?

Anne lui tourna le dos et s'enfonça sous la tonnelle naturelle formée par les branches tortueuses du chêne, ne s'arrêtant que lorsqu'elle atteignit le tronc. Ses doigts étaient crispés dans son châle.

Au cours des dernières semaines, son monde avait vacillé sous les assauts répétés des contrariétés, déferlant telles des vagues déchaînées.

Evelyne était partie. Julia était partie. Joshua menaçait de la chasser de Grosvenor Square, tout comme il l'avait chassée de Cherry Hill.

Et maman se laissait de nouveau gagner par la dépression.

Si on ajoutait à cela ses retrouvailles avec Hartford, qui lui avaient fait l'effet d'une tornade, les digues ne pouvaient que céder.

Ce fut ainsi qu'Anne se retrouva à confier un secret qu'elle n'avait jamais partagé avec personne.

— Ce n'est pas une question d'emprise sur moi, dit-elle, mais de contrôle.

15

Hart emboîta le pas à Anne. Il n'était pas d'humeur à interpréter les subtiles nuances du langage féminin. Après le baiser qu'ils avaient partagé, son esprit s'était amolli jusqu'à prendre la consistance du porridge. D'ordinaire, il aurait été capable de maîtriser ses propos. Au lieu de quoi, lorsque Anne s'était écartée, il s'était montré discourtois.

Pire que discourtois.

Mais, pardieu, comment un homme était-il supposé réagir en pareilles circonstances ?

Juste au moment où il pensait qu'il faisait des progrès avec elle. Précisément quand elle se trouvait *enfin* dans ses bras, sa maudite mère avait jailli des ténèbres, exerçant son pouvoir avec la même poigne qu'un garçon d'écurie maniant un yearling impétueux.

Le pouvoir. L'emprise. Le contrôle.

Peu importait le nom qu'Anne voulait lui donner. Le fait est que cela constituait une fichue nuisance.

— Y a-t-il une différence ? demanda-t-il en venant se placer derrière elle. En ce qui me concerne, je ne la vois pas.

Ils s'étaient réfugiés sous le chêne. Les branches filtraient la lumière de la lune, les livrant à une quasi-obscurité.

Anne lui jeta un regard dédaigneux par-dessus son épaule.

— Parce que vous ne connaissez rien aux femmes.

— Incontestablement. Je peine encore à comprendre...

— Je vous l'ai dit. C'est une question de contrôle. De manque de contrôle. Nous, les femmes, en possédons déjà si peu. Que croyez-vous que nous ressentirions si nous le perdions totalement ?

De nouveau, elle le regarda avec dédain.

— Nous aurions l'impression d'un immense chaos. Nous aurions envie de nous raccrocher à tout ce que nous pourrions : notre maison, nos enfants, la nourriture que nous ingérons...

Une lueur de compréhension saisit Hart.

Il se déplaça pour se tenir devant Anne, l'obligeant à croiser son regard.

— De quel genre de contrôle votre mère manque-t-elle dans sa vie ? C'est l'une des femmes les plus coriaces que j'aie jamais rencontrées.

Anne s'enveloppa plus étroitement dans son châle et croisa les bras.

— Ma mère a perdu l'amour de sa vie. Et elle ne peut pas le faire revenir. Elle est impuissante. Pouvez-vous imaginer ce que cela fait à une femme aussi exigeante de comprendre que, dans ce domaine précis, elle n'a absolument aucun pouvoir ?

— Cela fait presque sept ans, observa Hart.

— En quoi le temps a-t-il de l'importance, quand il s'agit d'amour ?

C'était une question que Hart s'était souvent posée. Il garda le silence un long moment, avant de demander :

— Était-ce à ce point effrayant quand votre père est mort ?

— Oui. Ma mère était submergée par le chagrin. Il n'y avait pas de place pour autre chose. Pas même pour mon propre deuil. À cette époque, je redoutais de la perdre également. Jamais je ne me suis sentie aussi seule de toute ma vie.

Hart sentit sa poitrine se serrer sous l'effet de l'émotion.
— Vous ne l'avez jamais dit.
— Comment aurais-je pu ? Après votre départ...
Elle eut un rire bref et amer.
— ... je ne savais même pas si vous teniez encore à moi.
Que diable disait-elle là ?
Il soutint son regard.
— Je tenais à vous.
Elle continua à le regarder, affichant un air légèrement désapprobateur.
— Vous ne m'avez jamais écrit.
— Pour l'amour du ciel, Anne, comment aurais-je pu le faire ? J'ai passé la plupart de mon temps dans des campements isolés au cœur de l'Himalaya. À moins de rédiger ma correspondance avec un bout de bois brûlé et de l'envoyer au village le plus proche via un chariot tiré par un yack, je ne vois pas comment...
Il s'interrompit et lui lança un regard accusateur.
— Vous ne m'avez pas écrit non plus.
— Vous n'aviez pas laissé d'adresse. Où aurais-je envoyé mes lettres ? Au hasard dans la montagne ? Par ce même chariot tiré par un yack ?
— Si vous aviez envoyé un message au point de départ de l'expédition, j'aurais fini par en prendre connaissance à un moment ou un autre. J'aurais su ce que vous traversiez. J'aurais...
— Quoi ? demanda-t-elle en haussant les sourcils. Vous vous seriez montré un peu plus accommodant à votre retour ?
Hart se rembrunit.
— Le fait est que je n'avais aucun moyen de connaître l'état de votre mère. Et il ne m'était guère possible de le discerner par moi-même. Pas une seule fois elle n'a montré le moindre signe de faiblesse.
— Et elle ne le fera jamais en public. Mais j'ai été témoin de l'étendue de sa souffrance. Sachant combien

elle souffrait – combien elle souffre toujours –, j'ai choisi de rester avec elle. De m'occuper d'elle. De lui donner ce qu'elle a perdu quand mon père est mort, à savoir ce sentiment de pouvoir et de contrôle.

Hart l'observa.

— C'est vous qu'elle contrôle.

— Sottises ! Elle ne fait rien que je ne permette pas. Oui, c'est fastidieux parfois. Si vous aviez été plus proche de vos parents, vous comprendriez.

Hart, qui avait pris appui sur le tronc massif du chêne, se redressa.

— Vous avez raison, admit-il en se penchant au-dessus d'elle. Je ne comprends pas. Vous vous êtes sacrifiée pour une femme qui, si elle avait été un peu moins secouée, se serait remise depuis des années.

— Remise ?

Anne ricana.

— Croyez-vous vraiment qu'on puisse se remettre quand on a aimé aussi fort ?

En pensée, Hart voulut bien admettre cet argument. Il ne s'était pas remis lui-même d'avoir perdu Anne, n'est-ce pas ?

Mais dans le cas d'Anne et de sa mère, c'était différent.

— Il existe différentes sortes d'amour, dit-il. Il y a l'amour qu'une veuve conserve à l'égard de son défunt époux, et l'amour qu'une mère devrait avoir pour sa fille.

— Ma mère m'aime, répliqua Anne avec une conviction absolue.

Hart grimaça.

— Si elle vous aimait, elle vous laisserait partir.

— Elle ne me retient pas ! Tout ce que j'ai fait relevait de mon seul choix.

— Et quel choix ! Vous n'étiez pas destinée à devenir son ombre.

Anne se redressa avec toute la dignité aristocratique inscrite dans le sang des femmes de la branche Deveril. Une furieuse détermination se lisait sur son visage.

— Je suis la seule à décider qui je veux être, affirma-t-elle. Personne ne le fait pour moi. Et ce serait me méconnaître que de m'accuser d'être faible. Vous me comparez à une flamme que quelqu'un d'autre aurait éteinte. Comme si mon sacrifice m'avait en quelque sorte diminuée. C'est tout le contraire. Il existe une forme de pouvoir dans le fait d'accomplir son devoir.

Hart était médusé par la volonté et la loyauté d'Anne, même s'il maudissait son refus d'affronter la vérité.

— Personne dans la société ne croit que vous êtes forte. De l'extérieur, votre situation apparaît exactement comme je l'ai décrite. Vous vous méprenez si vous croyez le contraire.

— Je me moque de l'opinion que les gens ont de moi. Et je ne me soucie pas davantage de la vôtre. Seule une personne faible tiendrait compte de la façon dont elle est perçue. Vous seriez bien avisé de revoir votre jugement à cet égard.

— Anne…

— Il suffit ! cria-t-elle. J'en ai assez ! Nous avons passé des années à nous quereller, rongés l'un comme l'autre par l'amertume née de ce qu'il y a eu autrefois entre nous. Mais ce qui est passé appartient au passé. Vous avez dit que nous devions en parler, et nous l'avons fait. Nous sommes quittes.

Le cœur de Hart se brisa. Pardieu, elle était sérieuse…

Il s'avança brusquement vers elle.

— Est-ce vraiment ce que vous voulez ? demanda-t-il sévèrement.

Anne avait blêmi.

— Oui, dit-elle.

Il examina son visage.

— Même après ce baiser ?

— Oui, dit-elle de nouveau, avec plus de conviction. Notre histoire inachevée est enfin terminée.

Sur ces mots, elle pivota dans un bruissement de jupes pour s'élancer d'un pas décidé vers l'auberge.

Après leur dispute, et le baiser époustouflant qui l'avait précédée, Anne redoutait le voyage du retour vers Londres. Elle n'avait nul désir de se retrouver en compagnie de Hartford, même avec sa mère comme chaperon.

Les risques étaient trop nombreux.

Un autre dîner dans un salon privé, un autre baiser ou une caresse amicale sur sa joue, et sa détermination pourrait voler en éclats. Le simple fait de se trouver à proximité de Hartford la rendait vulnérable. Or elle ne pouvait se permettre de l'être. Pas maintenant.

Ce serait différent s'il était fiable. Si elle pouvait compter sur lui pour être un roc, une présence immuable dans cette période troublée. Mais bien qu'il soit plus âgé qu'elle et, de toute évidence, plus responsable sur le plan de ses obligations familiales, une part de lui n'avait pas changé.

Elle ne pouvait pas compter sur lui.

Et quand ils étaient ensemble, elle ne pouvait pas compter sur elle-même.

Heureusement, il y avait Julia.

Lorsque Anne arriva au manoir des Chardonnerets le lendemain matin, son amie l'accueillit en lui livrant une nouvelle aussi étonnante que bienvenue.

— Quand tu rentreras à Londres, je viendrai avec toi.

Assise en face d'elle sur une couverture étendue dans le jardin, Anne avait pris le plus petit des chatons sur ses genoux. Les autres gambadaient autour d'elles, sous l'œil attentif de leur mère.

Non loin de là, les trois beaux-enfants de Julia – la descendance illégitime de son époux – jouaient ensemble, en aussi bonne entente que les chatons.

— Tu veux aller à Londres ? répéta Anne. Pour quelle raison ? Je pensais que tu étais heureuse ici.

— Je suis heureuse, dit Julia. Mais je dois régler certaines choses. Et il faut que je parle à mes parents.

— Le capitaine Blunt ne t'accompagnera pas ?
— Je dois le faire seule.
Anne regarda son amie avec respect. Julia avait tellement changé. Elle n'était plus timide ni anxieuse. À présent, elle se montrait confiante en elle et déterminée.
— Comme tu es devenue courageuse !
Julia leva devant son visage l'un des chatons roux et déposa un baiser sur son nez minuscule.
— Il se trouve que j'ai quelque chose à défendre, à présent.
— Ton mariage ?
— Mon mari et les enfants. Toute notre vie ici.
Julia déposa le chaton dans l'herbe.
— Me laisseras-tu venir avec toi ?
— Bien sûr.
La petite chatte noire nichée sur ses genoux se hérissa et cracha à l'approche de l'un de ses comparses. Anne l'apaisa d'une caresse.
Julia sourit.
— Elle t'aime bien.
— C'est généralement le cas avec les bêtes au tempérament de feu.
— Si tu veux, je peux te l'envoyer quand elle sera sevrée. Ça te ferait du bien d'avoir un animal de compagnie.
Anne esquissa un sourire.
— Un chat. Le rêve de toute vieille fille.
— Tu n'es pas une vieille fille, protesta Julia. Tu as presque le même âge que moi. Et, c'est décidé, je te l'enverrai. Tu peux compter sur moi.
— Comme il te plaira.
Du bout des doigts, Anne gratta délicatement le chaton sous le menton. L'idée de posséder un animal de compagnie lui plaisait.
— Elle est assortie à ma robe, en plus.

Le lendemain, quand ils partirent pour la gare de Malton, Julia était avec eux. Maman n'avait exprimé aucun reproche. Hartford non plus. Hormis quelques remarques prononcées d'un ton pincé, il semblait résolu à garder ses conseils pour lui.

Les deux amies ne parlèrent qu'entre elles durant le voyage jusqu'à York puis vers Londres, après un changement de train et une nuit passée dans une auberge.

Hartford les déposa toutes trois à Grosvenor Square, avec leurs bagages et leurs domestiques.

Lorsqu'il lui tendit la main pour l'aider à descendre de voiture, Anne l'accepta avec réticence. Leurs yeux se croisèrent brièvement, et une vague de chaleur empourpra ses joues.

Maudit baiser !

Il lui était impossible de regarder Hartford sans y penser.

Ce dernier haussa un sourcil mais, pour une fois, garda le silence.

Elle avait dit qu'elle voulait en finir avec lui. Que cette nuit au clair de lune devait marquer la fin de leur histoire. Et Hartford respectait son souhait.

Peut-être le voulait-il aussi. Tant qu'il ressentirait une forme de loyauté envers elle, tant qu'il aurait l'impression que tout n'était pas terminé, comme il l'avait dit, jamais il ne pourrait aller de l'avant dans sa vie.

Quant à sa vie à elle…

Une fois dans la maison, Anne confia Julia aux bons soins de leur gouvernante, Mme Griffiths. Puis, après s'être brièvement entretenue avec sa mère, elle se retira dans sa chambre.

Seule pour la première fois depuis plusieurs jours, elle s'assit au bord de son lit à colonnes et, très vite – de façon passablement alarmante –, elle éclata en sanglots.

16

— Est-ce le courrier ? demanda le comte de March du seuil de la bibliothèque.

Hart, occupé à trier la correspondance matinale de son grand-père, leva les yeux. Un valet l'avait déposée sur le bureau à peine cinq minutes plus tôt.

— En effet, répondit-il.

Grand-père entra dans la pièce. Ses mains étaient encore souillées par le jardinage. Il les essuya dans un grand mouchoir, mais sans vraiment de résultat.

— J'attends une lettre d'un certain Archer. C'est un parfumeur britannique installé à Grasse, en France. Il est intéressé par ma nouvelle création de roses thé. Je suppose qu'il n'a pas écrit ?

— Non.

Pas plus que Marcus, Dieu merci.

Depuis son retour à Londres, la veille, Hart n'avait pas réussi à mettre la main sur le jeune homme. Marcus semblait s'être volatilisé. Sa mère et ses sœurs affirmaient ne pas avoir eu de ses nouvelles depuis des jours, et il n'y avait aucun signe de lui dans ses tavernes ou établissements de jeu favoris.

Hart s'attendait à le voir se présenter à Arlington Street d'une minute à l'autre. À moins qu'il n'ait déjà envoyé une lettre au comte de March ou à lord Brookdale pour exiger de l'argent.

C'était la crainte de cette éventualité qui avait incité Hart à vérifier le courrier de son grand-père.

— Par pitié, pose ce courrier, dit le comte en se laissant tomber dans son fauteuil de cuir. J'y jetterai un œil plus tard.

Hart obtempéra.

— Vous avez plus urgent à faire ?

— Ces lis de l'Himalaya me contrarient de nouveau.

L'attention de Hart fut brièvement détournée. Il n'était pas botaniste lui-même, et n'avait guère la passion du jardin, mais il s'y connaissait suffisamment en plantes pour tenir une rubrique de conseils dans le *Glendale's Botanical*. Avant de partir pour le Yorkshire, il avait examiné les lis et, sur sa recommandation, avait aidé son grand-père à les transplanter dans un sol mieux drainé.

— Je pensais que le nouveau protocole d'arrosage porterait ses fruits, dit-il.

— On peut constater une légère amélioration de la couleur des feuilles, l'informa son grand-père, mais ces fichues plantes refusent toujours de fleurir. Lobb a rencontré le même problème, si ma mémoire est bonne. Je vais lui envoyer un télégramme.

Tandis qu'il sortait une feuille de papier d'un tiroir, le comte de March remarqua le chapeau et les gants de Hart.

— Tu sors encore ?

— J'ai rendez-vous.

— Avec lady Anne, je présume ?

Le sourire de Hart vacilla. Il avait essayé de ne pas penser à elle.

Il avait essayé, et il avait échoué.

La présence d'Anne dans sa vie remontait à si longtemps. Elle était omniprésente. Pas comme une bien-aimée. Pas même comme une amie. Mais comme une… possibilité.

Voilà à quoi il était habitué : à l'espoir toujours présent qu'un jour – à condition de trouver les bons mots, les bonnes circonstances – Anne reviendrait de l'exil qu'elle s'était imposé et se rendrait compte qu'elle voulait toujours de lui.

Mais ce n'était pas le cas.

Elle voulait mettre un terme à leur histoire.

Hart aurait dû souhaiter la même chose. Mais, en vérité, il n'en avait aucune envie. Peut-être était-ce de la faiblesse. Ou du sentimentalisme. Ou bien une habitude.

Quoi qu'il en soit, il se sentait comme empêtré dans une gigantesque toile d'araignée.

— Vous présumez mal, répondit-il. Je n'ai nullement l'intention de rendre visite à lady Anne.

— Il est inutile de me le cacher, si c'est ton souhait.

Le comte aiguisa sa plume à l'aide d'un canif à manche d'ivoire, en ajoutant :

— Brookdale y verrait peut-être une objection, mais j'ai toujours apprécié cette jeune personne.

— Je ne savais pas que vous aviez une opinion à ce sujet.

— Pourquoi n'en aurais-je pas ? Arundell était un ami très cher. Sa veuve l'est aussi, en dépit de la façon dont elle a choisi de se divertir.

Le comte trempa sa plume dans un encrier et commença à rédiger son message pour M. Lobb.

— Quant à la petite... elle a de l'esprit. C'est une qualité admirable, qu'elle pourrait transmettre à vos enfants.

Sourcils froncés, Hart lissa ses gants entre ses mains. Il était déjà suffisamment taraudé par ses pensées à propos d'Anne : inutile de se tracasser plus encore en évoquant une hypothétique descendance.

— Si c'est ce que vous pensez, peut-être devrais-je vous dire que je l'ai invitée à Sutton Park pour les festivités de fin d'année.

— Excellent, marmonna distraitement son grand-père. Sa mère se joindra-t-elle à nous ?

— Je suppose.

Si toutefois Anne était toujours décidée à venir. Il n'en était plus certain, à présent.

Après ce qui s'était passé entre eux dans le Yorkshire, il était tenté de la libérer de cette obligation. C'était ce que ferait un gentleman.

Mais Hart en avait assez de se comporter en gentleman.

Il souhaita une bonne matinée à son grand-père, enfila ses gants et quitta la maison.

Son phaéton l'attendait. Kestrel et Damselfly rongeaient leur frein et secouaient la tête, se rebellant contre le garçon d'écurie qui les avait fait déambuler dans la rue en l'absence de leur maître.

— Elles sont d'humeur agressive aujourd'hui, monsieur, dit le domestique.

— Balivernes.

Tandis qu'il passait devant elles pour monter dans le phaéton, Hart gratta le chanfrein de chacune des juments afin de les apaiser.

— Elles sont pleines de feu, comme je les aime.

Rassemblant les rênes, il prévint :

— Ne restez pas près de leur tête.

Le garçon d'écurie s'écarta prestement.

Kestrel et Damselfly s'élancèrent au trot. Hart les mena avec dextérité à travers les rues. Elles avaient envie d'un bon galop, mais il ne pouvait le leur accorder. Pas aujourd'hui. Il devait de nouveau se rendre chez les Neale, et s'attendait déjà à ce que sa visite soit infructueuse.

Il roula en direction de Chelsea, puis s'engagea de l'autre côté du fleuve vers Battersea. À l'approche du carrefour desservant la rue des Neale, il dut ralentir ses juments pour laisser passer un fourgon. Il aperçut alors la silhouette familière d'une jeune lady qui attendait

— Plus de bière, sacré bon sang, grommela-t-il, furieux.

— Il a déjà une sacrée note, pour sûr, expliqua le gardien. Une guinée par jour pour son hébergement, plus ses repas et les extras : bière, brandy, tabac...

— Fort bien, dit Hart. Je ne manquerai pas de vous appeler si j'ai besoin d'une comptabilité plus détaillée.

Sur ces mots, il entra dans la pièce et ferma la porte derrière lui.

Il lui fallut quelques instants pour s'accoutumer au manque de lumière. Finalement, il distingua les contours d'une pièce minuscule, meublée uniquement d'une petite table, d'une chaise et d'un lit étroit.

Marcus Neale était assis au bord du matelas défoncé, les coudes sur les genoux et la tête dans les mains. Dépourvu de veste et de cravate, il portait un pantalon et une chemise blanche tachée.

— J'aurais dû me douter que ça se terminerait ainsi, dit Hart.

Marcus leva lentement la tête, sa chevelure brune en bataille, l'air écœuré.

— Et j'aurais dû me douter qu'Ethel ne saurait pas garder un secret.

— Ah oui. Votre sœur. Je suis ravi que vous parliez d'elle.

Hart tira la chaise glissée sous la table et la planta avec force devant Marcus.

— Je l'ai trouvée dans la rue, avec une bourse contenant presque tout l'argent du ménage, représentant une proie facile pour les pickpockets et les proxénètes.

— La petite sotte, marmonna Marcus. Je lui avais dit de louer un fiacre.

Hart se laissa tomber sur la chaise, face à son demi-frère. Il aurait tout aussi bien pu se regarder dans un miroir, tant ils se ressemblaient.

Everett Hartford avait apposé sa marque indélébile sur chacun de ses fils, leur transmettant sa haute stature, ses larges épaules et sa mâchoire carrée. Leurs seules différences étaient l'âge et l'expression.

— Et que se serait-il passé, à votre avis, si Ethel avait réussi à venir ici pour régler vos dettes ? Comment votre mère et vos sœurs s'en seraient-elles sorties ?

— Vous ne les auriez pas laissées mourir de faim.

— Mais vous si, semble-t-il.

La colère donnait aux paroles de Hart une intonation dangereuse.

— Combien, cette fois ? Ce doit être considérable, pour que vous ayez le culot de m'envoyer un télégramme dans le Yorkshire.

La bouche de Marcus se tordit en une moue ironique.

— J'avais parié que ça vous ficherait la trouille.

— Encore un pari que vous avez perdu. Mais vous semblez avoir un don pour ça, n'est-ce pas ? Je vous pose de nouveau la question : combien ?

— N'avez-vous pas envie de savoir comment j'ai découvert où vous étiez ?

Hart était très désireux de le savoir, mais il ne donnerait pas cette satisfaction à son demi-frère. Aussi garda-t-il le silence.

Le jeune homme soupira.

— Cinq cents livres. Voilà. Vous êtes content ?

— À qui les devez-vous ?

— À mon tailleur et à mon chausseur. Ainsi qu'à... Garrard.

Hart haussa les sourcils. Garrard était un joaillier. Et il n'était pas connu pour être bon marché.

— Que diable lui avez-vous acheté ?

— Une babiole, dit Marcus. Quelle différence cela fait-il ?

« Sans doute aucune », songea Hart.

— S'agit-il vraiment de vos seules dettes à l'heure actuelle ? demanda-t-il. Ou y en a-t-il d'autres dont je devrais m'inquiéter ?

— Si vous parlez des notes à régler chez des commerçants, ce sont les seules.

— Et les dettes de jeu ? Vous avez déjà été banni de la plupart des établissements respectables. J'espère que vous ne vous êtes pas aventuré dans les tripots qui peuplent les bas-fonds de la ville. Ils ne se montreraient pas aussi obligeants si vous tardiez à éponger vos dettes.

— Mais vous le feriez pour moi, n'est-ce pas ?

Marcus affichait une expression qui hésitait entre morosité et amertume.

— C'est pour ça que vous êtes ici. Vous êtes prêt à payer une fortune pour que je me taise.

Hart se rappela qu'Anne l'avait mis en garde contre le risque de faillite par la faute de Marcus. À ce rythme, cela pourrait arriver plus vite que prévu.

— Quoi que je fasse, ce n'est pas en raison de vos menaces. En vérité, mon garçon, j'ai atteint les limites de ma patience avec vous.

— Je ne suis pas un garçon, protesta Marcus avec virulence. J'ai dix-neuf ans.

— Si vous voulez atteindre vos vingt ans sans encombre, vous seriez bien avisé de m'écouter.

Hart avança son visage à la hauteur de celui de son demi-frère.

— Ça ne vous plaît peut-être pas, mais vous n'êtes pas un gentleman. Vous n'êtes pas le petit-fils d'un comte. Vous n'êtes qu'un...

— Je suis tout aussi gentleman que vous !

— Non. Loin s'en faut. Vous le serez peut-être un jour, mais pas de cette manière. Un gentleman ne laisse pas sa sœur prendre des risques pour lui. Il ne s'enrichit pas aux dépens de sa mère et de ses sœurs.

— Si j'avais de l'argent à moi...

— Puis-je vous suggérer de prendre un emploi ? C'est très bénéfique pour l'estime de soi.

Marcus le regarda avec effroi.

— Où cela ? Dans une boutique ? Mon père se retournerait dans sa tombe !

— Permettez-moi d'en douter, dit Hart avec un petit rire dénué d'humour. Plus je découvre les manquements à la morale de notre père, plus je suis versé à croire que rien n'aurait pu le choquer.

— Il est facile de rire quand on a les cartes en main, répliqua Marcus entre ses dents. Eh bien, comprenez une chose : je ne suis peut-être pas un enfant légitime, mais mon père m'aimait, contrairement à vous, dont il n'avait que faire.

Les paroles de son demi-frère firent à Hart l'effet d'un coup de couteau en plein cœur.

C'était une vérité indéniable. Son père ne l'avait pas aimé. Il n'avait pas aimé sa mère non plus. Si cela avait été le cas, Marcus et ses sœurs n'existeraient pas.

Mais il n'avait aucunement l'intention de révéler à Marcus qu'il avait touché une corde sensible.

— Je suis certain que vous avez raison, dit-il.

Puis il sourit, narquois, avant d'ajouter :

— C'est sans doute pour cela qu'il n'a pas modifié son testament.

Les yeux de Marcus lancèrent des éclairs. Pendant un instant, il donna l'impression de vouloir recourir à la violence.

Hart regretta immédiatement ses paroles. Il ne tenait nullement à ce que cette conversation se termine en pugilat. Même si l'évocation des sentiments de son père à son égard – ou son absence de sentiments – provoquait en lui une grande souffrance.

— Ne soyez pas stupide, dit-il. Pensez-vous vraiment que notre père était riche ? Qu'il avait accumulé une fortune grâce à ses pamphlets et autres éditoriaux ? Il n'a jamais gagné d'argent, en dehors des fermages de son domaine. Ça suffirait à peine à vous fournir en épingles à cravate chez Garrard – si c'est ce que vous avez acheté là-bas.

— Il ne s'agissait pas d'une épingle à cravate, protesta Marcus. C'était un présent pour une jeune lady.

— C'est pour cette raison que vous accumulez les dettes ? Pour offrir des cadeaux à une aventurière ? Je savais que vous étiez naïf, mais je vous croyais plus intelligent que cela.

— Ce n'est pas une...

Marcus s'interrompit, les poings serrés.

— Oh, et puis je me fiche de votre opinion ! Et je ne crois pas un mot de ce que vous avez dit sur la fortune de mon père.

— Ce que vous croyez ou non ne fait aucune différence.

Hart se leva.

— Allons, rassemblez vos effets. Je vais régler votre problème et vous renvoyer à votre famille. Nous finirons de discuter de cette triste affaire dans un environnement plus agréable.

Marcus ne bougea pas. Il tremblait toujours de colère.

— Maintenant ! ordonna Hart. Vous avez déjà gâché ma matinée. Je ne vous laisserai pas gâcher également le reste de ma journée.

Marcus finit par se lever en regimbant.

Il ne remercia pas Hart pour sa générosité.

Bien au contraire.

— Un jour, siffla-t-il entre ses dents, j'ôterai de votre visage cette fichue moue ironique.

Le sourire de Hart s'élargit.

— Libre à vous d'essayer.

17

Anne mit Saffron au pas. Le vieil étalon avait du mal à respirer. À son âge, il ne pouvait plus se mesurer à des chevaux aussi jeunes et vifs que Locket, la jument de Stella.

— Tu ne peux pas abandonner avant la fin de la course ! lança Stella en riant, tandis qu'elle faisait demi-tour au petit galop.

Elle revint se placer à la hauteur d'Anne, les jupes de son élégante tenue d'équitation voletant derrière elle.

Quelques cavaliers qui traversaient le parc lançaient des regards désapprobateurs dans sa direction. Une lady ne devait pas galoper sur Rotten Row à l'heure de la promenade mondaine. Et elle ne devait absolument pas rire aux éclats.

Anne se pencha sur sa selle, faisant craquer le vieux cuir, et flatta l'encolure de Saffron.

— Il n'est plus temps pour lui de se risquer à la course, je le crains. Le pauvre vieux est prêt pour une retraite à la campagne.

Stella mit sa jument au pas. Derrière le voile de son chapeau d'équitation, ses joues étaient rosies par l'effort et l'excitation.

— Tandis que Locket bout encore d'impatience de se mesurer à tous les nouveaux arrivants. Quel dommage que Julia n'ait pas pu se joindre à nous.

— Elle aurait dû emprunter une monture : Cossack est resté dans le Yorkshire.

Stella raccourcit ses rênes, maintenant un contrôle étroit sur le mors de Locket pour empêcher la jument de bondir en avant.

— J'aurais quand même aimé qu'elle vienne. Je l'ai si peu vue, ces derniers jours.

Les deux amies chevauchèrent côte à côte parmi la foule, suivies par leurs garçons d'écurie.

Contrairement aux matinées où on pouvait bénéficier d'un semblant d'intimité, une foule compacte se pressait à Rotten Row durant l'après-midi. On y voyait des aristocrates hommes et femmes, des jeunes filles à marier, des sportifs arrogants venus exhiber leurs derniers achats au marché aux chevaux Tattersalls. Même les Belles Écuyères – les *Pretty Horsebreakers*, des courtisanes connues autant pour leurs talents de cavalières que pour leurs charmes – étaient présentes.

Nulle compétence n'était exigée pour prendre part à la parade quotidienne. Aux rares cavaliers accomplis se mêlaient de nombreux amateurs. Des novices en équitation s'agrippaient nerveusement à des chevaux que la moindre brise alarmait, tandis que des conducteurs peu doués malmenaient leur attelage et manquaient d'entrer en collision avec d'autres équipages.

Ce n'était pas étonnant qu'il soit mal vu de galoper. Compte tenu des capacités contestables des différents lords et ladys, la plupart des chevaux n'étaient fiables qu'au pas.

— Julia a été très occupée par ses affaires, expliqua Anne. Hier, c'était une visite au cabinet d'avocats, et aujourd'hui un entretien avec ses parents.

— Elle n'a pas souhaité que tu l'accompagnes ? demanda Stella.

— Pas du tout. En fait, Julia est décidée à affronter seule les obstacles, désormais.

Anne était à la fois fière de la nouvelle indépendance de son amie, et frustrée par cet état de fait. Elle aurait voulu communiquer sa force à Julia et être là pour elle comme elle l'avait toujours été. Mais si Julia se reposait encore sur elle dans une certaine mesure, plus jamais elle ne lui permettrait de régler ses problèmes à sa place.

Comme si Anne en était capable, de toute façon !

Elle avait déjà bien du mal à régler les siens.

— Le mariage l'a changée, observa Stella.

Elles avaient à présent dépassé le plus gros de la foule, et il y avait moins de danger que leur conversation soit entendue.

— Pour être juste, je crois que son mariage est moins la cause de son changement que le résultat.

— Que veux-tu dire ?

— Julia a pris en main les rênes de sa vie. C'est ce qui l'a incitée à épouser le capitaine Blunt. Et elle en est assurément plus heureuse.

— Peut-être devrions-nous suivre son exemple, suggéra Stella.

Anne glissa à son amie un regard perplexe.

— En nous enfuyant avec un ancien capitaine de l'armée ?

Stella fit mine de réfléchir sérieusement à la question.

— Si seulement nous avions la certitude d'obtenir le même résultat ! Mais avec la chance que nous avons, le bandit que nous épouserons se révélera un vrai bandit, et non pas un héros déguisé.

— Ce serait plus facile de distinguer les bandits des héros si les gentlemen ne se donnaient pas un tel mal pour dissimuler leur véritable personnalité, rétorqua Anne. Imagine le temps que nous perdons à essayer de comprendre qui ils sont vraiment.

— Ce n'est pas vrai seulement pour les gentlemen. Mon frère dit que chaque personne possède deux visages : son vrai visage, et celui qu'elle choisit de montrer.

Anne songea immédiatement à Hart et au masque qu'il avait décidé d'arborer : un sourire perpétuellement ironique pour dissimuler ses blessures et l'étendue de ses qualités.

Après toutes ces années, elle avait à peine réussi à gratter la surface. Et désormais, elle n'aurait plus le loisir de mieux le connaître.

Elle y avait veillé durant leur voyage dans le Yorkshire.

Au cours des deux jours qui venaient de s'écouler, elle avait fini par se résigner. Ses larmes avaient duré le temps d'un orage d'été. Il ne lui restait plus rien, à part cette vague amertume qui l'accompagnait depuis ce jour maudit où elle avait rompu leur engagement.

— Ton frère dit beaucoup de grandes choses, fit-elle remarquer.

— C'est vrai, approuva Stella. Et il a dernièrement trouvé quelqu'un pour encourager ses péroraisons.

Anne lui lança un regard curieux.

— Oh ?

— Mlle Amanda Trent.

Stella avait prononcé ce nom avec répugnance, comme si elle mentionnait un dangereux poison. Locket s'agita sous elle, alertée par le léger changement d'humeur de sa cavalière.

— Il l'a rencontrée lors d'une conférence œcuménique. Elle est attendue à Londres pour les fêtes de fin d'année. Mon frère ne parle plus que de cela.

— Tu ne penses pas qu'il a l'intention de…

— Si, dit Stella, l'air morose. Il compte sur moi pour jouer les chaperons. Et quand il l'aura épousée, il n'aura plus de place chez lui pour la vieille fille qui lui tient lieu de sœur.

D'une délicate pression de la jambe, Anne guida Saffron près de Locket. Elle baissa la voix, désireuse d'apporter du réconfort à son amie.

— Je suis certaine que c'est faux.

— C'est la vérité.

Stella baissa à son tour la voix :

— Il a déjà évoqué la possibilité que j'épouse l'un de ses vieux paroissiens du Derbyshire. Le pauvre homme a dépassé les soixante ans. D'après mon frère, il s'accommodera de mes cheveux gris. Comme si c'était la seule considération !

Anne ignorait que la situation de Stella était devenue aussi critique.

— Que vas-tu faire ?

— Que puis-je faire ? Je ne peux pas m'offrir le luxe de prendre ma vie en main, comme l'a fait Julia. Je n'ai pas de fortune personnelle, et aucun ancien capitaine de l'armée ne se presse à ma porte. Si j'avais des relations vers qui me tourner, je quitterais Londres. Sans ma présence pour jouer les chaperons, les projets de mariage de mon frère pourraient échouer. Mais je n'ai nulle part où aller.

— Tu peux quand même quitter Londres.

Le désir qu'avait Anne d'aider son amie à résoudre son problème était si grand qu'elle ne réfléchit pas aux conséquences de sa proposition.

— J'ai été invitée à une réception dans le Hampshire pour Noël. Peut-être pourrais-tu m'accompagner ?

— Chez qui est-ce ? demanda Stella.

Anne hésita, comprenant un peu tard qu'elle avait entrouvert la porte à de nombreux secrets. Elle fit tomber souplement ses rênes, laissant Saffron avancer à son rythme.

— Le comte de March.

Comme par un fait exprès, un phaéton qui ne lui était pas inconnu apparut au loin, tiré par deux juments alezanes presque identiques et reconnaissables entre toutes. Hart les menait avec son aplomb habituel, son beau visage et son imposante stature renvoyant immédiatement dans l'ombre les autres gentlemen.

Le soleil l'illuminait et faisait luire la robe des juments, et on aurait pu croire que le dieu Apollon était descendu sur terre.

À supposer qu'Apollon s'abaisse à porter un pantalon à carreaux et une criarde veste rouge.

Ridicule. Même les vêtements de Hart étaient une plaisanterie.

Comment avait-elle pu faire confiance à un homme qui transformait tout en objet d'amusement ?

Mais son cœur ne semblait pas se soucier de la fiabilité de Hart – ou de l'absence de celle-ci. Dès qu'elle l'avait aperçu, il s'était mis à battre si fort qu'elle s'étonnait que Stella ne l'entende pas.

Hart ralentit à leur approche. Il souriait. Il souriait toujours. Mais son sourire ne se communiquait pas à ses yeux.

— On dirait qu'il n'en reste que deux, remarqua-t-il froidement.

— Hartford.

Anne inclina la tête avec raideur.

— Comme toujours, je suis médusée par votre sens de l'observation.

— Vos troupes s'amenuisent, milady, répliqua-t-il. Ça a commencé par la désertion de Mlle Malravers, puis celle de Mme Blunt. Vous n'êtes plus les « quatre Amazones », ni les « trois Furies ». Comment vais-je bien pouvoir vous appeler, maintenant ?

Anne incita Saffron à avancer.

— Pardonnez-nous si nous chevauchons pendant que vous exercez votre médiocre sens de l'humour.

— Je ne suis pas contre un peu d'exercice, madame.

Il la dépassa en baissant la voix pour qu'elle soit la seule à l'entendre.

— Surtout quand il s'agit de balades dans les bois du Yorkshire.

— Allez donc plutôt vous noyer ! lança Anne.

Cette fois, Hartford sourit pour de bon.

— Comme toujours, vos désirs sont des ordres.

Il toucha le rebord de son chapeau.

— Bonne journée, milady. Mademoiselle Hobhouse.

Anne tremblait d'énervement. Heureusement, Saffron n'était plus sensible à ses humeurs depuis longtemps. Un autre cheval aurait peut-être réagi en la sentant déstabilisée, mais Saffron était vieux et fiable. Il continua à marcher tranquillement.

Le phaéton de Hartford disparut dans la direction opposée, emporté par le trot exubérant des fougueuses Kestrel et Damselfly.

Stella observa Anne, les sourcils levés.

— M. Hartford sera-t-il présent chez son grand-père à Noël ?

Anne soupira. L'envie de se confier à son amie la taraudait depuis trop longtemps pour qu'elle n'y cède pas.

— Il y sera. D'ailleurs, c'est lui qui m'a invitée.

— Et tu as accepté ?

Stella ne parvenait pas à dissimuler sa surprise.

— Se pourrait-il que tu l'apprécies finalement, ma chère ?

— Je l'ai apprécié autrefois, reconnut Anne. Mais nous ne faisons que nous disputer.

Elle ressentait une douleur violente au creux de l'estomac.

— Parfois, je crois que je le hais.

Stella sourit.

— C'est encourageant.

— Comment cela ? La haine est le contraire de l'amour.

— Le contraire de l'amour, c'est l'indifférence. S'il parvient à t'irriter, c'est que tu tiens à lui.

Anne était dubitative.

— C'est encore l'une des théories douteuses de ton frère ?

— Non, dit Stella. Ça vient de moi.

18

Après qu'elles eurent quitté le parc, Stella regagna St George's Street avec son garçon d'écurie, tandis qu'Anne rentrait à Grosvenor Square avec le sien.

Sa mère prenait le thé dans le salon avec deux amies de la société spirite. À la grande surprise d'Anne, Evelyne Malravers et son oncle, M. Fielding, étaient également présents.

Evelyne se leva et traversa la pièce pour l'accueillir. Sa silhouette opulente et sa chevelure auburn étaient rehaussées par une robe d'après-midi divinement coupée. Cette tenue ne pouvait avoir été créée que par le chevalier servant d'Evelyne, M. Malik.

Les deux amies s'embrassèrent chaleureusement.

— Quand es-tu rentrée du Sussex ? demanda Anne.

— Ce matin seulement.

Les doux yeux noisette d'Evelyne scintillaient derrière ses lunettes à monture d'argent.

— Ma tante Nora m'a envoyée en éclaireuse afin que je puisse commander mes vêtements de mariage.

— Tes vêtements de mariage ! s'exclama Anne.

Après avoir salué les autres personnes présentes, elle attira son amie vers un divan capitonné disposé sous la fenêtre. Elles s'assirent côte à côte, la robe en bombazine noire d'Anne heurtant les bouillonnés chatoyants de la soie gris perle de celle d'Evelyne.

— Je voulais t'écrire pour t'informer de la demande de M. Malik, déclara cette dernière. Mais je n'avais pas le temps. C'était plus rapide de te le dire en personne.

— Et je suis ravie de l'apprendre. Mais, je te préviens, tu devras le répéter à Stella et Julia.

— Stella est déjà revenue d'Exeter ?

— Oui. Nous venons de nous quitter après une promenade au parc. Et Julia est là aussi. Elle réside chez nous pour quelque temps.

— Mon oncle me l'a dit. Je pensais la voir à notre arrivée.

De l'autre côté de la pièce, M. Fielding toussait dans son mouchoir. Apparemment, il ne s'était toujours pas remis de son refroidissement. Maman était assise à côté de lui sur le divan vert, et paraissait captivée par la conversation avec les autres invitées, lady Younger et Mme Blakely-Strange.

— Julia ne devrait pas tarder à revenir de chez ses parents, dit Anne. Elle sera ravie de te voir et d'apprendre la bonne nouvelle. Mais d'abord, ma chère, tu dois tout me dire.

Tenant la main d'Anne, Evelyne lui raconta avec enthousiasme comment M. Malik avait entrepris le voyage jusque dans le Sussex pour la demander en mariage. Elle n'entra pas dans les détails, mais il ne fallait pas être devin pour comprendre que cela avait été idyllique.

Anne sourit.

— Tu es admirablement discrète.

— Que puis-je dire de plus ? répliqua Evelyne en riant. C'était excessivement romantique, mais je suppose que toutes les demandes en mariage le sont.

— Je pense que la tienne l'était particulièrement, compte tenu des obstacles que vous avez dû surmonter tous les deux.

— J'avoue qu'ils ne paraissent plus aussi effrayants, maintenant que nous sommes ensemble.

Evelyne irradiait de bonheur.

— C'est un excellent homme, vraiment.

— Quand vous mariez-vous ?

— En novembre.

— Ça ne te laisse pas beaucoup de temps pour les préparatifs.

— Nous sommes moins intéressés par la perspective d'un mariage fastueux que par la possibilité de vivre ensemble. C'est ça qui est important à nos yeux.

Evelyne pressa la main d'Anne.

— J'espère néanmoins que mes amies seront là pour m'apporter leur soutien quand je prononcerai mes vœux. Cela signifierait beaucoup pour moi.

— Bien sûr que nous serons là ! Nous ne manquerions ça pour rien au monde.

Evelyne expliqua que son mariage aurait lieu dans la maison de ville de son oncle, à Russell Square. Après quoi, M. Malik et elle passeraient la nuit à l'hôtel Claridge, avant d'entamer un court voyage de noces.

— Nous ne pouvons pas nous absenter plus de quelques jours, dit-elle. Ahmad doit penser à sa prochaine collection.

— Où vivrez-vous ?

— Nous n'avons encore rien décidé. Mais les environs de Hampstead nous conviendraient. À condition que nous puissions trouver une propriété avec suffisamment de place pour Hephaestus.

Evelyne était folle de son étalon andalou. C'était un animal splendide, avec une belle carrière devant lui en tant que reproducteur.

— En attendant, tu l'as laissé dans le Sussex ? demanda Anne.

— Il y est très bien, affirma Evelyne.

Elle rougit légèrement tandis qu'elle ajoutait :

— J'ai déjà enregistré dix réservations pour lui.

Les joues d'Anne s'empourprèrent de concert. Elle était toujours un peu choquée par le sens du commerce d'Evelyne. Faire se reproduire des chevaux n'était pas une occupation totalement respectable, pour les femmes non mariées. Elles n'étaient pas supposées savoir comment fonctionnaient ces choses-là. Mais Evelyne était farouchement déterminée à s'assurer un avenir radieux.

Elle avait été la première des « quatre Amazones » à prendre en main les rênes de sa vie. Julia avait rapidement suivi son exemple. Ce devait être maintenant au tour d'Anne et de Stella de se lancer.

Mais Anne commençait à douter de posséder le courage nécessaire.

Hart avait peut-être raison. Il était possible qu'elle ait peur.

Elle écarta aussitôt cette pensée.

Comment pouvait-elle tenir compte de ce qu'il avait dit ? Il avait insulté sa mère. Il l'avait insultée, elle. Et aujourd'hui, il avait eu l'audace d'évoquer les bois du Yorkshire.

Malhonnête et diabolique : voilà ce qu'il était.

— J'ai hâte de connaître les détails de la scandaleuse fugue de Julia avec le capitaine Blunt, dit Evelyne.

— Je suis certaine qu'elle te dira tout à son retour, répondit Anne. Mais sache qu'ils sont follement heureux tous les deux. C'est en tout cas ce qu'elle m'a affirmé.

— Mais toi, crois-tu qu'elle est heureuse ?

Avant qu'Anne puisse répondre, Horbury entra dans le salon.

Le majordome s'éclaircit la voix. Maman servait le thé à ses invités.

— Qu'y a-t-il, Horbury ?

— Le capitaine Blunt demande à voir Mme Blunt, milady.

Anne haussa les sourcils, avant d'échanger un regard inquiet avec Evelyne.

— Le capitaine Blunt ?

Maman lui lança une œillade acérée.

— Julia l'a-t-elle fait mander ?

— Je suppose que c'est le cas.

Anne n'en avait pas la moindre idée, mais elle ne voulait pas impliquer sa mère dans un éventuel esclandre.

Elle se leva et s'adressa au majordome.

— Je vais le recevoir dans le petit salon.

— Y a-t-il un quelconque souci ? s'enquit posément Evelyne.

— Je ne sais pas, admit Anne avant de quitter la pièce.

Tandis qu'elle se dirigeait vers le hall, elle se rappela que Julia n'avait pas quitté secrètement le Yorkshire. Au contraire : le capitaine Blunt était là pour lui souhaiter bon voyage. L'arrivée de celui-ci à Londres, deux jours seulement après le départ de Julia, semblait toutefois indiquer que l'homme n'était pas ravi de l'absence de son épouse.

L'apparence échevelée du capitaine Blunt ne fit que confirmer ces soupçons.

Il attendait dans le petit salon baigné de soleil, son costume froissé, ses joues ombrées par un début de barbe, un vieux sac de voyage en cuir défraîchi à ses pieds.

— Lady Anne.

— Capitaine Blunt.

Elle lui fit signe de s'asseoir.

— Si vous êtes venu voir Julia…

— Effectivement, dit-il, restant debout.

— Elle n'est pas là pour le moment. Elle est allée rendre visite à ses parents à Belgrave Square.

Le capitaine se rembrunit.

— Seule ?

Anne perçut une accusation dans cette question. Comme si elle avait en quelque sorte abandonné son amie à son sort.

— Ça ne me plaît pas plus qu'à vous, monsieur, dit-elle posément. Mais Julia a insisté. Depuis son arrivée en ville, elle a tenu à gérer seule toutes ses affaires.

— Je vous remercie pour cette information.

Le capitaine Blunt souleva son sac et fit demi-tour, prêt à partir.

Anne se plaça devant lui. Elle ne voulait pas qu'il parte à la recherche de Julia dans un mouvement de colère.

— Vous n'êtes pas fâché contre elle, j'espère ?

— Je le suis, madame. Profondément fâché. Je viens de découvrir que je ne peux pas vivre sans elle. Veuillez m'excuser…

Anne s'écarta, regardant le capitaine se ruer hors de la pièce.

Elle avait rarement vu un gentleman être si près de perdre son sang-froid.

Hormis Félix Hartford, le soir où il l'avait embrassée.

Lui aussi était échevelé et mal rasé.

« J'ai envie d'être avec vous », avait-il dit d'un ton bourru.

Ce souvenir lui tordit l'estomac. Maudites pensées ! Ne cesseraient-elles de l'importuner ?

Elle regagna le salon et vit qu'Evelyne avait repris sa place à côté de son oncle. Elle s'assit dans un fauteuil à proximité de son amie, et lui adressa un sourire rassurant en réponse à son regard inquiet.

Maman interrompit sa conversation avec Mme Blakely-Strange.

— Eh bien ? demanda-t-elle.

— Je crois que Julia ne va pas tarder à nous quitter, répondit Anne.

Sa mère approuva d'un hochement de tête.

— Son mari a l'intention de la ramener chez eux, n'est-ce pas ? Je ne puis dire que j'en suis surprise. Les jeunes mariés ne devraient pas être séparés, dans les premiers jours de leur union.

La comtesse se tourna vers Mme Blakely-Strange et reprit le cours de leur discussion :

— Vous disiez quelque chose à propos des Égyptiens ?

Mme Blakely-Strange but une gorgée de thé, et peina à dissimuler une grimace devant l'absence de sucre. C'était une femme âgée, avec une large mèche blanche dans sa chevelure noire, et une propension à s'orner d'une quantité de perles de jais.

— Oui. Oui. Les Égyptiens. Ils comptent pour beaucoup, bien sûr. Mais nous ne pouvons ignorer les Romains. Je discutais de cela hier encore avec Mme Frazil. Elle affirme que ses séances avec la planchette de divination ne sont jamais aussi actives que lorsqu'elle se trouve près de la cathédrale St Paul.

— St Paul ? répéta lady Arundell. Mais quel est le rapport ?

— Oh, je pensais que vous le saviez… Sur son emplacement à Ludgate Hill était précédemment construit un temple romain dédié à la déesse Diane. Selon Mme Frazil, c'est un lieu de grande puissance spirite. Elle a organisé pour moi des séances privées dans sa résidence de Ludgate Hill, et je dois dire que j'ai remarqué une différence.

Une lueur d'intérêt s'était allumée dans le regard de la comtesse.

— Fascinant, murmura-t-elle. Dire qu'un tel lieu existe à Londres…

Anne avait l'impression de voir les rouages du cerveau de sa mère tourner. L'idée d'un « lieu de grande puissance spirite » avait éveillé son imagination. D'autant plus qu'il se trouvait non loin de chez elles.

Maman ne parla guère d'autre chose durant le dîner qu'ils partagèrent avec M. Fielding et Evelyne.

Le lendemain matin, après le départ du capitaine Blunt et de Julia – radieuse d'avoir obtenu victoire au sujet de son héritage –, la comtesse évoqua de nouveau le sujet.

— Je ne veux plus voir de mornes figures, décréta-t-elle. Nous avons trop à faire aujourd'hui pour que tu te morfondes après le départ de ton amie.

Anne ignorait qu'elle donnait l'impression de se morfondre. Docilement, elle suivit sa mère dans le salon.

— Avons-nous un engagement ?

— Mme Frazil a suggéré que nous passions prendre le thé quand bon nous semblerait. Pourquoi pas aujourd'hui ?

Elle sonna Horbury.

— Il est grand temps d'aller visiter Ludgate Hill.

Ludgate Hill se situait à moins de cinq kilomètres de Grosvenor Square, mais il fallut beaucoup de temps à la comtesse d'Arundell et à sa fille pour atteindre leur destination.

À midi, les encombrements aux abords de la cathédrale St Paul étaient tels qu'il était impossible de se frayer un passage. La rue étroite et pentue était occupée par une triple rangée de véhicules de toutes sortes : chariots de fruits, voitures brinquebalantes et omnibus surchargés.

Dans le nuage de poussière occasionné par la multitude de moyens de transport, des piétons tentaient de traverser la rue, risquant leur vie ou à tout le moins une fracture tandis qu'ils se faufilaient à travers la circulation.

En regardant par la fenêtre de leur calèche alors que celle-ci montait à l'assaut de la colline, Anne vit un homme manquer de se faire écraser par une voiture qui déboulait à vive allure.

— Miséricorde ! s'écria-t-elle. Quel invraisemblable chaos.

— Le bruit est assourdissant, se plaignit maman, assise en face d'elle.

Elle était d'humeur irritable, en raison du refus de M. Fielding de les accompagner. Bien que sa santé se soit largement améliorée, l'oncle d'Evelyne se sentait trop faible pour entreprendre ce périple.

— Vous avez raison, dit Anne.

Elles s'étaient déjà rendues à Ludgate Hill en d'autres occasions – c'était là que se trouvaient les meilleures échoppes – mais jamais à ce moment de la journée.

Les cris des cochers et des piétons s'élevaient dans l'air, accompagnés du clip-clop des sabots, du vacarme des roues et des voix des marchands qui haranguaient les passants.

La rue était bordée de boutiques en tout genre : drapiers, marchands de tapis, détaillants de tabac et bijoutiers. Elle abritait aussi des maisons à l'apparence délabrée, serrées les unes contre les autres, sans grâce ni ornements.

Ce fut devant l'une de ces maisons que s'arrêta finalement la calèche des Arundell.

La maison de Mme Frazil se dressait à proximité de la cathédrale. Bien que modeste, son apparence était adoucie par le rosier grimpant qui encadrait la porte. Ses fleurs rose pâle largement épanouies diffusèrent une douce fragrance lorsque Anne et sa mère passèrent sous la voûte formée par les branches pour entrer dans la maison.

Une gouvernante à l'air fatigué les guida vers le salon en façade où Mme Frazil recevait.

— Lady Arundell. Lady Anne, annonça la gouvernante.

Mme Frazil se leva de son fauteuil jaune, placé près de la fenêtre. Elle plongea aussitôt dans une gracieuse révérence, et les jupes de sa robe de jour couleur lavande se répandirent autour d'elle, semblables à une écume de plis et de rubans.

— C'est un plaisir unique de vous accueillir dans ma modeste résidence, dit-elle.

Quelque chose chez cette femme évoquait la pantomime, comme si elle offrait un spectacle à un public. Son visage poudré de blanc, ses sourcils épilés jusqu'à former un arc effilé et ses cheveux d'un roux factice renforçaient cette impression.

— Asseyez-vous, je vous en prie.

Mme Frazil désigna un divan capitonné de velours rose.

— Je vais demander à ce qu'on nous apporte du thé. Ma gouvernante a justement confectionné ce matin les plus délicieux petits gâteaux turcs…

— Pas de pâtisseris, merci, décréta maman. Je n'aime pas les douceurs.

Mme Frazil échangea quelques mots avec sa gouvernante, avant de la prier de disposer.

— Veuillez pardonner mon erreur, dit-elle en regagnant son siège. Je me souviens maintenant que vous désapprouvez la consommation de sucre.

— C'est un penchant fort peu judicieux. Comme tant de choses, de nos jours.

La comtesse embrassa la pièce du regard, sans masquer sa désapprobation.

— Je dois dire, madame, que votre salon est extraordinairement bariolé.

— Certes, milady. Je trouve cela reposant pour l'esprit.

— Reposant, dites-vous ? répéta lady Arundell avec une petite moue. Je suis abasourdie que vous parveniez à vous entendre penser, avec tout le bruit qui provient de la rue.

— C'est bruyant, assurément, reconnut Mme Frazil. J'ai parfois l'impression que le monde entier passe ma porte : des ladys et des gentlemen des meilleures familles, les commerçants à qui j'achète mon linge de maison, les journalistes qui rédigent mon journal quotidien… Dans ce quartier, il y a de la richesse et de la pauvreté, du crime et de la justice, et un vaste échantillon de personnes venues de territoires lointains que vous ne pouvez croiser à Mayfair. Je n'ai pas besoin de voyager. Il me suffit de regarder par ma fenêtre.

Anne avait l'habitude de garder le silence durant les visites que sa mère rendait aux différents experts du spiritisme. Elle n'avait pas vraiment d'avis sur la question, hormis un scepticisme dicté par son bon sens. En conséquence de quoi, elle laissait souvent ses pensées divaguer pendant les conversations, songeant aux lettres qu'elle devait écrire ou aux engagements qui l'attendaient.

Cette fois, pourtant, les paroles de Mme Frazil retinrent son attention.

La médium disait vrai. Mayfair n'était pas très diversifié. Largement composé de personnes riches et titrées, le quartier fonctionnait un peu comme un club privé. Anne avait exprimé le souhait d'y rester car l'endroit lui était familier. Elle connaissait tout le monde et tout le monde la connaissait. Cependant…

Se sentir en pays de connaissance était bel et bon, mais il ne fallait pas pour autant se tenir à l'écart du reste. Il y avait tant de choses et de gens à découvrir.

Evelyne s'était ouverte à ce monde et y avait trouvé le bonheur. Anne espérait ne pas être moins ouverte d'esprit que son amie.

— Avez-vous beaucoup d'échanges avec ces personnes, madame ? demanda-t-elle. Ou vous contentez-vous de les observer à distance ?

Mme Frazil sourit avec bienveillance.

— À la faveur de mes sorties, je parle aisément avec toutes sortes de gens. Mais j'avoue que je préfère rester chez moi autant que possible. J'ai besoin d'intimité pour mener mes travaux avec le monde des esprits.

— N'êtes-vous pas distraite par le bruit ? s'étonna maman.

— Pas du tout. Ludgate Hill, c'est la vie. Si vous l'écoutez attentivement, milady, vous constaterez que le son fait écho dans vos veines. Une telle puissance ne peut être que bénéfique.

La comtesse hocha lentement la tête.

— Mme Blakely-Strange m'a révélé que la colline était un lieu de grande puissance spirite.

— C'est l'évidence même, décréta Mme Frazil. À l'époque romaine, il s'y trouvait un temple dédié à Diane, la déesse de la chasse. Les vibrations…

Anne perdit le fil de la conversation tandis que celle-ci portait sur des questions de spiritisme.

Elle finissait de boire un thé particulièrement amer quand elle saisit la fin d'une phrase que sa mère venait de prononcer, provoquant l'enthousiasme de Mme Frazil.

— … visiter la maison. Il est possible, dans un avenir proche, qu'il me soit profitable de résider dans un endroit de vie et de puissance, comme vous dites. Fût-ce pour quelque temps.

Alarmée, Anne tourna les yeux vers sa mère.

— Une maison ? Quelle maison ?

Maman lui lança un regard de reproche.

— Tu n'as donc pas écouté ? La maison voisine de celle-ci est disponible à la location. Mme Frazil a été mandatée par les propriétaires pour se charger de la transaction.

La comtesse reposa sa tasse d'un geste décidé.

— Nous irons visiter la maison après le thé.

Anne resta bouche bée. Elle ne pouvait interroger sa mère face à une tierce personne. Et ce serait incroyablement grossier de dénigrer le quartier de Mme Frazil devant elle.

Mais franchement… Ludgate Hill ?

C'était trop bruyant. Trop peuplé. Trop saugrenu.

Et puis, ce ne serait pas du tout pratique.

Si cousin Joshua les chassait de Grosvenor Square le mois prochain, et si elles louaient une maison ici, Anne serait complètement seule. Aucune de ses amies ne pourrait lui rendre visite – en tout cas, pas sans grande difficulté. Il n'y aurait plus de chevauchées à Rotten Row. Plus de déambulations dans Bond Street.

Et plus de Hartford.

Anne ne le rencontrait qu'au parc, ou lors des bals et des soirées mondaines à Mayfair. C'était leur seul contact depuis qu'elle avait rompu leur engagement, des années auparavant.

Si elle emménageait à Ludgate Hill, elle ne le verrait plus du tout.

Mais n'était-ce pas ce qu'elle voulait ? Mettre un terme à leur histoire ?

Il ne fallait pas s'y tromper. C'était ce qui se passerait si elle venait à déménager.

Cette perspective glaça le cœur d'Anne.

19

La salle de bal de lord et lady Ramsey était illuminée par les bougies. Leurs flammes se reflétaient sur les murs couverts de miroirs, faisaient étinceler le parquet ciré et rehaussaient l'éclat des robes colorées des ladys, que leurs cavaliers faisaient virevolter à travers la pièce.

En entrant, Hart se mit en garde contre un excès d'espoir.

Quand il avait croisé le chemin d'Anne à Hyde Park une semaine plus tôt, elle n'avait rien fait pour encourager son intérêt. Au contraire, elle s'était montrée furieusement discourtoise, déclarant qu'elle préférerait le voir noyé plutôt que de continuer à supporter sa présence.

Ce n'était guère l'expression d'une passion dévorante.

Mais cela avait été enflammé, néanmoins.

Ces paroles brutales avaient donné un nouvel élan au moral de Hart, jusqu'alors au plus bas. Elles l'avaient incité à espérer de nouveau. Et il avait récemment découvert qu'un monde sans l'espoir qu'Anne y soit était un endroit bien morose.

Il balaya du regard la salle de bal, notant à peine les dames en robes richement colorées et les gentlemen en stricte tenue de soirée noir et blanc.

Un orchestre était installé sur une estrade à l'autre bout de la salle. Les musiciens, énergiques, jouaient des airs rapides. Presque tout le monde dansait.

Évidemment, Anne ne faisait pas partie des danseurs.

Il fit lentement le tour de la pièce, marquant une pause ici et là pour échanger quelques mots avec les douairières, les vieilles filles et les débutantes qui faisaient tapisserie, assises le long du mur. On y trouvait généralement Anne en compagnie de sa mère ou de ses amies cavalières.

Mais pas ce soir.

Inquiet, il commençait à se demander si elle comptait venir quand on l'interpella.

— Monsieur Hartford !

Lady Sawbridge, une douairière d'âge avancé, lui faisait signe avec son éventail. Elle tenait sa cour dans un profond fauteuil à l'entrée du salon de jeu, haranguant les gentlemen qui passaient pour les inciter à inviter ses protégées.

— Pourquoi ne dansez-vous pas ? N'y a-t-il pas ici suffisamment de jeunes ladys convenables ?

Hart lui adressa un sourire contrit.

— Certes, madame. Je me suis montré inattentif.

— Dans ce cas, vous devez rectifier votre erreur. Puis-je vous suggérer d'inviter Mlle Thrapstone ? Voilà cinq danses au moins qu'elle n'a pas quitté sa chaise.

Mlle Thrapstone devint écarlate d'embarras. La jeune fille au visage boutonneux participait à sa première saison. Elle était recroquevillée sur une chaise à côté de la douairière, et semblait avoir envie de plonger dans un trou de souris.

— Mademoiselle Thrapstone, dit Hart en s'inclinant devant elle. Me feriez-vous l'honneur de m'accorder la danse champêtre ?

La jeune fille ouvrit de grands yeux.

— Mais... c'est la danse du souper.

— Dans ce cas, je me ferai un plaisir de vous accompagner au souper ensuite.

Hart s'inclina de nouveau avant de s'éloigner, se maudissant d'avoir fait cette proposition.

Il avait eu l'intention d'inviter Anne pour cette danse. Non qu'elle ait jamais accepté ses précédentes invitations.

Il n'avait pas fait plus de quelques pas quand sa cousine Mariah bondit en travers de son chemin, les volumineuses jupes de sa robe de tarlatane vert pomme virevoltant autour d'elle.

— Hart ! Avez-vous vu ma mère ?

— Non.

Hart jeta un coup d'œil réprobateur à la broche hideuse que sa cousine portait à son corsage. Représentant une fleur tropicale, avec un rubis tape-à-l'œil au centre, elle ne s'assortissait ni à sa robe ni à la couronne de fleurs dans ses cheveux.

— En parlant de votre mère, je sais que ses goûts sont irréprochables. J'en déduis donc que vous avez choisi vous-même ce colifichet.

Mariah couvrit sa broche d'une main protectrice.

— Faut-il que vous soyez détestable précisément maintenant ? Je voulais vous demander une faveur.

— J'ai déjà promis la danse du souper. Je peux vous proposer le galop, mais vous risquez de trébucher avec cette robe invraisemblable.

— Je ne veux pas danser avec vous.

Elle lui prit le bras et l'attira dans un coin.

— Je voudrais que vous me conduisiez à Richmond Park jeudi prochain, murmura-t-elle. Je dois y retrouver... quelqu'un, et ma mère ne veut pas que je prenne la calèche.

Hart eut immédiatement des soupçons. Son oncle avait dit que Mariah avait des sentiments pour un mystérieux jeune homme, et cette demande présentait tous les signes d'un rendez-vous galant.

— Serait-ce un gentleman ?

Mariah ne chercha pas à nier.

— Vous ne le direz pas à ma mère, n'est-ce pas ?

— Me prenez-vous pour un délateur ?

— Non, mais…
— Pourquoi Richmond Park ? Pourquoi pas dans un lieu plus proche de chez vous ?
— M'y conduirez-vous, oui ou non ? À défaut, je peux prendre un fiacre ou un omnibus.
— Ce que vous n'avez jamais fait de votre vie, remarqua-t-il.
— C'est assez simple. Je suis certaine que je n'aurai aucune difficulté à le faire.
— Qui vous a dit cela ? Votre ami ?
Elle resta muette, ce qui était une réponse comme une autre.
Hart fit un effort de sévérité.
— Vous devriez vous demander quel genre de gentleman encouragerait une jeune lady à risquer sa réputation afin de le rejoindre. Il ne doit pas avoir une très haute opinion de vous.
— Vous ne le connaissez pas ! rétorqua Mariah, sur la défensive. Et je ne suis plus une enfant. Je suis une femme. Si vous compreniez…
— Ce que je comprends au sujet des femmes pourrait sans doute tenir sur une tête d'épingle. Mais je connais la considération qui est due à une lady. Si ce garçon tient à vous, il vous courtisera de manière respectable.
— Il va le faire. Il a promis de parler prochainement à mon père.
Hart était sceptique. Sa cousine était l'héritière d'une famille aisée. Un homme qui demandait à la rencontrer seule, dans un parc situé de l'autre côté de la ville, n'était probablement pas un gentleman.
— Qu'attend-il ?
— Il a connu une période de malchance. Il lui faut du temps pour réarmer son navire.
— C'est un marin ?
— Il n'y a pas matière à rire, Hart. Si vous pouviez savoir ce que c'est que d'affronter l'adversité sur le

chemin du véritable amour… À ce propos, lord Byron a écrit…

— Pitié, marmonna Hart. Pas Byron.

Mariah parut accablée.

— Vous n'avez aucune sensibilité.

— J'en ai beaucoup, au contraire. Mais la mièvrerie est dangereuse. Cela peut conduire à se ridiculiser.

— Je ne me ridiculise aucunement, rétorqua sa cousine. Je suis aussi capable que vous de choisir les personnes chères à mon cœur.

— Les personnes chères à mon cœur ne me font pas courir de danger.

— Non, dit Mariah avec un rare sens de la repartie, elles vous demandent seulement de les accompagner dans d'inconsidérés voyages en chemin de fer, parce qu'elles veulent se rendre dans d'obscurs petits villages du Yorkshire.

Hart se figea.

— Que sous-entendez-vous ?

Le courage de Mariah faiblit.

— Rien… rien. J'ai seulement besoin de votre aide. Je n'ai personne d'autre à qui… Oh !

Ses yeux s'écarquillèrent.

— Voilà maman ! Ne lui dites pas que vous m'avez vue.

Sur ces mots, elle détala, disparaissant parmi la foule.

Tante Esther apparut une seconde plus tard, froidement élégante dans une robe de soie dépourvue de tout ornement.

— Hartford, dit-elle. Auriez-vous vu Mariah ? J'ai promis à lord Whatley qu'elle danserait la valse avec lui, et je ne la trouve nulle part.

Lord Whatley ?

Si c'était la cause de la disparition de Mariah, Hart ne pouvait l'en blâmer. L'homme âgé représentait sûrement une alliance avisée sur le plan politique, mais il ferait un bien mauvais mari pour cette jeune fille rêveuse.

— Avez-vous vérifié le boudoir des dames ? suggéra-t-il.

— J'y vais de ce pas.

Tandis que tante Esther s'en allait prestement, Hart soupira. Il n'avait nul désir de se retrouver impliqué dans les affaires de Mariah ce soir. Sa famille lui avait dérobé suffisamment de son temps, dernièrement. Il lui en restait à peine pour lui-même.

Ce qu'il voulait – ce dont il avait besoin –, c'était voir Anne.

Peu importait qu'il puisse se ridiculiser en s'obstinant à la poursuivre. D'ailleurs, ce n'était pas une possibilité mais une certitude. Il était proprement ridicule.

Cela faisait des années qu'il rôdait dans son sillage, la désirant toujours. L'admirant toujours. Comparant toutes les autres jeunes femmes à elle, et ne leur laissant aucune chance.

Peut-être avait-il tort d'espérer. Peut-être ferait-il mieux de lui obéir et de l'oublier. De la laisser s'en aller.

Incroyablement découragé, Hart quitta la salle de bal et se dirigea vers la bibliothèque des Ramsey.

La soirée promettait d'être longue en attendant la danse du souper, et il ressentait le besoin de boire un verre.

Les grandes portes à panneaux de la bibliothèque étaient fermées. En les ouvrant, il perçut une voix familière. Elle provenait d'un fauteuil à haut dossier disposé devant la cheminée.

— Une résidence temporaire, disait Anne. Il ne s'agit pas d'un choix définitif.

— J'entends bien. Mais Ludgate Hill ? Franchement !

La voix de Mlle Hobhouse, emplie de sympathie, s'était élevée de l'autre fauteuil.

— Tu crois qu'elle y pense sérieusement ?

— Tout dépend de ce qui se passera quand Joshua arrivera. S'il arrive.

Hart fut tenté de continuer à écouter, mais il n'était pas tombé aussi bas.

Pas encore.

Il s'éclaircit la voix avec ostentation.

Les deux jeunes femmes bondirent sur leurs pieds. Les flammes des bougies fichées dans le candélabre en argent, posé sur le manteau de la cheminée, les enveloppaient d'un doux halo.

Mlle Hobhouse portait une robe bleu pâle. Hart la remarqua à peine. Son attention était tout entière rivée sur lady Anne.

Elle avait revêtu la même robe de soie noire qu'à l'occasion du récent bal dans les jardins de Cremorne. C'était une tenue époustouflante, avec un décolleté scandaleusement plongeant qui exposait sa poitrine d'albâtre.

Il eut soudain la gorge sèche.

— Qu'est-ce qui vous prend de nous faire peur comme ça ?

Les paroles acérées d'Anne étaient soulignées par ses joues empourprées.

Hart ne réfléchit pas. Il livra simplement la première pensée qui lui venait.

La seule pensée qui pouvait lui venir.

— Je voulais vous dire, prononça-t-il d'une voix rauque, que vous êtes de loin la plus belle femme que j'aie jamais vue.

20

Anne écarquilla les yeux.

— Quoi ?

À côté d'elle, Stella rassembla prestement son châle frangé de soie et son réticule.

— Veuillez m'excuser, dit-elle. Je viens de me rappeler que j'ai promis la prochaine danse à... à quelqu'un.

Anne n'eut pas le bon sens d'empêcher son amie de l'abandonner. Elle était trop occupée à dévisager Hartford.

Son cœur battait à tout rompre tandis qu'il s'avançait dans la pièce.

Il n'était jamais aussi dangereusement séduisant que lorsqu'il portait une tenue de soirée. Sa beauté était alors pleinement mise en valeur, au lieu d'être étouffée par des motifs extravagants et des couleurs criardes.

Anne n'aimait pas penser qu'elle était influencée par de telles choses, mais c'était de toute évidence le cas.

Dans le dos de Hartford, Stella se glissa silencieusement hors de la bibliothèque. La porte se referma derrière elle dans un cliquètement qu'Anne sentit résonner jusqu'à ses os.

— Votre amie a fait une sortie fort opportune, observa Hartford.

— Elle est certainement plus avisée que vous, répliqua Anne. Pourquoi, au nom du ciel, avez-vous dit une telle chose devant elle ?

— Vous auriez préféré que je la dise en privé ?

— Oui. Enfin... je veux dire, non. De toute évidence.

Hartford esquissa un sourire.

— Je ne suis généralement pas aussi indiscret. Mais votre robe... Ça m'a fait un choc.

Anne se sentit gênée. Elle portait du noir depuis tant d'années qu'elle s'était presque habituée à être invisible. Mais la modernité de sa robe de bal faisait oublier que cette couleur était réservée au deuil et la rendait attrayante.

— Ce n'est pas la première fois que vous me voyez dans cette robe, dit-elle. Je l'ai portée dans les jardins de Cremorne.

— Oui, je sais. Et je ne m'en suis pas encore remis.

Le cœur d'Anne se mit à battre plus vite alors que Hartford s'arrêtait devant elle.

— Vous pouvez remercier M. Malik. C'est l'une de ses créations. Il est fiancé à Mlle Malravers. Ils vont se marier prochainement.

— Je sais qui il est, grommela Hartford.

— Fort bien, dit Anne en redressant le menton.

— Fort bien, répéta-t-il, le regard assombri.

Anne eut l'impression qu'il était à court d'argument, ce qui ne lui arrivait pas souvent.

— Vous n'avez pas bu, je suppose.

— Non. Je n'aime pas m'enivrer.

— Oui. Je suis certaine que vous êtes aussi sobre qu'un juge de paix.

— Je n'irais pas aussi loin. Mais je suis enclin à la sobriété. Je ne cède pas à la facilité. Je ne me divertis pas avec des filles de cabaret ou...

Spontanément, Anne fit un pas en arrière.

— Pourquoi me dites-vous ça ?

— Parce que, répliqua-t-il en réduisant la distance entre eux, en dépit de tout, vous semblez entretenir l'illusion que vous ne pouvez pas me faire confiance.

Elle tiqua.

— Je me demande bien ce qui a pu vous donner cette impression.

Le visage de Hartford parut encore plus maussade.

Ou peut-être était-ce un effet de lumière.

Lord et lady Ramsey désapprouvaient l'éclairage au gaz et illuminaient leur manoir de Cavendish Square à l'aide de bougies en cire d'abeille dégoulinant des lustres, de torchères fixées aux murs, et d'une grande quantité de candélabres placés stratégiquement.

Les flammes des bougies baignaient la bibliothèque d'une douce lueur, projetant sur les murs des ombres propices à l'intimité et créant une atmosphère assurément – et inconfortablement – romantique.

Anne fit un nouveau pas en arrière. Il y avait une banquette de fenêtre à proximité. Tandis qu'elle s'y dirigeait, elle eut conscience que Hartford lui emboîtait le pas, comme un magnifique félin pistant sa proie.

— Laissez-moi vous apprendre que j'ai récemment résolu quantité de problèmes familiaux, dit-il. J'ai fait installer un nouveau système de drainage sur mon domaine. J'ai sorti mon demi-frère de prison. Et j'ai...

Anne s'accrocha à cette opportunité de changer de sujet.

— Votre demi-frère était en prison ?

Hart grimaça.

— Pas exactement. Il se trouvait dans une *sponging house* à Chancery Lane.

— Bonté divine.

Anne s'assit sur la banquette. Celle-ci était encadrée de lourds rideaux en velours laissés ouverts pour permettre d'admirer la roseraie des Ramsey, éclairée aux flambeaux. Anne sentit du froid à travers la vitre, et ses bras se couvrirent de chair de poule.

— Comment est-ce arrivé ? demanda-t-elle.

Hartford s'assit à côté d'elle, sans prendre la peine de conserver une distance respectable entre eux. L'un des plis de la robe d'Anne se trouva pris sous sa cuisse musculeuse, l'attirant près de lui aussi sûrement qu'un papillon dans un filet.

— Il a des goûts dispendieux. Et une amie qui lui coûte cher, apparemment. L'argent qu'il ne perd pas en pariant sur des chevaux, il le dépense dans diverses boutiques. J'ai eu une conversation avec lui et le reste de sa famille. J'ai suggéré qu'il prenne un emploi. Au moins, ils savent ce que je pense, maintenant.

Anne tira sur ses jupes pour se libérer.

— J'espère qu'ils vous ont pris au sérieux.

— Je ne vois pas pourquoi ils ne l'auraient pas fait.

Elle lui lança un regard entendu.

— Je ne passe pas tout mon temps à plaisanter, vous savez, se défendit-il.

— Il semblerait bien que si.

— Pourquoi ? Parce que je ris trop facilement ?

— Parce que vous vous engagez dans une entreprise irréfléchie après l'autre. Voulez-vous que je les énumère ?

Une quantité d'incidents lui venaient à l'esprit.

— En avril, vous avez failli vous tuer dans une course de phaétons avec lord Rushton.

— Les histoires qui ont été répandues à propos de cette course étaient largement exagérées, dit-il avec détachement. Rushton a seulement perdu une roue.

Anne continua :

— Puis il y a eu la catastrophe de Vauxhall, quand vous vous êtes porté volontaire pour une ascension en dirigeable, lequel a fini par s'écraser au milieu du Hertfordshire. Pendant une journée entière, personne n'a su si vous étiez vivant ou mort.

Il lui adressa un regard difficile à déchiffrer.

— Cela remonte à quatre ans ou presque.

Pour Anne, il aurait pu tout aussi bien s'agir de quatre jours. Elle se rappelait encore l'impuissance désespérée qu'elle avait ressentie durant les vingt-quatre heures où Hartford avait disparu. Et elle n'avait pas oublié non plus sa réaction quand il avait été retrouvé. Elle avait eu envie de l'étrangler de ses propres mains pour lui avoir fait endurer de tels tourments.

Mais elle n'en avait rien fait.

Elle n'avait le droit ni de le réprimander ni de se jeter à son cou de soulagement. Quand elle l'avait revu, c'était à Hyde Park. Il l'avait taquinée, comme toujours, et elle avait répondu du tac au tac. Il avait une profonde blessure au-dessus de l'œil gauche, et elle en avait eu le cœur étrangement serré.

— Fort bien, reprit-elle, agacée. Et que dire de toutes les absurdités que vous répandez dans vos chroniques ? « Rien de bon n'a jamais résulté de l'ignorance de notre histoire mutuelle. » Quelle ineptie.

— Je parlais du conflit entre les Têtes-Rondes et les Cavaliers, évidemment, dit-il. Un épisode bien connu de notre histoire.

Puis il eut un sourire narquois.

— Mais j'ai écrit cela en pensant à vous.

Elle haussa les épaules.

— Et vos autres articles ? Toutes ces phrases ampoulées et ces observations sarcastiques ? Et vos considérations sur les bénéfices d'une abstinence masculine prolongée ? Pour l'amour du ciel, Hartford. Cette façon que vous avez de vous moquer du monde !

Le regard de Hartford s'intensifia.

— Vous avez lu mes articles ?

Anne n'aimait pas sa façon de la regarder, comme s'il avait découvert quelque chose d'important qu'il ignorait auparavant.

— Vous savez bien que je les ai lus.

Elle se troubla sous le poids de son regard.

— Vous utilisez trop souvent le terme « daigner », soit dit en passant. Si on ajoute à cela vos pseudonymes, il est aisé de vous reconnaître.

— Personne d'autre ne l'a fait. Et mes remarques sur l'abstinence masculine n'ont été publiées que ce matin.

Anne rougit.

— Que cherchez-vous à démontrer ?

— Que vous continuez à lire mes chroniques, malgré votre désapprobation et le fait que vous prétendez ne plus vouloir entendre parler de moi.

— Il est difficile de les éviter.

Un sourire satisfait étirait la bouche de Hartford. C'était presque aussi agaçant que ses paroles moqueuses.

— C'est bien que vous parveniez à être aussi content de vous, reprit-elle. Ça m'empêche de me sentir coupable de penser ce que je pense.

— Vous n'approuvez pas mes amusements ?

— Non. Ils démontrent une absence de sérieux et une profonde indifférence à l'égard des sentiments d'autrui.

— Ce sont des divertissements inoffensifs. Même les machines qui fonctionnent parfaitement ont besoin d'un mécanisme pour relâcher la pression.

— C'est loin d'être inoffensif. Certaines critiques que vous rédigez dans le *Weekly Heliosphere* sont terriblement cruelles. Les auteurs de ces romans que vous lynchez sont des êtres humains. Vous pourriez les détruire avec vos mots acides et votre désinvolture.

Le sourire de Hartford s'effaça lentement.

— J'en suis désolé, dit-il. Ou plutôt, non. Je ne suis pas désolé. Ce n'est pas un péché de trouver de l'amusement à la vie. Tout le monde ne peut pas être aussi dénué d'humour que l'était votre père.

Anne tiqua. Elle ne s'attendait pas du tout à cela.

— Qu'est-ce qui vous donne le droit…

Elle était si outragée qu'elle peinait à trouver ses mots.

— D'abord vous insultez ma mère, et à présent vous insultez mon père ?

— Ce n'est pas une insulte. Votre père était…

— Stable. Fiable. Quelqu'un qui faisait toujours ce qu'il disait et qui tenait toujours ses promesses.

— Oui, je sais. Un saint.

— Pas un saint, rétorqua Anne. Un homme sur qui nous pouvions compter.

L'expression de Hartford se fit pensive.

— Et vous ne pouvez pas compter sur moi. C'est le cœur du problème.

— Non, je ne le peux pas. Et ce ne sont pas les compliments ou... ou les baisers qui me feront changer d'avis.

Une flamme s'alluma dans les yeux bleus de Hartford.

— Je ne vous ai peut-être pas complimentée suffisamment.

Il inclina la tête vers elle.

— Ou embrassée suffisamment.

Anne posa une main sur son torse pour le repousser. Le cœur de Hartford battait vite sous sa paume. La sensation était déconcertante. Et en contradiction totale avec sa posture calme et confiante.

— Ne faites pas ça, dit-elle d'une voix légèrement essoufflée. Je suis incapable de penser quand vous m'embrassez.

Le nez de Hartford effleura le sien.

— Penser ne sert à rien, ironisa-t-il.

Elle crispa les doigts dans la soie ivoire de son gilet.

— Vous êtes bien placé pour le savoir.

Un rire gronda dans sa poitrine, tel le rugissement d'un lion, mais il ne poussa pas son avantage. Il resta où il était, sans bouger, suffisamment proche toutefois pour prendre sa bouche sans le moindre effort.

Il sentait le savon à raser de qualité. Il sentait la menthe, le cuir... et les souvenirs.

Anne avait envie de l'embrasser. Elle le voulait éperdument. Un désir brûlant et douloureux coulait dans ses veines, rendant la tentation presque insupportable.

Mais elle ne pouvait pas. C'était dangereux.

Hartford était dangereux.

Elle posa son front contre le sien, laissant échapper un soupir tremblant.

La main large et puissante de Hartford couvrit la sienne, la pressant plus fort sur son cœur.

— Vous sentez ça ?

Elle parvint à hocher la tête, tandis que son propre cœur tambourinait aussi sourdement que le sien.

— Je suis en excellente forme, dit-il. Pétulant de santé. Je ne vais pas mourir dans une course de phaétons ni dans une ascension en ballon. Je ne vais pas mourir, point à la ligne.

Elle rejeta brusquement la tête en arrière pour croiser son regard.

— Tout le monde meurt.

— Au bout du compte, oui. Mais j'ai la ferme intention de rester sur cette terre un très long moment. Je vous le promets.

— Vous ne pouvez pas promettre ça. Personne ne le peut.

— Moi, je le peux.

Ses doigts robustes s'arrondirent autour des siens.

— Vous pouvez compter sur moi.

Les défenses d'Anne commençaient à s'effondrer.

Elle les releva en songeant au passé. À la façon dont il l'avait blessée quand elle se trouvait dans un état de grande vulnérabilité. En se souvenant qu'il l'avait abandonnée.

Ce n'était pas difficile. La douleur qu'il lui avait infligée était toujours proche de la surface.

Compter sur lui ?

Il était la dernière personne sur terre en qui elle pouvait avoir confiance !

Elle le vit se rembrunir et songea qu'il avait dû percevoir un changement en elle.

— Je ne suis pas tellement différent de l'homme qui vous a demandé de l'épouser.

« Non, eut-elle envie de répondre. Et c'est bien là que réside le problème. »

— Nous sommes tous les deux différents, dit-elle.

Elle laissa retomber sa main.

— Nous avons profondément et inexorablement changé. Et ceci, ce qui se passe aujourd'hui, n'est que la réminiscence de ce que nous avons un jour été l'un pour l'autre.

Le beau visage de Hartford trahissait la frustration.

— Cette réminiscence, comme vous l'appelez, risque fort de me rendre fou.

Elle se leva brusquement.

— C'est vous que ça regarde.

— Oui, dit-il en se levant à son tour. Car vous n'êtes pas le moins du monde affectée par tout cela.

Anne eut un rire amer.

— Bien sûr que je suis affectée. Je ne suis pas faite de pierre. Mais je dois le surmonter.

21

La première chronique parut exactement une semaine plus tard. Anne la découvrit au petit déjeuner dans la nouvelle édition du *Glendale's Botanical* que Horbury avait déposée avec le courrier à côté de son assiette.

Après les propos que Hartford lui avait tenus au bal des Ramsey, Anne était tentée de jeter le magazine.

Elle l'avait quittée furieuse, s'accordant une brève pause dans le boudoir des dames, et l'avait retrouvé dans la salle de bal. L'air plus insouciant que jamais, il souriait et échangeait des mondanités, comme s'il ne venait pas de lui avouer que ses sentiments pour elle, toujours vivaces, le rendaient fou.

Maudit scélérat !

Il avait dansé avant le souper avec une débutante – une drôle de jeune fille au visage ingrat constellé de boutons. Il avait été obligé de dîner avec elle dans la foulée, ce qu'il avait fait avec une extraordinaire bonne humeur, se montrant charmant et attentionné tout le long du repas.

Tandis qu'elle l'observait, Anne avait senti une douce chaleur se loger au creux de sa poitrine.

Hartford n'était peut-être pas aussi sérieux et sensé qu'il prétendait l'être. Il n'était peut-être pas tout à fait fiable. Mais il était gentil. Et la gentillesse était importante dans ce monde.

Peut-être était-ce cela qui l'avait attirée chez lui. Même si...

Elle n'était pas bêtement servile au point de lire une revue de jardinage parce qu'il y avait rédigé quelques balivernes.

Mais Anne ne jeta pas le magazine.

En dépit de ses doutes, elle lut la rubrique de Hartford. À sa grande consternation, celle-ci ne contenait aucune des envolées sarcastiques ou des insultes sournoises qui caractérisaient d'ordinaire son écriture. En fait, il semblait que cette chronique sur le jardinage avait été écrite à son sujet.

DANS LE JARDIN DE M. H. TIDEWATER

Le Cardiocrinum giganteum, *ou lis géant de l'Himalaya, est un spécimen difficile. Cette plante demande une patience infinie au gentleman qui souhaiterait la cultiver. À compter du semis, le lis peut prendre jusqu'à six ans et demi pour atteindre sa maturité. C'est un lent processus. Durant cette attente prolongée, des hommes de moindre envergure pourraient être tentés de renoncer et de porter leur attention sur des plantes plus extravagantes et plus facilement gagnées. Haut les cœurs, mes amis. Ceux qui persévéreront dans leur dévotion à cette rare et magnifique plante seront finalement récompensés par les plus remarquables des fleurs, inégalées dans leur splendeur. Prenez-en soin. Taillez ses feuilles en forme de cœur. Maintenez son sol humide. Et ne serrez pas trop les plants au jardin. Soyez patients, soyez vigilants, mais surtout, mes bons messieurs, ne vous laissez pas décourager.*

Anne se mordilla la lèvre, retenant un sourire tandis qu'elle posait le magazine sur la table. Dans l'esprit de Hartford, elle devait être le lis de l'Himalaya et lui le jardinier. Quel fou il faisait !

En tout cas, le message était clair.

Il n'avait pas l'intention de renoncer à elle.

Assis en face de lui à la table de la salle à manger du Railway Hotel, situé à côté de la gare d'Euston, Hart observait William Webb. C'était un homme entre deux âges, avec des cheveux noirs aux boucles serrées et la peau mate. Tout juste arrivé par le train de Borrowdale, il était encore en tenue de voyage – un ample manteau brun et un pantalon de lainage ordinaire.

Webb dirigeait les mines de la Parfit Plumbago Crucible Company dans le Cumberland. Il était venu à Londres pour rencontrer Hart et les autres actionnaires. La réunion devait se tenir le lendemain matin.

— J'apprécie que vous me parliez en privé, dit Hart.

Autour d'eux, on entendait le murmure des conversations, ponctué du tintement des verres et des couverts.

— Je vous en prie, monsieur, fit Webb avec un fort accent du terroir. Mais il n'y a rien que je ne dirais aux autres.

Comme toujours, Hart appréciait la brutale honnêteté de l'homme. C'était pour cette raison qu'il l'avait engagé cinq ans auparavant. Et aussi pour son intelligence.

Webb était né et avait grandi dans le Cumberland. Fils unique d'une lavandière noire et d'un marin illettré de Whitehaven, il avait travaillé dans les mines dès son plus jeune âge.

Grâce à lui, Hart avait appris ce que les enfants vivaient dans les mines. Des garçons d'à peine dix ans descendaient dans les puits jusqu'à plusieurs centaines de mètres, par le biais de précaires nacelles en osier et d'échelles. Ils y restaient une demi-journée dans le noir et presque sans ventilation, contraints de ramper dans les tunnels en tirant de lourdes charges.

Les dangers étaient considérables.

Les enfants étaient souvent blessés. Certains mouraient en tombant dans des fosses, en étant pris dans des effondrements, ou en se noyant dans des cavités inondées.

Hart ne voulait pas avoir sur la conscience la mort de quiconque. Surtout celle d'un enfant. Aussi avait-il exigé que la compagnie limite leur emploi. Cette décision n'avait pas été bien vue par ses associés, mais il n'avait pas cédé.

— Comme j'ai déjà eu l'occasion de vous le dire, les mineurs sont prêts à se briser le dos pour vous, lui rapporta Webb. Il y a beaucoup de bonne volonté parmi eux.

C'était bien sûr dû à l'influence de Webb. Il avait un don pour inspirer la loyauté parmi les ouvriers, du débutant jusqu'au vieux briscard intraitable. Les hommes respectaient sa constance et son expérience. Ils savaient qu'il ne leur ferait jamais d'entourloupe.

— Toutefois, ce n'est pas une question de labeur, continua Webb. Les mines ne peuvent produire ce qu'elles n'ont pas.

Hart hocha la tête. Il comprenait très bien le problème.

Ses associés le pressaient d'étendre leurs activités dans le Cumberland. Ils étaient persuadés que les restrictions imposées par Hart concernant le temps de travail des mineurs et l'emploi des enfants étaient responsables de la chute de production. Il ne s'agissait pas du tout de cela. La vérité était qu'il n'y avait tout simplement plus assez de plombagine pour faire face à la demande croissante.

— Mes associés voudront le constater par eux-mêmes, dit Hart.

— Je les invite volontiers à m'accompagner lorsque je retournerai à Borrowdale. Je les emmènerai moi-même dans les puits.

Hart n'imaginait pas ses associés âgés s'approcher de la mine, et encore moins descendre dans les puits.

Mais quelqu'un devait le faire.

Contrairement à lui, ses associés ne voudraient pas croire sur parole un modeste ouvrier comme William Webb. Surtout si le point de vue de ce dernier allait à l'encontre de leurs intérêts.

Ce qui ne laissait qu'une solution.

À dire vrai, cela n'arrangeait pas du tout Hart. Il n'avait pas prévu de quitter Londres dans un avenir proche. Il s'était lancé dans une campagne pour conquérir le cœur d'Anne. Une campagne par chroniques interposées, certes, mais il se donnait beaucoup de mal pour atteindre son but.

Pour remporter la victoire tant espérée, il devait voir Anne de temps en temps. Et il devait être vu d'elle.

Encore quelques articles judicieusement rédigés dans les différents journaux auxquels il contribuait, et elle ne manquerait pas de réagir. Il en était presque certain.

Et même si ce n'était pas le cas, cela lui permettrait de s'insinuer dans ses pensées, et il serait alors plus difficile à la jeune femme de surmonter ses sentiments pour lui.

Peut-être était-ce une tactique puérile. Ou malavisée. Mais il commençait à manquer d'options en ce qui concernait Anne.

Il ne pouvait pas l'oublier. Et il ne voulait pas renoncer à l'espoir de la faire sienne un jour. Qu'elle soit prête à l'admettre ou non, elle le voulait tout autant qu'il la voulait.

Il avait pris conscience de quelque chose lors du bal des Ramsey. Quelque chose qu'il aurait probablement dû deviner depuis le début. Il avait été stupide de ne pas le voir avant.

Anne était terrifiée à l'idée de perdre les personnes qu'elle aimait.

C'était pour cette raison qu'elle avait fustigé son insouciance. C'était pourquoi elle n'avait pas voulu quitter le foyer familial.

La mort de son père l'avait profondément bouleversée. Bien plus qu'elle ne l'admettrait jamais.

Il avait essayé de la rassurer. Il lui avait promis de ne prendre aucun risque avec sa vie. Et il était sincère. Cela faisait bien longtemps qu'il ne s'était pas engagé dans quoi que ce soit de plus dangereux qu'une course de phaétons.

Descendre dans une mine était tout autre chose.

Mais il n'y avait pas à y revenir. Hart avait pris sa décision.

— Je doute que mes associés acceptent votre proposition, dit-il à Webb. Mais moi, je relève le défi. Quand vous retournerez à Borrowdale demain matin, je vous accompagnerai.

La chronique suivante parut exactement une semaine après celle consacré au lis de l'Himalaya. Sept jours plus tard, une autre encore fut publiée. Elles étaient toutes rédigées dans le même style. Que Hartford écrive sur le jardinage, sur la promotion de la sobriété ou sur la littérature, il semblait faire subtilement référence à leur relation précaire.

Assise près de la fenêtre, elle lisait sa dernière publication dans le salon privé de sa mère, tandis que la comtesse et Mme Griffiths établissaient les menus de la semaine, comme elles le faisaient tous les dimanches. Il s'agissait de la critique d'un nouveau recueil de poèmes dans le *Weekly Heliosphere*, écrite sous l'un des ridicules pseudonymes aquatiques de Hartford.

LES VOYAGES LITTÉRAIRES DE M. BILGEWATER

Dans cette étape du mois de notre parcours de lecture, votre humble guide tient à vous mettre en garde contre les dangereux pièges d'une simplification poussée à l'extrême. À l'ordre du jour : les pénibles gribouillages de M. E. Arbuthnot. Dans son dernier recueil, Arbuthnot écrit sur l'amour comme s'il s'agissait de quelque chose d'aussi insignifiant et volatile que le sucre en poudre, le genre d'engouement juvénile qui se dissout à la première querelle. Ce faisant, il échoue à saisir l'extraordinaire complexité des émotions, la sincérité qui survit à l'épreuve du temps, et ne parvient pas à émouvoir le lecteur. La maturité donne de la substance aux sentiments. Je suggère à l'auteur de grandir un peu avant de nous servir un nouveau tome gorgé de considérations sirupeuses.

Anne plissa le front. Les mots de Hartford l'agaçaient plus qu'ils ne la réconfortaient. Il était rassurant de savoir qu'elle était toujours dans ses pensées. Mais… était-ce ainsi qu'il voyait leur rupture ? Une querelle puérile qui n'était rien en comparaison de l'attirance qu'ils éprouvaient encore l'un pour l'autre ?

Si c'était le cas, il ne comprenait pas ce qui s'était passé.

Anne aurait voulu pouvoir le lui dire, mais elle n'avait pas vu Hartford depuis des semaines. Il avait été étrangement absent du parc, et n'avait pas assisté aux différents événements mondains auxquels elle se devait de participer avec sa mère.

Sans doute avait-il des affaires à régler hors de Londres. Quelque chose en rapport avec ses investissements, peut-être. Ou une difficulté quelconque avec la descendance illégitime de son père. Cela ne la concernait en aucune façon. Et pourtant…

Elle ne pouvait s'empêcher de s'interroger.

— Anne, appela sa mère de l'autre bout de la pièce.

La comtesse était assise à son bureau. Laqué de noir, le meuble aux lignes délicates était orné d'élégantes dorures et de fleurs aux teintes pastel.

— Devons-nous commander du poulet ou du bœuf pour le dîner de demain ? Je crois me souvenir qu'il préfère le bœuf.

Anne n'eut pas besoin de demander à qui sa mère faisait référence.

Depuis plusieurs semaines, maman se tourmentait au sujet de la visite de Joshua, son anxiété ne faisant qu'augmenter à mesure que la date fatidique approchait. À en croire la lettre qu'il avait écrite en juin, il devrait être là le lendemain. Mais il n'avait pas apporté d'autres précisions depuis. Il n'y avait pas eu d'autre lettre. Ni même un télégramme en provenance de Cherry Hill pour les informer de son départ.

C'était un signe de plus qu'il se croyait en terrain conquis, considérant la maison de Grosvenor Square comme sa propriété. Il était le comte d'Arundell qui regagnait finalement ses pénates.

Anne ressentit un léger malaise à cette pensée.

Mais s'inquiéter de l'avenir ne l'empêchait pas de se produire. Mieux valait l'affronter la tête haute que de se recroqueviller lâchement.

En outre, si Joshua était le nouveau comte d'Arundell, Anne était toujours la fille de l'ancien comte.

— Du bœuf, dit-elle. Et en quantité. Cousin Joshua a beaucoup d'appétit.

— Bien, fit maman.

À l'aide de son porte-plume, elle apporta une nouvelle modification aux menus, puis rendit ceux-ci à Mme Griffiths.

La gouvernante fit une révérence et quitta la pièce.

Maman posa sa plume et prit appui sur le dossier de sa chaise laquée de noir en soupirant.

— Je sens venir un mal de tête, murmura-t-elle.

Anne se leva et s'approcha, observant le visage de sa mère avec inquiétude.

— Voulez-vous l'une de vos poudres contre la migraine ?

— Ce ne sera pas nécessaire. Elles ne me soulagent guère, ces derniers temps.

La comtesse se massa les tempes.

— Je suppose qu'il va venir.

Anne sentit des larmes lui brûler les paupières.

— Oui, je le crois.

— Je ne vois pas pourquoi il veut venir maintenant. La saison est terminée. Tout le monde part pour sa résidence de campagne. Il aurait pu rester à Cherry Hill pour l'ouverture de la chasse. Il y a toujours des gélinottes en quantité à cette époque de l'année. Ton père et moi n'étions jamais aussi heureux que...

Maman s'interrompit, la voix brisée par le chagrin.

— Tout est en train de disparaître.

— Non, protesta Anne avec douceur.

— Je le vois très clairement, insista maman. D'abord Cherry Hill, et maintenant Grosvenor Square. Il a dérobé tous nos refuges. Tous nos souvenirs.

Anne se pencha pour prendre sa main.

— L'âme de papa n'est pas restée dans cette maison, pas plus qu'à Cherry Hill. Il n'est plus là, mais il fait partie de nous. Il nous accompagnera où que nous allions.

— C'est une jolie pensée.

— C'est la vérité. Il est possible que Joshua vienne demain, mais il ne nous prendra rien. Rien qui compte, en tout cas. Il nous reste nos souvenirs. Et nous sommes là l'une pour l'autre.

Maman lui pressa la main.

— Je ne sais pas ce que je ferais sans toi, mon enfant, soupira-t-elle.

Il y avait dans sa voix une note étrange. Une émotion qu'elle n'exprimait que rarement.

— S'il devait t'arriver quelque chose...

— Ne vous inquiétez pas pour moi, maman. Je suis assez forte pour faire face à l'adversité. Forte comme papa et vous.

— C'est vrai, acquiesça sa mère. Tu as hérité du meilleur de nous deux.

Elle serra une dernière fois la main d'Anne, avant de la libérer.

— Peut-être une poudre me ferait-elle du bien, après tout. Sois aimable de demander à Mme Griffiths de m'en préparer.

— Bien sûr.

Anne se redressa, consciente qu'elle venait d'être congédiée.

Sa mère ne voulait pas d'observations rationnelles. Elle ne semblait même pas souhaiter être réconfortée.

Anne ne savait pas quoi lui offrir d'autre, à part un peu de distraction. Pourquoi pas une autre visite à Ludgate Hill ? Une autre séance avec la planchette de divination ?

Elle se satisfaisait pour le moment du fait que sa mère ait reconnu la valeur de sa présence et la voie comme une alliée dans la bataille qui s'annonçait. Elles n'étaient peut-être que des femmes dans un monde gouverné par les hommes, mais elles étaient deux. Et quand les femmes s'unissaient, elles pouvaient faire trembler des empires.

Anne se répéta cette pensée tandis qu'elle descendait le grand escalier menant au rez-de-chaussée. Elle traversait le hall en direction des cuisines quand la porte s'ouvrit, livrant passage à Horbury.

Le majordome avait l'air inhabituellement agité.

— Milady ? Un colis est arrivé pour vous.

— Où est-il ?

— J'ai pris la liberté de le déposer dans le cellier. Il semble préférable que vous découvriez la créature là-bas.

La créature ?

Anne retrouva sa bonne humeur tandis qu'elle suivait Horbury dans l'escalier de service qui menait aux vastes cuisines de la maison. Derrière la porte du cellier, on entendait un miaulement déchirant.

Un grand sourire illumina le visage de la jeune femme. Bonté divine ! Julia l'avait vraiment fait. Elle lui avait envoyé le chaton.

Horbury ouvrit la porte. À l'intérieur, une caisse en bois à claire-voie était posée sur une desserte. Un chaton noir au poil duveteux regardait par les fentes, de ses yeux couleur d'or fondu.

— Un valet a escorté l'animal depuis le Yorkshire, expliqua Horbury en tendant une lettre à Anne. Il a laissé ceci pour vous.

Anne brisa le sceau de cire rouge et lut rapidement les quelques lignes.

Ma bien chère Anne,

Voici Alice (c'est le nom que les enfants et moi lui avons donné). Elle est la plus petite de la portée, et aussi la plus téméraire. Elle aime le lait, la crème et le bœuf haché. D'après mon mari, tu dois t'en procurer chez le boucher, et non auprès d'une animalerie (ces dernières utilisent malheureusement de la viande de cheval). Afin qu'elle puisse se soulager, je recommande un discret plateau de sable disposé dans ton cabinet de toilette.

Ton amie dévouée,

Julia

— Le pauvre valet ! reprit Horbury tandis qu'Anne terminait sa lecture. Il avait le visage et les mains griffés jusqu'au sang. Je crois qu'il a dû essayer de réconforter cette méchante petite diablesse.

Elle plia la lettre et la glissa dans la poche de sa jupe de crêpe noir.

— Elle n'est pas méchante. Elle est effrayée.

Anne ouvrit la porte de la caisse et en sortit délicatement son occupante, qui n'avait de cesse de siffler et de cracher.

— Chut, murmura-t-elle tandis que le chaton grimpait à l'assaut de son corsage pour se percher sur son épaule. Doucement, ma belle. Tu es à la maison, maintenant.

Le visage ordinairement impassible de Horbury trahit son inquiétude.

— Vous allez la garder, milady ?

— Naturellement. Nous, les diablesses de ce monde, devons nous montrer solidaires, vous savez.

22

Hart avait pris place à la longue table en chêne de la salle de l'usine de Battersea, en compagnie de M. Parfit, M. Goodbody et M. Acker. À eux quatre, ils représentaient les plus gros actionnaires de la Parfit Plumbago Crucible Company. Ils n'étaient en aucune façon amis, mais ils avaient toujours réussi à s'entendre.

Jusqu'à aujourd'hui.

Depuis le moment où Hart avait franchi les grilles de l'usine, implantée sur la rive du fleuve, la courtoisie avait été une denrée rare. La faute lui en revenait. Une fois encore, il avait refusé de se ranger au point de vue de la majorité.

Il avait passé une grande partie de la semaine écoulée dans le Cumberland, à visiter leurs mines de plombagine avec William Webb. Quand il n'était pas dans les puits, il se rendait dans les bureaux de la compagnie à Borrowdale, où il avait étudié les chiffres de production et en avait tiré de sombres conclusions.

Hart s'attendait à ce que ses associés prennent la nouvelle avec colère et déception. Alors qu'ils projetaient d'étendre leurs activités dans le Cumberland, ils allaient devoir modifier leurs plans. Mais ce que Hart n'avait pas anticipé, c'était qu'ils profiteraient de son absence pour élaborer une tout autre stratégie.

— La solution est limpide, dit Parfit avec impatience.

L'imposant vieillard aux favoris grisonnants était la figure publique de l'entreprise, ce qui l'incitait souvent à agir comme s'il en était l'unique dirigeant.

— La survie de la compagnie exige un développement sur le plan international.

Goodbody et Acker grommelèrent leur approbation. Le premier était un homme de soixante ans, chauve et souffrant de la goutte, tandis que le second, qui affichait un sérieux embonpoint, avait les cheveux blancs et une grosse moustache en broussaille.

C'étaient des hommes d'affaires aguerris qui, comme Hart, avaient investi dès les premiers jours dans l'usine de creusets.

— Le site de Ceylan est idéal pour nous, répéta Goodbody pour la dixième fois au moins.

— Selon les estimations, ajouta Parfit, la mine devrait fournir huit cents tonnes par an, avec un profit estimé à deux mille livres.

— Si nous commençons l'exploitation maintenant, dit Goodbody, nous serons bien placés pour nous développer encore davantage.

Acker hocha vigoureusement la tête.

— D'abord Ceylan, et puis…

— Et puis, rien, trancha Hart. Pas tant que certains critères ne seront pas remplis.

Goodbody explosa.

— Mais nous n'avons pas d'autre possibilité ! Vous avez dit vous-même que les mines du Cumberland ne répondront pas aux futures demandes.

— Les mines de Ceylan promettent de produire trois fois plus de plombagine, dit Acker. Sans compter les économies que nous ferons en employant de la main-d'œuvre locale.

— Vous voulez sans doute dire des femmes et des enfants, rétorqua Hart.

Parfit eut un ricanement.

— Ils sont ravis de l'opportunité de toucher un salaire.

— Exact, renchérit Acker. Ils font la queue pour avoir la chance de travailler dans les mines.

— Et vous proposez que nous les récompensions avec un travail exténuant et des conditions de sécurité incertaines ?

Hart secoua la tête, et enchaîna :

— La configuration de la nouvelle mine doit être étudiée avec précision. Il n'est pas question de manier les explosifs en dépit du bon sens, et de creuser les tunnels au hasard. Des mesures de sécurité doivent être prises. Surtout si nous devons employer des femmes et des enfants. Je ne veux pas avoir leur mort sur la conscience.

— Maudite soit votre conscience, mon garçon ! aboya Parfit. Il s'agit d'industrie, pas de catéchisme.

— Pourquoi en faire une affaire de conscience ? demanda Goodbody d'un ton conciliant. Nous serions en règle avec la loi. Tout serait parfaitement clair.

Il n'avait pas tout à fait tort. L'esclavage avait été aboli à Ceylan en 1844. Leurs employés seraient payés pour leur travail. Mais cela ne suffisait pas aux yeux de Hart. Contourner les règles, exploiter les mineurs, et laisser toute latitude à des contremaîtres tyranniques ? Pas question. Même si rien de tout cela n'était, au sens strict du terme, interdit par la loi.

Ce n'était pas parce que c'était légal que c'était juste.

— Non, dit-il. Je ne suis pas d'accord. Il y a de meilleures opportunités ici.

— Où vous avez déjà grandement affaibli nos profits, remarqua Parfit. Nous sommes tellement ficelés par votre compassion à l'égard des mineurs que nous ne pouvons faire aucun progrès. Et maintenant, vous voulez aussi limiter notre développement international ?

— Limiter les heures de travail des enfants dans nos mines ne nous a pas ruinés, loin s'en faut. Par ailleurs, cela a contribué à redorer notre blason auprès de la communauté minière. On sait que nous sommes équitables, et que nos ouvriers sont respectés.

— Oui, oui, c'est fort louable, dit Parfit avec dédain. Mais nous parlons de Ceylan, pas du Cumberland. Je ne vais pas dépenser une fortune en envoyant des ingénieurs pour superviser les travaux. Notre but est de faire de l'argent, pas d'en perdre.

— Ils seront bien contents qu'on leur donne du travail, insista Acker. Et pensez aux profits que nous pourrons faire !

— Mais qui parmi nous a besoin de plus d'argent ? demanda Hart. Certainement pas moi. Et surtout pas au détriment des plus vulnérables. Les affaires sont florissantes. Notre seul problème consiste à trouver d'autres sources de plombagine. Faisons-le ici.

— Pardieu, monsieur, siffla Parfit entre ses dents. Je ne vais pas me laisser faire la morale par un gamin fraîchement sorti de l'école !

Hart ne s'en laissa pas conter.

— Pas si fraîchement que cela, monsieur, répliqua-t-il avec un petit rire. Quant à la morale...

Il haussa les épaules.

— Je détiens cinquante et un pour cent de la compagnie.

Le visage de Parfit prit la couleur d'une tomate à maturité.

Goodbody s'empressa d'apaiser les tensions.

— Nous pouvons certainement négocier. Si nous tombons tous d'accord...

— Il n'y a rien à négocier. Vous connaissiez tous les trois ma position dès le début.

— Une position inconfortable, remarqua Acker. Avez-vous les mêmes exigences pour vos autres investissements ? Refusez-vous le sucre dans votre thé ? Vous contentez-vous de laine et de coton produits sur notre sol ? Ou bien votre moralité s'exerce-t-elle uniquement au détriment de notre compagnie ?

— Je fais de mon mieux, compte tenu des circonstances, répliqua Hart sans se laisser décourager. Quand j'ai le choix, quand j'ai le pouvoir d'influer sur la vie des autres, j'essaie de faire preuve d'humanité.

— Eh bien, allez-y vous-même, dans ce cas ! s'exclama Parfit.

Le silence se fit dans la pièce.

— Si vous craignez que vos critères ne soient pas respectés, continua Parfit, prenez donc la direction des opérations en personne. Faites comme bon vous semble, à condition que cela rapporte.

Hart fut pris de court.

— Vous suggérez que je m'installe à Ceylan ?

— Pourquoi pas ? dit Acker, visiblement séduit par cette idée. Qu'est-ce qui vous en empêche ? Vous n'avez ni femme ni enfants. Et de nous quatre, vous êtes le plus à même de supporter un climat étranger.

— Ce serait un compromis acceptable ; songez-y, résuma Goodbody.

Hart pensa immédiatement à Anne.

— Je ne peux pas quitter l'Angleterre en ce moment.

Parfit se pencha au-dessus de la table.

— Vous ne pouvez pas, ou vous ne voulez pas ?

— Les deux, admit Hart.

Ses trois associés se mirent à parler en même temps, exprimant la frustration et l'outrage.

— Votre caractère tatillon nous fera perdre plusieurs milliers de livres, grommela Parfit.

— Ça finira par nous envoyer tout droit à l'hospice des pauvres ! renchérit Acker.

— J'en doute, dit Hart. Parfit s'est acheté une nouvelle maison dans Brook Street. Goodbody vient de terminer les travaux de réfection de son domaine du Dorset. Et vous, Acker, vous êtes plus prospère qu'un prince russe. Ne me faites pas croire que vous souffrirez si nous n'investissons pas à Ceylan.

Acker s'emporta.

— Nous ne le sentirons peut-être pas tout de suite, mais...

— Pensez aux enfants. Vous voulez vous enrichir sur leur dos ? C'est ainsi que vous concevez les affaires ?

— Les affaires ! tonna Parfit en tapant du poing sur la table. Voilà précisément de quoi il s'agit. Quand vous comprendrez cela et cesserez de vous comporter en gentleman…

— Mais je suis un gentleman.

Hart se leva et collecta son chapeau.

— Quand vous comprendrez cela, cette compagnie ne s'en portera que mieux.

— Alors, nous en restons là ? demanda Parfit, furieux.

— Je vais étudier d'autres options.

Hart ouvrit la porte, prêt à partir.

— Je vous conseille de faire de même.

Il sortit de l'usine par la grille donnant sur le fleuve. La route longeant la rive sud de la Tamise était déserte, à l'exception de quelques enfants jouant au bord de l'eau.

Marcher lui serait utile pour calmer ses nerfs.

Il n'avait pas pris son phaéton, aujourd'hui. Kestrel boitait de l'antérieur droit. Il suspectait une blessure au sabot due à un gravillon. Le garçon d'écurie qui s'était occupé des juments en son absence ne s'était probablement pas montré aussi méticuleux que lui.

Dès son retour à Londres, la veille au soir, Hart s'était rendu à l'écurie. Il y était resté tard pour nettoyer et graisser le sabot de Kestrel, et masser ses muscles douloureux avec du liniment. Bishop lui avait installé une paillasse et c'était là qu'il avait dormi, se levant à l'aube afin de se laver et de se changer pour sa réunion avec ses associés.

Qu'ils soient tous maudits, avec leurs idées arriérées !

L'argent était une chose, mais il préférait dormir tranquille la nuit.

Quel dommage qu'il n'y ait aucune opportunité ici, en Angleterre…

Il y aurait bien une solution : que les autres acceptent d'explorer les gisements miniers situés plus au nord. Il se disait depuis longtemps que les Highlands d'Écosse devaient regorger de dépôts de plombagine. Bien sûr, il faudrait partir de zéro. Non seulement trouver une veine prometteuse, mais en acheter les droits et procéder aux travaux d'excavation. C'était une dépense que ses associés lui demanderaient sûrement de couvrir.

Hart serait ravi de payer, à condition qu'il puisse trouver un prête-nom fiable et respectueux de l'éthique de la compagnie.

Il songea immédiatement à William Webb.

Webb était un rude travailleur, à la fois efficace et compatissant. Et, tout comme Hart, il n'avait ni femme ni enfants. Rien ne le retenait dans le Cumberland, hormis le poste qu'il occupait à la mine.

Hart regarda autour lui, à la recherche d'un fiacre. Il voulait retourner à Mayfair pour écrire à Webb sans délai. Mieux encore, il allait lui envoyer un télégramme.

Mais ce n'étaient pas uniquement les affaires qui le rendaient impatient de rentrer chez lui.

Il avait terriblement envie de voir Anne.

Cela faisait trois semaines que leurs chemins ne s'étaient pas croisés.

Trois semaines qu'il menait une campagne pour la conquérir à travers ses écrits.

S'il était resté à Londres, il aurait pu voir sa réaction à ses efforts. Au lieu de quoi, il avait passé des jours à se demander avec une angoisse grandissante si elle était intriguée par ses chroniques, ou si elle y avait vu une preuve supplémentaire de son manque de sérieux.

C'était à cela qu'il pensait quand il entendit des bruits de pas précipités derrière lui.

— Marcus Neale ? demanda une voix masculine.

Hart s'arrêta et se retourna.

Mais il était déjà trop tard.

Le premier coup jaillit de nulle part, provoquant un craquement sur le côté gauche de sa tête. La vue brouillée, il vacilla en arrière.

Il y avait trois hommes. Trois colosses à peu près semblables en taille et en corpulence. Ils eurent tôt fait de l'encercler. L'un d'eux – légèrement plus petit – tenait une batte, tachée du sang de Hart.

— C'est lui, pour sûr, dit le deuxième.

Le troisième – un peu plus grand que ses compères – ricana.

— Bien le bonjour, mon gars, lança-t-il. M. Royce t'envoie ses compliments.

Hart crachait du sang. Une douleur insoutenable battait dans son crâne.

— Je ne sais pas qui est ce M. Royce, dit-il, mais je serais heureux de lui retourner son attention.

Reculant le poing, il assena une droite sur la mâchoire du voyou.

On entendit un craquement, suivi d'un cri haut perché.

— Il m'a cassé une dent ! gémit le malfrat.

— Tu devais l'assommer, dit son comparse.

— Il paraît que j'ai la tête dure, prévint Hart, surveillant la batte du coin de l'œil.

Le deuxième et le troisième homme se jetèrent sur lui en même temps.

Hart se battit avec toute la force et l'agilité façonnées par des années de boxe et d'escrime. Il était vif pour un homme de sa stature, ce qui était à la fois une bénédiction et un malheur. S'il avait succombé plus tôt, la rouste qu'il prit aurait été moins pénible.

Il fit en tout cas de son mieux, infligeant de sévères blessures à ses assaillants. Peut-être même aurait-il pu avoir le dessus, s'il n'avait pas perdu de vue le plus petit.

Tandis qu'il cassait le nez du plus grand d'un coup de tête, et lançait son coude dans les côtes de l'autre, le troisième gredin parvint à se glisser derrière lui avec la batte.

Le premier coup fit tomber Hart à genoux. Un autre coup suivit, puis un autre encore.

— Mets-le dans le fourgon, dit une voix.
Puis il sentit les ténèbres l'envahir.

Anne mit Saffron au pas tandis qu'elle entrait dans l'écurie qui se trouvait derrière la résidence Deveril à Grosvenor Square. Balançant la jambe par-dessus le pommeau, elle descendit de sa selle sans assistance, et sauta souplement sur le sol couvert de paille. Son garçon d'écurie vint aussitôt prendre les rênes de l'étalon.

— Bouchonnez-le bien, voulez-vous ? dit-elle en flattant l'encolure de Saffron. Et donnez-lui un supplément de fourrage. Il l'a bien mérité aujourd'hui.

— Oui, milady, répondit le garçon d'écurie, avant d'emmener Saffron pour le desseller.

Anne ôta son chapeau et ses gants salis tandis qu'elle les suivait. Ce galop de milieu de matinée lui avait allégé l'esprit. Il l'avait aussi laissée couverte de pelage gris, souillée de poussière et moite de transpiration sous son habit.

Cela lui apprendrait à changer de monture avec Stella.

Monter Locket n'avait pas été une partie de plaisir. La jument était rapide, inconstante, et très complexe à manier. Après dix minutes en selle, Anne avait commencé à douter de ses talents de cavalière.

Evelyne avait rencontré les mêmes difficultés avec sa monture d'emprunt, un bai malingre sorti de l'écurie de son oncle.

— Mon père disait qu'il n'y a qu'un seul cavalier pour chaque cheval, avait-elle remarqué en riant, tandis que le hongre piaffait et ruait. Et je ne suis assurément pas la cavalière de celui-ci.

— Au moins, il bouge, avait répliqué Stella, perchée sur un Saffron somnolent. Ton étalon n'avance pas, Anne !

— Il faut l'encourager vigoureusement, avait répondu celle-ci. Tandis que ta jument...

— Locket n'aime pas la force. Elle a besoin d'une main légère.

— Si je la tiens moins que ça, elle va bondir comme l'éclair jusqu'à Bridgehampton ! avait rétorqué Anne.

Les trois amies avaient ri et continué leur promenade. Les gentlemen n'avaient pas été évoqués. Rien sur Hartford, M. Malik, ou le frère despotique de Stella. Elles avaient passé du bon temps, vraiment, même si l'absence de Julia s'était douloureusement fait sentir.

Cousin Joshua était supposé arriver aujourd'hui. Son train devait entrer en gare de Londres en début d'après-midi, si l'indicateur ferroviaire qu'Anne avait consulté était fiable.

Ce qui se passerait ensuite relevait du mystère.

La seule chose qu'elle pouvait faire, c'était se préparer. Elle avait besoin de prendre un bain et de changer de vêtements. Sa camisole et le caleçon d'équitation qu'elle portait sous son jupon collaient à sa peau, et elle craignait de ne pas sentir très bon.

— Lady Anne ? demanda une voix masculine.

Anne prit peur en voyant une haute silhouette sortir de l'ombre et s'avancer pour lui barrer le chemin.

C'était un jeune gentleman. Un inconnu. Et pourtant…

Il y avait quelque chose d'étrangement familier dans son apparence.

Bien que cette apparition soit inquiétante, il était correctement habillé et plutôt séduisant, avec des cheveux brun sombre, une mâchoire carrée et un pénétrant regard bleu-gris.

— Vous êtes bien lady Anne ?

— Oui.

Elle masqua sa peur derrière une réaction indignée.

— Qui êtes-vous, monsieur ? Qu'avez-vous en tête en m'abordant de manière aussi inconvenante ?

Ôtant son chapeau, le jeune homme fit un pas en avant et s'arrêta, indécis. Il y avait une tache sombre sur le devant de sa veste à double boutonnage.

À son grand effroi, Anne comprit qu'il s'agissait de sang séché.

Elle recula d'un pas, s'apprêtant à crier. Son garçon d'écurie n'était pas loin. Il pouvait intervenir en un instant.

— Attendez ! dit le jeune homme. Ne criez pas, je vous en prie. Je suis… je suis Marcus Neale.

Anne écarquilla les yeux.

Marcus Neale ? Bonté divine. Pas étonnant qu'il lui paraisse familier. C'était l'extravagant et dépensier demi-frère de Hartford.

— Je suppose que vous avez entendu parler de moi, ajouta-t-il.

Anne parvint miraculeusement à conserver son aplomb.

— Que ce soit le cas ou non, cela ne vous donne pas le droit de vous jeter sur moi en surgissant de nulle part. Vous auriez pu vous présenter à la porte d'entrée.

— Hartford ne le souhaiterait pas. Il ne veut pas que quiconque dans votre monde soit au courant de mon existence. J'imagine que vous êtes la seule à le savoir.

Les doigts de M. Neale trituraient sans relâche le bord de son chapeau.

— Il m'a demandé de vous transmettre un message.

Anne fronça les sourcils.

— Je ne comprends pas. Quel message ? Et pourquoi, au nom du ciel, vous a-t-il envoyé ?

— Parce qu'il est blessé. Grièvement blessé.

La tache sur la veste de M. Neale prit une tout autre signification. Une signification terrible. Ce devait être le sang de Hartford !

Des images d'un violent accident de phaéton lui vinrent à l'esprit.

Sa bouche se parchemina.

— Hartford est blessé ? Mais, comment…

— Des malfrats l'ont attaqué dans la rue. Je l'ai trouvé au bord de la Tamise, il y a de cela une heure et demie. Il m'a interdit de faire prévenir son grand-père – je veux dire, notre grand-père. Et il ne veut pas que j'appelle un médecin. Il ne veut que vous. Il a demandé...

Anne sentit son estomac se serrer d'appréhension.

— Quoi ?

M. Neale redressa les épaules, comme s'il s'armait de courage pour livrer une information particulièrement odieuse.

— Il demande que vous lui fassiez envoyer un prêtre.

Anne sentit le sang quitter son visage. Pendant un bref instant, elle crut qu'elle allait être malade.

Elle ne succomba toutefois pas à cette impulsion. Jamais elle n'avait perdu son sang-froid, même dans les moments les plus horribles, et elle n'allait pas commencer aujourd'hui.

— Où se trouve-t-il ?

— Je l'ai conduit dans une taverne sur le quai de Battersea. Si vous pouviez y envoyer le prêtre, ça lui apporterait du réconfort dans ses derniers moments.

Ses derniers moments ?

Anne secoua la tête.

— Non.

Hartford n'était pas croyant. Pas à sa connaissance, en tout cas. Et elle refusait d'envisager qu'il ait trouvé la foi sur son lit de mort.

En outre, il ne pouvait pas mourir. Il le lui avait promis.

Soulevant les jupes de sa tenue d'équitation, elle se tourna vers la rue, négligeant complètement l'arrivée imminente de cousin Joshua.

— Oublions le prêtre, dit-elle. Je vais y aller moi-même.

23

Hart fut surpris en découvrant les poutres au plafond. Sa tête lui faisait atrocement mal, et une odeur écœurante de sang emplissait l'air.

Il n'avait pas la moindre idée de l'endroit où il se trouvait, ni de la façon dont il était arrivé là. Tout ce qu'il savait, c'était qu'il était étendu sur ce qui devait être le matelas le plus inconfortable du pays. Ses côtes étaient douloureuses, l'une de ses paupières était si enflée qu'il ne pouvait l'ouvrir, et son nez était probablement brisé, ce qui rendait sa respiration laborieuse.

Quelque part hors de son champ de vision, une personne se déplaçait silencieusement dans la pièce. Il ne savait absolument pas de qui il s'agissait.

En vérité, il ne se rappelait pas grand-chose. Il y avait eu un fourgon. Un véhicule fermé, dans lequel il avait été jeté sans ménagement. À un moment, il avait repris conscience, le temps de remarquer que la porte du fourgon s'ouvrait et que le vent lui giflait le visage, avant d'être jeté sans cérémonie sur la chaussée. Après cela...

Il n'y avait eu que les ténèbres.

— Ne bougez pas, ordonna une voix féminine.

Un élan de gratitude le traversa.

— Anne ?

Le nom avait été prononcé dans une sorte de croassement.

La lady ainsi nommée se pencha aussitôt sur lui. Ses cheveux d'or s'échappaient de son chignon. Et sa robe – une tenue d'équitation ? – était tachée et froissée. Elle donnait l'impression d'avoir galopé jusqu'ici à un train d'enfer, oubliant son chapeau et ses gants.

Oubliant tout bon sens.

Il essaya de se redresser.

— Que diable...

La main d'Anne se posa sur son épaule. Son épaule *nue*.

Hart eut l'impression que la foudre venait de le frapper.

Pardieu, où était passée sa chemise ?

— Je vous ai dit de ne pas bouger, dit-elle gentiment. Ne m'avez-vous pas entendue ?

Il se laissa retomber sur l'oreiller, obéissant à contrecœur. Anne avait des gestes délicats, mais il ne fallait pas se tromper sur la force dont elle était capable. Il l'avait vue retenir un étalon simplement en enroulant les rênes autour de ses doigts.

Empêcher un homme blessé et à demi nu de bouger serait un jeu d'enfant pour elle.

Pour autant, cela ne l'aidait pas à accepter la situation.

— Ma chemise, réclama-t-il.

— Chut.

Le matelas ploya tandis qu'elle s'asseyait au bord du lit.

Elle porta un tissu humide à son visage et tapota le sang séché sur sa tempe.

— J'ai dû la déchirer, expliqua-t-elle. C'était la seule façon pour moi d'évaluer vos blessures. Je craignais que vous n'ayez des côtes cassées, ou pire.

Hart avait les yeux rivés sur le visage d'Anne tandis qu'elle s'occupait de lui.

Son expression aurait pu être celle d'une infirmière concentrée sur sa tâche, si ce n'est qu'elle avait les yeux rouges.

Bonté divine, elle avait pleuré. Et récemment, qui plus est.

Elle avait pleuré pour lui.

Ce constat serra la gorge de Hart.

— Vous avez conscience, j'espère, que vous êtes l'homme le moins fiable de la création ? demanda-t-elle sur le ton de la conversation. Il y a quelques semaines à peine, vous me promettiez de ne pas mourir et pourtant… nous voilà ici.

Il lui prit la main, l'immobilisant sur son visage. Sa propre main était en piteux état. Ses articulations étaient tuméfiées.

— Où sommes-nous ?

— Dans la chambre d'une taverne, quelque part à Battersea. L'Aigle ? Le Taureau ?

Anne haussa les épaules.

— Je ne saurais dire exactement. Votre frère m'a conduite ici. Je ne me suis pas arrêtée pour lire l'enseigne.

— Mon frère ?

— M. Neale. Je l'ai envoyé chez l'apothicaire. C'est un garçon athlétique, mais il ne pouvait pas vous regarder sans verdir.

Marcus.

Hart laissa retomber sa main, tandis que des bribes de souvenirs lui revenaient. Des images de Marcus apparaissant près du fleuve, le visage livide alors qu'il se penchait au-dessus de lui.

— C'est à cause de votre blessure à la tête, précisa Anne. Mon père m'a toujours dit que ça saigne de façon épouvantable. C'est plutôt effrayant à voir.

Hart tiqua lorsque le tissu humide entra en contact avec sa coupure à la tempe. Il se souvenait vaguement que l'un des voyous l'avait frappé avec une batte.

— Avez-vous…

— Réquisitionné un prêtre ?

Elle le regarda en fronçant sévèrement les sourcils et ajouta :

— Certainement pas !

Il la fixa sans comprendre. Apparemment, il avait perdu le fil de la conversation.

— Pourquoi me dites-vous ça ?

— Parce que vous m'avez demandé de le faire. C'est ce qu'a dit votre frère, en tout cas. D'après lui, vous vouliez que je fasse venir un prêtre. Il affirmait que vous insistiez beaucoup sur ce point.

Hart retint un gémissement tandis qu'Anne épongeait le sang de sa plaie.

— Pas un homme d'Église, parvint-il à répliquer. Je voulais dire Bishop, qui comme vous le savez signifie « évêque » en anglais. Vous deviez envoyer Bishop.

— Votre valet ?

Le visage soucieux d'Anne s'éclaira soudain.

Elle se leva du lit, visiblement soulagée.

— Eh bien, je dois admettre que cela a beaucoup plus de sens ainsi.

Hart la suivit du regard tandis qu'elle traversait la petite pièce pour se diriger vers le meuble de toilette.

— Bishop sait comment me rafistoler, expliqua-t-il. Mais je ne voulais pas envoyer Marcus à Arlington Street pour aller le chercher. Il fallait que ce soit vous, sinon...

— Oui, je comprends.

Elle laissa tomber le tissu souillé de sang dans la cuvette en porcelaine ébréchée.

— C'était très sensé de votre part.

— Je ne m'attendais pas à ce que vous veniez, dit-il. Je n'aurais pas osé l'espérer.

— Bien sûr que je suis venue.

— Mais... pourquoi ?

Elle lui tournait le dos tandis qu'elle rinçait l'étoffe.

— À votre avis ?

Le cœur de Hart s'emballa.

— Mais, votre réputation…

Il s'interrompit un instant, la bouche sèche et le souffle altéré.

— Si quelqu'un savait que vous êtes ici…

— Personne ne le sait, à part votre frère.

Anne revint près du lit et se rassit à son côté, portant cette fois le tissu humide à sa joue.

— Et si vous croyez un instant que ma réputation a une quelconque importance, comparée à ma dévotion envers un ami, vous faites fausse route.

Un ami.

C'était ce qu'il était pour elle. Pas son bien-aimé.

Simplement un ami. Ce n'était rien, mais…

C'était suffisant.

— Cela pourrait vous détruire, dit-il.

Elle haussa les épaules.

— Je pourrais le faire moi-même en valsant trois fois de suite avec le même gentleman, ou en allant au théâtre sans chaperon. Au moins, je me rends utile en étant ici.

— Anne, si quelqu'un apprend…

— Ça ne se produira pas.

Elle se pencha au-dessus de lui pour essuyer le sang dans ses cheveux, et les rondeurs voluptueuses de sa poitrine, sanglée dans le corsage noir de son habit, effleurèrent la peau nue de son torse.

Hart ferma brièvement les paupières. Par toutes les flammes de l'enfer ! La douleur était une chose, mais cette sensation était une véritable torture.

— Anne.

— Pourquoi, au nom du ciel, avez-vous été attaqué ? demanda-t-elle, inconsciente de sa détresse. Ce n'était pas un vol. Vous avez toujours votre chevalière et votre bourse.

— Il ne s'agissait pas d'un vol, en effet. J'ai eu affaire à une bande de malfrats envoyés pour passer Marcus à tabac.

Anne se redressa.

— C'est la faute de votre frère ?

— Les hommes qui m'ont accosté m'ont appelé par son nom. Ils avaient l'allure de ruffians décérébrés, envoyés par une maison de jeu clandestine.

— Dieu du ciel ! s'exclama Anne. Je suppose qu'il leur doit de l'argent.

— Assurément. J'ai eu la malchance de croiser leur route. Ils m'ont pris pour Marcus.

— Vous ne ressemblez pas tant que ça à votre frère.

— Non, en effet. Je suis beaucoup plus beau.

Anne lui adressa un regard de reproche.

— Pas en ce moment, répliqua-t-elle franchement. Ces ruffians décérébrés, comme vous dites, vous ont transformé en viande hachée.

Hart grimaça. Tout bien considéré, il aurait préféré qu'Anne ne le voie pas dans cet état pitoyable.

— Ils étaient trois, l'informa-t-il. Et je me suis défendu, vous savez.

— Je le vois.

Elle lui prit la main et la tint si tendrement que la poitrine de Hart fut traversée par un spasme de plaisir presque douloureux.

— Vos jointures sont à vif. Il va falloir y mettre de l'onguent.

— Bishop va s'en occuper.

Hart enroula ses doigts autour des siens.

— Je serai sur pied en un rien de temps.

Anne resta silencieuse un moment, fixant sa main ravagée.

— Je ne savais pas que les vices de votre frère pouvaient représenter un danger pour autre chose que vos finances.

— Moi non plus, admit-il. Toutefois, cela n'aurait en rien changé ma responsabilité envers lui.

— Est-ce la raison de tout cela ? Votre sens de la responsabilité ?

— J'aimerais vous dire que oui. Mais en vérité, je crois que je me suis attaché à ce garçon.

C'était un constat surprenant, même pour lui.

— Vos sentiments ne sont pas partagés, d'après ce que j'ai pu comprendre.

— C'est sans importance.

Il esquissa un sourire.

— Cela a souvent été ma malchance, de tenir à des personnes qui ne tiennent pas à moi en retour.

Anne lui lança un regard acéré.

— Je ne figure pas sur cette liste, au moins ?

— Votre nom est le premier à y être inscrit, ma chère.

— Idiot.

Les prunelles ambrées de la jeune femme luisaient d'une émotion profonde.

— Je tiens à vous. J'ai toujours tenu à vous. Un peu plus que vous ne tenez à moi, je parie.

« Impossible », eut envie de dire Hart.

Mais il ne pouvait prononcer un mot. Il ne pouvait que la contempler, tandis que son cœur battait à tout rompre.

Elle continua avec détermination, la voix vibrant d'émotion contenue :

— Si je ne tenais pas à vous, vous n'auriez pas pu me faire souffrir comme vous l'avez fait à votre retour d'Inde. Ce jour-là, à Grosvenor Square…

Elle fronça les sourcils.

— Les choses que vous avez dites, la façon dont vous m'avez regardée… J'étais déjà brisée, et vous avez piétiné mon cœur.

L'angoisse noua l'estomac de Hart, se communiquant à sa voix.

— Anne…

Sa main se crispa sur la sienne.

— Je ne voulais pas…

— Mais vous l'avez fait. J'étais seule. Mon père n'était plus là. Ma mère s'effondrait. J'avais tout le poids du monde sur les épaules, et pas la moindre idée de la façon dont j'allais m'en sortir. Je n'avais pas besoin de votre ultimatum. Tout ce que je voulais, c'était que vous franchissiez cette porte et que vous me preniez dans vos bras. Que vous me disiez que je pouvais m'appuyer sur vous. Que je n'avais pas à tout porter moi-même.

Elle libéra sa main et se leva dans un bruissement de jupes.

— Ne dites pas que je ne me souciais pas de vous, ajouta-t-elle. Aucun homme sur terre n'a jamais été aimé comme je vous ai aimé, Félix Hartford.

Hart déglutit avec peine. Les paroles impétueuses d'Anne résonnaient dans son cœur et son esprit comme un refrain obsédant.

« Aucun homme sur terre n'a jamais été aimé comme je vous ai aimé, Félix Hartford. »

Pour la première fois en trente ans d'existence, il se sentait complètement perdu. Il y avait trop de douleur entre eux. Trop de regrets.

Plus que tout, il redoutait de dire ce qu'il ne fallait pas.

— Que voulez-vous que je…

— Rien.

Elle regagna le meuble de toilette, les mains posées sur le plateau en bois pendant quelques secondes, tandis qu'elle s'accordait le temps de se ressaisir.

— Absolument rien.

Hart fixait son dos, souffrant le martyre.

« Aucun homme sur terre n'a jamais été aimé comme je vous ai aimé, Félix Hartford. »

Si sa tête n'avait pas bourdonné, et s'il n'avait pas souffert du contrecoup de son agression, peut-être aurait-il pu trouver une réplique intelligente. Ou alors une remarque ironique. Mais ce n'était pas ce que voulait Anne, n'est-ce pas ? Elle souhaitait plus que cela. Elle avait besoin de plus que cela.

Pour le moment, il n'était pas en mesure de le lui donner.

— Que peut bien faire M. Neale avec ces maudits bandages ? murmura-t-elle d'un ton impatient. S'il ne réapparaît pas dans les dix minutes qui viennent, je vais être obligée de panser vos plaies avec les lambeaux de votre chemise.

— Bishop s'occupera de moi, répéta Hart. Vous n'êtes pas obligée de jouer les infirmières.

Elle lui adressa un regard agacé par-dessus son épaule.

— Il fallait bien vous procurer les premiers soins. Je pense que votre nez est cassé.

— Bishop le remettra en place.

— Je le ferai appeler dès mon retour à Grosvenor Square. Je vais demander à votre frère de me héler un fiacre.

Hart laissa courir son regard sur la tenue d'Anne. Son costume d'équitation à la dernière mode épousait chacune de ses courbes comme l'étreinte d'un amant.

— Je pensais que vous étiez venue à cheval.

— Non.

Elle revint vers le lit. Cette fois, elle ne s'assit pas. Elle se tint simplement là, trop loin pour qu'il puisse l'atteindre.

— Je venais de rentrer du parc quand Marcus a surgi devant l'écurie pour me dire que vous étiez blessé. Je n'ai pas eu le temps de me changer.

— Il y a des poils de cheval gris sur votre robe, observa-t-il. Vous ne montiez pas Saffron ?

C'était une conversation insignifiante, compte tenu de l'ampleur de ce qu'elle venait de lui avouer. Bonté divine. À peine cinq minutes plus tôt, elle parlait d'amour ! À présent, ils évoquaient Bishop, Marcus et… des poils de cheval ?

— Non, dit-elle en lissant ses jupes. Je l'ai échangé contre la jument grise de Mlle Hobhouse pour galoper.

Saffron devient trop vieux pour faire autant d'efforts. Il a presque dix-huit ans.

— Vous devriez le mettre à la retraite et trouver une autre monture.

— Jamais ! Je ne peux pas le remplacer.

Son expression se fit désabusée quand elle ajouta :

— C'est l'une de mes faiblesses, oserais-je dire. Une fois que j'ai choisi un partenaire, je m'y tiens jusqu'à l'issue fatale.

Anne sentit la chaleur du regard de Hart l'envelopper de la tête aux pieds. Il lui fallut un confondant effort de volonté pour ne pas montrer combien elle était décontenancée.

Elle ne sut comment elle y parvint.

Elle frôlait en permanence la panique depuis que M. Neale était venu la chercher. D'ailleurs, elle avait à peine échangé trois mots avec lui durant le trajet, tant elle se concentrait pour ne pas laisser filtrer ses émotions. Et quand elle était entrée dans la chambre sordide au-dessus de la taverne, quand elle avait découvert Hartford, une telle vague de désespoir l'avait envahie qu'elle avait failli se laisser submerger.

Même à présent, alors qu'il était conscient et débarrassé du sang qui constellait son beau visage, l'apparence de Hartford la faisait trembler. Et ce n'était pas seulement parce qu'il était grièvement blessé. C'était parce qu'il était vulnérable.

Étendu ainsi sur le lit, il ressemblait à un grand félin. Éclopé, sanglant, et dépourvu de chemise. Temporairement à sa merci.

Anne aurait voulu se réjouir du pouvoir qu'elle avait sur lui, même brièvement. Mais à la minute où M. Neale les avait laissés seuls, elle s'était retrouvée à lutter contre une crise de larmes.

Ridicule.

En réalité, Hartford ne l'avait pas vraiment réclamée. Son nom avait été prononcé uniquement par nécessité.

Tout ce qu'il voulait, c'était qu'elle aille chercher son valet, Bishop.

Cela ne l'avait pas empêchée de prononcer une sottise après l'autre depuis qu'il avait repris conscience, la rendant aussi vulnérable que lui.

Elle se sentait absolument stupide.

— C'est une faiblesse, certes, reconnut solennellement Hart. Mais vous n'êtes pas seule à partager cette conception.

Elle haussa un sourcil.

— Est-ce vrai ?

— Certainement. D'ailleurs, ça me fait penser à une chronique je suis en train d'écrire pour le *Zoological Annual*, à propos d'un cygne noir qui vivait au début du siècle au château de Malmaison, le domaine de l'impératrice Joséphine. Après la mort de sa femelle, il a refusé de s'accoupler avec une autre. Et on lui en a présenté beaucoup. Le gardien a déposé une succession infinie de magnifiques cygnes blancs dans le canal où vivait le cygne noir. Ce dernier a chassé les femelles l'une après l'autre. Aucune ne pouvait rivaliser avec son défunt amour à plumes noires.

Anne avait rougi, soupçonnant qu'il la taquinait une fois de plus.

— Vous et vos chroniques, dit-elle avec irritation. À quoi songez-vous en écrivant de telles choses ? Suis-je supposée être flattée ?

Il esquissa un sourire.

— Amusée, à tout le moins.

Un coup discret frappé à la porte empêcha Anne de répliquer. Elle alla ouvrir, et fit entrer M. Neale dans la chambre.

Il semblait harassé.

— Vous avez pris votre temps, remarqua-t-elle en fermant la porte.

— L'apothicaire était un vieux fouineur.

M. Neale portait entre ses bras un sac débordant de fournitures.

— Il m'a pratiquement accusé d'avoir participé à un duel qui aurait mal tourné. J'ai dû lui acheter une partie de son approvisionnement pour le faire taire.

— Peut-être sait-il reconnaître un voyou quand il en a un devant lui, dit Anne tandis qu'elle disposait les articles sur une petite table en bois. J'ai cru comprendre que tout était votre faute.

— Ma faute !

M. Neale ôta son chapeau.

— Si Hartford s'était occupé de ses affaires, pour changer…

— Il s'occupait de ses affaires, dit Hartford du fond de son lit. Et il est conscient, à présent. Donc vous pouvez lui adresser directement vos impertinences.

Neale se précipita vers son demi-frère.

— Vous êtes réveillé ! Et… vous n'avez pas de chemise. Comment…

— Oubliez ma chemise, coupa Hartford. Je n'ai besoin que de mon valet. Lady Anne va aller le chercher. Veuillez lui héler un fiacre.

Anne se tourna pour le regarder. Une objection menaçait de franchir ses lèvres. Elle voulait rester pour panser elle-même ses plaies. Pour s'assurer que son état n'était plus inquiétant.

Mais il avait raison. Elle s'était déjà trop attardée.

Dans le chaos des deux dernières heures, elle avait oublié de se préoccuper d'elle-même, ou de ce qui en résulterait pour sa réputation si elle était découverte dans une chambre au-dessus d'une taverne, avec non pas un mais deux gentlemen non mariés. Elle ne s'était pas souciée des hommes dans la salle, n'importe lequel d'entre eux pouvant travailler pour quelqu'un de la bonne société, domestique ou autre. Ils l'avaient tous vue tandis qu'elle passait parmi eux pour emprunter l'escalier menant à la chambre de Hartford.

Anne était facilement identifiable. Une vague description suffirait à déclencher les ragots.

Et sa réputation n'était pas la seule chose qu'elle avait négligée.

Elle avait totalement oublié ses obligations envers sa famille. La visite de cousin Joshua avait été reléguée au second plan face à l'urgence de la situation. Quant à maman…

Anne l'avait bel et bien abandonnée.

Elle commençait seulement à prendre conscience des possibles répercussions de son comportement.

— Vous avez raison, dit-elle. Je dois rentrer à la maison immédiatement.

Hartford soutint son regard avec une solennité inhabituelle.

— Je devrais pouvoir vous rendre visite à Grosvenor Square dans une semaine.

Anne sentit son estomac se nouer.

— Rien ne vous y oblige.

C'était faux, et ils le savaient tous les deux. Il avait toutes les raisons de lui rendre visite. Et ce n'était pas parce qu'elle avait avoué avoir été amoureuse de lui, ou parce qu'elle avait révélé qu'il lui avait brisé le cœur.

Non.

C'était parce qu'il pensait qu'elle s'était compromise en venant ici.

Félix Hartford était peut-être un voyou et un scélérat, mais c'était aussi un gentleman jusque dans la moindre fibre de son être.

Sa visite à Grosvenor Square ne pourrait avoir qu'un seul but. Sauf si Anne se fourvoyait totalement, il allait lui demander de l'épouser.

Encore une fois.

24

Tout espoir qu'Anne aurait pu avoir de regagner la maison avant l'arrivée de son cousin fut anéanti au moment où le fiacre atteignit Grosvenor Square.

Deux calèches étaient immobilisées devant la maison, la seconde débordant de bagages. Des valets arborant la livrée des Arundell les déchargeaient, transportant des malles gainées de cuir et des valises monogrammées dans le hall.

L'estomac d'Anne se noua.

Elle était déjà affreusement en retard, et elle avait perdu du temps à cause de la circulation et du détour qu'elle avait été obligée de faire à Arlington Street. Heureusement, Bishop était disponible. Il avait aussitôt compris l'urgence de la situation et promis de se rendre sans tarder à la taverne.

Le cas de Hartford était réglé. Quant à elle…

Une rude bataille s'annonçait.

— Vous pouvez vous arrêter ici, dit-elle au cocher.

L'homme gara son fiacre devant la grille en fer noir qui marquait l'entrée des domestiques, et Anne se faufila discrètement jusqu'à la porte des cuisines. Une jeune servante lui ouvrit.

— Milady, dit-elle en esquissant une révérence. Tout le monde vous cherche.

— Je m'en doute. Où est ma mère ?

Horbury apparut.

— Sa Seigneurie est au salon, milady, avec le comte et Mme Deveril. Dois-je lui dire que vous êtes rentrée ?

— Non. Je dois d'abord me changer.

Anne emprunta l'escalier de service et gagna sa chambre. Jeanette s'y trouvait, assise près de la fenêtre, un œil sur son ouvrage de couture et l'autre sur le chaton. Le minuscule félin était couché dans l'encadrement de la fenêtre et somnolait.

— Milady !

Posant le jupon qu'elle ravaudait, Jeanette se leva.

— Votre mère vous a demandée.

— Oui, je sais.

Anne traversa la pièce pour caresser le chaton sous le menton. Un discret ronronnement lui répondit.

L'angoisse de la jeune femme s'apaisa quelque peu face à ce son réconfortant.

Dans les jours qui avaient suivi l'arrivée de son nouvel animal de compagnie, Anne avait eu envie de remplacer le nom d'Alice par celui d'Éris, en référence à la déesse grecque de la discorde, la minuscule créature ayant l'infortunée habitude de semer le chaos partout où elle posait les pattes. Aucun des fauteuils n'avait été épargné. Elle avait même escaladé les murs couverts de soie tendue. Maman n'en avait pas été ravie.

— Dois-je préparer votre bombazine noire ? demanda Jeanette.

— Oui, et ne perdez pas un instant.

Quinze minutes plus tard, lavée et changée, Anne descendit l'escalier pour se rendre au salon. Une voix féminine s'élevait jusque dans le hall, parmi les tintements de porcelaine. Il ne s'agissait pas de sa mère, mais d'une autre personne qui s'exprimait avec toute l'autorité qu'elle s'imaginait posséder du fait de sa position.

— J'ai répété quantité de fois à Arundell qu'il devait s'affirmer. Mais mon fils a le cœur trop tendre.

— Allons, allons, mère, répliqua une voix masculine avec indulgence. Vous allez me faire passer pour un gentleman ignorant ses droits, et vous savez que rien ne saurait être plus éloigné de la réalité.

En entrant dans la pièce, Anne découvrit Mme Deveril assise sur le divan vert, à côté de son fils.

Cousin Joshua leva les yeux.

— Ma chère cousine. Enfin !

Il posa sa tasse de thé et se leva pour s'incliner cérémonieusement.

— Vous avez tellement changé que je ne vous aurais pas reconnue, dit-il.

Anne lui adressa un signe de tête courtois.

— Tandis que je vous aurais reconnu n'importe où.

Le nouveau comte d'Arundell était exactement le même qu'aux funérailles de papa : pâle, maigre, et débordant d'une avarice mal dissimulée.

Sa mère et lui avaient avidement espéré la mort de papa. Ils ne disposaient pas d'une fortune personnelle. Ni revenus ni biens immobiliers à proprement parler. Leur avenir reposait uniquement sur l'accession au titre de Joshua.

— Anne, se contenta de dire Mme Deveril, sans bouger.

C'était une femme d'une extrême minceur, avec un visage étroit et une bouche perpétuellement pincée.

— Toujours en noir, à ce que je vois. Comme votre mère.

— Mon père est grandement regretté, madame, répondit Anne en allant s'asseoir à côté de sa mère.

— Oh, je n'en doute pas, dit Mme Deveril avec un petit gloussement. Sa mort vous a laissées toutes deux sans gentleman pour gérer la vie courante. Je vous plains.

Le visage de maman était un masque dénué d'émotion. Elle ne paraissait ni troublée ni même en colère. De fait, son expression aurait pu être ciselée dans la pierre.

Un élan de culpabilité tardif s'abattit comme une chape de plomb sur Anne. Dans sa précipitation à se rendre aux côtés de Hartford, elle avait négligé ses responsabilités envers sa mère.

En conséquence de quoi, celle-ci avait été contrainte d'affronter seule sa pire crainte. C'était impardonnable.

— Veuillez excuser mon retard, lui murmura Anne.

— Nous en parlerons plus tard, répliqua maman.

Son regard était dur comme le granit. Ce qui s'était dit en l'absence d'Anne n'avait assurément pas été plaisant.

— Heureusement, mon fils est là, maintenant.

Mme Deveril enveloppa sa blafarde progéniture d'un regard adorateur et ajouta :

— En tant que chef de famille, il prendra volontiers en charge la gestion de vos affaires.

— En effet…

Le regard de Joshua s'attarda sur la poitrine d'Anne tandis qu'il se rasseyait.

— C'est avec plaisir que je les prendrai en main.

Consciente du sous-entendu, Anne riva son regard au sien sans ciller, jusqu'à ce qu'il baisse les yeux.

L'odieux petit crapaud !

— La proposition est généreuse, répondit poliment maman. Mais ce n'est pas nécessaire. Mon homme d'affaires se charge de tout avec une grande efficacité.

— Mon fils le rencontrera, bien sûr, dit Mme Deveril.

— Bien sûr, répéta maman.

Joshua s'adressa à Anne.

— Votre mère nous a dit que vous étiez sortie vous promener à cheval.

— Oui.

Anne n'eut pas envie de développer. Ce n'était pas une visite mondaine. Il s'agissait d'une évidente prise de pouvoir.

Il n'y avait là rien d'illégal, certes. Joshua était en droit de prendre le contrôle de Grosvenor Square, de Cherry Hill et de tous les biens du comté. Mais ses manières irrespectueuses, et celles de sa mère, en faisaient l'équivalent d'un coup d'État.

— Vous devez avoir soif, remarqua Mme Deveril en se penchant vers la théière. Laissez-moi vous servir une tasse de thé.

Anne pinça les lèvres. C'était maman qui aurait dû servir le thé. En tant que comtesse douairière, c'était la plus âgée des ladys présentes. Mais maman ne dit rien.

— Je passe moi-même une grande partie de mon temps à cheval quand je suis à Cherry Hill, énonça Joshua. Feu le comte possédait une écurie de grande qualité.

— C'était sa plus grande joie, assura maman.

— Certes. Ça se voit, dit Joshua. Mais la joie n'est pas une garantie de succès. Il faut savoir aussi se montrer impitoyable.

Les yeux de maman s'étrécirent.

— De quelle manière ?

Joshua agita la main de façon condescendante.

— Je vais devoir vendre quelques-uns des plus vieux chevaux, cette année. Inutile de garder des bouches inutiles. N'est-ce pas, mère ?

— C'est toi qui sais, mon chéri, dit Mme Deveril en passant une tasse à Anne.

Anne la prit, mais ne but pas. Ses dents étaient trop serrées pour permettre le passage d'une seule goutte de thé.

Son cousin allait vendre les vieux chevaux ? Des chevaux que papa avait achetés et qu'elle avait montés dans sa jeunesse…

Tout en elle se révulsa, et elle eut soudain des envies de meurtre.

Ah, si elle avait été un homme…

Mais elle ne l'était pas. Elle n'était qu'une faible femme. La modeste fille non mariée d'un comte, à la merci des lois. Elle en ressentait l'injustice jusqu'au plus profond d'elle-même.

— J'ai l'intention de procéder à un inventaire similaire des chevaux que vous avez choisi de garder en ville, continua Joshua, ignorant la lueur assassine dans le regard d'Anne. J'ai cru comprendre que vous aviez un bel étalon, ma chère cousine. Un pur-sang.

Anne crispa les doigts autour de l'anse de sa tasse avec une telle force qu'elle fut surprise de ne pas briser la fragile porcelaine.

— Saffron n'appartient pas au comté. Il est à moi.

— Je regarderai ses papiers, naturellement, dit Joshua. En attendant, je suis sûr que vous ne verrez pas d'objection à ce que je l'essaie.

Anne ouvrit la bouche pour protester, mais elle fut interrompue par sa mère :

— Vous pourrez examiner à loisir les papiers de toutes nos montures ainsi que les livres de comptes. Tout est prêt pour vous, ainsi que vos chambres.

Maman se leva dans un mouvement impérieux de crêpe noir.

— Mme Griffiths va vous conduire.

La gouvernante apparut à la porte du salon comme par magie.

Mme Deveril posa sa tasse avec un air irrité.

— Comme vous êtes autoritaire, Rosamund, dit-elle. Vous oubliez votre place.

— Au contraire, madame, répliqua maman. Je suis pleinement consciente de la position que j'occupe dans cette maison et dans la société. Madame Griffiths ? Veuillez montrer leurs chambres à Sa Seigneurie et à Mme Deveril.

Cousin Joshua se leva en même temps que sa mère.

— Je redoutais que nous ayons à nous battre pour établir mes droits, commenta-t-il d'un ton morne. Je suis affligé de constater que cela pourrait bien être le cas.

— Nous sommes tous affligés, monsieur, répondit froidement maman. Profondément affligés.

Elle se tourna vers la gouvernante.

— Madame Griffiths, je vous prie…

— Par ici, milord, dit aussitôt la gouvernante, s'empressant de faire sortir de la pièce le nouveau comte et sa mère.

Anne les suivit des yeux. Dès qu'ils eurent disparu, elle posa sa tasse et se tourna vers sa mère.

— Maman...

Celle-ci se laissa tomber sur le divan à côté d'elle.

— Inutile de t'excuser. Ce qui est fait est fait.

— Mais je suis tellement désolée ! J'aurais dû être là plus tôt pour vous apporter mon soutien.

Le visage de sa mère demeura indéchiffrable.

— Sais-tu où Mme Griffiths emmène ce garçon ?

Elle n'attendit pas la réponse.

— Dans la chambre de ton père.

Anne eut un hoquet de surprise.

— Certainement pas !

— Oh que si ! Son épouvantable mère a eu l'audace de l'exiger, en prétendant que ton cousin l'aurait demandé lui-même s'il n'avait pas eu le cœur aussi tendre. Quant à lui donner mon autorisation...

Maman eut un rire amer.

— Ils n'ont besoin d'aucune permission de ma part. Ton cousin pourrait nous jeter à la rue si l'envie lui en prenait. Et sois sûre qu'il le fera, mon enfant. D'ici quinze jours, à moins que je ne me trompe grandement.

Anne secoua la tête, abasourdie. Elle pouvait croire à tout de la part de son cousin, mais pas à ça. Pas si vite. Elle n'était pas prête.

Sa mère non plus.

Elles n'avaient pas loué de maison. Elles n'avaient pas pris d'arrangements avec leurs domestiques. Elles n'avaient pas fait un seul bagage...

— La seule question que nous devons nous poser, continua maman, est celle-ci : allons-nous accepter d'être mises hors de chez nous comme des malpropres, ou allons-nous quitter cette maison en gardant notre dignité ?

Son visage affichait une implacable détermination.

— Je sais quelle option choisir.

— Où irons-nous ? demanda Anne.

Mais elle connaissait déjà la réponse. Elle le savait depuis leur visite sur la colline de St Paul, quelques semaines plus tôt.

— Où pouvons-nous aller dans un délai aussi court ? répliqua maman. Ça ne peut être qu'à Ludgate Hill.

Installé sur une chaise dans la petite chambre au-dessus de la taverne, Hart retint une grimace tandis que Bishop achevait de lui bander les côtes.

— Est-ce tout ce que vous avez à dire ? demanda-t-il à son demi-frère.

Marcus était assis sur le lit dans une posture nonchalante que démentait son visage livide. Depuis qu'il avait découvert Hart inconscient au bord de la Tamise, il paraissait sous le choc.

C'était le seul point positif de cette triste histoire. Peut-être Marcus avait-il été suffisamment alarmé pour changer de comportement.

Encore qu'on ne puisse pas le deviner à son intonation.

— Que voulez-vous que je dise d'autre ? répliqua-t-il avec humeur. Je vous ai déjà expliqué que je leur dois de l'argent.

— Mille cinq cents livres, précisa Hart.

Un mélange de colère et de lassitude l'envahit.

Tandis que ses associés de l'usine de creusets gagnaient de l'argent à pleines mains, Hart en perdait à un rythme effrayant. Et tout cela à cause de Marcus.

Son demi-frère essayait-il de le ruiner ? Souhaitait-il sa faillite, ou pire ?

Hart se passa la main sur le visage. Bishop avait réussi à recoudre sa plaie à la tempe, à panser ses estafilades et à remettre son nez en place, mais il souffrait le martyre.

La pire douleur, cependant, avait été infligée à son portefeuille.

— Nous en sommes à huit mille, si on compte les six mille cinq cents livres dont je me suis déjà acquitté pour vous, dit-il d'un ton sévère.

Il grimaça tandis que Bishop l'aidait à enfiler une chemise propre.

— Êtes-vous seulement capable de vous rendre compte de la valeur d'une telle somme ?

— Ce qui est fait est fait, dit Marcus avec un haussement d'épaules désinvolte.

Bishop laissa échapper un discret reniflement de réprobation.

Hart ne pouvait tenir rigueur à son valet de prendre ombrage d'une telle situation. Bishop gagnait trente livres par an, ce qui était généreux compte tenu du montant moyen des gages à Londres. Mais c'était une goutte d'eau dans l'océan en comparaison des dettes de Marcus.

— C'est plus que ce qu'un ouvrier pourrait gagner en plusieurs vies, précisa Hart. Et vous l'avez dilapidé aux tables de jeu.

Le visage de Marcus s'empourpra.

— Pas aux tables. C'était aux courses. J'étais certain que les chevaux que j'avais choisis gagneraient. C'était leur premier engagement, et...

— Et vous étiez persuadé qu'ils étaient imbattables ? En vous fondant sur quoi ? Votre immense connaissance de la physiologie des équidés ?

L'envie démangeait Hart de secouer son demi-frère par les épaules.

— Pardieu, j'ai bien envie de vous remettre à ces voyous et de les laisser vous régler votre compte ! s'exclama-t-il.

— J'aurais préféré encaisser une rouste, répliqua Marcus. Ça m'aurait évité votre fastidieux sermon.

Hart était partagé entre l'envie de rire et celle de casser quelque chose. Mais ses poings étaient trop endommagés pour la seconde option.

Enfer et damnation. C'était à cela que Marcus l'avait réduit. À faire des leçons de morale. On ne pouvait qu'apprécier l'ironie de la chose.

Hart se leva lentement afin de glisser sa chemise dans la ceinture de son pantalon.

Heureusement, Bishop avait pensé à lui apporter des vêtements de rechange. Ce serait déjà assez difficile d'expliquer son apparence à son grand-père.

— M. Royce, dit-il. C'est bien son nom ? Il me semble me rappeler que les trois ruffians ont fait référence à ce type, avant de se jeter sur moi comme une meute de chacals.

— Gabriel Royce, acquiesça Marcus. Il tient une officine de paris à St Giles.

— St Giles ? Bonté divine, mon garçon !

C'était l'un des pires quartiers de Londres. Infiniment dangereux. Jamais une personne respectable ne se risquerait à y poser le pied.

— Vous m'avez dit de me tenir éloigné des clubs, répliqua Marcus, sur la défensive. Vers quoi pouvais-je me tourner ?

— Vous auriez pu essayer de vous abstenir. C'est généralement ce que font les gens qui n'ont pas d'argent pour parier.

Marcus lui lança un regard meurtrier.

— Vous ne m'avez pas laissé le choix. Comment pourrais-je faire fortune, sinon ? Et ne me dites pas de prendre un emploi. J'ai entendu parler de joueurs qui avaient gagné un domaine aux cartes, ou qui en avaient acheté un grâce à leurs gains aux courses. Je suis tout à fait capable d'en faire autant.

Hart jura entre ses dents.

— C'est ça, votre plan ? Parier pour devenir riche ? N'avez-vous aucune cervelle, mon garçon ? Je me demande parfois à quoi cela a servi de vous envoyer à l'école.

— Pourquoi l'avez-vous fait, si vous ne vouliez pas que je devienne quelqu'un ? Si vous ne vouliez pas que j'aspire à davantage ?

— Je souhaitais que vous preniez un bon départ dans la vie. Je voulais vous offrir un avenir, indépendamment de votre naissance illégitime.

— En m'envoyant dans ce pensionnat à Plymouth ? Une école remplie de bâtards de la bonne société ?

Le visage de Marcus était marbré de plaques rouges sous l'effet de la douleur et de la colère.

— Si mon seul avenir était de travailler dans une boutique, vous auriez dû me laisser avec ma mère.

— C'est votre mère qui vous a farci la tête d'idées stupides. Il n'y a rien de honteux à travailler dans une boutique. Et la valeur d'un homme ne se mesure pas à ses origines. J'ai vu des hommes du commun s'élever au-dessus de leur condition. Vous pourriez le faire aussi, et cesser de croire que je vous dois quelque chose.

Marcus bondit sur ses pieds.

— Je ne sais pas pourquoi je vous écoute, ni pourquoi je suis encore là. Vous avez tout ce qu'il vous faut. Votre valet. Votre brandy. Vos fichus pansements. Et j'ai aussi fait venir votre lady. Vous n'avez pas besoin de moi.

— En effet, vous avez fait venir ma lady ici, dit Hart avec un regain de mauvaise humeur. Dans la chambre d'une taverne malfamée des quais.

Bishop évita son regard tandis qu'il l'aidait à enfiler une veste. Le valet connaissait l'intérêt que son maître portait à lady Anne Deveril. Un bon domestique savait ces choses avant tout le monde, parfois même avant le principal intéressé.

— Sous-entendez-vous que j'aurais froissé sa sensibilité ?

Marcus ricana dédaigneusement et ajouta :

— Elle survivra.

— Faites attention à la façon dont vous parlez d'elle, dit Hart d'un ton glacial. Il me reste encore assez d'énergie pour vous flanquer une raclée.

Le sourire de Marcus s'évanouit.

— Je ne voulais pas être insultant, marmonna-t-il. Mais vous vous trompez si vous pensez qu'elle a été choquée par l'expérience. Quand nous sommes sortis d'ici, elle m'a fait la leçon tout le long de la rue. C'est peut-être une beauté, mais je ne la souhaiterais pas à mon pire ennemi.

Une étincelle de malice s'alluma soudain dans ses yeux.

— Maintenant que j'y pense, elle est parfaite pour vous...

— C'est peut-être la seule chose sensée que vous avez dite aujourd'hui, fit Hart en collectant son manteau.

Il allait devoir livrer bataille sur chaque front, et il n'avait pas l'intention de se dérober face à ses responsabilités.

D'abord, il traiterait avec Marcus. Puis avec ses associés de la Parfit Plumbago Crucible Company. Et ensuite...

Ensuite, il affronterait lady Anne.

— Bishop ? Réglez ma note auprès du tavernier et procurez-moi un fiacre pour Mayfair. Ensuite, vous irez au bureau du télégraphe. J'ai un télégramme urgent à envoyer à Borrowdale. Veuillez noter le message avant de partir.

— Tout de suite, monsieur, dit Bishop en s'empressant d'aller chercher un papier et un crayon.

— Et moi ? demanda Marcus. Où vais-je aller ?

— Chez vous, ordonna Hart. Dînez avec votre mère et vos sœurs. Profitez de leur compagnie pendant que vous le pouvez.

Le visage de Marcus s'assombrit.

— Qu'est-ce que ça signifie ?

— Ça signifie que nous irons faire une visite à St Giles dès demain.

25

Le quartier de St Giles, situé à l'ouest de Londres, était déplaisant pour plusieurs raisons, en particulier pour sa puanteur. Les égouts à ciel ouvert et les amoncellements d'ordures conspiraient à rendre l'air irrespirable. Si cela ne suffisait pas pour décourager une personne respectable de se rendre dans ce labyrinthe de ruelles étroites qui favorisait les vols à l'arraché, ses habitants constituaient une autre raison pour éviter l'endroit.

Entre les hommes débauchés, les femmes imbibées de gin, les enfants braillards et les infirmes de guerre, le danger rôdait partout dans les recoins sombres.

Et les recoins sombres étaient nombreux.

— Comment avez-vous trouvé cet endroit ? demanda Hart tandis que Marcus et lui s'engageaient dans une ruelle fétide.

— Une connaissance me l'a recommandé quand j'étais fauché, répondit son demi-frère en lui lançant de nouveau un regard coupable.

Hart n'avait pas à demander ce qui avait fait naître chez Marcus cette inhabituelle expression de remords. La réponse lui avait sauté aux yeux ce matin quand il s'était regardé dans le miroir pour se raser. Son visage, qui la veille n'était marqué que par des lacérations, était aujourd'hui ravagé d'ecchymoses hideuses.

En outre, il avait les deux yeux au beurre noir à cause de sa fracture du nez. C'était passablement choquant à regarder, même du point de vue de Hart qui en avait connu d'autres.

Il ne pouvait imaginer ce que son demi-frère devait en penser. Ni quelle serait la réaction de son grand-père quand il le verrait.

Heureusement, grand-père était sorti la veille au soir. Il était invité à un dîner avec ses amis horticulteurs. Hart avait pris soin de l'éviter à son retour, et de nouveau ce matin en quittant la maison deux heures avant le petit déjeuner. Mais il ne serait pas possible de l'éviter éternellement. Pas plus qu'oncle Brookdale, d'ailleurs.

Sans parler d'Anne, à qui il avait promis de rendre visite dans la semaine.

— Êtes-vous sûr d'être suffisamment en forme pour ça ? demanda Marcus pour la troisième fois.

Hart évita une flaque aux effluves non identifiables.

Il n'allait pas bien. Ses côtes lui faisaient mal, ses tempes battaient avec une régularité mécanique, et son épaule droite était inexplicablement enflammée. À dire vrai, il ne se sentait pas bon à grand-chose.

Mais il n'avait pas le choix.

— Vous préférerez attendre que Royce envoie ses hommes vous rosser à votre tour ? demanda-t-il.

— Non, mais...

— Bien, fit Hart d'un ton ferme. J'ai hâte d'en finir.

Marcus ne dit plus un mot jusqu'à ce qu'ils arrivent à destination.

— C'est ici, annonça-t-il en indiquant une bâtisse étroite, coincée entre ce qui semblait être une boutique de spiritueux et une maison de tolérance.

Un colosse gardait la porte.

— Qu'est-ce que vous voulez ? grogna-t-il.

Penché pour contourner le garde, Hart tapa deux fois à la porte avec le pommeau de sa canne.

L'homme ne bougea pas.

— M. Royce vous attend ?

— Il devrait.

Hart en savait assez sur les criminels pour comprendre que leurs chefs se tenaient remarquablement bien informés. Royce avait dû avoir connaissance de l'erreur de ses hommes de main au bord du fleuve, et il devait se douter qu'il y aurait des répercussions.

La porte s'ouvrit derrière le garde, et un jeune homme malingre aux cheveux gras passa la tête dans l'embrasure. Son regard se posa sur Marcus.

— C'est bon, Tim. Je connais ce gars.

Il désigna Hart d'un geste du menton.

— Et j'ai entendu parler de celui-là.

Le garde s'écarta à contrecœur pour laisser passer Hart et Marcus.

— M. Royce a prévenu que vous risquiez de venir, dit le jeune homme en les guidant à l'intérieur. C'est vous le gandin qui a cassé la mâchoire de Walsh et envoyé Murphy à l'hôpital.

— Ils l'avaient bien cherché ! déclara Hart.

Marcus ne le quittait pas d'une semelle tandis qu'ils se frayaient un passage parmi les hommes amassés dans la salle enfumée. Plusieurs d'entre eux étaient rassemblés devant une porte, comme s'ils attendaient leur tour pour rencontrer la personne à l'intérieur.

Le jeune homme força le passage pour frapper à la porte.

— Monsieur Royce ? C'est le dandy de Battersea qui veut vous voir.

Une voix gutturale répondit :

— Fais-le entrer.

— Après vous, mon bon monsieur.

Hart entra en compagnie de Marcus.

À l'intérieur, un homme en bras de chemise était assis derrière un immense bureau en chêne sculpté.

Ses cheveux étaient noirs comme le charbon et son visage tanné comme du vieux cuir.

— Félix Hartford ! s'exclama-t-il, presque jovial. J'ai prévenu les gars que vous passeriez.

— Je suis flatté que vous m'ayez reconnu, dit Hart. Il est néanmoins regrettable que vos hommes n'en aient pas été capables.

— Ils en ont payé le prix, pas vrai ?

Royce désigna les chaises en bois qui faisaient face à son bureau.

— Asseyez-vous. À moins que vous ne soyez venu pour une nouvelle séance ?

— Avec vous ?

Hart s'assit, aussitôt imité par Marcus.

— Ce ne serait guère malin, rétorqua-t-il. Qui paierait les dettes de M. Neale ? C'est-à-dire, si vous l'emportiez, bien sûr...

Il marqua une pause infime, tandis que Marcus montrait tous les signes d'une grande nervosité.

— Comment vont vos hommes de main, au fait ?

Royce eut la bonne grâce de rire.

— Fort mal. Mais vous le savez déjà.

Il se cala contre le dossier de son fauteuil.

— Je suppose que vous êtes venu régler la note ?

— Tout dépend de ce que vous entendez par là, répliqua Hart. M. Neale vous devait peut-être mille cinq cents livres hier matin mais, en ce qui me concerne, cette dette a été compensée par l'immense préjudice que j'ai subi.

Marcus eut l'air horrifié.

— Hartford...

— Quelle réduction de principe êtes-vous prêt à m'accorder en guise de dédommagement ? demanda Hart en ignorant son demi-frère. Je peux vous fournir un inventaire de mes blessures, si nécessaire.

Royce gloussa.

— Je me suis renseigné sur vous, Hartford. Petit-fils du comte de March. Homme du monde. Vous aimiez bien prendre des paris de temps en temps. Mais pas aux tables de jeu, paraît-il.

Hart ne nia pas. L'autre continua :

— L'un de mes contacts m'a dit que vous aviez parié sur l'atterrissage d'un dirigeable dans les quatre-vingts kilomètres autour de Hemel Hempstead. Puis, pour être sûr de gagner le pari, vous avez sauté vous-même dans le ballon. Vous aimez prendre des risques, on dirait.

— Où voulez-vous en venir ? demanda Hart.

— Je vais vous accorder une réduction en échange d'un pari.

— Je vous remercie pour cette offre, mais les dirigeables ne m'intéressent plus.

— Et vous ne voudriez pas miser aux courses, par hasard ?

— Sur un cheval dont je ne connais rien, monté par un jockey que je n'ai jamais rencontré ?

Hart eut un sourire désabusé.

— De toute évidence, vous n'en savez pas autant sur moi que vous le croyez.

— Pourtant, vous connaissez les chevaux.

— Je monte rarement.

— Mais vous conduisez. C'est ce qui se dit, en tout cas. Vous vous êtes offert un phaéton à la dernière mode, et vous possédez une paire de juments de grande qualité.

Une lueur machiavélique s'alluma dans les yeux noirs de Royce.

— Voilà ce que je propose. Je vous fais cadeau des mille cinq cents livres, et j'ajoute cinq cents livres sur une course de phaétons entre vos bêtes de concours et mes propres canassons.

Hart le dévisagea.

— Vous effacerez la dette si je gagne ?

— Et j'ajoute cinq cents livres en dédommagement de vos ennuis. Qu'est-ce que vous en dites ?

Les yeux de Hart s'étrécirent. Il commençait à comprendre comment Marcus s'était laissé embobiner par ce type.

— J'en dis que les meilleurs parieurs n'engageraient une telle somme que s'ils étaient sûrs d'eux. Vous devez avoir toute confiance dans votre équipage.

— Et vous n'avez pas confiance en vous ?

Royce haussa les épaules.

— Comme vous voudrez, milord. Vous pouvez toujours me donner les mille cinq cents livres maintenant.

Hart n'aurait pas été humain s'il n'avait pas été tenté. Mais c'était ainsi qu'on gagnait les paris : en incitant des écervelés à plonger dans les eaux troubles du jeu. Autrefois, il se serait peut-être lancé pour le pur plaisir du sport. Mais il n'était plus un jeune homme irresponsable depuis longtemps.

Il ne pouvait pas se le permettre.

Et pas seulement à cause de l'argent, mais à cause d'Anne.

Il lui avait promis qu'il ne se mettrait pas en danger. Elle le lui avait encore rappelé la veille, le visage crispé et les yeux rougis par les larmes tandis qu'elle nettoyait ses plaies.

Ce souvenir serra la poitrine de Hart. Il avait alors compris ce qu'il avait déjà commencé à deviner au bal des Ramsey. Lady Anne Deveril, qui lui avait semblé pendant si longtemps être la force personnifiée, avait besoin que quelqu'un soit fort pour elle.

C'était cela qu'elle ne pouvait lui pardonner. Pas la cruauté de ses paroles six ans et demi plus tôt, mais son absence d'action. Au moment où la force lui manquait, où elle était au comble de la vulnérabilité, il avait été trop consumé par la peine et la déception pour lui apporter son soutien.

Il l'avait abandonnée au moment le plus critique de sa vie.

Dans les années qui avaient suivi leur rupture, il s'était persuadé qu'Anne était assez forte pour tout supporter. Qu'elle n'avait pas besoin de lui. Qu'elle n'avait besoin de personne.

Mais c'était totalement faux.

Il devait se surpasser pour elle. Peut-être arrivait-il avec presque sept ans de retard, mais il était déterminé à lui prouver qu'il avait changé.

— Je vous propose mille livres, dit-il d'un ton résolu, et la promesse que M. Neale ne mettra plus jamais les pieds à St Giles.

Marcus gardait la tête baissée de honte.

— Vous parlez à sa place, à ce que je vois.

Le regard de Royce passa de l'un à l'autre.

— Qu'est-il pour vous ? Un parent pauvre ? Un bâtard de la famille ?

Marcus tiqua.

Une expression matoise apparut sur le visage de Royce.

— J'aurais dû le deviner. La ressemblance est frappante.

Hart ne laissa rien paraître. Il était pleinement conscient du danger qu'il y avait à venir ici avec Marcus. En découvrant le lien qui les unissait, Royce pourrait être tenté de le faire chanter.

Mais il n'avait pas eu le choix, dans la mesure où Marcus n'était pas capable de régler sa dette lui-même.

Restait à espérer que le jeu en valait la chandelle.

— Est-ce important ? demanda-t-il.

— Ça pourrait l'être, répliqua Royce. Si l'information a de la valeur.

Marcus ouvrit la bouche pour dire quelque chose, mais Hart le fit taire d'un regard, avant de répondre lui-même à Royce.

— Si c'était le cas, vous croyez que j'aurais accompagné ce garçon moi-même ?

Royce réfléchit à la question.

— Je suppose que non, admit-il au bout d'un moment. À moins que vous n'ayez perdu la raison.

Il croisa les mains sur son bureau.

— Fort bien ! Disons mille livres, et n'en parlons plus. Vous ne les avez pas sur vous, je présume ?

— Je vais vous faire remettre un mandat bancaire, dit Hart en se levant.

Le sourire de Royce réapparut.

— D'ici demain après-midi. Quant à lui…

Il désigna Marcus d'un signe de tête.

— S'il prend un autre pari dans un de mes établissements, je ne réponds pas de sa vie.

Un quart d'heure plus tard, dans le fiacre qui les emportait loin des bas-fonds, Marcus s'affala sur la banquette avec soulagement.

— Merci, dit-il. Je n'ai jamais eu l'intention de…

— J'en suis sûr, l'interrompit Hart. Mais, dans ces circonstances, je crains que des excuses ne suffisent pas.

— Que puis-je offrir d'autre ?

Hart posa un regard sans pitié sur son demi-frère.

— Vous pouvez me rembourser l'argent que j'ai dépensé pour vous. Avec votre vie.

26

Anne retira un épais volume relié de cuir de la bibliothèque de son père. Elle n'était pas autorisée à emporter le moindre livre. Pas un seul. Cela ne l'empêcha pas d'ouvrir le lourd ouvrage et de le porter à son nez.

Elle inhala profondément, s'emplissant les poumons des réminiscences de l'odeur de son père : encre ancienne, papier usé, tabac à pipe… C'était tout ce qui restait de lui dans cette pièce – la fragrance chargée de souvenirs qui s'accrochait aux pages de ses précieux livres. La présence de Joshua avait éradiqué tout le reste.

En l'espace d'une semaine, il s'était approprié la bibliothèque de papa, s'y installant avec sa mère pour pointer les comptes dans la journée, y retournant le soir pour boire et fumer pendant des heures. Autrefois un sanctuaire à la mémoire de son père, la bibliothèque empestait maintenant les cigares bon marché de Joshua.

Anne en avait le cœur brisé.

Ce qui restait de son cœur, en tout cas.

Il s'était fragmenté peu à peu à mesure que les jours s'égrenaient.

Elle avait dit à sa mère que la mémoire de papa ne pouvait pas leur être enlevée, mais c'était pourtant ce qu'elle ressentait. Bientôt, celle-ci se serait évanouie.

Anne ferma le livre et le remit à sa place sur le rayonnage.

Comme si elle percevait son humeur mélancolique, Éris sauta du fauteuil où elle s'était installée et vint se frotter aux jupes de sa maîtresse avec un discret miaulement.

Anne se pencha pour soulever le chaton, qui se mit aussitôt à grimper le long de son corsage pour se percher sur son épaule. C'était une habitude un peu agaçante, mais la jeune femme ne la décourageait pas.

Délogeant doucement les griffes de la petite créature, elle la cala au creux de ses bras et frotta sa joue contre le doux pelage de sa tête. Un ronronnement démesuré lui répondit.

La porte de la bibliothèque s'ouvrit tout à coup.

— Anne ? dit maman. Que fais-tu à te cacher là ?

Anne se retourna.

— Je ne me cache pas. Je disais au revoir aux livres de papa.

Maman entra dans la pièce, les jupes de sa robe de jour en crêpe noir bruissant derrière elle. Au cours des journées qui venaient de s'écouler, pas une fois elle n'avait abandonné son air hautain et digne pour s'adresser à Joshua et à sa mère.

Jamais.

Mais ses failles commençaient à se percevoir.

Il y avait des ombres sous ses yeux, et des rides d'amertume autour de ses lèvres.

— Je ne peux me permettre de faire preuve d'un tel sentimentalisme, dit-elle. Trop d'obligations pèsent sur moi.

Anne continua à caresser machinalement Éris.

— Je croyais que tout était réglé ?

— Il y a toujours des imprévus. Je dois finir mes bagages avec Hortense, rencontrer mon homme d'affaires et déjeuner à Russell Square avec Fielding et Mme Blakely-Strange.

Elle traversa la bibliothèque et se dirigea vers la fenêtre.

— Je suppose que tu as le temps de te charger des visites matinales ?

Les visites matinales, contrairement à ce que prétendait leur nom, avaient lieu entre 13 heures et 15 heures. C'était une tâche ennuyeuse, à moins d'attendre des amis – ce qui n'était pas le cas d'Anne.

— Attendons-nous quelqu'un en particulier ?

Maman écarta le rideau et regarda dehors d'un air distrait.

— Les habituels flagorneurs. Ce méprisable garçon et sa mère se sont présentés à toute la ville. Les visites de courtoisie ne devraient pas tarder à affluer.

— Bien sûr, dit Anne. Je m'en occuperai.

Depuis que le nouveau comte avait fait savoir qu'il s'installait définitivement en ville, tout le monde à Mayfair semblait avide de lui complaire. Peu importait que Joshua soit un homme peu raffiné, totalement dépourvu de maturité. Son titre suffisait à lui gagner la bonne opinion des gens.

Maman laissa retomber le rideau.

— Fort bien, dit-elle. Je suis ravie d'échapper à cette corvée.

— Vous sentez-vous mal ? demanda Anne.

— Comment pourrais-je me sentir autrement ? Il a pris la chambre de ton père, sa bibliothèque, sa place à table. Et hier, cet horrible garçon a eu le culot de me demander les documents légaux établissant mon douaire.

Anne en eut le souffle coupé.

— Bonté divine. Mais pourquoi ?

La posture de maman était rigide à l'extrême.

— Pour s'assurer que je ne perçois pas un penny de plus que ce à quoi j'ai droit.

L'insulte laissa Anne sans voix. Le douaire de sa mère était leur seul moyen d'existence. C'était grâce à cette rente qu'elles rémunéraient leur homme d'affaires, entretenaient leur écurie, payaient leurs domestiques et réglaient les factures des fournisseurs.

Maman retourna à la porte.

— Peu importe. Nous serons bientôt parties.

Son regard se posa sur Éris, comme si elle remarquait pour la première fois la présence du chaton.

— Pourquoi cet animal est-il encore ici ? Tu m'avais promis de prendre tes dispositions.

Anne referma les bras autour d'Éris d'un geste protecteur.

— Je sais.

Les chats étaient strictement interdits dans la maison qu'elles avaient louée à Ludgate Hill. Les propriétaires redoutaient que leurs tapis ne soient souillés, ou une sottise de ce genre. Comme si Anne et sa mère n'avaient pas l'intention de changer l'intégralité du mobilier ! Mais Mme Frazil s'était montrée inflexible.

La pauvre Éris allait devoir retourner chez Julia. À moins que Stella ou Evelyne n'accepte de la prendre. Anne, réticente face à cette nécessité, n'avait pas encore abordé le sujet avec elles.

En peu de temps, Éris avait réussi à gagner son affection. La pensée de la perdre…

— Cela doit être fait, Anne, déclara maman avant de sortir de la pièce. Tout cela doit être fait.

Quelques instants plus tard, après avoir déposé Éris dans sa chambre, Anne se dirigea tristement vers le salon. Mme Deveril était déjà là, présidant le service du thé.

— Bien, dit-elle en la voyant entrer. Je suis ravie de constater que vous n'avez pas entièrement abdiqué vos devoirs. Contrairement à votre mère. Elle a été absente tous les matins cette semaine.

— Ma mère a de nombreux engagements, répliqua Anne en s'asseyant. Son agenda mondain est rempli pour les trois prochains mois.

Mme Deveril renifla dédaigneusement.

— Je m'aventurerais à dire que, pour les ladys de notre famille, le devoir devrait passer avant la frivolité. Et si cette frivolité est d'un genre douteux – boules de cristal et autres billevesées –, il serait sage de...

Anne la coupa :

— Je m'aventurerais à dire, madame, qu'il est préférable de garder pour soi de telles opinions. À moins que vous ne vouliez les répéter devant ma mère ?

Mme Deveril pinça les lèvres.

— Loin de moi l'idée de l'offenser.

Anne fut satisfaite de voir que, en dépit de son état mélancolique, maman avait toujours la capacité d'intimider les personnes médiocres comme Mme Deveril.

Si seulement cela leur permettait de supporter leur situation !

Mais la détermination et la force immuable d'une lady ne pesaient pas lourd, face à l'injustice de la loi sur l'héritage qui perdurait depuis des siècles dans ce pays.

— Mon cousin se joindra-t-il à nous aujourd'hui ? demanda Anne.

La maison appartenait à Joshua et à sa mère, maintenant. Anne et la comtesse douairière avaient été reléguées au rang d'invitées indésirables.

— Arundell a sorti l'un des chevaux.

— Ah ?

Les épaules d'Anne se crispèrent. Elle avait expressément interdit à Joshua de monter Saffron, mais cela ne l'avait pas empêché d'utiliser les autres chevaux de l'écurie.

— Il aurait pu me le dire.

— Il n'avait aucune raison de le faire. C'est son écurie, à présent. Votre mère et vous feriez bien de vous en souvenir.

— Il serait difficile de l'oublier, rétorqua Anne. Mais il aurait pu le mentionner, par simple courtoisie.

— Vous n'allez pas lui reprocher d'avoir voulu prendre l'air pour s'éclaircir les idées. Il en avait grand besoin, après ce que lui a fait vivre votre mère depuis notre arrivée. Elle n'a cessé de s'opposer à lui sur chaque détail.

Échauffée par le sujet, Mme Deveril servit le thé avant de poursuivre :

— Je ne souhaite pas la confrontation, mais il est légitime que Joshua s'inquiète de son état d'esprit – et du vôtre. Tout ce noir, et cette troublante obsession pour la mort... Cela menace d'être scandaleux pour mon fils. Ne serait-il pas préférable que lady Arundell se retire dans la maison du douaire ? C'est la seule décision sensée qui soit. N'êtes-vous pas d'accord ?

Anne se garda bien d'acquiescer.

La maison du douaire à Cherry Hill était un modeste cottage situé aux confins de la propriété. Ces dernières années, il avait été occupé par l'une des anciennes domestiques de la famille, une gouvernante âgée qui officiait du temps de l'enfance d'Anne. La pensée que maman puisse être heureuse dans un endroit aussi reculé et dépourvu de toute commodité était grotesque.

— Ma mère ne quittera jamais Londres, assura Anne. Elle mène une vie active ici. La campagne serait un calvaire pour elle.

— De toute façon, rien ne lui plairait. Mais parlons plutôt de vous.

Mme Deveril tendit une tasse à Anne.

— Vous êtes encore jolie, ma chère. Arundell me le faisait remarquer, ce matin. Vous pourriez vous marier, si vous faisiez un effort pour tempérer votre caractère.

— Non merci, dit Anne, déclinant le thé. Et c'est non aussi pour le mariage.

Horbury entra dans la pièce et toussa discrètement.

— M. Hartford demande à voir lady Anne, madame. J'ai pris la liberté de le faire attendre au petit salon.

Anne sentit son cœur s'emballer. Dans sa détresse face à la situation, elle avait oublié la promesse que Hartford lui avait faite de lui rendre visite.

Bonté divine. Il devait être là pour lui faire sa demande !

Ce n'était absolument pas nécessaire, et elle le lui dirait. Il n'y avait pas eu la moindre indication de scandale à la suite de sa visite à Battersea. Pas de chuchotements malintentionnés ni de menaces de la part des hommes présents à la taverne. En fait, compte tenu de son comportement imprudent, sa réputation demeurait singulièrement intacte.

— Le petit salon ? répéta Mme Deveril avec reproche. Mais quelle idée ! J'ai pourtant bien expliqué de quelle manière j'entendais recevoir mes visiteurs. Faites venir M. Hartford ici.

Anne se leva.

— Mais M. Hartford est *mon* visiteur, madame. Je le recevrai dans le petit salon.

Elle se dirigea vers la porte.

— Merci, Horbury.

Le majordome s'inclina, avant de l'accompagner hors de la pièce.

— Je dois vous prévenir, milady. L'apparence du gentleman est… plutôt alarmante.

Anne haussa les sourcils.

— Voulez-vous dire qu'il est couvert d'ecchymoses ? Ce n'est guère étonnant de sa part, et je ne risque pas de m'en émouvoir.

Mais quand elle entra dans le petit salon baigné de lumière, avec ses confortables fauteuils en velours et ses élégantes petites tables en marqueterie, elle fut confrontée à une vision qui la fit s'arrêter net.

Hartford se tenait près de la fenêtre, vêtu d'un costume inhabituellement sobre. Le soleil illuminait son visage. Il n'était pas seulement contusionné. Il avait les yeux au beurre noir, le nez enflé, et une entaille recousue plutôt sommairement avec du fil de soie blanche.

Elle s'immobilisa sur le seuil, la gorge nouée.

— Bonté divine.

Une lueur d'humour pétilla dans les yeux bleus de Hartford.

— Ce n'est pas aussi grave que ça en a l'air.

— Ça pourrait difficilement être plus grave, remarqua Anne.

Elle s'adressa au majordome.

— Merci, Horbury. Ce sera tout.

Horbury s'inclina avant de se retirer, les laissant seuls.

Anne se mordit la lèvre en observant Hartford, traversée par une alternative de chaud et de froid.

Ce n'était pas l'homme qu'elle connaissait, le gentleman outrageusement beau qui portait des pantalons à carreaux et des manteaux d'un violet flamboyant. Elle avait toujours devant elle le félin blessé qu'elle avait découvert dans la chambre sordide au-dessus de la taverne de Battersea. Un homme affaibli, qui représentait une plus grande menace pour elle qu'il ne l'avait fait dans toute sa force.

Elle s'aventura à faire un pas en avant.

— Est-ce que Bishop…

— Il a remis mon nez en place et a recousu mes plaies, dit Hartford. Avec un peu de chance, je serai de nouveau moi-même dans un mois.

— Qu'a dit votre grand-père ?

— Je lui ai fait croire qu'il s'agissait d'un accident de la circulation.

Il eut une grimace.

— Ce n'est pas tout à fait un mensonge, d'ailleurs. Ces malfrats m'ont jeté au fond d'un fourgon, si mes souvenirs sont bons.

L'émotion, trop longuement contenue, submergea Anne comme une vague. Ce n'était pas uniquement en raison de l'apparence de Hartford. C'était un tout : sa mère, Joshua, Mme Deveril, Éris et Ludgate Hill…

Portant les mains à son visage, elle éclata en sanglots.

Hartford la rejoignit en trois enjambées.

Puis elle fut dans ses bras.

Il la serra étroitement contre lui, l'enveloppant de son irréductible force.

Elle était trop bouleversée pour lui résister. Pourquoi d'ailleurs l'aurait-elle souhaité ?

Elle se sentait en sécurité avec lui. Et elle avait désespérément besoin de lui.

Ses épaules s'affaissèrent tandis que son corps s'abandonnait à la chaleur de Hartford et au réconfort de ses bras.

— Pauvre chère amie, murmura-t-il dans ses cheveux. Ce n'est pas à cause de mon visage, n'est-ce pas.

Ce n'était pas une question, mais Anne répondit quand même en secouant la tête, de crainte que sa voix ne lui fasse défaut.

— Tout va bien, ma douce. Vous n'avez pas à dire quoi que ce soit.

Sa large main se déplaça sur sa colonne vertébrale en une caresse apaisante.

Anne ferma les yeux et pressa la joue sur sa veste noire. Il sentait les chevaux, la graisse des harnais et le cuir. Des odeurs rassurantes, qui lui rappelaient ce qu'elle aimait le plus dans la vie. Tout ce qui était bon et joyeux en ce monde. Et Hartford en faisait partie, d'une certaine façon.

Felix signifait « joie », c'était ce qu'il lui avait dit. Il ne plaisantait qu'à moitié.

— Ainsi, votre cousin est arrivé finalement, observa-t-il. Et il est accompagné de sa mère, à ce que j'ai entendu.

Anne marmonna une réponse. Ses cils étaient gorgés de larmes, et elle répugnait à quitter ses bras.

— Je suppose que ça s'est mal passé, reprit-il.

Il lui effleura la tempe de ses lèvres, baissant la voix jusqu'au murmure :

— Qu'ils soient maudits. Ils ne méritent pas une seule de vos larmes.

— Je ne pleure pas, dit-elle en reniflant.

— Bien sûr que non. Les Furies ne pleurent pas. Elles enragent.

Glissant un doigt sous son menton, il leva son visage vers lui.

— Et si vous vous défouliez sur moi ? proposa-t-il. Je peux le supporter aisément.

Elle posa sur lui un regard désenchanté.

— Je suis trop découragée pour me mettre en colère.

Il plissa le front.

— Vous commencez à m'inquiéter.

— Je m'inquiète moi-même, admit-elle.

Il la dévisagea, le regard empli d'une soudaine détermination.

— Fort bien ! s'exclama-t-il en la libérant. Prenez votre chapeau et vos gants. Je vous emmène en promenade.

Hart jeta un nouveau regard inquiet à Anne tandis qu'il engageait son attelage dans le parc. Cela faisait fort longtemps qu'il n'avait pas eu le privilège de la conduire. Depuis leur rupture, elle aurait préféré boire du poison plutôt que de monter dans son phaéton. Mais aujourd'hui, elle n'avait formulé aucune objection. Elle l'avait autorisé à lui prendre la main pour l'aider à s'installer sur la banquette, comme si c'était tout à fait normal.

Pour lui, c'était loin de l'être.

Il était exagérément conscient de son corps près du sien, du poids de ses jupes contre sa jambe, et du contact intime de son bras frôlant le sien. Elle était calme et silencieuse tandis qu'elle observait avec une expression préoccupée les arbres qui défilaient et le tracé tortueux de la Serpentine.

Kestrel et Damselfly étaient joyeusement énergiques, après quelques jours de repos forcé. Comme chaque fois qu'il la sollicitait, l'épaule de Hart lui faisait un mal de chien.

Et il n'avait pas ménagé ses efforts au cours de la semaine. Quand il n'écrivait pas des lettres dans le Cumberland, ou aux contacts de la Parfit Plumbago Crucible Company à Inverness, il passait son temps avec les membres de la famille Neale pour démêler leur avenir.

Ou plutôt, l'avenir de Marcus.

Son demi-frère s'était persuadé qu'il allait le forcer à s'engager dans l'armée, et Hart s'était bien gardé de le détromper. À vrai dire, il ne savait pas ce qu'il allait faire de ce garçon. Il avait une idée ou deux dans sa manche, mais tout dépendrait de la façon dont les choses évolueraient avec William Webb.

Le contremaître de leur mine s'était montré intéressé par la proposition de diriger le développement de la compagnie en Écosse. Il avait envoyé un télégramme presque immédiatement en réponse à celui que Hart avait fait partir le jour où il avait été attaqué. Mais cela ne suffisait pas pour établir tous les détails d'une telle offre. Pour cela, Hart avait préféré s'appuyer sur une longue lettre.

Il attendait la réponse de Webb. Tant qu'il ne l'aurait pas, il serait bloqué. Tout comme la compagnie.

Et Marcus.

Ce n'était pas totalement une mauvaise chose de laisser le garçon mijoter quelque temps. Avec un peu de chance, la crainte de l'armée le ferait changer de comportement. Quant à ses associés, Hart était persuadé qu'ils accepteraient sa proposition de développement en Écosse, à condition que certains critères soient remplis.

Tout cela avait mobilisé son énergie pendant des jours.

Mais pas aujourd'hui. À présent, il était avec Anne, et toute son attention lui était consacrée.

— J'ai dû soigner l'antérieur droit de Kestrel, dit-il sur le ton de la conversation. Elle était au repos mais, comme vous le voyez, elle va beaucoup mieux.

— Elles se sont joliment développées, commenta Anne. J'en étais certaine.

— Vous avez eu une meilleure intuition que moi. À l'époque, à Sutton Park, tout ce que j'ai vu, c'est une paire de pouliches décharnées et capricieuses.

— C'est une bonne chose qu'un cheval soit un peu capricieux. Ça lui donne une étincelle.

— J'aime les créatures qui possèdent une étincelle, admit Hart.

Anne ne releva pas la plaisanterie et tourna la tête vers le lac, gardant ses mains gantées de noir crispées sur ses genoux.

— Joshua va vendre les vieux chevaux de Cherry Hill, dit-elle abruptement.

Hart lui lança un regard acéré.

— Quand ?

— Peu importe. Le problème, c'est que je ne peux rien y changer. Je ne peux absolument rien faire dans aucun domaine.

— Je suis sûr que c'est faux.

Anne ne répondit pas. Elle était de nouveau plongée dans ses pensées.

— Vous savez, dit-il, je crois que je commence à comprendre le problème.

— Avec les chevaux ?

— Avec vous.

Elle lui lança un regard harassé.

— Je ne suis pas d'humeur à me disputer avec vous.

— Ce n'est pas une dispute. C'est un fait. Vous avez perdu le contrôle de la situation.

Le visage d'Anne se crispa.

— Il n'y a qu'une chose à faire, dans ce cas, ajouta-t-il.

— Et quoi donc, je vous prie ?

— Vous m'avez donné la réponse vous-même, à Hardholme. Quand une lady perd le contrôle des choses essentielles de sa vie, elle doit compenser en exerçant un contrôle féroce sur la seule chose qui soit à sa portée.

Il mit Kestrel et Damselfly à l'arrêt.

— Tenez, dit-il. Il est grand temps que vous preniez les rênes.

Anne haussa les sourcils.

— Vous ne suggérez quand même pas que je conduise votre phaéton ?

— Ce n'est pas une suggestion, répondit-il tandis que les juments piétinaient nerveusement. Voulez-vous changer de place avec moi ? J'ai toujours trouvé plus facile de mener de ce côté.

Anne ne bougea pas. Elle le regardait comme s'il avait perdu la raison.

— Mais... vous ne laissez jamais personne mener votre équipage. C'est une question de principe chez vous.

Il eut un sourire.

— Vous êtes l'exception à la règle.

27

Anne mentirait si elle prétendait ne pas être tentée. Elle admirait depuis longtemps les juments de Hartford, et se targuait d'exceller dans la conduite d'un attelage. Elle hésita cependant.

— Je ne peux pas. Et si...

— Et si quoi ? Depuis quand êtes-vous aussi timorée ?

Anne se mordilla la lèvre. Elle avait sans doute fait preuve de courage par le passé, mais elle ne se sentait plus courageuse du tout. Pas quand elle avait à s'inquiéter de maman, d'Éris, et du déménagement imminent à Ludgate Hill.

— En outre, ajouta Hartford, vous me rendriez service. Mon épaule est très douloureuse. Je doute de pouvoir continuer à conduire sans empirer les choses.

— Qu'y a-t-il avec votre épaule ?

— Je ne vous l'ai pas dit ? Mon grand-père a insisté pour qu'un médecin m'examine. D'après ce dernier, je me serais démis l'épaule, et elle se serait remise en place quand je suis tombé sur la route. C'est en tout cas sacrément ennuyeux.

Anne en fut désolée pour lui. Malgré leur discorde depuis qu'ils avaient rompu, elle ressentait de la peine en songeant à la façon dont il avait été passé à tabac et jeté sur la route. Elle détestait l'idée qu'il souffre.

— Je ne le savais pas, dit-elle.

Il lui tendit les rênes.

— Allez-vous les prendre, oui ou non ?

Anne se décida rapidement.

— Fort bien.

Elle se leva, prenant appui d'une main sur l'arrière du siège.

— Poussez-vous.

Ils bataillèrent un moment pour changer de place, les jupes d'Anne s'emmêlant dans les jambes de Hartford, puis elle se laissa tomber sur la banquette et attrapa les rênes.

Les juments dansaient nerveusement, débordant d'une énergie que rien ne semblait pouvoir épuiser.

Un frisson traversa Anne tandis que les rênes vibraient entre ses mains.

— Elles sont terriblement puissantes, constata-t-elle.

Hartford passa le bras derrière elle, prenant appui sur le haut du dossier.

— Elles vous testent. Montrez-leur de quoi vous êtes capable.

Anne grimaça un sourire.

— Marchez ! dit-elle en les encourageant d'un claquement de langue.

Les juments bondirent en avant, adoptant un trot rapide.

— Seigneur !

— C'est bien, assura Hartford. Main légère, mais ferme. Vous savez ce que vous faites.

La jeune femme reprit confiance tandis qu'elle guidait Kestrel et Damselfly vers l'avenue. Les juments se déplaçaient avec une élégance folle, comme si elles flottaient au-dessus du sol. Elles étaient aussi sensibles aux doigts d'Anne que les cordes d'une harpe.

— Oh, elles sont merveilleuses ! s'exclama-t-elle.

Un gentleman qui montait un grand cheval de chasse s'arrêta pour les observer. Les splendides juments semblaient attirer l'œil des gens dans le parc. Ce n'était pas encore l'heure mondaine, mais le temps était clément et de nombreuses personnes étaient de sortie.

Anne sentit sur elle les regards réprobateurs d'un quatuor de matrones dans une calèche, d'une élégante lady qui cheminait à petits pas suivie de son groom, et de deux jeunes lords qui se mesuraient à la course.

Hartford n'eut aucune réaction. Il ne se préoccupait que d'Anne et de ses chevaux.

— Prenez à droite, dit-il. Il y a une longue allée déserte où vous pourrez les laisser se défouler à leur guise.

Anne lui obéit, écartant un peu plus l'attelage du trafic. Elle se rendit compte à quel point ils étaient loin lorsque le bruit de la foule s'évanouit, et qu'elle n'entendit plus que le clip-clop des sabots et les trilles d'un oiseau dans les branches.

— Maintenant, fit Hartford.

À l'aide d'un claquement de langue et d'un effleurement de fouet, Anne poussa les juments. Lorsqu'elles se mirent au galop, elle ne les retint pas, les laissant s'envoler.

Et c'était exactement ce qu'elles faisaient : elles volaient.

Le vent s'engouffrait sous la voilette d'Anne, lui giflant le visage tandis que le phaéton filait derrière les juments. Si des flammes avaient surgi sous les roues du véhicule, elle n'en aurait pas été surprise.

Il n'était pas étonnant que Hartford soit fou de son duo. Le mener était inspirant. Puissant. Et tellement exaltant que toute trace de tristesse, de doute ou de chagrin était effacée. C'était ce qu'Hélios devait avoir ressenti en conduisant le char solaire à travers le ciel.

— Reprenez-les un peu, dit-il. Ralentissez-les pour aborder le virage.

Elle appliqua davantage de pression sur les rênes. Les juments résistèrent, et Anne fut brièvement projetée en avant.

Le bras de Hartford s'enroula autour de sa taille pour la maintenir sur son siège.

— Réessayez, insista-t-il. Ne les laissez pas vous dominer.

Le cœur d'Anne se mit à battre plus vite au contact de son bras. De nouveau, elle referma les mains sur les rênes. Cette fois, soutenue par la force de Hartford, elle parvint à ralentir les juments avant le virage. Tandis qu'elles repassaient au trot, elles secouèrent la tête pour protester contre sa poigne.

— Tout doux, dit-elle. Tout doux...

— C'est bien, approuva Hart. Elles vous écoutent, maintenant.

Anne était troublée. Elle aurait voulu qu'il retire son bras de sa taille. Et dans le même temps...

C'était plutôt agréable.

Plus que ça. C'était en fait absolument merveilleux.

— Dois-je les remettre au pas ? demanda-t-elle.

— Non. Elles peuvent continuer à trotter pendant un moment.

Une note de solennité passa dans sa voix quand il ajouta :

— Ça me donnera l'occasion de discuter avec vous.

Elle lui lança un bref coup d'œil.

— Je ne peux pas parler lorsque je conduis. J'ai besoin de toute ma concentration.

— C'est moi qui vais parler, dit-il avec gravité. Tout ce que vous aurez à faire, c'est d'écouter.

Hart n'avait pas prévu de parler à Anne lors de cette promenade, et encore moins tandis qu'elle tenait les rênes de son phaéton. Il s'était dit qu'ils auraient une conversation dans le petit salon, qu'il lui confierait tout ce qu'il avait prévu de lui dire dans l'intimité de ces quatre murs.

Mais quand il l'avait vue si triste et si démoralisée, quand elle l'avait laissé la consoler, effondrée contre son torse tant elle était désemparée, il avait su que la maison des Arundell ne conviendrait pas pour ce qu'il avait à dire. Il devait emmener Anne loin de ce mausolée.

Et après tout, peut-être était-ce mieux ici, sous le ciel bleu, parmi les arbres, dans la chaleur du soleil estival. Au moins, elle ne lui tiendrait pas tête et ne l'empêcherait pas de dire ce qu'il avait à dire. Elle était trop occupée à maîtriser les juments.

Retirant son bras de sa taille, il s'écarta sur la banquette. Elle regardait droit devant, concentrée sur sa tâche.

Il observa son profil : ses longs cils noirs, ses pommettes ciselées, la courbe voluptueuse de ses lèvres roses...

Un élan d'affection lui serra le cœur.

Il n'avait cessé de penser à elle depuis une semaine. Au fait que, malgré des années de disputes et de ressentiment, elle avait volé à son secours dès qu'elle avait appris qu'il était blessé. Il s'était rappelé ce qu'elle lui avait dit quand il était étendu sur ce lit étroit, sans chemise et vulnérable.

« Aucun homme sur terre n'a jamais été aimé comme je vous ai aimé, Félix Hartford. »

Il avait passé les sept derniers jours en ayant l'impression d'être le plus grand fou de la planète.

— Quand je vous ai vue à Battersea, commença-t-il, je vous ai dit que vous pouviez compter sur ma visite dans les jours suivants.

— Je m'en souviens. Mais si vous pensez que vous êtes obligé de me demander en mariage parce que je me suis compromise en vous venant en aide, vous faites erreur. Il n'y a eu aucun ragot à ce sujet. Et si ça devait se produire, je n'ai pas besoin d'un gentleman pour défendre mon honneur. Je peux le faire toute seule.

— Je ne vais pas vous faire ma demande. Je vais vous présenter mes excuses.

Elle lui lança un regard médusé.

— Je vous demande pardon ?

— Oui, je sais. Je suis moi-même assez surpris.

Son intonation moqueuse s'évanouit aussi vite qu'elle était apparue, remplacée par une détermination solennelle.

— Voyez-vous, reprit-il, j'ai compris combien j'avais tort.

— À quel propos ?

— Je suis sérieux, Anne.

— J'aimerais mieux que vous ne le soyez pas. Vous m'agacez quand vous êtes sérieux.

— J'en suis désolé. Et je regrette sincèrement la façon dont je me suis comporté à mon retour d'Inde.

Percevant sans doute un léger relâchement de la part d'Anne, les juments changèrent de nouveau d'allure toutes seules.

Anne murmura un juron indigne d'une lady tandis qu'elle luttait pour reprendre le contrôle.

Hart posa sa main sur la sienne, l'aidant à ralentir Kestrel et Damselfly.

— Peut-être faudrait-il s'arrêter, après tout, suggéra-t-il.

Anne pinça les lèvres.

— Je suppose que nous n'avons pas le choix, si vous avez l'intention de continuer à dire des sottises.

Avec l'aide de Hart, elle immobilisa le duo le long d'une rangée d'arbres.

Ils étaient loin des autres cavaliers et promeneurs, à présent : seuls dans un endroit isolé du parc. Cela valait l'intimité dont ils auraient pu bénéficier ailleurs.

Hart mit le frein.

— Est-ce vraiment nécessaire ? s'étonna Anne.

— Je le crains, dit-il.

Elle se tourna sur la banquette pour lui faire face.

— Eh bien, je vous écoute.

Son ton impatient était démenti par la subtile roseur qui montait à l'assaut de son cou.

Hart ne la quitta pas du regard.

— J'ai beaucoup repensé à ce jour. Tout comme vous, il me semble. Durant notre voyage dans le Yorkshire, vous m'avez rappelé mes mots malheureux avec une étonnante précision.

— Je pouvais difficilement les oublier.

— Je ne les ai pas oubliés non plus. Cet ultimatum puéril que je vous ai lancé, les choses que j'ai dites... Anne, vous devez savoir que je n'en pensais pas un mot.

Dans les yeux de la jeune femme se lisait le souvenir de la douleur qu'il lui avait causée.

— Dans ce cas, pourquoi les avez-vous dites ? demanda-t-elle.

— Pour la même raison qui vous a fait dire ce que vous avez dit, je suppose.

Il lui adressa un bref sourire contrit.

— Nous étions trop jeunes.

Bouleversée, Anne détourna les yeux. Comment pourrait-elle regarder Hartford quand il lui disait de telles choses ?

Il avait raison, bien sûr. Ils étaient trop jeunes. Et cependant...

— Ce n'est pas une excuse, dit-elle.

— Non, bien sûr. Mais ça aide à expliquer les choses. Vous pleuriez votre père, et je me débattais toujours avec les révélations concernant le mien.

— C'est vous qui avez...

— Oui. Je dois assumer une grande partie des torts. J'étais plus âgé. J'aurais dû être plus attentif à vous. Ma seule excuse est que je vous désirais trop pour entendre raison.

Anne avait la gorge si serrée qu'elle était incapable de parler.

— Ce jour-là, à Grosvenor Square, continua Hartford, j'étais d'une humeur épouvantable. J'avais l'impression depuis longtemps que j'étais seul au monde. On pourrait dire, je suppose, que je me sentais abandonné. C'est ridicule, je sais. Je n'étais pas un enfant. Mais vous avoir signifiait tout pour moi.

Anne secoua la tête.

— Hartford...

— C'est ce qui m'a fait rentrer en Angleterre. Le seul espoir qui me réconfortait dans les moments les plus sombres. Et quand je suis finalement revenu... je ne pouvais pas supporter de vous attendre plus longtemps.

— Vous n'aviez pas du tout l'air de vouloir de moi, fit-elle remarquer.

— J'étais en colère, parce que vous donniez l'impression que je ne vous intéressais plus. Je pensais que vous agissiez comme mon père, que vous m'abandonniez pour quelqu'un d'autre. Quelqu'un de mieux. De plus estimable. Une personne qui avait votre cœur tout entier.

— Mais il s'agissait de ma mère.

— Ça ne faisait aucune différence. Pas à ce moment-là. J'étais déjà en train de panser mes blessures. Quand vous avez dit que vous ne pouviez pas quitter votre maison, j'ai oublié toute retenue. Je me suis défoulé sur vous de façon stupide et cruelle.

Ses paroles vibraient d'un regret sincère.

— J'avais encore besoin de grandir. Je suis désolé que cela ait été à vos dépens.

Anne chercha son souffle. Si Hartford était capable d'admettre ses erreurs, elle le pouvait aussi.

— Je n'étais pas irréprochable non plus, comme vous le savez.

Le regard de Hartford se posa sur son visage, et elle fut traversée par un frisson. Elle aurait préféré qu'il ne la regarde pas ainsi. Cela la rendait incapable de formuler une pensée cohérente.

— Que m'avez-vous dit qui était faux ? demanda-t-il.

— Je ne le répéterai pas.

— Ce n'est pas nécessaire. Les mots que vous avez exprimés à cette occasion sont marqués au fer rouge dans mon âme. Depuis, j'ai tout fait pour prouver que pas un seul n'était vrai. Je ne prétendrais pas que j'ai totalement modifié mon caractère. Ce serait impossible. Mais j'ai changé de toutes les façons qui importent. Je détesterais renoncer à tout amusement pour prouver que je suis quelqu'un de responsable. Mais s'il le faut...

— Je n'ai jamais critiqué votre bonne humeur, affirma Anne. Mais j'aurais voulu pouvoir compter sur vous. J'avais besoin de vous quand vous êtes revenu à Londres. Ma vie était...

Elle s'interrompit. À quoi bon ressasser le passé ?

— Ça n'a pas d'importance. C'est si vieux, tout ça. Nous étions jeunes, comme vous l'avez dit. Jeunes et naïfs. Nous ne...

Elle n'alla pas au bout de sa phrase alors que la main de Hartford se posait sur son visage.

Il la contemplait avec une tendresse douloureuse.

— Vous avez dit que vous m'aimiez. À Battersea. Plus qu'aucun homme n'avait été aimé.

Anne soutint son regard. Jamais elle ne s'était sentie aussi vulnérable.

— Je vous aimais.

— Alors donnez-moi une autre chance. Laissez-moi vous montrer que j'ai changé. Que vous pouvez compter sur moi, maintenant.

— Je sais déjà que vous avez changé. Votre relation avec votre demi-frère et sa famille en est la preuve. Mais je ne vois pas en quoi mon opinion pourrait avoir de l'importance...

— Votre opinion est la seule qui compte pour moi, assura-t-il. Je tiens encore à vous, Anne. Je veux que vous fassiez partie de ma vie.

— Je fais partie de votre vie.

— Pas comme ça. Je veux redevenir votre ami. Votre véritable et plus fidèle ami.

Il caressa doucement la courbe de sa joue du bout de son pouce.

— Je sais que je vous ai blessée. Je sais que vous ne me faites plus confiance. Mais je vous en prie, laissez-moi me rattraper. Laissez-moi vous rendre visite à Grosvenor Square.

Anne trembla sous sa caresse.

— Vous ne pouvez pas.

— Pourquoi cela ?

Une lueur d'angoisse passa dans le regard de Hartford.

— Parce que vous ne pouvez pas me pardonner ? demanda-t-il, anxieux.

— Parce que… c'est trop tard.

Les larmes lui brûlaient les yeux, mais elle refusa de les laisser couler.

— Nous quittons Mayfair, précisa-t-elle. Je croyais que vous en aviez entendu parler.

La main de Hartford glissa lentement de son visage, lui laissant une sensation de vide et de froid.

— Je l'ignorais. J'ai été coincé toute la semaine avec mes associés et avec ces fichus Neale, à essayer de mettre de l'ordre dans la vie de Marcus. Je n'ai même pas ouvert un journal.

— Je doute que ce soit dans les journaux, mais c'est pourtant vrai. Mon cousin et sa mère voudraient que nous nous retirions dans la maison du douaire à Cherry Hill.

Hart se rembrunit aussitôt.

— Il n'en est pas question !

— Bien sûr que nous n'irons pas. Mais nous quittons Mayfair. Ma mère a loué une maison à Ludgate Hill.

— Ludgate Hill ?

Hart était éberlué.

— Vous plaisantez ?

— Je le voudrais. Maman est convaincue que c'est un lieu de grande puissance spirite. Un temple romain aurait existé sur le site de St Paul. Elle a trouvé une maison grâce à l'une de ses relations dans le milieu du spiritisme.

— Seigneur..., murmura Hartford.

— Nous avons presque terminé de préparer notre déménagement. Il ne nous reste plus qu'à régler le sort des chevaux et celui d'Éris.

— Qui diable est Éris ?

— Mon chaton. Mme Blunt me l'a envoyé du manoir des Chardonnerets.

La voix d'Anne se brisa.

— Le pire est que je l'ai prise en affection. À présent, je dois lui trouver un autre foyer en ville, ou alors je devrai la renvoyer dans le Yorkshire.

Elle se mordit la lèvre et ajouta :

— Je suppose que vous n'envisageriez pas...

— D'héberger votre chat ?

Hart esquissa un sourire.

— Je suppose qu'elle tient son nom de la déesse Éris ?

— En effet, admit Anne.

Il eut un bref éclat de rire.

— Eh bien, pourquoi pas ? Je suppose que c'est un début dans notre opération de réconciliation.

Si Anne n'avait pas tenu les rênes, elle aurait jeté ses bras autour du cou de Hartford en signe de gratitude.

— Merci, dit-elle. Vous ne savez pas ce que cela signifie pour moi, Hart.

— Vous m'appelez Hart, à présent ? On dirait que mon acte de gentillesse totalement intéressé porte déjà ses fruits.

— Ne plaisantez pas.

— Je ne plaisante pas.

Son sourire s'évanouit, et son regard redevint sérieux.

— Je ferais tout pour vous, ma chérie. Ne le savez-vous toujours pas ?

Le cœur d'Anne s'emballa follement.

— Je ne le savais pas.

— Alors, laissez-moi vous le prouver. Pourrai-je vous rendre visite à Ludgate Hill ?

Anne sentit ressurgir une réticence familière.

C'était une hésitation née d'une vieille douleur. Un chagrin qu'elle avait nourri pendant des années et qui avait fini par se transformer en amertume persistante. Elle n'était pas tout à fait certaine de pouvoir passer outre.

Mais Hartford avait parlé de lui rendre visite, pas de la courtiser. Quels que soient ses sentiments pour elle, il ne lui offrait rien d'autre que de renouer leur amitié.

Pour le moment.

— Fort bien, dit-elle finalement. Mais ce ne sera pas très pratique pour vous. Les rues du quartier sont terriblement encombrées la plupart du temps. Vous serez coincé entre des omnibus et des charrettes de fruits.

Les yeux bleus de Hartford pétillaient de détermination.

— Je vous ai attendue presque sept ans. Croyez-vous vraiment qu'un peu de circulation va me tenir à l'écart ?

28

Hart acheva de lire la lettre qu'il avait reçue de William Webb avec un intense sentiment de satisfaction. Non seulement celui-ci acceptait de se rendre en Écosse, mais il était pressé de le faire. Si cette expédition était fructueuse, ce serait une belle promotion pour lui. La chance de mener une nouvelle vie, à un poste lui conférant davantage d'autorité.

Hart n'avait plus maintenant qu'à entériner cette décision avec ses associés de l'usine de creusets.

Après avoir réussi, non sans mal, à trouver un bloc de papier à lettres et un crayon dans l'invraisemblable désordre qui régnait sur le bureau de son grand-père, il rédigea des courriers à l'intention de Parfit, Goodbody et Acker pour les convier à une réunion le lendemain. Quand ce fut fait, il les signa et les cacheta, puis il sonna un valet pour les faire livrer.

Le domestique apparut en un temps record.

— Lord March vous demande, monsieur, dit-il en prenant les lettres. Il est dans le jardin.

— Naturellement. Où pourrait-il être ?

Hart quitta la bibliothèque pour se mettre en quête de son grand-père.

À cette heure, le vieil homme était généralement dans sa serre. La vaste structure de verre était située tout au fond du jardin. La plupart des fleurs qui l'entouraient avaient fané à mesure qu'un temps plus frais s'était installé, mais l'intérieur de la serre flamboyait de toute une gamme de couleurs.

Grand-père en émergeait justement, le visage illuminé par l'enthousiasme.

— C'est enfin arrivé ! s'exclama-t-il. Viens voir !

Hart le suivit vers le carré de terre partiellement ombragé où ils avaient transplanté ensemble les lis de l'Himalaya, un peu plus tôt au cours de l'été.

Trois larges plants s'y alignaient, avec suffisamment d'espace entre eux. Leur taille était véritablement imposante. Garnies de luxuriantes feuilles vert foncé en forme de cœur, les hampes robustes s'élevaient à plus d'un mètre au-dessus du sol.

— Voilà, dit grand-père. Qu'en penses-tu ?

Il n'y avait pour le moment qu'une seule fleur en forme de trompette. Sa couleur crème et ses pétales recourbés, révélant un cœur d'un rouge vibrant, en faisaient un trésor d'exotisme d'une beauté rare.

— Tu as eu raison de recommander un changement de terre, ajouta grand-père. Il ne fallait pas autre chose. À présent, je suis certain que d'autres fleurs suivront.

Hart se pencha pour sentir le lis.

Une entêtante fragrance de vanille emplit ses narines, lui évoquant quelque chose.

Ou quelqu'un.

— Il aura fallu attendre presque sept ans, commenta grand-père avec fierté. Mais nous avons réussi. Nous l'avons enfin vu fleurir !

Il regarda Hart, guettant sa réaction.

— Eh bien ? N'as-tu rien à dire, mon garçon ?

— Une seule chose.

Un large sourire s'épanouit sur le visage de Hart.

— Il était sacrément temps !

Plus tard dans l'après-midi, Hart s'arrêta à Grosvenor Square pour récupérer le chaton d'Anne. La maison des Arundell bruissait d'activité. Les femmes de chambre couraient en tous sens, les valets descendaient des coffres de l'étage, et des sacs s'amoncelaient dans le hall.

Lady Arundell était absente, et Anne ne savait plus où donner de la tête. Elle le rejoignit dans le petit salon quelques minutes après son arrivée. Ses yeux étaient cernés, et des mèches folles s'échappaient de ses tresses. Elle tenait entre ses bras une caisse en bois à claire-voie. À l'intérieur se trouvait un chaton noir, recroquevillé sur ce qui semblait être l'un des châles de cachemire de sa maîtresse.

— Elle a peur, dit Anne en lui présentant la caisse. Vous devrez être patient avec elle. Et vous ne devrez pas la laisser sortir de la maison tant qu'elle ne se sera pas habituée aux lieux. Sinon, elle pourrait se perdre en ville.

Hart écouta patiemment tandis qu'elle détaillait tout ce qu'aimait et n'aimait pas le chaton. Elle était attachée à la petite créature, c'était évident. Il n'y eut pas de larmes ni d'adieux déchirants, mais il connaissait suffisamment Anne pour reconnaître la tension dans sa posture.

— Vous pouvez me faire confiance en ce qui la concerne, assura-t-il en prenant la caisse.

« Vous pouvez me faire confiance, point final », avait-il envie de dire.

Mais les promesses n'étaient que des mots. La seule façon de prouver à Anne qu'il était digne de confiance, c'était d'agir en conséquence.

— Nous partons demain, annonça-t-elle. Je n'ai pas une minute à perdre. Il y a encore tellement à faire...

— Je ne vais pas vous retenir plus longtemps.

Elle lui adressa un pauvre sourire, avant de prendre congé.

Hart porta la caisse jusqu'à son phaéton. Il la posa à l'intérieur puis, après avoir remercié le garçon d'écurie qui tenait les juments, il se hissa sur la banquette.

Il prenait les rênes quand un mouvement sur le côté attira son attention.

Aussitôt, il tourna la tête pour vérifier de quoi il s'agissait. Depuis sa mauvaise rencontre à Battersea, il était devenu sensible à la moindre alerte. Mais il ne découvrit, en regardant vers le square, qu'un jeune homme appuyé contre un réverbère.

Sa casquette était rabattue sur son visage, mais sa silhouette efflanquée était aisément reconnaissable. Il s'agissait du jeune arpète rencontré au bureau de Gabriel Royce.

Dès qu'il vit qu'il avait été repéré, le garçon détala à travers la pelouse et disparut rapidement de son champ de vision.

Hart ressentit une troublante appréhension.

Soit le garçon était là par pure coïncidence, soit Royce lui avait demandé de le suivre dans un but précis. Si c'était le cas, il ne pouvait y avoir qu'une explication.

Hart n'avait pas oublié la lueur calculatrice dans le regard de Royce quand celui-ci avait soupçonné Marcus d'être le petit-fils illégitime du comte de March. De toute évidence, Royce allait chercher à en savoir plus sur le sujet. Une fois qu'il aurait appris la vérité, il pourrait s'en servir pour les faire chanter.

Hart pensa aussitôt à son oncle Brookdale.

Un homme tel que Royce ne pourrait retirer que des avantages à tenir à sa merci un membre du Parlement.

— Hartford ?

Un gentleman aux cheveux clairs montant un grand hongre bai s'était approché.

— Arundell, dit Hart d'un ton courtois.

Il n'avait fait la connaissance du nouveau comte que récemment. Ils étaient tous deux membres du même club à St James's Street. L'un des amis de Hart les avait présentés en passant. Sur le point de partir, Hart s'était contenté d'échanger quelques mots avec le jeune homme. Cela lui avait suffi pour se forger une opinion.

— Quelle belle paire de juments vous avez là ! commenta Arundell en arrêtant son cheval le long du phaéton. Les avez-vous trouvées à Tattersalls ? Je n'ai hélas rien repéré de cette qualité durant mes visites.

Hart pensa aussitôt à Anne, et à ce qu'elle lui avait confié durant leur promenade à Hyde Park.

— J'ai cru comprendre que vous vous étiez rendu aux ventes très souvent, ces derniers temps.

— J'ai présenté quelques-uns des chevaux de mon domaine. Mais personne ne mord. J'aurais mieux fait de les céder directement à l'équarisseur.

La mâchoire de Hart se crispa imperceptiblement.

— Je pourrais être intéressé.

Arundell ricana.

— Par ces vieilles carnes ? Vous ne pouvez raisonnablement souhaiter en acquérir un.

— Non, en effet, répondit posément Hart. Je souhaite les acheter tous.

— Je ne veux pas d'adieux larmoyants, dit Anne tandis qu'elle raccompagnait ses amies Evelyne et Stella à la porte pour la toute dernière fois.

La calèche de M. Fielding attendait devant la maison. Le gentleman lui-même était encore à l'intérieur avec la mère d'Anne. Cette dernière avait préféré les laisser seuls, leur accordant un peu d'intimité.

C'était grâce à l'absence de Joshua et de Mme Deveril qu'elles avaient pu disposer de cette intimité. Le nouveau comte et sa mère s'étaient rendus à Bond Street pour se procurer une nouvelle garde-robe. Leur retour n'était pas attendu avant la fin de l'après-midi. D'ici là, Anne et sa mère seraient parties.

Au moins, Joshua n'était pas resté pour s'assurer qu'elles n'emportaient pas l'argenterie familiale. Une petite consolation. C'était déjà assez difficile de faire ses adieux à la maison sans avoir à le faire sous les yeux du nouveau propriétaire.

— Ce n'est pas un adieu, dit Evelyne en haut du perron.

Les jupes de sa robe de mousseline blanche heurtèrent celles de la sévère tenue noire d'Anne tandis que les deux amies s'embrassaient avec effusion.

— Non, bien sûr, répondit Anne d'une petite voix mélancolique. Nous allons nous revoir très vite.

— Naturellement. Mon oncle a prévu de vous rendre visite à Ludgate Hill pas plus tard que jeudi.

— Nous serons à peine installées. Mais ma mère n'y verra pas d'inconvénient. Elle sera ravie de recevoir ton oncle aussi souvent qu'il le souhaitera.

Stella tira sur ses gants de chevreau teints en noir, qui juraient avec sa robe bleu marine ornée d'un modeste col en dentelle amidonnée.

— Ils sont tellement dévoués l'un à l'autre, remarqua-t-elle. C'est à se demander…

— En effet, dit Anne. Mais je ne pense pas que l'idée ait jamais traversé l'esprit de maman.

Evelyne sourit.

— Tu ne la crois pas capable de tendres sentiments ?

Une calèche passa dans la rue, le claquement des sabots se mêlant aux autres bruits montant du square : les appels d'une servante en saluant une autre, les cris de joie de deux enfants qui marchaient dans l'herbe en compagnie de leur nounou… Le ciel était gris et le temps notablement plus frais, mais il ne faisait pas encore assez mauvais pour que les gens renoncent à sortir.

— Bien sûr que si, répondit Anne. Mais pas en ce sens. Elle est toujours amoureuse de mon père.

— Une lady peut avoir plusieurs grands amours dans sa vie, déclara Evelyne.

Stella grimaça.

— Je me considérerais comme chanceuse d'en avoir au moins un.

Les trois amies descendirent en riant les marches menant à la rue. Puis Evelyne et Stella montèrent dans la calèche, avec l'aide du valet de M. Fielding.

Anne resta devant la porte ouverte.

— Ce n'est pas comme si je m'installais à Newcastle, lança-t-elle. Nous trouverons un moyen de nous retrouver, c'est promis.

Derrière elle, sa mère et M. Fielding émergèrent du hall, en pleine conversation.

— ... et vous aussi, disait maman tandis qu'ils descendaient les marches du perron.

— Vous êtes trop bonne, répondit M. Fielding.

— Sottises. Vous serez toujours le bienvenu chez moi, où que j'aille. Et si les esprits sont bien disposés dans ce lieu, comme l'affirment Mme Frazil et Mme Blakely-Strange, qui sait si Ludgate Hill ne nous sera pas bénéfique à tous les deux ?

M. Fielding s'inclina au-dessus de la main de la comtesse.

— Je vous souhaite une bonne installation, milady.

Maman resta à côté d'Anne tandis que la calèche de M. Fielding s'éloignait.

— Le pauvre homme. Il est troublé à l'idée que je quitte Mayfair. On pourrait croire que je déménage sur la lune.

— C'est un peu cela, dit Anne. Ludgate Hill est un monde tellement différent de celui que nous connaissons.

— Je l'espère bien. Car j'en ai soupé de celui-ci !

Dès que la calèche eut disparu au bout de la rue, maman rentra dans la maison.

— Ne lambine pas, Anne. Il y a encore fort à faire avant notre départ.

— Oui, maman.

Malgré l'ordre de sa mère, Anne s'attarda quelques instants en bas du perron.

Elle répugnait à retourner à l'intérieur.

Au cours de la semaine, la maison avait pris l'apparence d'un hôtel inhospitalier où on aurait accordé à sa mère et à elle la faveur de demeurer sans avoir à payer leur chambre. Une bien triste situation, assurément.

Anne en était profondément blessée.

Depuis qu'elle était rentrée de sa promenade avec Hartford, la semaine dernière, une douleur constante s'était installée dans sa poitrine.

Le fait que la mère de Joshua ait engagé une armada de nouveaux domestiques n'avait aidé en aucune façon. La maison, autrefois confortable et accueillante, ne ressemblait à rien de ce qu'elle avait connu.

Horbury, Mme Griffiths, Hortense et le cocher avaient donné leur démission pour rester avec la comtesse douairière. Jeanette, la femme de chambre d'Anne, et son garçon d'écurie avaient fait de même. Ils s'étaient tous rendus à Ludgate Hill pour préparer la maison et installer la modeste écurie qui se composait de Saffron, de deux chevaux de trait et d'un vieux cheval de selle dont Joshua se serait sinon débarrassé.

Quand Anne et sa mère y arriveraient cet après-midi, peut-être l'étrange petite maison ressemblerait-elle à un vrai foyer ? Anne l'espérait de tout son cœur.

Avec un soupir, elle pivota pour monter les marches.

— Lady Anne ? susurra une voix mielleuse. Comme vous avez changé, depuis notre dernière rencontre au parc...

Anne retint un grommellement. Bonté divine, il ne manquait plus que ça !

S'armant de courage, elle se retourna pour faire face à lady Heatherton.

La vicomtesse portait une robe d'après-midi en soie violette à la dernière mode. Comptant parmi leurs proches voisins, elle résidait quatre maisons plus loin. Il était donc impossible de l'éviter.

C'était pourtant ce qu'Anne avait recommandé à ses amies de faire. Non parce qu'elle était intimidée par cette femme, mais parce qu'elles devaient toutes trois penser à leur réputation. Il était inutile de provoquer sans raison lady Heatherton.

Mais Anne ne se souciait plus guère de sa réputation, à présent.

Elle avait fait preuve de diplomatie à l'égard de la vicomtesse parce qu'elle y était obligée. Parce que lady Heatherton était une aristocrate de haut rang à la fortune considérable. Mais c'était avant tout une redoutable harpie. Une femme haineuse, qui aimait particulièrement cracher son venin sur Anne et ses amies.

Autrefois, cela pouvait passer pour des méchancetés insignifiantes mais, après le comportement de lady Heatherton envers Evelyne et M. Malik dans les jardins de Cremorne, puis envers Stella au parc, Anne estimait qu'il s'agissait de quelque chose de beaucoup plus grave.

— Avez-vous été malade ? demanda lady Heatherton d'un ton sirupeux et faussement inquiet. Vous paraissez si pâle et si faible.

— Assurément pas, répondit Anne.

— Je sais pourtant ce que je vois. Vous êtes tristement transformée, pauvre créature.

La femme de chambre de la vicomtesse rôdait derrière elle, le visage pincé et l'air très intéressé par la conversation. Anne savait que l'échange serait fidèlement rapporté aux autres domestiques le soir même. Dès demain, la rumeur courrait dans tout Mayfair.

Anne n'avait pas l'intention de perdre la face.

— Peut-être devriez-vous envisager une visite chez l'oculiste, suggéra-t-elle sur le même ton mielleux. Il paraît que l'âge affecte inévitablement la vision.

Le sourire narquois de lady Heatherton s'évanouit.

— Je n'ai aucun problème d'acuité visuelle. Tout le monde peut voir que vous quittez Grosvenor Square. Je me suis même laissé dire que vous quittiez Mayfair.

— C'est exact.

— Et vous ne reviendrez pas ?

Une lueur de joie mauvaise éclairait le regard de la vicomtesse.

— Quel dommage. Surtout pour une fille non mariée d'un âge avancé. Comment pourrez-vous continuer à faire partie de la société, si vous vous éloignez ? Ce ne sera guère pratique de faire le trajet depuis... Que m'a dit ma femme de chambre, déjà ?

Elle fit mine de réfléchir.

— Ludgate Hill ? Parmi les drapiers et les merciers ?

La vicomtesse gloussa.

— Je suis flattée d'apprendre que nous vous manquerons, dit sèchement Anne.

— Oh, mais pas le moins du monde. Votre mère et vous n'avez eu de cesse de me snober. La seule chose qui pourrait m'enchanter davantage que le fait de ne plus jamais vous revoir serait que vous emmeniez les détestables bas-bleus qui vous servent d'amies.

— Je doute que quoi que ce soit puisse vous satisfaire, rétorqua Anne.

Le sourire de lady Heatherton disparut.

— Qu'avez-vous dit ?

Anne haussa une épaule avec désinvolture.

— Seulement que vous êtes une femme malheureuse. Et il n'y a rien de plus ennuyeux qu'une personne insatisfaite qui déverse sa hargne sur tous ceux qu'elle croise. Vous êtes devenue insupportable, franchement. Je vous conseillerais de vous trouver un passe-temps.

— Espèce de petite garce arrogante...

Furieuse, lady Heatherton fit un pas en avant.

Anne ne bougea pas d'un centimètre.

— Rentrez vos griffes, madame. Ou je pourrais être tentée de sortir les miennes.

Le visage de la vicomtesse s'empourpra violemment.

— Est-ce une menace ?

Elle avança encore d'un pas.

— Vous n'avez plus aucun pouvoir. Aucune place dans la société. Votre situation a définitivement changé. Et vous avez l'audace de...

Elle éructait d'un air outré.

— Qui croyez-vous être ?

Anne se redressa de toute sa taille, la colonne vertébrale aussi raide qu'une barre de fer.

— Je suis lady Anne Deveril, la fille du comte et de la comtesse d'Arundell. Peu importe où je vis, c'est quelque chose qui ne changera jamais.

Sur ces mots, elle tourna le dos à l'assommante mégère et, tête haute, rentra dans la maison.

Maman était dans le hall, expliquant à l'une des domestiques où déposer une pile de cartons.

— Qui était-ce, dehors ? demanda-t-elle à Anne.

— Lady Heatherton. Je crains que nous n'ayons eu des mots.

— Vraiment ? fit maman, l'air distrait. J'espère que tu n'as pas été trop brutale.

— Pas du tout, assura Anne avec désinvolture. Je ne l'ai même pas touchée.

29

Un gémissement étouffé émana du dressing de Hart. Quelques instants après, Éris s'aventura hors de la pièce. Sa fourrure noire était hérissée, de sorte qu'elle paraissait deux fois sa taille. Bishop la suivait, tamponnant à l'aide d'un mouchoir sa main barrée d'une griffure ensanglantée.

Hart, qui était en train de nouer sa cravate, interrompit son geste.

— Je croyais vous avoir dit de ne pas essayer de la prendre.

— Elle faisait ses griffes sur votre nouvelle veste de conduite, monsieur, expliqua Bishop d'un ton outré. Je ne cherchais qu'à l'en éloigner.

— Elle n'aime pas être déplacée contre son gré, dit tranquillement Hart. Vous ne pouvez la toucher que si elle le permet.

Bishop lança un regard peu amène au chaton qui s'enroulait autour des jambes de Hart.

— Comment pourrais-je savoir si elle le permet ?

Hart se frappa le torse du plat de la main. En réponse, Éris sauta sur la jambe de son pantalon. Puis, avec l'agilité d'une panthère miniature, elle grimpa jusqu'à son épaule et vint frotter sa tête contre sa joue.

— Vous le saurez, dit-il.

Il se félicitait des progrès qu'il avait accomplis avec le caractériel chaton. Il avait suffi pour cela de quelques coupelles de lait tiède, de mots gentils, et d'une bouillotte placée sous une couverture.

Une semaine plus tard, Éris dormait sur le lit de Hart toutes les nuits, l'accueillait en ronronnant tous les matins, et se faisait régulièrement une place sur son épaule.

Hart était convaincu que le chaton se prenait pour un perroquet.

— Lady Anne viendra-t-elle bientôt la récupérer ? demanda Bishop d'un ton empli d'espoir.

Décrochant Éris de son épaule, Hart la déposa doucement sur le lit. Elle se nicha aussitôt dans le châle en cachemire d'Anne, qui occupait une place permanente à côté de l'oreiller de Hart.

— Je ne le crois pas, dit-il en soulevant sa veste drapée sur le dossier d'une chaise. Mais ne désespérez pas. Éris finira par s'habituer à vous.

Bishop lui lança un regard dubitatif.

— Si vous le dites, monsieur.

Hart sortit de la chambre tout en enfilant sa veste et se dirigea vers le salon où sa famille s'était rassemblée pour prendre un verre avant le repas.

Tante Esther avait pris place dans un fauteuil capitonné à côté de grand-père, et sirotait un verre de sherry. Mariah était assise un peu plus loin sur le divan, les bras croisés et le visage boudeur, dans une posture puérile.

Brookdale se tenait devant le manteau en marbre de la cheminée. Il parlait politique, comme d'habitude. Quelque chose à voir avec le nouvel opposant libéral qu'il avait battu lors de sa récente élection dans le Hampshire.

Il s'arrêta au milieu d'une phrase en apercevant Hart, et fronça les sourcils d'un air désapprobateur.

— Félix, dit-il. Ces contusions sont disgracieuses.

— Vraiment ?

Hart se pencha pour embrasser la joue de sa tante.

— Je pensais qu'elles me donnaient un certain charme.

— Ne faites pas attention à lui, dit tante Esther. Nous savons qu'il faut du temps pour que vos blessures guérissent. Mais... si vous pouviez faire en sorte que ces bleus disparaissent un peu plus vite...

— Ma constitution fait de son mieux, madame, répondit-il en essayant de garder son sérieux.

— Assieds-toi, mon garçon, dit son grand-père, et vois si tu peux égayer un peu ta cousine.

Le comte de March désigna le divan, avant de reprendre sa conversation avec Brookdale.

— Cobb n'est pas un gentleman, voilà tout, décréta-t-il.

— S'il l'avait été, il aurait accepté son échec de bonne grâce, renchérit Brookdale. Au lieu de quoi, il fouine dans mon passé en espérant déterrer un scandale. Il veut absolument discréditer mon autorité morale.

Grand-père eut un gloussement dédaigneux.

— Il sera déçu. Notre famille compte peut-être quelques excentriques, mais je suis heureux de pouvoir dire que l'immoralité n'a jamais pris racine dans la lignée Hartford.

— Tout à fait, approuva Brookdale en buvant une gorgée de sherry. Je lui ai dit de faire comme bon lui semblait. Ma conduite, que ce soit en public comme en privé, est irréprochable. Il ne trouvera rien pour me nuire.

Hart fit de son mieux pour ignorer la conversation.

Il n'avait pas envie de penser à la carrière politique de son oncle, alors qu'une menace flottait à l'horizon.

L'arpète de Royce avait réapparu. Il traînait du côté de Rotten Row deux jours plus tôt, alors que Hart y menait son attelage.

On ne pouvait plus croire à une coïncidence.

Pas deux fois en si peu de temps.

Royce avait dû envoyer le garçon. Mais tant qu'il ne bougerait pas, Hart ne pouvait rien faire d'autre qu'attendre, observer et tenter de ne pas s'inquiéter.

C'était plus facile à dire qu'à faire.

Il s'était déjà investi jusqu'à l'épuisement pour réussir à maintenir un équilibre entre les besoins du comté, ses affaires et son cœur. Si on ajoutait la carrière politique de Brookdale et l'avenir incertain de la famille Neale, jongler avec toutes ces balles devenait très compliqué.

Personne ne pouvait vivre indéfiniment de cette façon. Pas même Hart.

Il s'assit à côté de sa cousine.

— Avez-vous vraiment eu un accident de la circulation ? demanda-t-elle, l'air suspicieux.

— On dirait que vous n'y croyez pas.

— En effet. Vous n'auriez jamais accidenté votre phaéton.

— J'apprécie votre foi en mes talents de conducteur. Mais il ne s'agissait pas de mon phaéton. C'était un coche en fort mauvais état, que j'ai eu la malchance de conduire durant un bref déplacement de l'autre côté du fleuve.

— On dirait que quelqu'un vous a rossé.

Hart esquissa un sourire.

— Vraiment ? Vous semblez penser que je mène une vie follement excitante.

— N'importe quelle vie est plus excitante que la mienne, répliqua-t-elle avec humeur. On me garde prisonnière à Mount Street.

— Pour quelle raison ?

— Vous ne comprendriez pas. Et je n'ai pas envie de vous le dire, après la façon dont vous vous êtes comporté avec moi au bal des Ramsey.

— Vous dites ça parce que je n'ai pas voulu vous conduire à Richmond Park ?

Il l'évalua du regard et ajouta :

— Ne me dites pas que vous avez essayé de vous y rendre malgré tout ?

— Comment aurais-je pu ? Ma femme de chambre a refusé de m'accompagner, et l'omnibus était si bondé et si sale…

— Vous êtes réellement montée dans un omnibus ?

Hart était surpris. Il ne pensait pas que sa cousine en aurait le cran.

— En fait, je n'y suis pas montée.

— Ah.

— Mais je l'ai attendu, et j'ai vu dans quel état il était. Que pouvais-je faire d'autre que de retourner tout droit à Mount Street ? Ça a été épouvantable. J'ai dû marcher tout le long. Et j'avais mes nouvelles bottes en maroquin vert, en plus ! J'ai éraflé le cuir. Et j'ai déchiré l'ourlet de mon nouveau cotillon.

Hart ne fut pas ému par les mésaventures vestimentaires de sa cousine.

— Considérez cela comme une juste punition pour votre déraisonnable idée, dit-il.

Il redoutait d'envisager quel autre projet insensé Mariah pouvait être en train de concocter dans son jeune cerveau.

— J'imagine que votre matelot a renoncé à vous ?

Mariah rougit.

— Je vous ai dit qu'il n'était pas marin. Et je ne dirai rien de plus à son sujet, si vous persistez à vouloir le tourner en ridicule.

— Vous a-t-il demandé de le retrouver ailleurs ?

— Lady Anne vous a-t-elle demandé de la retrouver ? rétorqua Mariah, avec un brin d'esprit.

Les yeux de Hart s'étrécirent.

— Laissons lady Anne en dehors de ça.

— Que dites-vous à propos de lady Anne ? intervint Brookdale.

— Cela concerne-t-il sa visite dans le New Hampshire pour les fêtes ? s'enquit grand-père.

Brookdale ne cacha pas sa stupeur.

— Tu l'as invitée à Sutton Park ? demanda-t-il à son neveu.

— Lady Grantley m'a dit que lady Anne avait été vue la semaine dernière en train de conduire votre phaéton au parc, lança tante Esther. Je lui ai répondu que c'était impossible car mon neveu ne permet jamais à quiconque, pas même à son garçon d'écurie, de mener ses juments.

— C'est exact, fit Mariah. Mlle Dodson m'a dit la même chose. Lady Anne menait un train d'enfer, et Hart avait un bras autour de sa taille.

L'expression de Brookdale se fit menaçante.

— Pardon ?

Hart soupira. Comment se faisait-il que chaque réunion familiale se transformait en référendum au sujet de sa vie personnelle ?

Il se leva pour se diriger vers la desserte, et se servit un grand verre de sherry.

— À votre place, je ne prêterais pas l'oreille à tous les ragots qui circulent parmi la bonne société, dit-il avec détachement.

— N'y a-t-il pas une part de vérité ? demanda grand-père.

— En effet. J'ai bien laissé lady Anne conduire mon attelage.

Le silence s'abattit sur la pièce.

Lorsque Hart se retourna finalement, son verre à la main, il se trouva face à quatre visages stupéfaits.

Tante Esther fut la première à s'exprimer.

— Lady Arundell et sa fille ont quitté Grosvenor Square. Il n'y avait pas signe d'elles quand j'ai rendu visite au comte et à sa mère hier. Il s'est montré très attentif auprès de Mariah, n'est-ce pas, ma chérie ?

— Oui, maman. Il a dit qu'il était désolé d'avoir manqué mes débuts dans le monde. Mais il a promis de donner un bal la saison prochaine, et m'a demandé d'en choisir la date.

Tante Esther était aux anges.

— N'est-ce pas merveilleux de sa part ?

— Positivement, acquiesça Brookdale. Mais j'aimerais savoir ce qui se trame entre Félix et la fille Deveril.

Le comte de March observa son petit-fils d'un air pensif.

— Que signifie tout cela, mon garçon ?

— Simplement que nous avons renoué notre amitié.

Un sourire béat menaçait de naître sur ses lèvres. Il ne parvenait toujours pas à y croire.

— Je lui rendrai visite demain à Ludgate Hill.

Et si elle désirait de nouveau prendre les rênes, il la laisserait faire bien volontiers.

30

— Si tu t'inquiètes de son bien-être, dit maman en relevant la tête de la lettre qu'elle rédigeait, tu n'as qu'à le renvoyer à Cherry Hill.

Anne se tenait sur le seuil du salon, échevelée et la robe froissée. Elle revenait de la modeste écurie bâtie derrière la maison, où elle avait passé une heure à tenter d'installer Saffron.

Malgré le désir de Joshua de le garder, Anne n'avait pas eu de mal à prouver que l'étalon lui appartenait bel et bien. Grâce à son père, elle avait les papiers pour le démontrer. À l'époque, il avait insisté pour que Saffron soit enregistré à son nom. Le lien entre un cheval et son cavalier était sacro-saint, avait-il affirmé.

Toutefois, papa n'aurait pu imaginer que sa fille serait un jour contrainte de vivre à Ludgate Hill.

L'étalon était anormalement agité et de méchante humeur depuis leur arrivée, sans doute à cause de la taille réduite de sa stalle et de la constante clameur de la rue.

Il était malheureux ici.

Et Anne aussi.

— Cherry Hill ne nous appartient plus, rappela-t-elle à sa mère.

Celle-ci se remit à écrire.

— Non, bien sûr. Tu as raison.

Sa plume grattait activement le papier.

— Maman ? insista Anne avec une irritation grandissante.

— Qu'y a-t-il, ma fille ? J'espère qu'il ne s'agit pas encore de récriminations à propos de ton étalon. Je te l'ai dit : si tu veux le garder, il faudra qu'il s'accoutume à vivre ici. Tout comme nous.

— Pour combien de temps ?

Anne avait posé la même question à sa mère la veille et l'avant-veille.

La maison de Ludgate Hill était considérablement plus petite que celle de Grosvenor Square. Et ce n'était pas seulement au manque d'espace qu'il fallait s'accoutumer. Il y avait les cheminées pleines de courants d'air, la curieuse disposition des pièces, et l'escalier étroit qui montait vers les étages au sol incliné.

L'ancien locataire était un marchand aux goûts vulgaires, si on en jugeait les peintures criardes et les monstrueux papiers peints.

Maman posa sa plume.

— Vraiment, Anne, dit-elle, exaspérée. N'as-tu rien d'autre à faire que de me tracasser ? Je commence à avoir mal à la tête.

Anne n'était pas étonnée. Les trois précédentes nuits, sa mère avait pris du laudanum pour trouver le sommeil. Anne le savait car c'était elle qui le lui avait administré. Elle préférait ne pas laisser la fiole sous la garde d'Hortense, la femme de chambre.

Jamais sa mère n'en avait pris en excès, même quand son moral était au plus bas. Mais Anne avait toujours redouté qu'elle ne le fasse, ne serait-ce qu'accidentellement.

— Ce n'est pas moi qui provoque votre mal de tête, fit-elle. C'est tout ce bruit.

— Le bruit ne me dérange pas.

— Ce n'est pas ce que vous avez dit lorsque nous avons rendu visite à Mme Frazil la première fois. Vous avez affirmé qu'il y avait tant d'activité dans la rue qu'on ne pouvait s'entendre penser.

— Il y a des moments où c'est une bénédiction, déclara maman.

Anne s'avança dans la pièce. Cela l'ennuyait d'ajouter aux inquiétudes de sa mère, mais celle-ci n'était pas la seule à être affectée par leur emménagement ici.

— Mme Griffiths m'a dit qu'elle avait entendu parler d'une maison à louer dans Green Street, annonça-t-elle. Peut-être pourrions-nous nous y installer.

— Tu veux retourner à Mayfair ? La queue entre les jambes comme un chien battu ? Je ne pense pas, non. Nous ne serions pas heureuses à l'ombre de notre ancienne vie.

Maman se massa les tempes.

— Non, non. Ma décision est prise, et je m'y tiendrai. J'ai signé un bail de six mois. Nous resterons ici, pour commencer. Ce sera bon pour nous. Tu t'en rendras compte quand tu auras pris tes marques.

Anne ne pouvait entièrement réfuter cette logique. Si elles étaient restées à Mayfair, elles auraient subi une constante vexation : chassées de leur maison, contraintes d'être les témoins de l'ascension sociale de Joshua, tandis qu'elles étaient réduites à vivre en marge de la société.

En vérité, cela aurait été absolument humiliant.

Cependant, Anne ne pouvait accepter qu'elles soient obligées de faire un changement si drastique de résidence. Elles auraient pu aller à Bloomsbury, pour l'amour du ciel. Ou Hans Town.

— Et dans six mois ? demanda-t-elle.

— J'envisage de visiter la Grèce ou l'Italie, répondit sa mère. Fielding pourrait se laisser persuader de nous accompagner.

Les épaules d'Anne s'affaissèrent. Elle s'attendait à une autre réponse.

— M. Fielding est très obligeant.

— C'est un excellent ami.

Maman reprit sa plume.

— Est-ce tout ?

Non, mais Anne ne voyait pas l'intérêt d'insister pour le moment.

— Je pourrais aller me promener dans le quartier, suggéra-t-elle.

— Vas-y, je t'en prie. Mais prends Jeanette avec toi. Il n'est pas question que tu sortes sans escorte.

— Oui, maman.

Anne monta dans sa chambre pour prendre ses gants et son chapeau.

— Je sors marcher, dit-elle à sa femme de chambre.

Jeanette s'empressa d'attraper son bonnet et de l'enfoncer sur sa tête. Puis elle suivit Anne, affichant l'air morose qui ne l'avait pas quittée depuis leur départ de Grosvenor Square.

Horbury leur ouvrit la porte, et un vacarme assourdissant pénétra dans le hall.

Dès qu'Anne mit le pied dehors, elle eut l'impression d'être enveloppée d'une énergie puissante, une sorte de vigueur contagieuse qui redonnait du baume au cœur et stimulait l'esprit.

C'était le cœur battant de Londres. Un rythme qu'Anne avait déjà ressenti avant, lorsqu'elle était venue faire des achats à Ludgate Hill ou quand elle s'était rendue à la rédaction du *London Courant* à Fleet Street. C'était l'énergie d'une grande ville regorgeant de commerces et d'industries.

Mais cette fois, elle n'était plus simplement une visiteuse de passage. Elle en faisait partie.

— Ce n'est pas prudent de marcher ici, se plaignit Jeanette tandis qu'elles s'aventuraient le long de la rue. Nous allons être écrasées par un fourgon.

— Sur le trottoir ? Je ne crois pas.

Ludgate Hill grouillait d'activité mais n'était pas dénuée de toute civilisation. En fait, une fois qu'on était accoutumé à la foule des piétons et à la circulation dans la rue, la disposition des boutiques semblait tout à fait bien pensée.

Anne longea la vitrine d'un horloger, d'un joaillier et d'un détaillant de tabac.

Alors qu'août tirait à sa fin, le ciel gris annonçait la pluie. Cela n'avait toutefois aucun impact sur l'activité de la rue.

Femmes et hommes de toutes apparences passaient à côté d'elle d'un pas pressé : hommes d'affaires en costume trois-pièces, ladys arborant les dernières toilettes à la mode, femmes et enfants de condition plus modeste. Les marchands de fruits haranguaient la foule derrière leurs étals, et les cochers s'énervaient contre les véhicules qui bloquaient la rue.

Il y avait un pâtissier-confiseur à l'intersection suivante. Une pancarte dans la vitrine l'annonçait comme « fournisseur officiel de Sa Majesté ».

Anne aurait dû passer son chemin, mais l'odeur des pâtisseries l'attira comme le chant des sirènes.

Assurément, il n'y avait aucun mal à jeter un simple coup d'œil.

Elle entra dans la boutique, qui ouvrait à l'arrière sur un salon de thé où se pressaient de nombreux clients.

Un vendeur s'empressa d'accueillir Anne et la guida vers un comptoir en bois ciré où étaient présentés des mignardises, des massepains et des macarons à la française joliment colorés.

Anne acheta un macaron rose, qu'elle engloutit avant même d'avoir quitté la boutique. Le sucre se répandit sur sa langue, mêlé au goût délicat des amandes concassées et de l'eau de rose. Si elle ne s'était pas trouvée dans un endroit public, elle aurait pu littéralement gémir de plaisir.

La boutique suivante était une papeterie. On y trouvait du papier, bien sûr, des carnets reliés de cuir, d'élégantes cartes de correspondance… L'odeur était presque aussi divine que celle de la pâtisserie. Une vitrine en verre renfermait des porte-plumes, des canifs à manches gravés ou sertis de nacre, et des sceaux en argent.

Après avoir observé les différents articles, Anne choisit un bloc de papier à lettres, une bouteille d'encre bleue et une nouvelle plume en argent pour son porte-plume. Le propriétaire de la boutique, un petit homme à la moustache abondamment cirée, emballa ses achats avec le même soin qu'un marchand de Bond Street.

Elle passa ensuite devant une boutique de chapeaux de paille, avec un amusant petit chapeau en vitrine. Il était agrémenté d'étroits rubans de soie rouge cerise, et garni d'une profusion de fleurs en velours rouge.

Anne s'imagina soudain en train de le porter avec un nouvel habit coloré.

Rouge, avait dit Hartford. C'était la couleur qu'il voulait pour elle.

Anne ne se sentait pas encore prête à franchir le pas. Mais les accessoires rouges du chapeau étaient suffisamment vifs, en comparaison du noir uni de sa robe. Cela semblait un péché d'imaginer simplement l'essayer.

Elle se décida.

Lorsqu'elle entra dans la boutique, elle fut accueillie par une jeune vendeuse aux cheveux noir de jais, retenus sous un bonnet volanté. Sa façon de s'exprimer avait la modulation typique des faubourgs londoniens.

— Puis-je vous aider, madame ?

— Ce chapeau dans la vitrine, dit Anne. J'aimerais l'essayer.

La vendeuse ôta le chapeau de son présentoir, et guida Anne vers une coiffeuse gansée de mousseline et surmontée d'un miroir à cadre doré.

Anne prit place sur le tabouret capitonné et ôta son triste chapeau noir. La vendeuse plaça le nouveau sur sa tête, en l'inclinant vers l'arrière comme l'exigeait la mode. Puis elle arrangea artistement les rubans rouge cerise en un nœud volumineux sous son menton.

La jeune femme reconnut à peine son reflet dans le miroir. Elle portait du noir depuis si longtemps qu'elle avait oublié à quoi elle ressemblait en couleur. Le rouge illuminait l'ensemble de sa posture, donnant à son teint et à ses yeux un nouvel éclat.

Elle était radieuse.

— Aimez-vous, madame ?

— Énormément. Est-ce votre création ?

Le teint mat de la vendeuse s'empourpra.

— Oh, non. Ce n'est pas ma boutique. Je suis l'assistante de Mme Crackenthorpe, qui a la bonté de m'apprendre le métier.

— Qu'en pensez-vous, Jeanette ? demanda Anne à sa femme de chambre.

— C'est très flatteur, milady.

La vendeuse écarquilla les yeux en entendant le « milady ».

— Je vais le prendre.

La jeune fille esquissa une révérence maladroite.

— Oui, milady.

La boîte à chapeau s'ajoutant à ses autres achats, Anne quitta la boutique et poursuivit sa découverte du quartier. La ville s'étirait en contrebas, dominée par le dôme majestueux de St Paul.

Une étrange exaltation s'empara d'elle. Ce n'était qu'un chapeau mais, associé aux effets du sucre et à l'énergie de la rue, son achat lui apparaissait comme un acte de pure rébellion.

Bonté divine, elle en avait plus qu'assez d'être confinée ! Elle voulait une vie. Une vraie vie, avec sa virulence et sa clameur. Même si elle se sentait ignorante et perdue dans ce vaste monde.

Malgré la tristesse et l'incertitude que pouvait parfois recéler la vie, celle-ci valait quand même la peine d'être vécue.

— Lady Anne ! appela une voix familière.

Elle s'arrêta brusquement. Son cœur déjà quelque peu malmené eut un curieux soubresaut quand le phaéton de Hartford s'immobilisa à côté d'elle. Il portait un sobre pantalon gris et une veste de conduite en lainage noir. Son haut-de-forme en feutre de castor était incliné avec désinvolture sur sa tête.

— Que faites-vous ici ? demanda-t-elle.

— J'étais en chemin pour vous rendre visite. Auriez-vous déjà oublié notre discussion à Hyde Park ?

Anne rougit, consciente de l'intérêt que Jeanette portait à leur conversation.

— Je n'ai pas oublié.

Derrière le phaéton, le conducteur d'un fourgon brailla pour que Hartford cesse de bloquer la route.

Celui-ci ignora l'homme, son attention fixée sur Anne.

— Voulez-vous monter ?

Elle n'hésita pas.

— Oui, avec plaisir.

Il lui tendit sa main gantée, et elle la prit.

Jeanette ouvrait de grands yeux.

— Milady ?

— Emportez mes achats à la maison, dit Anne tandis qu'elle se hissait dans le phaéton. Et dites à ma mère que je suis partie me promener avec M. Hartford. Je ne tarderai pas.

— Oui, milady.

Hartford croisa brièvement le regard d'Anne.

— J'en déduis que vous ne souhaitez pas que je vienne chez vous ?

— Pas aujourd'hui.

Anne se cala confortablement sur la banquette à côté de lui.

— Je ne suis pas encore prête à recevoir à la maison.

Hart engagea son attelage dans la circulation. Il avait prévu d'entamer sa campagne pour conquérir le cœur d'Anne avec tout le respect et le décorum dont il était capable. Une visite chez elle, pour commencer, et un entretien courtois avec sa mère.

Mais Anne en avait décidé autrement.

Cela lui était égal. D'ailleurs, à la réflexion, il préférait être seul avec elle. Et ici, dans cette rue bondée, il y avait moins de risques qu'il soit espionné par l'arpète de Royce, qui ne le lâchait pas d'une semelle.

— Où voulez-vous aller ? demanda-t-il.

— N'importe où. À vous de décider.

— Lady Arundell n'y verra-t-elle pas d'inconvénient ? Je vous rappelle que vous n'avez pas de chaperon.

Pour la première fois, songea-t-il, si sa mémoire ne lui faisait pas défaut, Anne ne s'était pas crispée à l'évocation de sa mère. Son attitude était inhabituellement enjouée et désinvolte.

— Nous sommes dans une voiture ouverte. Ma réputation ne craint rien avec vous, répliqua-t-elle.

Elle aurait tout aussi bien pu dire qu'elle se sentait en sécurité avec lui.

Une ridicule bouffée d'allégresse gonfla le cœur de Hart.

— Fort bien, dit-il.

Avec un claquement de langue et une secousse des rênes, il incita ses juments à monter la colline. Kestrel et Damselfly s'élancèrent au trot.

Au-dessus d'eux, le ciel était menaçant. De gros nuages sombres s'amoncelaient, et l'air se chargeait d'une odeur de pluie.

Hart pria pour que le temps se maintienne.

— Comment trouvez-vous la vie à Ludgate Hill ? demanda-t-il en contournant un chariot qui se déplaçait trop lentement à son goût.

— C'est assurément très différent.

— Cela vous déplaît ?

— Pas du tout. En fait, je commence à voir les avantages qu'il y a à vivre dans un tel endroit. Mais…

— Oui ?

— La maison est très petite. Les domestiques se plaignent. Saffron ne trouve pas sa place. Et…

Elle hésita avant d'admettre :

— Je ne sais pas si l'endroit est aussi bénéfique pour l'état d'esprit de ma mère qu'elle l'espérait.

— Je suis désolé de l'apprendre. Est-elle…

Malade ? Chagrinée ? Mélancolique ?

Hart ne savait quel terme employer. À dire vrai, il avait encore des difficultés à imaginer que lady Arundell ne soit pas invulnérable, contrairement à ce qu'elle laissait paraître et à ce qui se disait d'elle.

— Elle ne parvient pas à dormir, expliqua Anne. Et son ange gardien l'a quittée.

Hart ne parvint pas à retenir un gloussement.

— C'est terriblement grave.

— Il n'y a pas matière à rire. Dmitri lui était d'un grand réconfort.

Il lui adressa un regard sceptique.

— Vous y croyez ?

— Absolument pas. Mais cette idée a aidé ma mère à traverser des périodes difficiles. Il était comme un confident bienveillant. Quelqu'un sur qui elle pouvait se décharger de tous ses problèmes.

— A-t-elle envisagé de tenir un journal ?

— Je l'ignore. Je ne lui ai jamais posé la question. Sans doute aurais-je dû le faire.

Anne secoua la tête et soupira :

— Je ne voulais pas parler de cela. Je ne sais pas pourquoi j'ai abordé le sujet…

— La force de l'habitude, dit-il.

Ce devait être difficile pour Anne de rompre avec cet état d'esprit. Depuis la mort de son père, elle s'était laissé consumer par les besoins de sa mère.

Hart n'était pas dénué de compassion envers elle. Plus maintenant, en tout cas. Depuis qu'elle s'était effondrée en larmes dans ses bras, il posait sur Anne un autre regard.

Ils continuèrent leur promenade. Hart avait conscience du contact des jupes de la jeune femme contre sa jambe, et de son bras gainé de soie qui frôlait le sien tandis qu'il manipulait les rênes.

Cette proximité n'inspirait aucune crispation à Anne. Au contraire, elle semblait parfaitement à l'aise.

— Comment va Éris ? demanda-t-elle. S'acclimate-t-elle bien ?

— Elle a trouvé sa place. Aussi bien dans la maison que dehors.

Hart évita adroitement un piéton qui traversait la rue.

— Quand elle ne lacère pas mes costumes, elle terrorise mon valet ou visite le jardin de mon grand-père. La serre semble avoir sa faveur, en ce moment.

— Oh, non…

Anne eut un petit rire contrit.

— Lord March doit être furieux.

Hart sourit en se remémorant l'air horrifié de son grand-père quand il avait découvert le chaton en train de se soulager dans un parterre de fleurs.

— Ne vous inquiétez pas. Je suis sûr qu'Éris saura se faire pardonner. Il y a de la douceur en elle, derrière toutes ces rodomontades.

— C'est vrai, admit Anne. Elle s'améliore une fois que vous avez gagné sa confiance. Si vous persévérez avec elle, vous verrez que j'ai raison.

— Je sais. C'est ce que j'ai dit à grand-père. Les créatures les plus difficiles sont celles qui gagnent le plus à être connues.

Anne haussa un sourcil.

— Et vous avez une grande expérience des créatures difficiles.

— Ce n'est pas faux, dit-il, l'air modeste.

— Finissent-elles toutes par s'adoucir ?

Il esquissa un sourire.

— Vous me poserez de nouveau la question quand nous aurons terminé cette promenade.

31

Ils n'étaient pas allés très loin quand une pluie torrentielle s'abattit sur eux.

Hart fut contraint d'improviser.

Il roula jusqu'à St Paul. Là, il confia ses juments à une écurie de louage toute proche et conduisit Anne à l'intérieur de la cathédrale.

Ce n'était pas l'endroit le plus romantique pour courtiser une jeune femme, mais tant pis.

Suivant à distance un ecclésiastique qui guidait un groupe de paroissiens en visite, Anne prit le temps d'examiner les différentes statues qui ornaient les murs du vénérable édifice. Avec sa robe noire et son modeste chapeau de la même couleur, on aurait pu la prendre pour une jeune veuve.

— Je ne suis venue ici qu'une seule fois, quand j'étais enfant, confia-t-elle dans un murmure.

— Ah bon ? dit Hart qui déambulait non loin d'elle, les mains dans les poches.

Personne ne leur prêtait attention. L'entrée de la cathédrale était libre, à l'exception de la bibliothèque et de la crypte. En conséquence de quoi, l'édifice regorgeait de visiteurs venus d'un peu partout pour admirer les tableaux, les statues et la sereine beauté du dôme.

Anne lança à Hart un regard par-dessus son épaule.

— Ça vous étonne ?

— Depuis le temps que vous résidez à Londres ? Oui, ça m'étonne. Vous semblez toujours courir d'un endroit à un autre. Chaque fois que je vous ai croisée, vous sembliez aux commandes du monde entier.

— Un bien petit monde, qui ne s'étendait que jusqu'aux confins de Mayfair.

— Vous vous êtes pourtant aventurée plus loin dans la ville, à l'occasion.

— Oui. Pour des visites à l'école caritative que ma mère finance à Wimbledon. Des pique-niques à Richmond Park. Des excursions à la découverte de ruines romaines ou d'autres choses. Tout cela encadré et chaperonné par des personnes de la bonne société.

Elle s'arrêta devant une statue de sir Joshua Reynolds, le célèbre peintre et graveur, cofondateur de la Royal Academy.

— Rien de très audacieux, n'est-ce pas ? conclut-elle.

Hart ne s'expliquait pas son étrange humeur.

— Une lady n'est pas supposée faire quoi que ce soit d'audacieux.

— Oui, c'est réservé aux femmes pauvres et aux roturières.

— Elles ont moins à perdre, assurément.

— Elles ont tout à perdre. Tandis que moi…

Elle marqua une pause infime.

— … je n'ai jamais pris aucun risque. À l'inverse de Mlle Malravers et de Mme Blunt.

— Ah, dit Hart en se rapprochant. Vous parlez de risques romantiques.

— Toutes les sortes de risques. De toutes mes amies, je suis la plus à même de changer de mode de vie, d'influer sur le monde autour de moi. Et je n'ai rien fait du tout. Je suis restée coincée ici. J'aurais tout aussi bien pu être enterrée à côté de mon père.

Hart grimaça.

— Quelles fadaises !

— Vraiment ? Vous m'avez accusée de la même chose durant le trajet vers le Yorkshire.

— C'était différent. J'essayais de vous faire réagir.

Les paroles qu'il lui avait adressées étaient motivées par l'amertume tout autant que l'honnêteté. Il voulait qu'elle prenne conscience de sa situation. Qu'elle se rende compte de tout ce à quoi elle avait renoncé pour rester avec sa mère, dans un état de deuil perpétuel.

— Vous n'aviez pas tout à fait tort, dit-elle en continuant à avancer.

— Et votre devoir ?

— Je crois toujours à la nécessité d'accomplir son devoir. Mais parfois...

— Quoi ?

Elle soupira.

— Parfois, je me sens emprisonnée. J'aimerais prendre certaines décisions par moi-même. Choisir où et comment établir mon écurie. Décider de l'endroit où je vis et de quelle façon je souhaite passer ma journée. Je veux...

— Vous voulez le contrôle.

Anne leva vers lui un regard désabusé.

— Quand j'ai appris que Joshua vendait les vieux chevaux de Cherry Hill, j'ai offert de les acheter. Mais, comme il l'a si aimablement fait remarquer, je n'ai pas d'endroit pour les abriter. Notre écurie est trop petite, et le coût d'un hébergement ailleurs dans Londres n'est pas envisageable.

Elle soupira.

— De toute façon, il est trop tard pour sauver les chevaux. Il les a déjà vendus. Jusqu'au dernier.

— Je le sais, puisque c'est moi qui les ai achetés.

Anne s'arrêta net et ouvrit de grands yeux.

— Vous ? Mais... pourquoi ?

Hart s'arrêta à son tour.

— À votre avis ?

Le visage d'Anne s'empourpra. Ce fut l'unique réaction de sa part. Après quelques secondes d'un silence tendu, elle reprit sa marche.

— Où sont-ils maintenant ? demanda-t-elle.

— Je les ai envoyés à Sutton Park. Il y a suffisamment de pâtures sur le domaine pour des chevaux à la retraite. Et je sais combien vous appréciez le travail du palefrenier en chef de mon grand-père.

— Je ne sais pas quoi dire.

— Ne dites rien. Je ne l'ai pas fait pour avoir votre reconnaissance, ou pour que vous soyez mon obligée. Je l'ai fait parce que…

— Oui ?

Il haussa les épaules.

— Je voulais vous rendre heureuse.

Une émotion indéchiffrable passa sur le visage d'Anne.

— Merci, Hart. Merci. Je…

— Inutile de me remercier. Vous l'auriez fait vous-même, si vous en aviez eu la possibilité.

— J'aurais voulu pouvoir le faire. J'aurais aimé avoir un domaine où j'aurais pu les envoyer vivre le reste de leur vie en paix. Une propriété qui aurait été sous mon seul contrôle.

— Il vous faut une maison à vous.

— Oui.

— Vous pouvez l'avoir. Il vous suffit de vous marier.

Anne garda le silence quelques instants.

— Mais ce ne serait pas ma maison. Ce serait celle de mon époux. Il aurait le dernier mot sur toutes mes décisions. Je serais obligée de m'en remettre à lui.

— C'est pourquoi, quand vous serez encline à vous marier, vous devrez choisir un homme qui n'essaiera pas d'éteindre votre flamme. Un homme qui ne sera pas intimidé par vous, et qui vous laissera vous épanouir à votre guise.

— Un tel gentleman existe-t-il seulement ?

— Je crois que cet homme existe, déclara Hart avec sérieux. Mais il n'y en a qu'un seul dans le monde, je le crains.

Anne lui lança un regard entendu.

— Comme c'est pratique.

Il lui sourit.

— N'est-ce pas ?

Réconfortée par les paroles de Hart, Anne ne répondit toutefois pas à son marivaudage. Elle poursuivit sa visite de la cathédrale. S'il avait gagné son cœur autrefois, ce n'était pas à l'aide de compliments ampoulés ou de grandiloquentes postures romantiques, mais en discutant avec elle et en l'écoutant. Ils s'étaient toujours sentis à l'aise quand ils étaient ensemble. Sa façon de plaisanter ne manquait jamais de la faire sourire et c'était ainsi que, petit à petit, il lui avait dérobé son cœur.

Mais en fait, non. Il ne lui avait rien dérobé du tout. Son cœur appartenait déjà à Hart. Depuis toujours, il n'y avait eu que lui.

Elle s'arrêta devant le mémorial en l'honneur de l'amiral Nelson. La statue de marbre était érigée sur un piédestal orné de divinités marines en bas-relief et flanqué d'un lion imposant.

Les divinités marines étaient partiellement dénudées. Le regard d'Anne s'attarda sur les pleins et déliés du torse du personnage central.

Une image du torse de Hart s'imposa à son esprit, alors qu'il était étendu sans chemise dans cette chambre de Battersea…

Ses joues s'échauffèrent à ce souvenir.

C'était la première fois qu'elle voyait le torse nu d'un homme, en dehors d'un musée ou des pages d'un livre d'histoire. Avant de déchirer sa chemise ensanglantée, elle avait pensé que rien ne pourrait la surprendre. Mais la musculature magnifiquement ciselée de Hart avait envoyé aux oubliettes tous ces dieux grecs et romains.

— Le corps de l'amiral Nelson est en dessous, dans la crypte, dit-il. Nous pouvons y aller, si vous voulez. Ça ne coûte que six pence.

Anne s'efforça de chasser ses pensées licencieuses.

— Il doit y faire sombre. Nous serions obligés de prendre une lanterne – et un guide.

— Vous avez raison. Ce n'est pas très propice à la conversation.

— Précisément.

C'était plus agréable ici, même s'ils devaient chuchoter. Malgré la foule, les recoins de la vaste cathédrale étaient toujours plus intimes que s'ils étaient retournés à la maison pour prendre le thé dans le minuscule salon de sa mère.

Anne prit tout à coup conscience qu'elle désirait vivement être seule avec Hart. Peut-être le temps passé avec lui durant le voyage vers le Yorkshire avait-il attisé cette envie.

Elle fixa le visage de Nelson sculpté dans le marbre.

— Mme Neale s'est-elle vraiment comparée à sa veuve ?

La jambe de Hart frôla ses jupes tandis qu'il se postait à son côté.

— Elle aime le mélodrame. Mais il est vrai que certains détails de sa liaison avec mon père offrent des similarités. Il semblait tenir beaucoup plus à elle et à ses enfants qu'à ma mère et à moi. Marcus ne cesse de clamer qu'il les aimait.

— Le croyez-vous ?

Il réfléchit, le front barré d'un pli soucieux.

— Oui. Mon père a été contraint d'épouser ma mère. Elle était issue d'une excellente famille, avec la lignée aristocratique requise, et leur union avait été décidée depuis le berceau. À l'inverse, il a choisi Mme Neale. C'était certes un choix égoïste, mais il relevait de sa seule décision. Les enfants qu'il a eus avec elle ne pouvaient que mériter son affection.

— Cependant, il ne les a pas protégés par le biais d'un testament.

— Je pense qu'il ne s'attendait pas à mourir si tôt. Amender leur testament fait partie des choses que les hommes ne cessent de remettre à plus tard, n'est-ce pas ? Mon père n'a jamais modifié celui qu'il avait rédigé quand il a épousé ma mère. C'est ainsi que j'ai hérité de Barton Court.

Anne sourit en songeant au domaine ancestral situé dans le Somersetshire. C'était une propriété relativement petite, et assez isolée. Son père l'avait laissée à l'abandon au cours de sa vie, et Hart en parlait avec un certain mépris.

— Vous avez toujours dit que vous la vendriez quand elle serait à vous, lui rappela-t-elle. Je suis surprise que vous ne l'ayez pas fait.

— Vous ne devriez pas vous en étonner. Ce domaine était destiné à devenir le nôtre.

Anne haussa les sourcils. Elle ignorait cela. Barton Court était à des kilomètres de Londres et de sa mère.

— Vous aviez l'intention de m'emmener dans le Somersetshire et de m'y garder pour vous seul ?

— C'était en effet mon plan machiavélique. Vous le désapprouvez ?

Anne ne répondit pas tout de suite, se demandant s'il plaisantait.

— Vous auriez détesté vivre à la campagne.

— J'aurais pu tout supporter si vous aviez été là. Et ça n'aurait pas été pour toute l'année. Nous serions venus à Londres pour la saison.

— Je remarque que vous n'y résidez pas actuellement. Pas même quelques semaines par an.

— Je n'ai aucune raison de le faire. Pas seul.

Le visage de Hart était étonnamment solennel.

— Quand vous avez rompu notre engagement, j'ai eu envie de vendre. J'y suis allé un mois plus tard avec cette idée en tête.

— Mais vous ne l'avez pas fait.

— Je ne pouvais pas renoncer à cet endroit.

— Pas plus que vous n'avez été capable d'abandonner Mme Neale et ses enfants.

Hart n'était pas seulement quelqu'un de responsable, comprit Anne. Il était profondément, intrinsèquement intègre. Il était difficile de le deviner, de prime abord. Sa désinvolture était une façade, tout comme sa perpétuelle bonne humeur.

Elle se demanda jusqu'à quel point son père l'avait blessé.

Jusqu'à quel point elle-même l'avait blessé.

— Malheureusement non, dit-il. Il m'a semblé préférable de faire des travaux pour que le domaine finisse par devenir rentable. Quant aux Neale…

Hart observa la statue de l'amiral Nelson d'un air pensif.

— Quelqu'un devait faire quelque chose pour eux.

— Qu'allez-vous faire de votre frère ?

— L'envoyer au loin.

— À Barton Court ?

— Seigneur, non ! Marcus ne peut pas rester en Angleterre. Mon grand-père le comparerait à une plante qui s'en sort mieux quand elle est transplantée dans un sol différent.

— En attendant, j'espère que vous n'êtes pas en danger. Ces voyous qui vous ont accosté ne risquent-ils pas de revenir ?

Hart garda le silence quelques instants.

— Je ne le pense pas, dit-il finalement. Ils voulaient seulement de l'argent. On dirait que c'est tout ce que les gens veulent de moi, ces derniers temps.

Anne chercha son regard.

— Pas tout le monde, assurément.

Il lui sourit. Et quel sourire !

— Dites-moi, ma douce amie, fit-il tandis qu'ils reprenaient leur déambulation, cela correspond-il à votre idée d'une plaisante sortie ? Une promenade parmi ces froids monuments de saints et de héros ?

Anne lui prit le bras. Elle aurait pu répondre avec sarcasme ou désinvolture. Elle aurait pu aussi garder le silence. Au lieu de quoi, elle rassembla son courage et lui confessa la simple vérité.

— J'aime être avec vous, Hart.

Un élan de tendresse vint adoucir l'expression de celui-ci.

— Moi aussi, j'aime être avec vous. Où que vous soyez.

Il posa sa main sur la sienne.

— Mais lorsque je vous rendrai visite, la prochaine fois…

— Vous avez l'intention de revenir me voir ?

— Évidemment. Et j'ai aussi l'intention de vous courtiser.

Un frisson la traversa. L'entendre prononcer ces mots l'électrisait.

Bonté divine.

Elle venait à peine de s'habituer à l'idée de renouer leur amitié. Ou au fait qu'ils puissent parler ensemble sans se chamailler.

Mais courtiser une jeune femme ne consistait pas seulement à lui faire des compliments, à lui voler un baiser sous le gui, ou à faire une promenade au clair de lune.

Quand un homme faisait sa cour, c'était la première étape avant le mariage. Une façon de déclarer publiquement et de façon formelle son intérêt.

— Vous ne pouvez pas être sérieux, dit-elle.

— Je n'ai jamais été aussi sérieux de ma vie.

Il la fixa intensément.

— Laissez-moi vous faire la cour comme il convient. Laissez-moi révéler clairement mes intentions. À moins…

Un doute passa dans son regard.

— Voyez-vous une objection à dépasser le stade de l'amitié ?

Le cœur d'Anne battait à tout rompre. Elle se sentait comme une cavalière sur un cheval incontrôlable : à la fois exaltée et terrifiée.

Mais il n'y avait pas de frisson dans la vie sans un peu de danger.

Elle serait lâche de choisir la sécurité maintenant. Surtout si cela avait pour conséquence de la priver de ce qu'elle désirait le plus.

Et elle se l'était déjà interdit depuis si longtemps.

Elle en avait assez de vivre sans lui.

— Non, dit-elle, je n'y vois pas d'objection.

32

— Je suis désolée qu'Evelyne n'ait pas pu venir, dit Stella en glissant son bras sous celui d'Anne.

Les deux amies déambulaient à travers la salle égyptienne du British Museum, leurs lourdes jupes de lainage se heurtant tandis qu'elles avançaient. Oubliées les popelines légères, les mousselines et les soies d'été qu'elles portaient en août. L'automne exigeait un changement de garde-robe.

Jeanette, la femme de chambre d'Anne, les suivait, un mouchoir pressé sur son nez comme si elle risquait d'être contaminée par les antiquités. Un peu plus loin, la comtesse d'Arundell était en arrêt devant une vitrine, et conversait avec M. Fielding et Mme Blakely-Strange.

— Evelyne nous rejoindra pour le déjeuner prévu tout à l'heure chez M. Fielding, dit Anne. Je suis sûre qu'elle aura beaucoup de choses à nous raconter sur l'avancée de sa robe de mariée.

— Ne crois-tu pas que ça risque de leur porter malheur que ce soit M. Malik qui réalise sa robe ?

— Evelyne se fabrique sa propre chance. Nous devrions toutes faire de même.

Stella sourit.

— C'est ce que tu fais avec M. Hartford ?

Anne rougit.

Un mois s'était écoulé depuis que Hart l'avait emmenée à St Paul. Il lui rendait régulièrement visite à Ludgate Hill. Il lui faisait la cour, si on pouvait dire cela, bien qu'ils disposent de peu d'intimité en raison du temps.

Faute de sorties, Hart avait pris le thé avec sa mère et elle en de nombreuses occasions. Il avait proposé ses services pour escorter la comtesse d'Arundell à une séance de spiritisme qui se tenait à Kensington, ainsi qu'à une conférence assommante sur l'histoire romaine à Albemarle Street.

Et il avait envoyé des fleurs.

Pas uniquement des roses, mais de splendides bouquets de marguerites d'automne, de jacinthes et de jonquilles hors saison, et même de lis à la taille démesurée. Des lis de l'Himalaya, avait-il dit. Ceux dont il avait parlé dans sa chronique.

Maman avait vu cela comme un geste de courtoisie de la part d'un ami de la famille. Elle était absorbée dans ses propres activités, les visites de M. Fielding se faisant plus fréquentes et plus longues qu'autrefois.

— Ce n'est pas de la chance, répliqua Anne. C'est… Je ne sais comment le qualifier. De la persévérance contre vents et marées, je suppose.

Stella lui donna un coup de coude taquin.

— Que t'a-t-il envoyé, aujourd'hui ?

— Un bouquet de violettes.

— Ça symbolise la loyauté.

— Vraiment ?

— C'est ce que dit *Le Langage des fleurs*.

Stella avait lu récemment la populaire publication qui associait une signification à chaque variété de fleur. Les gentlemen l'utilisaient parfois pour envoyer des messages secrets à leur bien-aimée.

— Et c'est dans la lignée des autres bouquets, continua Stella. Les roses blanches pour l'espoir, les jacinthes pour la constance.

— Et que signifient les lis ?

— La pureté ou la compassion, je crois. Dis-moi, en as-tu parlé à ta mère ?

— Je ne dissimule rien.

— Certes, mais… en avez-vous discuté ?

Anne jeta un discret coup d'œil vers la comtesse.

— Non, reconnut-elle. Pas encore.

Elle répugnait à rompre le fragile équilibre de leur nouvelle vie. Maman avait cessé de recourir au laudanum pour dormir. Elle était pleine d'allant, concentrée sur de multiples projets. Il est vrai que Mme Frazil lui avait transmis de bonnes nouvelles par le biais de la planchette de divination.

Quant à Anne, elle ne pouvait plus se passer de l'énergie de Ludgate Hill. Elle avait pris l'habitude de chevaucher Saffron dans les rues animées, et d'explorer les attractions touristiques et les boutiques. Contrairement à Mme Frazil, qui préférait contempler la foule à distance, Anne trouvait exaltant de faire partie du vaste monde. Cela lui faisait relativiser ses problèmes, en lui rappelant qu'elle n'était qu'un point minuscule dans l'univers.

— Et toi ? demanda-t-elle à son amie. Comment vont les choses à la maison ?

— Ne m'en parle pas ! répliqua Stella, morose. Mon frère ne veut pas que je prenne la calèche, et tu connais le comportement de Locket quand il y a trop de monde. C'est pour cela que je ne viens pas te voir aussi souvent que je le voudrais. Je suis coincée à la maison depuis des siècles.

— Le temps nous oblige à rester à l'intérieur, remarqua Anne.

L'automne avait fait une arrivée en force : vent, pluie et ciel gris. Cela suffisait à rendre une personne mélancolique, surtout si celle-ci préférait la liberté que lui procuraient ses promenades à cheval.

— Au moins, tu profites de l'animation en vivant à Ludgate Hill, dit Stella. À George's Street, il ne se passe jamais rien. Mon frère me déprécie du matin au soir. Il n'est pas à prendre avec des pincettes depuis qu'il m'a autorisée à me rendre à la réception de lord March.

— Ah oui, la réception ! J'avais presque oublié.

Et elle craignait que ce ne soit également le cas de Hart. Il n'en avait pas reparlé.

— Tu y vas toujours ? demanda Stella.

— Et toi ? Ton frère ne va pas changer d'avis ?

— Je redoute qu'il ne le fasse. Il m'a permis de me joindre à vous aujourd'hui uniquement parce qu'il pense que cette sortie possède une valeur éducative. Parfois, je crois qu'il veut me voir malheureuse.

Anne serra plus fermement le bras de Stella tandis qu'elles passaient devant une série d'animaux momifiés.

— Tu dois être la maîtresse de ton propre destin, affirma-t-elle avec conviction.

— J'aimerais l'être, marmonna Stella.

Puis elle frissonna.

— Ma pauvre chère amie, dit Anne en lui pressant le bras. La situation est-elle si déplaisante ?

— Ce n'est pas le mauvais caractère de mon frère qui me fait trembler, mais ces monstrueuses créatures. Je vais faire des cauchemars pendant une semaine.

Stella eut un regard éloquent vers une momie de chat qui les fixait de ses yeux de verre.

— Ta mère verrait-elle une objection à ce que nous allions voir une autre collection ? Quelque chose de moins effrayant ?

— Je suis certaine qu'elle comprendra. À condition que nous prenions Jeanette avec nous.

Anne obtint sans mal la permission de sa mère, et les deux jeunes femmes quittèrent la salle.

— Veux-tu voir les sculptures grecques ? proposa-t-elle à son amie.

— Les tableaux, décréta Stella.

Après l'équitation, la peinture était son passe-temps favori.

Anne sourit.

— Comme tu voudras.

Elles se dirigèrent vers la King's Gallery, suivies de Jeanette qui traînait les pieds et faisait triste mine. Là, elles passèrent une demi-heure à étudier les tableaux et dessins présentés par le musée. Une œuvre en particulier attira leur attention. C'était une étude d'arbres du peintre flamand Van Dyck, faite à l'encre brune légèrement teintée d'aquarelle.

— Qu'en penses-tu, Anne ? demanda Stella.

— C'est assez joli.

Stella fronça les sourcils tandis qu'elle examinait attentivement le tableau.

— Certes, mais en même temps, c'est assez…

— Ennuyeux, dit une voix masculine dans leur dos.

Anne et Stella se retournèrent brusquement pour voir qui était l'homme derrière elles.

Mais il n'était pas debout.

Le jeune homme aux cheveux noirs était assis dans un fauteuil roulant. Il avait un carnet de croquis sur les genoux.

Stella rougit.

— Vous trouvez le travail de Van Dyck ennuyeux ?

— Cette esquisse l'est.

Il y avait sur son visage une ironie assez semblable à celle de Hart. La menace d'une repartie acérée comme un rasoir, qui pouvait blesser aussi facilement qu'elle pouvait amuser.

Anne tira gentiment sur le bras de Stella. Il n'était pas convenable de discuter avec un inconnu, même à propos d'art.

Surtout si cet homme était intelligent et séduisant.

— Viens, dit-elle. Allons-y.

Stella ne bougea pas, fascinée par le jeune homme.

— Je ne vois pas beaucoup d'artistes qui soient supérieurs à Van Dyck, énonça-t-elle.

Le gentleman semblait fasciné de la même façon. Il fixait éperdument Stella, les joues légèrement rosies. Vêtu d'un sobre costume et d'une cravate nouée de façon imprécise, il paraissait à peine plus âgé qu'elles, mais affichait l'assurance d'un homme plus mûr.

— Turner est supérieur, répondit-il sans hésitation.

— Vous ne pouvez comparer les deux ! protesta Stella. Leur style est différent.

Le gentleman eut un petit rire.

— Fort heureusement !

Stella rougit de plus belle.

— Vous êtes jeune, dit-elle avec un manque de courtoisie qui ne lui était pas coutumier. Je pense que vous n'avez pas encore appris à apprécier à leur juste valeur les œuvres des maîtres flamands.

— Vous êtes jeune aussi, répliqua le gentleman, apparemment sans malice. Et pourtant, vos cheveux sont gris.

Stella resta un instant bouche bée.

— Je vous demande pardon ?

— Ça suffit, dit Anne au même moment.

Elle se plaça devant son amie, le dos raide, le visage sévère.

— Vraiment, monsieur, fit-elle d'un ton glacial, vous croyez-vous autorisé à faire des remarques personnelles ?

— Je ne voulais pas être offensant, affirma-t-il. J'aime les contrastes. En particulier les nuances de gris.

Il s'adressa à Stella.

— Vous devriez aller voir le nouveau tableau de Whistler à la galerie de Berners Street.

— Nous ne ferons rien de la sorte, l'informa Anne.

De nouveau, elle tira sur le bras de Stella, qui cette fois accepta de la suivre.

— Comment a-t-il pu mentionner mes cheveux ? murmura-t-elle tandis qu'elles s'éloignaient prestement. C'était par trop cruel.

— Ignore-le, conseilla Anne. L'opinion d'un inconnu ne signifie rien pour nous.

— Il semble avoir de vastes connaissances.

— Parce qu'il a émis une opinion artistique ? Les hommes donnent toujours leur avis sur tous les sujets. Ça ne fait pas d'eux des experts.

— Mais c'est lui-même un artiste.

— C'est surtout un homme incroyablement effronté. Je suis surprise que tu aies toléré son impudence.

— Moi aussi. Mais il m'a regardée si étrangement. Je suppose qu'il était intrigué.

L'expression de Stella se fit pensive, et elle ajouta :

— Quel genre de tableaux crois-tu que nous verrions dans cette galerie dont il a parlé ?

— Ceux de M. Whistler, apparemment. Qui que soit cette personne.

L'horloge en noyer posée sur le manteau de la cheminée du petit salon de la maison de Ludgate Hill sonna 15 heures.

C'était le signal que Hart devait s'en aller. Une visite formelle ne dépassait pas vingt minutes.

Et ses visites à Anne étaient absolument formelles.

Dehors, le temps avait empiré. La pluie frappait sans relâche la fenêtre drapée de rideaux de damas, et les déflagrations du tonnerre faisaient trembler les vitres.

Hart posa sa tasse de thé vide sur le plateau en bois incrusté de nacre. En un mois, il avait bu beaucoup de thé. C'était le prix à payer pour courtiser Anne dans les règles de l'art.

Il en était le seul responsable.

C'était lui qui avait choisi de se conduire le plus formellement possible.

Il avait décidé qu'il n'y aurait plus de confusion entre l'amitié et l'amour. Plus de doute à propos de ce qu'il attendait d'Anne, ou sur ce qu'il voulait lui offrir.

Cette fois, il ferait les choses convenablement.

Ses visites avaient été si régulières et si prévisibles que même son ombre de St Giles l'avait suivi jusqu'ici. Il avait repéré plusieurs fois le malingre employé de Royce rôdant dans les parages. Cela n'avait pas contribué à améliorer son humeur.

— Voulez-vous davantage de thé ?

Lady Arundell avait interrompu son monologue sur l'histoire des temples romains en Angleterre pour soulever la théière en argent. Elle était assise en face de Hart sur le divan de velours, ses amples jupes de crêpe tombant autour d'elle comme une mer noire.

— Il faut que je vous parle du temple de Diane avant que vous partiez, déclara-t-elle.

Assise à côté de sa mère, Anne intervint.

— Maman, verrais-tu un inconvénient à ce que j'emmène Hartford à l'écurie ?

Hart fut aussitôt en alerte. Anne n'avait pas prononcé plus de dix mots depuis qu'il était arrivé. La comtesse d'Arundell avait monopolisé la conversation, comme elle le faisait à chacune de ses visites.

— Avec cette humidité ? Et pour quelle raison ?

— Je voudrais qu'il examine Saffron, à cause de sa boiterie.

Anne se leva brusquement, cherchant le regard de Hart.

— J'aimerais beaucoup avoir votre avis.

— Volontiers.

Il se leva à son tour et s'inclina devant lady Arundell, avant de la suivre.

Anne ne prit pas la peine de collecter un bonnet ou un châle avant de sortir par la porte de service. Elle traversa rapidement le lopin de jardin boueux et ouvrit la barrière permettant d'accéder à la modeste écurie.

Le temps qu'ils atteignent l'intérieur, ils étaient trempés.

Des gouttes de pluie s'accrochaient au visage et aux cheveux de la jeune femme, et mouillaient l'étoffe de sa robe noire.

S'arrêtant devant la stalle de Saffron, elle eut un rire essoufflé.

— J'avais peur qu'elle ne nous retienne.

— C'était peu probable.

Hart ôta sa veste de laine.

— Tenez.

Il la drapa sur les épaules d'Anne et la rabattit sur sa poitrine, laissant ses doigts s'attarder.

— Vous allez attraper la mort.

Elle avait les joues roses, peut-être à cause de l'effort, ou parce qu'elle était troublée. Il n'aurait su le dire.

— Merci, fit-elle.

Il la regarda un long moment, les doigts toujours crispés autour des revers de sa veste.

Il n'y avait personne d'autre, ni le garçon d'écurie ni le cocher. Ils étaient seuls.

Hart fit alors ce qu'il avait eu envie de faire depuis le baiser qu'ils avaient échangé dans le Yorkshire, des mois auparavant.

Il attira à lui le visage d'Anne et l'embrassa.

33

Hart sentit qu'Anne cherchait son souffle. Mais elle n'esquissa aucun mouvement de recul. Au contraire, elle se laissa aller contre lui, ses lèvres accueillant les siennes avec une infinie douceur.

Elle avait le goût de la pluie et du thé. Le goût de tout ce qu'il désirait dans la vie, et dont il ne pourrait jamais se rassasier.

Ses doigts se resserrèrent, la gardant captive des plis de sa veste. Mais Anne n'était la prisonnière de personne. Hissée sur la pointe des pieds, elle lui rendait ses baisers sans retenue.

Le sang de Hart s'enflamma. Sa voix ne fut plus qu'une plainte rauque.

— Anne, ma douce, je...

Saffron choisit ce moment pour balancer sa large tête dorée par-dessus la porte de sa stalle. Il toucha la joue d'Anne avec ses naseaux, soufflant doucement en guise d'accueil.

Hart laissa retomber ses mains et libéra la jeune femme.

— Une interruption fort à propos de la part de votre chaperon, dit-il.

Elle rit tandis qu'elle levait la main pour caresser le chanfrein de l'étalon.

Son visage était cramoisi, et Hart ne souhaitait rien tant que l'embrasser de nouveau.

Ou plutôt, il avait envie de s'enfermer avec elle dans une chambre pendant un mois.

Il esquissa un sourire.

— Souffre-t-il vraiment de boiterie ?

Anne flatta l'encolure de Saffron.

— Pas le moins du monde.

Elle lui glissa un regard malicieux.

— Pensez-vous que je suis une épouvantable menteuse ?

— Ce que je pense, dit-il en se rapprochant, c'est que j'aurais été contraint de faire quelque chose de drastique si j'avais dû entendre un mot de plus sur les temples romains.

— C'est-à-dire ?

Il caressa l'épaule de Saffron.

— J'aurais dû rappeler à votre mère que je suis là pour courtiser sa fille, non pour suivre une conférence historique.

Anne détourna le regard, gênée.

Cela confirma à Hart une chose qu'il soupçonnait.

— Vous ne lui avez pas dit.

— Que vous me courtisiez ?

Anne était soudain très affairée à défaire un nœud dans la crinière de Saffron.

— C'est assez évident, il me semble, ajouta-t-elle.

— Je n'en suis pas si sûr. Pas pour votre mère.

Depuis sa première visite, Hart avait remarqué le manque d'intérêt de lady Arundell concernant les intentions qu'il avait envers sa fille. Elle n'avait pas du tout évoqué le sujet, ne parlant que de spiritisme, d'histoire, et des derniers articles parus dans ses journaux favoris.

Au début, Hart n'avait pas voulu presser les choses. La situation avec Anne était trop délicate. Mais un mois avait passé. Plus d'un mois, s'il comptait leur promenade à St Paul.

Anne n'en avait-elle parlé à personne ? Ce n'était pas une nécessité. Pas plus qu'il n'avait à demander une quelconque permission à sa mère. Un chevalier servant ne s'adressait pas aux parents d'une jeune lady avant d'être prêt à faire sa demande en mariage.

Cependant…

Hart ressentait un certain malaise.

Anne avait-elle toujours des doutes sur lui ?

— Voulez-vous que je lui parle ? demanda-t-il.

Elle eut un regard alarmé.

— Seigneur, non ! Cela doit venir de moi.

Hart choisit ses prochains mots avec le plus grand soin. Il ne souhaitait en aucun cas déclencher une querelle.

— Anne…

— Je sais ce que vous pensez, dit-elle avant qu'il ait pu commencer. Vous vous imaginez que j'ai souhaité garder le secret. Mais la raison de vos fréquentes visites est claire pour tout le monde.

— Sauf pour votre mère, apparemment.

— Je suppose qu'elle ne veut pas le voir. Et…

Anne fronça les sourcils.

— À dire vrai, j'ai été réticente à lui ouvrir les yeux. Les choses se passent si bien, ces derniers temps. Elle est de nouveau elle-même.

— L'avez-vous dit à quelqu'un ?

— Je l'ai évoqué avec Mlle Hobhouse. Et j'ai l'intention de le dire prochainement à mes autres amies. Quant au reste de la société…

Elle eut une petite moue.

— Il est dommage que la saison soit terminée. Une ou deux valses et quelques sorties au parc, et tout Mayfair aurait su que vous aviez des vues sur moi.

Hart sourit.

— Tout Mayfair le sait déjà. Il a suffi qu'on vous voie conduire mon phaéton pour en tirer des conclusions.

Anne éclata de rire.

— Bonté divine, vous avez raison.

Hart la regarda, ébloui. Elle était si vive et si belle. Si elle n'avait pas déjà capturé son cœur, il serait tombé amoureux à cet instant précis.

Il lui caressa la joue.

— Je me moque des autres. Ce qui m'importe, c'est nous. Je ne veux pas que nous refassions les erreurs d'autrefois.

À l'époque, ils avaient gardé leurs sentiments secrets. Ils avaient attendu pour en parler à leurs amis et à leur famille. Il n'en avait été que plus simple de rompre leur engagement.

— Pensez-vous que nous nous serions réconciliés si notre engagement avait été public ? demanda Anne.

— Nous nous serions peut-être sentis dans l'obligation d'essayer. Mais je doute que j'aurais pu vous persuader de me pardonner. J'avais tellement de torts.

— Moi aussi. Mais nous sommes plus âgés, aujourd'hui. Et plus sages, je l'espère. Nous ne serons pas aussi stupides.

Elle enroula les doigts autour des siens, tenant doucement sa main contre la courbe de sa joue.

— Je vais parler à ma mère.

Anne resta encore quelques minutes dans l'écurie avec Hart, avant qu'il insiste pour la raccompagner à la maison.

Il était déterminé à se comporter en gentleman jusqu'au bout.

La jeune femme le laissait faire à sa guise depuis un mois, même si cela avait pour conséquence le fait qu'il se comportait avec elle aussi formellement que l'aurait fait un inconnu.

Mais ce baiser n'avait rien eu de formel.

La bouche de Hart avait capturé la sienne avec la même intensité qu'autrefois.

Et cette fois-ci… cette fois-ci, elle l'avait embrassé avec la même passion. C'était un sentiment extraordinairement puissant d'embrasser un gentleman. De le sentir chercher son souffle et trembler de désir.

Elle s'était aperçue que les baisers n'étaient pas seulement agréables. Ils étaient révélateurs. En regardant Hart, personne ne pouvait deviner combien il la voulait. Mais quand leurs lèvres s'unissaient, souffles mêlés et cœurs battant à l'unisson, plus aucun doute ne subsistait.

Son sang pétillait délicieusement dans ses veines quand elle le raccompagna à la porte. Il était toujours en bras de chemise, tandis qu'elle avait gardé sa veste drapée sur ses épaules.

Maman était dans le vestibule, se préparant à aller rendre visite à Mme Frazil. Ses lèvres s'étirèrent en une mince ligne désapprobatrice quand elle les vit.

Anne ôta rapidement la veste de Hart et la lui rendit.

— Je vous remercie pour la protection contre la pluie.

— Je vous en prie.

Il enfila sa veste avec une apparente indifférence.

— Vous êtes fort aimable, monsieur, dit maman. J'imagine que vous reviendrez nous voir quand le temps sera plus clément ?

— Vous pouvez y compter.

Hart s'inclina.

— Bonne journée, madame.

Puis il prit la main d'Anne et y pressa un tendre baiser.

— Bonne journée, ma chère amie.

La jeune femme rougit. Plus personne ne faisait ce geste. C'était incroyablement démodé. Mais il y avait mis une intention évidente.

Maman le suivit d'un regard étonné tandis qu'il prenait congé. Lorsque Horbury eut refermé la porte derrière lui, elle se tourna vers Anne.

— Je croyais que tu ne pouvais pas supporter la compagnie de cet homme.

— En effet, je ne le pouvais pas.

— Pourtant, tu semblais bien impatiente de l'emmener à l'écurie. Et tu portais sa veste. N'avais-tu pas un châle à portée de main ? Permettre de telles libertés à un homme que tu prétends ne pas apprécier…

— Je l'apprécie.

— Ce n'est pas l'impression que tu as donnée durant notre voyage dans le Nord.

— Je suppose que j'ai changé d'avis. Une femme en a le droit.

— Anne…

Le ton de maman était distinctement réprobateur.

— Au nom du ciel, que se passe-t-il entre vous ?

— Rien. C'est un ami, voilà tout.

— Sa façon de te regarder…

La comtesse fronça les sourcils.

— Je ne l'avais pas remarqué avant, mais…

— Maman, vraiment, se plaignit Anne. Devons-nous discuter de cela dans le hall, où les domestiques peuvent nous entendre ?

Sa mère retrouva aussitôt le sens des convenances.

— Non, certes. Nous en parlerons ce soir.

Cela avait tout l'air d'une menace. Toutefois, sa mère aurait peut-être oublié d'ici là, avec tout ce qu'elle avait à faire dans l'après-midi. D'abord, elle avait prévu de rendre visite à Mme Frazil, et plus tard de donner un dîner pour M. Fielding, Mme Blakely-Strange et quelques amis de la société de spiritisme.

Mais le soir venu, quand les invités furent partis et qu'elles se retrouvèrent seules au salon, maman aborda de nouveau le sujet.

— Hartford t'a-t-il fait des avances ? demanda-t-elle sans préambule, à la seconde où les domestiques se furent retirés.

Anne faillit laisser tomber sa tasse de thé.

— Des avances ? De nature romantique, vous voulez dire ?

— Y en a-t-il d'autre nature ?

Maman acheva de remplir sa propre tasse.

— Je suppose que la faute m'en revient. Je n'aurais pas dû t'encourager à dîner avec lui au cours de notre voyage dans le Yorkshire.

— Cela n'a rien à voir.

— Dans ce cas, de quoi s'agit-il ? Il est venu à Grosvenor Square deux fois en deux jours avant notre départ. J'avoue que je me suis interrogée sur ses motivations. Cela fait longtemps que nos familles ne sont plus aussi intimes. Et toutes ces visites ensuite ! C'était très obligeant de sa part, mais je ne l'ai jamais connu aussi attentif envers les anciennes amies de sa mère.

Anne ne chercha pas à donner le change.

— C'est moi qu'il vient voir, maman. Il a des sentiments pour moi.

— Hartford ? Le garçon qui tirait tes nattes ?

— Ce n'est plus un garçon, maman. C'est un homme.

— J'ai pu m'en rendre compte, admit maman, vaguement déstabilisée par ce constat. Je suppose qu'on peut le trouver beau. Il a tout à fait le style corinthien : sportif et aventurier. Est-ce pour cela qu'il te plaît ? Parce qu'il sait conduire un attelage avec panache ?

— Ce n'est pas désagréable, reconnut Anne avec franchise.

Maman se cala contre le dossier de son fauteuil.

— Depuis combien de temps dure cette… amourette ?

— Il ne s'agit pas d'une amourette.

Anne posa sa tasse, inquiète de renverser son thé par inadvertance.

— Il y a eu quelque chose entre nous. Nous étions très épris l'un de l'autre avant le décès de papa. Si les choses s'étaient déroulées autrement, je l'aurais épousé.

Maman reprit son souffle.

— Dieu du ciel. Je n'avais jamais imaginé...

— Personne ne le savait. Nous nous sommes avoué nos sentiments quelques jours avant que papa nous quitte. Ensuite, tout a été bouleversé. Hartford est parti en Inde avec son grand-père, et je suis restée à Londres avec vous pour que nous nous consacrions à notre deuil.

— Et à son retour ?

Anne n'avait pas l'intention d'entrer dans les détails. Certaines douleurs étaient trop intimes pour être partagées.

— Nous avons eu une terrible dispute. Il a fallu longtemps pour recoller les morceaux.

— Mais vous l'avez fait, semble-t-il.

— Nous faisons des efforts en ce sens. Il nous a invitées à Sutton Park pour la réception que donne le comte de March en décembre.

— Une réception à Sutton Park ?

— Je voudrais que nous y allions, maman. Et j'aimerais emmener Mlle Hobhouse pour me tenir compagnie. Je suis certaine que vous n'y verrez pas d'objection.

— Comment pourrais-je m'y opposer, s'il te courtise ? C'est bien ce qu'il a en tête, je présume ?

Maman se massa les tempes, comme si elle sentait monter un mal de tête.

— C'est ma faute. Je vous ai réunis quand vous étiez enfants. Je n'ai eu de cesse de t'imposer sa compagnie. Je pensais qu'il était comme un frère pour toi.

— Vous ne l'appréciez pas ?

— Je ne sais pas quoi penser de lui.

La comtesse s'interrompit, paraissant se rappeler un détail.

— Ton père m'a dit un jour qu'il était bon que Hartford te taquine. Tu avais tendance à être beaucoup trop sérieuse quand tu étais enfant. Je suppose que mon cher époux avait déjà deviné quelque chose à l'époque. Il avait une forte perception de ces choses-là.

Une peine intense serra le cœur d'Anne.

— Papa était très intuitif.

Les yeux de sa mère s'étaient emplis de larmes.

— J'aimerais tant pouvoir le consulter. Ou Dmitri, si celui-ci daignait revenir. Je ne sais pas pourquoi il m'a abandonnée, alors que j'ai tant besoin de lui.

— Peut-être n'en avez-vous plus besoin, en réalité, suggéra Anne. C'est pour cette raison qu'il est parti.

— Sottises. Tu l'as vu toi-même : je suis à bout de forces depuis que ton odieux cousin nous a dépouillées.

— Pas du tout ! Vous avez merveilleusement remonté la pente. Vous nous avez trouvé une maison. Vous avez organisé notre départ de Grosvenor Square avec une remarquable efficacité. Et pas une fois vous n'avez permis à Joshua ou à sa mère de vous placer en position de faiblesse. Vous avez été forte.

Maman soupira.

— Il arrive qu'une femme en ait assez d'être forte. Parfois, elle aimerait avoir un homme sur qui s'appuyer.

La comtesse d'Arundell se leva soudain.

— Je crois que je vais me retirer tôt, ce soir. Cette journée m'a épuisée.

Anne se leva à son tour.

— Voulez-vous que je vous assiste ?

— Non, ma chère enfant. Je n'ai pas besoin de laudanum. Je dois absolument garder l'esprit clair. Il y a beaucoup de choses auxquelles je dois penser.

34

— Comment cela, Webb ne fera pas l'affaire ?

Hart avait élevé la voix, en proie à une colère grandissante.

— C'est le meilleur homme que nous ayons !

Il était assis avec Parfit, Acker et Goodbody dans l'arrière-salle d'une modeste taverne du centre-ville. Une réunion était prévue ce matin dans les bureaux de l'usine de creusets, mais aucun d'entre eux n'avait eu envie de se risquer de l'autre côté du fleuve pendant l'orage. La taverne avait été un compromis. Elle offrait, pour ainsi dire, un terrain neutre.

C'était aussi l'établissement où logeait William Webb depuis son arrivée à Londres, la veille au soir. L'homme les attendait au comptoir, impatient de régler les détails de son départ pour Inverness le mois prochain.

Hart n'avait pas l'intention de décevoir ses attentes.

— Nous avons déjà décidé qu'il était l'homme idéal pour cet emploi, dit-il. Il a voyagé jusqu'ici, fort de la promesse que nous lui avons faite. Si nous revenons sur notre parole…

— Il ne s'agit pas de revenir sur notre parole.

Parfit était assis face à lui, emmitouflé dans un lourd pardessus et une écharpe. De sa main gantée, il maniait nerveusement une canne en ébène.

— Tout ce que nous disons, c'est qu'il ne peut pas être notre représentant en Écosse.

Acker hocha la tête. Tout comme Parfit, il était équipé contre le froid, arborant plusieurs épaisseurs de lainages épais.

— Réfléchissez seulement, dit-il. Est-ce vraiment le visage que nous voulons donner à notre nouvelle opération minière ?

Hart regarda Acker avec incrédulité.

— Son *visage* vous dérange ?

— Non, non, protesta rapidement Goodbody. Mais vous devez admettre que l'envoyer seul pour négocier avec les Highlanders pourrait nous porter préjudice.

— À cause de ses origines, dit Hart.

Et ce n'était pas une question.

Goodbody rougit d'embarras. Il était arrivé en retard à leur réunion. Son crâne chauve luisait encore de gouttes de pluie.

— Nous apprécions tous M. Webb. C'est un ouvrier irremplaçable. Mais ce n'est pas un homme d'affaires.

— Il n'a pas d'éducation, ajouta Acker.

— Quelle incidence cela a-t-il sur ses compétences ? rétorqua Hart. Webb n'a peut-être pas fait d'études, mais il est intelligent et déterminé. Si nos mines du Cumberland ont prospéré, c'est grâce à lui.

— Il doit aller en Écosse, naturellement, dit Parfit. Une fois qu'il sera installé, nous sommes persuadés qu'il saura gérer parfaitement nos affaires. Mais il est inconcevable de l'y envoyer seul au début. Qui le prendrait au sérieux ?

— Nous en avons discuté entre nous, déclara Acker. Et nous pensons que vous devez l'accompagner.

— Moi ?

Hart fut tenté de rire.

— Je vous ai pourtant dit que je n'avais aucune intention de quitter l'Angleterre.

— Vous n'aurez pas à demeurer en Écosse, plaida Acker. Votre présence servira à donner du poids à la position de M. Webb.

— C'est l'affaire d'un mois, estima Goodbody.

Hart secoua lentement la tête. Il avait été poussé dans ses retranchements par ses associés. Il se trouvait à présent dans la position peu enviable d'avoir à choisir entre son confort personnel et l'avenir conjoint de William Webb et de la compagnie.

— Vous serez rentré pour Noël, plaida Acker.

Parfit eut un sourire de satisfaction.

— Et après toutes les restrictions que vous avez imposées à la compagnie, vous pouvez bien faire ça pour servir nos intérêts.

Un quart d'heure plus tard, Hart livrait la nouvelle à William Webb devant une pinte de bière, assis en sa compagnie à une petite table de la salle enfumée.

Webb ne parut pas surpris.

— J'avais justement des craintes, monsieur. Aller tout seul là-bas, chez des gens qui ne me connaissent ni d'Ève ni d'Adam... Ça me sera plus facile d'affirmer mon autorité avec vous pour me soutenir.

— Ainsi, vous approuvez cette idée ?

— Si ça ne vous ennuie pas, monsieur. Ce serait une bonne façon de marquer mes débuts.

Hart eut du mal à masquer sa déception.

Partir pour l'Écosse pendant un mois, alors qu'il avait commencé sa cour auprès d'Anne. L'abandonner quand elle avait le plus besoin de lui...

La perspective était pour le moins déstabilisante.

Il se retrouvait un peu dans la même situation que sept ans auparavant. Il avait alors quitté l'Angleterre pour l'Inde, certain que la jeune femme avait des sentiments pour lui.

À son retour, tout avait changé.

— Je pensais que vous seriez trop offensé pour accepter, reconnut-il.

Webb eut une petite moue.

— Si je prenais ombrage à chaque remarque qui m'est faite, je ne tiendrais pas longtemps dans le monde des affaires. Il ne faut pas prendre ces choses-là à cœur. Ce qui compte, c'est le travail. « Fais de ton mieux, et tu gagneras le respect des hommes » : c'est mon mot d'ordre.

— Vous êtes sûr d'y parvenir ?

— Oh oui. J'ai un don pour ça, si vous me permettez de le dire.

— Bien sûr, puisque c'est la vérité.

Hart but une longue gorgée de bière. Lorsqu'il eut vidé sa chope, il la reposa sur la table d'un geste déterminé.

— Quand vous serez installé en Écosse, vous pourriez envisager de prendre un apprenti ?

— Certainement, monsieur. Avez-vous quelqu'un en tête ?

— Il se trouve que oui.

Le comte de March fit de brèves présentations lorsque Hart entra dans la bibliothèque.

— Hartford, voici M. Archer, des parfums Hayes. Archer, mon petit-fils.

M. Archer se leva. Vêtu d'un élégant costume gris, c'était un homme aux cheveux noirs et à la silhouette athlétique, qui ressemblait plus à un sportif qu'à un parfumeur.

— Monsieur Hartford, c'est un plaisir.

Hart traversa la pièce, Éris trottant sur ses talons avec la fidélité d'un épagneul. Le chaton noir avait pris du poids depuis son arrivée, mais n'avait pas encore atteint sa taille adulte.

— Monsieur Archer, dit Hart en échangeant une poignée de main avec leur visiteur. Est-ce à vous que nous devons l'eau de lavande Hayes ?

À une époque, l'eau de toilette en question avait envahi toutes les boutiques.

— C'est une création de la famille de ma femme. Depuis, notre entreprise s'est diversifiée, j'ai plaisir à le dire. Nous ne sommes plus cantonnés aux produits dérivés de la lavande.

— C'est pourquoi M. Archer est revenu en Angleterre, expliqua le comte de March. Il s'intéresse à mes nouvelles roses thé. Celles qui ont reçu de nombreuses récompenses lors du dernier concours.

Il désigna un fauteuil.

— Assieds-toi, mon garçon. Joins-toi à nous.

Hart n'avait pas beaucoup de temps. Il venait de rentrer de sa réunion à la taverne, et devait encore se changer avant d'aller rendre visite à Anne.

Il ne savait pas comment il allait lui annoncer la nouvelle.

Seigneur, il ne lui avait même pas encore dit comment il gagnait sa vie !

Pour ce qu'elle en savait, il vivait des placements de son héritage, des revenus de son domaine à la campagne, et des redevances qu'il tirait des différents brevets dans lesquels il avait investi.

Il ne lui avait jamais avoué qu'il était dans le commerce. Dans leur milieu, cela revenait à confesser une activité criminelle.

Hart était mal à l'aise à l'idée d'évoquer le sujet avec la jeune femme. Non parce qu'il avait honte de son travail, mais parce qu'il était habitué à garder cela pour lui. Tout comme il avait gardé pour lui l'existence de la famille Neale. C'était ainsi qu'il parvenait à maintenir le contrôle sur les différents aspects de sa vie.

Ces derniers temps, tout semblait cependant se combiner à une vitesse alarmante : l'usine de creusets, Marcus, Anne, Brookdale, Mme Neale, grand-père – sans parler de son ombre de St Giles. Depuis quelques jours, le garçon avait cessé de le suivre régulièrement, sans doute à cause du temps, mais il l'avait vu rôder une fois ou deux, avide d'un détail croustillant qu'il pourrait rapporter à Gabriel Royce.

C'était un miracle que tout n'ait pas déjà explosé au visage de Hart.

— M. Archer se joindra à nous en décembre à Sutton Park, avec son épouse et son beau-frère, l'informa grand-père. Ils se sont installés en ville.

— Nous avons des amis à Half Moon Street, expliqua le parfumeur. Nous résidons chez eux.

Éris zigzaguait entre les pieds des fauteuils, se frottant d'abord contre le pantalon de Hart, puis contre celui d'Archer.

— Veuillez excuser mon chat, dit Hart. C'est une créature à l'humeur imprévisible.

— Je vous en prie, fit Archer en se baissant pour caresser la tête d'Éris.

Hart voulut le mettre en garde, mais ce ne fut pas nécessaire. Le chaton se mit à ronronner, accordant son approbation au gentleman.

Archer sourit.

— Ma femme possède un chat. Je trouve ces animaux fascinants.

— Ils le sont, en effet, reconnut Hart. Vous passez l'essentiel de l'année à Grasse, me semble-t-il ?

— Oui. Bien que mon beau-frère ait récemment exprimé l'envie de revenir en Angleterre. C'est un artiste, voyez-vous.

— Oh...

Hart fit mine de s'intéresser à la conversation tandis que celle-ci portait de nouveau sur les roses du comte de March, après une courte digression sur l'art londonien.

Au bout d'un quart d'heure, il s'apprêtait à s'éclipser quand le majordome de son grand-père apparut sur le seuil de la bibliothèque.

— Veuillez m'excuser, monsieur Hartford. Une lady demande à vous voir.

Anne !

Hart bondit sur ses pieds.

— Je l'ai installée dans le salon bleu, précisa le majordome.

— Je vous demande pardon, dit Hart en inclinant la tête à l'intention de son grand-père puis de M. Archer, avant de quitter la pièce, suivi d'Éris.

Il se hâta vers le salon bleu, ainsi nommé en raison de ses murs tendus de soie bleue et de ses rideaux et fauteuils en damas identiquement bleus.

Mais ce n'était pas Anne qui l'y attendait.

Il s'agissait de sa mère.

Hart s'arrêta net.

— Lady Arundell, dit-il en s'inclinant. C'est inattendu.

La comtesse était restée debout, aussi impressionnante que la reine Victoria – et aussi dénuée d'humour. Elle avait revêtu son habituel uniforme de crêpe noir, et tenait sa lorgnette en argent à la main.

— Bien au contraire, dit-elle avec sévérité.

— Je vous demande pardon, madame ?

Portant sa lorgnette à ses yeux, elle le détailla de la tête aux pieds. Ce qu'elle vit parut la décevoir. Lorsqu'elle abaissa son instrument, elle affichait une moue pincée.

— Vous avez plus de profondeur que je ne le pensais, Hartford.

Éris choisit ce moment pour sauter directement du sol sur l'épaule de Hart, un tour qu'elle avait appris ces derniers temps et qu'elle accomplissait sans y avoir été invitée.

Il la décrocha aussitôt de son épaule, conscient du regard médusé de lady Arundell.

— Pas si profond que ça, je vous assure, dit-il en déposant Éris sur un fauteuil.

— C'est ce que vous prétendez. Vous cachez bien votre jeu, derrière votre apparence de mondain désinvolte. Mais je vous ai démasqué.

Elle soutint son regard sans faiblir, puis ajouta :

— Courtisez-vous ou non ma fille ?

Hart retint l'envie de laisser exploser sa joie.

Anne avait enfin parlé à sa mère.

— Alors ? insista la comtesse.

— Je la courtise en effet, milady.

Elle le toisa sévèrement.

— Je dois vous dire, monsieur, que je trouve cela d'une extraordinaire impertinence. Ne vous est-il jamais venu à l'esprit de me demander la permission ?

— Je n'en voyais pas la raison, puisque mes intentions étaient parfaitement claires.

Sa Seigneurie ne s'en laissa pas conter.

— Est-il vrai que vous l'avez courtisée secrètement avant le décès de mon mari ?

Anne s'était visiblement confiée à elle, et il en était heureux. Cela signifiait que ses sentiments pour lui étaient sérieux. Suffisamment sérieux pour qu'elle prenne le risque de déplaire à sa mère.

— Ce n'était pas un secret. J'avais l'intention de demander sa main à lord Arundell, mais son décès nous a empêchés...

— Vous auriez pu m'en parler, coupa lady Arundell. Le fait que vous vous en soyez abstenu en dit long sur votre caractère.

— Cela remonte à des années, madame.

— C'est en effet un jeu qui dure depuis fort longtemps.

Hart se sentit blessé par l'accusation. Comme s'il n'avait eu de cesse de s'amuser de l'affection d'Anne. Comme s'il n'avait pas souffert chaque jour après leur rupture.

— Ce n'est pas un jeu pour moi, dit-il d'un ton pincé.

— Je l'espère bien, monsieur. Je n'admettrai pas qu'on se moque de ma fille.

Lady Arundell s'avança, aussi autoritaire et menaçante qu'un père outragé.

— Sachez une chose : mon mari n'est peut-être plus là, mais ma fille est toujours sous ma protection et je ne manquerai pas à mes devoirs.

— Mes intentions sont honorables, milady. Elles l'ont toujours été concernant votre fille. Mais, puis-je vous dire...

Il s'interrompit, de crainte d'aller trop loin.

— Que souhaitez-vous dire ? insista lady Arundell. Porter des accusations sur mon comportement en tant que mère, sans doute. Vous allez me reprocher d'être protectrice à l'excès. D'être trop exclusive avec ma fille et, ce faisant, de contrecarrer vos visées.

Hart avait résolu de ne pas céder à la colère avec la mère d'Anne, quelle que soit la provocation. Mais il ne pouvait plus tenir sa langue.

— Vous ne l'avez en aucune façon protégée. Vous étiez trop préoccupée par vos propres soucis, et Anne en a souffert.

Lady Arundell blêmit.

— Comment osez-vous ?

— J'ose parce que je tiens à elle. Je l'ai vue s'étioler à cause de sa dévotion envers vous. Une dévotion qui semble être à sens unique.

— Vous ne savez rien de ma dévotion envers ma fille !

Hart fit un effort pour contenir son irritation.

— Non, dit-il. Pardonnez-moi. Vous avez raison, naturellement. Tout ce que je sais, c'est que je veux rendre Anne heureuse de nouveau. J'aimerais avoir votre permission pour essayer de le faire.

— Heureuse de nouveau ? Vous sous-entendez qu'elle n'est pas heureuse en ce moment ?

Il ne répondit pas.

La posture rigide de lady Arundell exsudait la dignité offensée.

— Fort bien. Vous pouvez la courtiser si elle y consent. Je ne me mettrai pas en travers de votre chemin. Je l'autoriserai même à se rendre à cette réception à Sutton Park en décembre, sous mon chaperonnage. Mais ne vous y trompez pas, monsieur. L'homme qui gagnera la main de ma fille devra être plus qu'un séduisant cocher.

Un séduisant cocher ?

On avait déjà qualifié Hart de bien pire.

Cela n'en demeurait pas moins une insulte.

— Je suis certain d'avoir des qualités autres que celle de savoir conduire un phaéton, madame, rétorqua-t-il. Ou que la beauté, pour autant que ce soit le cas.

La comtesse ricana.

— Ah bon ? Et qu'avez-vous fait pour prouver votre sérieux ? Quelles réalisations avez-vous accomplies ? Quels divertissements avez-vous sacrifiés ? Vous possédez un domaine dans le Somersetshire, mais vous n'avez pas de maison en ville. Vous demeurez avec lord March de la même façon insouciante que du vivant de vos parents – Dieu ait leur âme. Ils vous ont élevé pour que vous assumiez vos devoirs mais, depuis leur décès, vous ne vivez que pour votre bon plaisir.

Hart avait souvent entendu ces reproches de la part de son oncle Brookdale essentiellement, mais aussi d'Anne. Cependant, il ne les prenait pas de la même façon venant de lady Arundell – la personne qui l'avait séparé pendant des années de la femme qu'il aimait.

— Avec tout le respect qui vous est dû, dit-il, vous ne savez rien de mes responsabilités.

— Tout comme vous ne savez rien de mes sentiments de mère, rétorqua la comtesse. Mais nous en resterons là pour le moment.

Elle glissa sa lorgnette dans sa manche.

— Je n'ai pas l'intention de me quereller avec vous, Hartford.

— Moi non plus, milady.

— Dans ce cas, nous sommes d'accord. J'autorise vos attentions envers ma fille. Quant à vous…

Lady Arundell le fixa d'un air hautain.

— … faites en sorte de la mériter.

35

— Vous avez cessé votre collaboration avec le *Weekly Heliosphere*, dit Anne à l'instant où Hart mit ses juments au pas.

Un soleil timide filtrait à travers les nuages. La sempiternelle pluie d'octobre avait cessé, ne fût-ce que pour une heure ou deux. C'était suffisant pour une courte promenade.

Hart était passé chercher Anne à 13 h 30. À peine était-elle montée à bord du phaéton qu'elle lui avait fait part de ce qu'elle avait découvert en ouvrant son journal, au petit déjeuner.

La chronique de M. Bilgewater ne contenait pas de critique littéraire cette semaine, uniquement des adieux moqueurs.

> *Mes bien chers lecteurs : le temps est venu pour votre serviteur de vous dire adieu et de vous souhaiter bonne chance pour la suite de vos aventures littéraires. Nous ne serons malheureusement plus en mesure de vous guider dans vos choix. Les sirènes du bonheur conjugal nous contraignent à abandonner notre rubrique hebdomadaire et à nous consacrer à nos obligations matrimoniales. Ainsi que l'écrivait Goethe dans* Les Souffrances du jeune Werther, *« c'est le cœur seul qui fait notre félicité ». C'est donc*

sur les questions de cœur que je vais désormais porter mon attention.

— Je vais renoncer à toutes mes chroniques, dit Hart en regardant droit devant lui.

— Toutes ? répéta Anne, levant les sourcils d'étonnement. Mais pourquoi ?

Il lui lança un regard éloquent.

— Ça me semble évident.

Ça ne l'était pas pour Anne. Ses paroles moqueuses à propos du « bonheur conjugal » et des « questions de cœur » étaient pour elle du charabia.

Hart était très loin de la demander en mariage.

Et elle était très loin d'accepter.

— Je suis sûre que vous vous êtes follement amusé à écrire ça, dit-elle. Ce n'est pas pour autant que j'y crois. Vous avez sûrement renoncé pour une autre raison.

— Meilleure que vous ?

— Non, dit-elle en secouant la tête. Je n'endosserai pas la responsabilité de cette décision. Je ne vous ai jamais demandé de sacrifier vos centres d'intérêt pour moi.

— Il ne s'agissait pas de centres d'intérêt. C'était seulement une façon de me divertir. Mais je n'ai plus le temps pour ça. Ni pour les courses de phaétons ou les paris ridicules. À dire vrai, cela faisait un moment que ces rubriques ne représentaient plus qu'un fardeau pour moi, à part quand je m'en suis servi pour vous courtiser.

Anne garda le silence.

Hart se comportait étrangement depuis que sa mère lui avait rendu visite à Arlington Street. Anne était restée à la maison quand maman était allée retrouver M. Fielding pour une conférence sur le spiritisme chez lady Younger, à Mayfair. Profitant de ce qu'elle était dans le quartier, elle avait pris la liberté de s'arrêter chez le comte de March. Elle n'avait pas fait mystère de sa visite. Au contraire, elle en avait parlé à Anne dès son retour à Ludgate Hill.

En conséquence de quoi, maman et Hart s'étaient ensuite montrés très distants l'un envers l'autre, et avaient fait preuve de la même retenue à l'égard d'Anne.

— Est-ce à cause de quelque chose que ma mère vous a dit quand elle vous a rendu visite la semaine dernière ? J'imagine qu'elle a dû être sévère.

— Comment va-t-elle ? s'enquit-il avec courtoisie.

— Beaucoup mieux. Je pense qu'elle se plaît beaucoup à Ludgate Hill, finalement.

Mais Anne refusa de changer de sujet.

— Vous devez savoir que je ne m'attends pas à ce que vous renonciez...

— Qu'attendez-vous de moi ? demanda-t-il brusquement.

Elle cilla.

— Que voulez-vous dire ?

— Il semble que vous n'exigiez pas grand-chose. Pas de preuve que j'ai bel et bien changé. Pas d'assurance de mon affection. Vous ne m'avez demandé que deux choses depuis que vous avez franchi le seuil de la maison de mon grand-père cet été : écrire un article sur le domaine de Blunt dans le Yorkshire, et prendre en charge votre chaton.

— Je n'avais besoin de rien d'autre.

— Avez-vous besoin de moi ? Je me le demande, parfois. Ai-je seulement quelque chose à vous offrir ?

— Quelles étranges paroles !

Elle lui lança un regard inquiet sous le large bord de son chapeau à rubans noirs.

— Essayez-vous de provoquer une dispute ?

— J'essaie de déterminer où j'en suis avec vous.

— Vous me faites la cour, il me semble.

— Oui, mais ensuite ?

Un fiacre leur coupa la route, obligeant Hart à une manœuvre délicate.

— Si vous étiez sérieux dans votre article, vous auriez pu citer un autre auteur que Goethe. Vous avez conscience que Werther meurt à la fin du livre, n'est-ce pas ? De toute façon, vous n'avez jamais dit que vous m'aimiez.

— Vous ne l'avez jamais dit non plus. Pas avant que vous me découvriez à moitié mort à Battersea.

— Vous auriez voulu que je vous le dise à l'époque ? Le temps que je prenne conscience de ce que je ressentais, vous étiez dans la montagne indienne, à cataloguer des lis. Et quand vous êtes revenu...

Elle écarquilla les yeux.

— Bonté divine ! Vous voulez réellement provoquer une dispute.

— Ce que je veux, c'est savoir si votre réaction serait la même aujourd'hui si je devais m'éloigner quelque temps.

Un muscle joua sur sa joue quand il précisa :

— Je ne veux pas vous perdre de nouveau.

Anne se radoucit. Elle commençait à comprendre où résidait le problème. La visite de la comtesse d'Arundell avait fait douter Hart de lui-même et des sentiments qu'elle lui portait.

Cette vexante retenue qu'il affichait était un effort de sa part pour prouver qu'il était digne d'elle. Pour montrer à Anne et à sa mère qu'il était un homme sérieux et réfléchi.

Il avait grand besoin d'être rassuré.

— Ne soyez pas bête, dit-elle.

— Je suis sérieux. Je vous ai attendue trop longtemps. Si je vous perdais aujourd'hui...

— Vous n'allez pas me perdre. Sauf si vous faites quelque chose d'irrémédiablement stupide.

Elle tourna la tête vers la rue.

— Quant à l'avenir... Si vous voulez savoir ce qu'il recèle, vous devriez consulter Mme Frazil ou

Mme Blakely-Strange. En ce qui me concerne, je ne peux faire aucune promesse.

— Évidemment, répliqua Hart, morose.

— Vous non plus.

Il lui lança un regard solennel.

— Je vous promettrais la lune si je le pouvais.

Le cœur d'Anne s'emballa. Elle pouvait composer avec Hartford quand il plaisantait. Lorsqu'il devenait sérieux, c'était plus compliqué, surtout s'il l'abreuvait de compliments bouleversants.

Elle le voulait trop, voilà le problème. Elle voulait ses douces paroles, ses regards enflammés, ses baisers. Et elle ne ressentait pas cela uniquement quand elle était en sa compagnie. Dès qu'ils étaient séparés, il lui manquait. En conséquence de quoi, les moments qu'ils passaient ensemble étaient si emplis de tension qu'il suffisait d'une étincelle pour mettre le feu aux poudres.

S'ils avaient été seuls, Anne aurait peut-être eu l'audace de faire quelque chose pour apaiser cette tension. Mais il n'y avait aucune intimité possible dans la rue la plus animée de Londres en plein après-midi.

— Je ne veux pas la lune, dit-elle. Votre amitié me suffit.

Elle observa une pause infime.

— Et vos baisers aussi, si vous y êtes enclin.

Il lui lança un regard brûlant.

— J'y suis toujours enclin, avec vous.

Anne était en grand danger de rougir. Mais elle ne regrettait pas sa franchise. Surtout, ses paroles avaient donné un nouvel élan à l'humeur de Hart.

Le coin de ses lèvres se souleva alors qu'il dépassait un omnibus.

— Un sourire, enfin ! s'exclama-t-elle. Je craignais que ma mère ne vous ait irrémédiablement changé.

— Si c'était le cas, j'en serais le seul responsable. C'est moi qui vous ai demandé de parler avec elle.

— Le regrettez-vous ?

— Non. Je veux que vous sachiez que je prends cela très au sérieux.

— Je le sais déjà. Vous n'avez pas besoin de renoncer à vos rubriques pour me le prouver. À dire vrai, je suis assez contrariée que vous songiez à le faire. Je commençais à apprécier votre façon de me conter fleurette à travers vos écrits.

Il lui lança un regard surpris.

— Est-ce vrai ?

— Oui, admit-elle. En dépit de tout bon sens, il y a toujours eu une part de moi qui était attirée par votre penchant pour les élucubrations. Tant que ce n'était pas malintentionné.

— J'ignorais que vous considériez mes facéties comme autrement qu'irritantes.

— Eh bien, maintenant, vous connaissez la vérité.

Anne voulait qu'il soit heureux. Qu'il soit lui-même.

— Ne renoncez pas à toutes vos rubriques pour moi, dit-elle. Si vous essayez de me prouver votre valeur...

— Pas seulement à vous. À votre famille. À vos amies.

— En parlant de mes amies...

Anne hésita.

Julia, Stella et Evelyne savaient que Hart la courtisait, mais elle ne leur avait pas dit ce qu'elle ressentait vraiment pour lui. Seule Stella semblait avoir deviné qu'elle était éperdument amoureuse.

— Qu'y a-t-il ? demanda Hart.

— Le mariage de Mlle Malravers avec M. Malik a lieu lundi prochain. Peut-être pourriez-vous m'y escorter ?

Le sourire de Hart s'élargit. Ce n'était pas une annonce de fiançailles dans le journal, mais c'était un joli début en matière de déclaration publique.

— J'en serais honoré, répondit-il.

— Parfait.

Anne croisa les mains sur ses genoux et leva son visage vers le ciel alors qu'ils poursuivaient leur promenade à l'assaut de la colline. Le soleil allumait des reflets d'or dans les mèches de cheveux qui s'échappaient de son sévère chapeau noir.

L'esprit de Hart s'allégea tandis qu'il la regardait.

Il était de méchante humeur depuis qu'il avait appris qu'il devrait se rendre à Inverness dans une quinzaine de jours. Et la conversation qu'il avait eue avec lady Arundell n'avait rien arrangé.

Depuis la visite de la comtesse, il était confronté à son propre manque de mérite. C'était un sentiment familier. En grandissant, il avait constamment été déprécié par ses parents. Selon eux, il manquait des qualités qu'ils estimaient le plus. Il n'était jamais suffisamment sérieux ni suffisamment intelligent, selon leurs critères exigeants.

Il lui avait fallu des années pour s'apprécier tel qu'il était. Mais après ce que lui avait dit lady Arundell, il doutait de nouveau de lui. Ce doute s'accompagnait d'une peur démesurée de perdre Anne.

Il voulait être digne d'elle.

C'était pour cette raison qu'il souhaitait renoncer à ses rubriques. Et aussi pourquoi il avait essayé de se comporter avec le décorum nécessaire, durant la dernière semaine.

Anne ne semblait pas approuver ses efforts. Au contraire.

Et il ne l'en appréciait que plus pour cela.

Parfois, il avait l'impression qu'aucune personne sur terre ne savait mieux qui il était vraiment.

Et encore, il ne lui avait pas tout dit.

Il avait l'intention de lui parler. Il le devait. Il ne pouvait pas partir pour l'Écosse sans qu'Anne sache la vérité.

Il fut forcé de ralentir derrière une charrette.

— Auriez-vous la possibilité de faire un plus long trajet avec moi ? demanda-t-il tout à coup. La semaine prochaine, peut-être, si le temps s'éclaircit.

— Je ne vois pas ce qui m'en empêcherait.

— Votre mère pourrait désapprouver.

— Elle n'a plus d'objection à avoir maintenant que vous me courtisez. Avez-vous un endroit en tête ?

— Oui, dit-il d'un ton résolu. Je voudrais vous montrer quelque chose à Battersea.

Elle lui lança un regard surpris.

— Vous voulez me présenter aux Neale ?

Hart se crispa. Présenter Anne à Mme Neale était la dernière idée qui aurait pu lui traverser l'esprit.

— Seigneur, non !

Les maîtresses des gentlemen et leurs enfants illégitimes ne se mêlaient pas à la bonne société. Leur existence, même si elle pouvait être connue officieusement, était un affront public. Aucune lady à l'esprit délicat n'oserait s'exposer à une telle rencontre, et seul un goujat oserait lui demander cela.

Mais Anne était différente des autres femmes du monde.

— Je serais ravie de voir vos sœurs, dit-elle. Et de repartir sur de bonnes bases avec votre frère. Nous nous sommes rencontrés dans des circonstances particulièrement peu propices.

Hart en savait quelque chose. Marcus parlait encore du savon que lui avait passé Anne. Il l'avait qualifiée de mégère. Mais la colère de la jeune femme visait à le défendre.

Elle tenait à lui. Elle avait toujours tenu à lui.

Hart ne voulait plus de secrets entre eux.

— Fort bien, dit-il. Si c'est vraiment ce que vous souhaitez, nous nous arrêterons d'abord chez les Neale.

Le mariage d'Evelyne avec M. Malik eut lieu un lundi matin pluvieux, dans la maison de son oncle à Russell Square. Le salon de M. Fielding avait été décoré pour l'occasion, à l'aide d'une grande quantité de fleurs aux tons orangés. Un jeune pasteur doté de lunettes attendait de commencer l'office. M. Malik se tenait à côté de lui, impatient de voir arriver sa fiancée. Grand et bien bâti, avec une épaisse chevelure noire et une peau cuivrée, il portait un costume noir impeccablement coupé.

Anne n'en attendait pas moins du talentueux tailleur et couturier. Elle était assise au troisième rang en compagnie de Stella et Julia, toutes trois encadrées par Hart et le capitaine Blunt.

De nombreuses chaises et banquettes capitonnées avaient été apportées pour accueillir les invités, qui avaient répondu présents en nombre. Outre Julia, venue du Yorkshire avec le capitaine Blunt, il y avait Nora, la tante d'Evelyne, qui avait fait le trajet du Sussex avec les jeunes sœurs de celle-ci : Augusta, Caroline, Elizabeth et Isobel. La cousine de M. Malik, Mira, était là avec son fiancé, M. Jones. Le célèbre avocat M. Finchley et sa femme Jenny assistaient également à la cérémonie. Il y avait aussi une couturière du nom de Mlle Rawlins, et plusieurs autres jeunes femmes. Une grande diversité sociale régnait au sein des invités.

— Je suis tellement nerveuse, dit Stella à voix basse.

— Moi aussi, murmura Julia. J'ai l'impression que c'est moi qui me marie.

— Tu es déjà mariée, lui rappela Anne.

— Oh, je le sais.

Rougissante, Julia tourna les yeux vers son sévère mari couvert de cicatrices de guerre. Elle ne lui avait pas lâché la main depuis leur arrivée. Tous deux étaient terriblement amoureux.

Anne, en revanche, avait lâché le bras de Hart dès qu'ils s'étaient assis.

Évidemment, ses amies n'avaient pas tardé à comprendre de quoi il retournait.

— Il paraît qu'un mariage en entraîne un autre, remarqua Stella. D'abord celui de Julia, puis celui d'Evie...

— Je me demande qui sera la suivante, commenta Julia avec un sourire malicieux à l'intention d'Anne.

Cette dernière se contenta de lever les yeux au ciel.

Peu après, Evelyne entra au bras de son oncle.

Stella étouffa un petit cri de surprise, et Julia murmura :

— Oh, comme elle est belle !

Evelyne portait une robe créée par M. Malik. Elle était en soie ivoire, avec des boutons en perle tout le long du corsage et des sous-manches en délicat tulle blanc. Un ruban de satin blanc était noué autour de la taille d'Evelyne en un nœud élégant, et une couronne de fleurs orange était fixée dans sa chevelure.

On avait rarement vu une aussi jolie mariée.

Lorsque Evelyne et son fiancé se retrouvèrent à l'avant de la pièce, Anne eut un sourire tremblant.

Elle n'était peut-être pas romantique comme ses amies, mais son cœur débordait d'émotion depuis que Hart était venu la chercher ce matin à Ludgate Hill.

À présent, il était assis à côté d'elle, vêtu d'un costume à fines rayures relativement sobre. Ses ecchymoses avaient disparu. Seule la légère déviation de son nez rappelait ce jour sombre à Battersea. Cela le rendait encore plus beau, si une telle chose était possible. Encore plus cher au cœur d'Anne qu'il ne l'avait jamais été.

Tandis que la cérémonie commençait, elle lui prit la main. Hart entrelaça aussitôt ses doigts aux siens.

36

— Nous ne sommes pas habitués à recevoir, milady, déclara Mme Neale de son fauteuil à oreilles disposé près de la cheminée. D'ailleurs, jamais personne de votre rang n'est venu chez moi.

— Je suis ravie de le faire, madame, dit Anne. J'avais hâte de rencontrer les sœurs de M. Hartford.

Le visage de marbre, Hart était assis à côté d'elle sur le divan en chintz du modeste salon.

Comme promis, il s'était présenté à Ludgate Hill en ce jour de novembre où le temps était clément, afin de conduire Anne à Battersea. Il était infiniment sérieux aujourd'hui, et elle ne savait pas pour quelle raison. Elle connaissait déjà les péchés de son père, et plus rien n'aurait pu la choquer.

La maison des Neale était petite mais propre, et les sœurs de Hart, quoiqu'elles manquent un peu de conversation, étaient bien élevées. La plus âgée, Ethel, était une timide beauté brune à la silhouette élancée, tandis que sa cadette, Ermintrude, avait encore à quinze ans les rondeurs de l'enfance. Elles avaient accueilli Anne avec un mélange de respect et de curiosité.

Même Marcus faisait des efforts de courtoisie. Il s'était incliné devant Anne et lui avait demandé comment elle allait.

Vraiment, depuis son arrivée, tout le monde la traitait avec beaucoup de civilité.

Tout le monde sauf Mme Neale.

— Je suis sûre que de nombreuses personnes voudraient faire notre connaissance, dit celle-ci d'un ton amer. Mais M. Hartford a interdit à mes enfants de se mêler à la bonne société. Pourtant, Everett les aimait plus que tout. Marcus en particulier avait sa préférence.

Marcus n'eut aucune réaction. Assis avec ses sœurs sur l'autre divan en chintz, situé en face d'eux, il ne quittait pas des yeux son frère aîné.

Les deux filles s'intéressaient plutôt à Anne. Elle sentait sur elle le poids de leurs regards fascinés, du haut de son chignon jusqu'à l'ourlet de sa robe de crêpe noir.

— Connaissez-vous Hartford depuis longtemps ? demanda Ethel.

— Je l'ai connu presque toute ma vie. Nos mères étaient des amies d'enfance.

Mme Neale rougit à l'évocation de la mère de Hart.

— Êtes-vous en deuil ? questionna Ermintrude de but en blanc.

— Trudy ! murmura Ethel d'un ton réprobateur.

— Ce n'est rien, affirma Anne avec bienveillance. Je porte le deuil de mon père. Et, bien sûr, nous sommes tous affectés par le décès du prince Albert.

Les yeux d'Ethel s'arrondirent.

— Le connaissiez-vous, milady ?

— Non, mais je le tenais en grande estime. Nous devons le remercier pour l'Exposition universelle de 1851, et pour tant de choses merveilleuses. C'était un visionnaire. Tout le monde le pense.

Mme Neale se tenait raide comme un piquet sur son siège.

— Je ne m'aventurerais pas à avoir une opinion sur une figure aussi illustre.

Elle tourna les yeux vers Hart.

— Je sais où est ma place, n'est-ce pas, monsieur ? Vous n'avez eu de cesse de me le rappeler pendant neuf ans.

Hart lui répondit avec un calme implacable.

— Lady Anne n'est pas là pour subir vos récriminations, madame.

— Ça ne vous plaît pas, hein, que je dise la vérité pour une fois ?

— Mère, plaida Ethel.

Marcus se leva brutalement.

— Puis-je vous parler ? demanda-t-il à son frère. En privé.

Hart se rembrunit. Il semblait sur le point de refuser, aussi Anne prit-elle les devants.

— Faites, je vous en prie. Je serai très bien ici.

— En êtes-vous certaine ?

Anne lui sourit, avant d'adresser un regard amical à Ethel et Ermintrude.

— Absolument certaine.

Hart sortit dans le jardin avec Marcus. Dès que la porte se fut refermée derrière eux, son demi-frère livra ce qu'il avait sur le cœur.

— Combien de temps encore ? Cela fait des mois que vous me laissez dans l'expectative. Je ne peux plus le supporter.

Hart prit appui sur la façade de la maison et croisa les bras.

— Je crois que vous le pouvez. Considérez cela comme une période de repos forcé.

Marcus se mit à arpenter le jardinet boueux, cherchant visiblement à faire monter sa colère.

— Ce n'est pas du repos, c'est de l'emprisonnement !

Si tel était le cas, c'était uniquement du fait de Marcus. Seule sa culpabilité à propos de ce qui était arrivé à Hart de l'autre côté du fleuve avait empêché son demi-frère de se créer de nouveaux ennuis.

— Il n'y a pas de barreaux aux fenêtres, fit remarquer Hart. Vous êtes libre de sortir quand vous voulez.

— Pour faire quoi ? Je n'ai pas d'argent. Vous avez supprimé mon allocation.

— Vous ne manquez de rien.

— Oh non, bien sûr ! Je ne peux même pas offrir un bouquet de fleurs à ma bien-aimée. Et je ne peux pas lui parler d'avenir, car vous ne daignez pas me dire ce que vous avez l'intention de faire de moi.

Hart n'eut aucune pitié.

— Si cette jeune personne ne s'intéresse qu'à vos cadeaux, alors vous êtes mieux sans elle.

— Si vous me procuriez un peu d'argent…

— Vous en avez eu assez pour toute une vie. Vous me devez présentement plus de sept mille livres.

Marcus s'enflamma.

— Que je devrai vous rembourser au prix de ma vie, je sais.

— J'étais sérieux.

— Eh bien, qu'attendez-vous ? Envoyez-moi en mer ! Ou dans n'importe quel pays en guerre où on envoie mourir les soldats !

— Mort, vous ne me seriez d'aucune utilité.

— Eh bien quoi ? Ce que vous faites est de la torture.

C'était possible. Hart avait conscience qu'il était difficile de perdre le contrôle de son propre avenir. Mais, livré à lui-même, Marcus n'aurait pas eu d'avenir du tout.

— Fort bien, dit-il. J'ai l'intention de vous envoyer en Écosse.

Marcus arrêta ses déambulations pour se poster devant lui, stupéfait.

— Pardon ?

— Je connais un excellent homme qui va prendre un poste là-bas. Il a besoin d'un apprenti. Le travail sera dur et vous commencerez en bas de l'échelle, mais vous pourrez vous élever.

Marcus parut horrifié par cette perspective.

— Pourquoi ferais-je une telle chose ?

— Parce que, dit Hart en se penchant au-dessus de lui, je veux que vous fassiez quelque chose de vous-même. Je veux que vous appreniez un métier dont vous serez fier. Il n'y a aucune satisfaction à vivre comme vous le faisiez, seulement la ruine et la disgrâce.

— Vous ne savez rien de ma vie, répliqua Marcus. Comment le pourriez-vous ? Vous avez tout eu : d'abord Eton, puis Cambridge. Le fils privilégié. L'héritier fortuné. Riant de mon infortune du haut de votre grandeur, comme si je n'étais rien d'autre qu'un détritus sous votre botte.

— C'est ce que vous croyez ?

Hart hésita à peine une seconde avant de l'éclairer.

— Vous avez souvent dit que notre père vous préférait à moi. Et vous aviez raison. Il ne se souciait aucunement de moi. J'étais la honte de la famille, bon à rien, à part conduire un phaéton avec un peu de talent.

Marcus eut un ricanement incrédule.

— C'est la vérité, insista Hart. Il ne m'a laissé que quelques milliers de livres et un domaine à l'abandon dans le Somersetshire, qui coûtait plus qu'il ne rapportait. Mon seul recours a été de chercher un emploi.

— Vous ne feriez jamais…

— Oh si. Je travaille. J'y suis bien obligé. C'est grâce à cela que je paie cette maison, que j'assure à votre mère et à vos sœurs un minimum de confort, et que j'ai réglé toutes vos fichues dettes.

Marcus déglutit avec peine, mais Hart n'en avait pas terminé.

— Je ne pouvais pas suivre l'exemple de notre père. Il a fallu que je trouve une autre voie. Et vous le devez aussi. Vous ne pouvez passer le reste de votre vie à essayer d'être ce que vous n'êtes pas. Trouvez quelque chose à faire. Quelque chose qui vous rendra heureux.

— Pourquoi diable vous souciez-vous de mon bonheur ?

— Parce que, malgré tous vos défauts, vous êtes mon frère.

Le visage de Marcus se décomposa. Il détourna le regard. Lorsqu'il prit de nouveau la parole, sa voix était enrouée d'émotion contenue. Il paraissait soudain très jeune.

— De quel genre de travail s'agit-il en Écosse ?

— Un travail d'avenir.

Hart posa la main sur l'épaule de son frère, d'un geste rassurant.

— Dites-moi, que savez-vous sur l'extraction de la plombagine ?

Anne serrait fermement la main de Hart tandis qu'il l'aidait à prendre place dans le phaéton. Ils n'avaient pas passé plus de vingt minutes chez les Neale. Une visite de courtoisie, quoiqu'un peu inconfortable. Mais elle ne regrettait pas l'expérience. En réalité, cela avait été une révélation.

Ainsi, c'était ce que faisait Hart depuis qu'il avait découvert la trahison de son père. Il portait cette famille à bout de bras, sans jamais en être remercié. Il veillait à leur sécurité, tout en préservant leur dignité.

Tout ce qu'avait dit Mme Neale n'avait fait que le confirmer. Hart prenait soin d'eux, et il ne recevait en retour que des accusations, des récriminations et des demandes incessantes d'argent.

Et pourtant, il avait continué à assumer ses responsabilités. Hart avait cette bonté en lui et cette constance à toute épreuve.

Anne était à la fois impressionnée et déstabilisée par cette découverte.

Était-ce également ainsi que les choses s'étaient déroulées entre eux ?

Elle ne lui avait rien demandé depuis leur rupture, à part lorsqu'elle lui avait rendu visite à Arlington Street. Mais elle l'avait insulté à plusieurs reprises. Elle avait refusé de danser avec lui. De lui parler. De lui sourire ou de le comprendre.

Pourtant, il avait persévéré en dépit de tout. Toujours là pour elle. Toujours à l'attendre. Ne manquant jamais une opportunité de lui rendre service.

Hart donna une pièce au jeune garçon du quartier à qui il avait demandé de surveiller son attelage, puis s'installa à côté d'Anne.

— C'est la première fois que je quitte cette maison de mon plein gré, dit-il. D'habitude, Mme Neale me met à la porte au bout d'un quart d'heure.

Anne arrangea ses volumineuses jupes noires.

— Elle est embarrassée.

— Mme Neale ?

Hart prit les rênes et guida ses juments dans la rue.

— C'est une virago qui rêve de respectabilité, déclara-t-il.

— Certes, mais c'est parce qu'elle a terriblement honte.

Hart lui lança un regard étonné.

— Vous n'allez quand même pas me dire que vous êtes désolée pour elle ?

— Il faut bien que quelqu'un le soit. Elle a eu trois enfants d'un homme qui ne l'a jamais épousée. Et aujourd'hui, elle dépend du fils légitime de cet homme, un gentleman bien né et fortuné.

— Plus aussi fortuné que cela, rétorqua Hart avec un sourire désabusé.

— Toujours plus qu'ils ne le sont. Vous tenez leur avenir entre vos mains. Et il est évident que vous détestez cette femme.

— C'est bien normal. Elle se montre odieuse chaque fois que je lui rends visite.

— Dans le cas contraire, vous ne ressentiriez aucune animosité envers elle ?

— Eh bien...

Il fronça les sourcils.

— Je ne sais pas. Je suppose que je lui en veux. Tout comme à mon père. Ils se sont mal conduits. Et nous sommes nombreux à en souffrir.

— Vous parlez de vous et de vos frères et sœurs ?

— Et du reste de la famille.

— Vos sœurs sont ravissantes, en tout cas. Timides, mais adorables. Il leur serait profitable de sortir dans le monde.

— Quel monde ? Elles sont illégitimes.

— Il doit bien y avoir des événements auxquels il leur serait possible d'assister à Battersea.

— Ça ne fonctionnerait pas. La classe moyenne est encore plus intransigeante sur la moralité que les gens de notre monde. Dès qu'une commère aura appris pourquoi Mme Neale n'avait jamais fait d'apparition publique auparavant, mes sœurs et moi serons humiliés.

— Pourquoi ne leur avez-vous pas proposé d'emménager ailleurs ? demanda Anne. Quelque part où la famille pourrait prétendre à plus de respectabilité.

— C'était ma première idée. Mais Mme Neale a refusé de partir de Londres. J'ai eu le plus grand mal à lui faire quitter la petite maison que mon père avait louée pour elle à Chelsea. Si elle avait eu les moyens d'y rester, elle l'aurait fait. Battersea était un compromis.

Il mit ses juments au trot sur Church Road. Le quartier résidentiel, avec ses modestes maisons et boutiques, avait progressivement laissé place à une zone industrielle animée le long du fleuve.

— Votre grand-père serait-il très offensé d'apprendre leur existence ?

— C'est une façon de présenter les choses...

Il marqua une pause infime.

— En réalité, j'ai bien peur que cela ne le tue.

— Il idéalisait votre père à ce point ?

— Si ce n'était pas le cas de son vivant, ça l'est certainement maintenant.

Hart grimaça.

— La réputation blanche comme neige de l'estimé Everett Hartford n'a fait que croître après sa mort. Il était apparemment un homme parfait.

— Aucun homme n'est parfait, protesta Anne.

Elle observa le paysage qui défilait. Il n'y avait plus d'habitations, seulement des jardins maraîchers, des distilleries et des usines.

— Où allons-nous ?

Hart était concentré sur la route, le visage crispé par la détermination.

— Je vous l'ai dit. Je veux vous montrer quelque chose.

— Le long du fleuve ? Mais il n'y a que des industriels à cet endroit.

Une petite usine se dressait à proximité. Un grand panneau fixé au portail indiquait : *Parfit Plumbago Crucible Company*.

Hart s'arrêta devant.

— Je sais, dit-il. J'en suis un.

37

Anne le dévisageait avec stupéfaction. Elle ouvrit la bouche, comme si elle souhaitait dire quelque chose, mais aucun mot n'en sortit.

Hart se demanda s'il n'avait pas commis une erreur. Mais il était trop tard pour faire machine arrière.

— C'est pour cette raison que je voulais que vous veniez avec moi à Battersea. Pas à cause des Neale. Je voulais que vous constatiez ce que je suis devenu, depuis notre rupture.

Anne tourna la tête pour regarder l'usine.

— Elle n'est quand même pas à vous ?

— En fait, si. À cinquante et un pour cent. M. Parfit est l'un de mes associés, ainsi que deux autres gentlemen : M. Goodbody et M. Acker. Nous avons créé la compagnie en 1857, peu après mon retour de l'Himalaya. Ça a débuté avec une invention que j'avais découverte bien avant, à l'Exposition universelle. J'avais alors envisagé d'investir, puis ma vie a pris un autre chemin…

Hart s'interrompit, conscient qu'il digressait.

— Je vous ai choquée ?

— Non. Enfin, peut-être un peu. Mais pas parce que vous êtes dans le commerce. Je m'en doutais.

Il la dévisagea avec surprise.

— Vraiment ?

— Eh bien, quand nous étions à York, vous avez dit que vous aviez d'autres sources de revenus. Ordinaires, avez-vous précisé. À quoi d'autre pouviez-vous faire allusion ?

Un pli soucieux barra le front de la jeune femme.

— Ce que je ne comprends pas, c'est le rapport avec notre rupture.

Avant que Hart ait pu répondre, un ouvrier s'avança vers la grille.

— Monsieur Hartford, dit-il en ôtant sa casquette. Madame.

Il inclina la tête à l'intention d'Anne.

— Vous venez nous voir aujourd'hui, monsieur ?

— C'est bien possible, Sam.

Hart chercha confirmation dans le regard d'Anne.

C'était une folie, il le savait. Il risquait même de se déprécier à ses yeux. Mais il voulait qu'elle sache ce qu'il avait accompli. Qu'elle comprenne qu'il n'était pas le gentleman inutile et écervelé qu'elle l'avait accusé d'être.

— Voulez-vous voir l'intérieur ? demanda-t-il.

Elle esquissa un sourire.

— Il semblerait que vous ayez envie de me le montrer.

— En effet. J'en ai très envie.

— Très bien, dit-elle.

Sam tint les juments tandis que Hart descendait du phaéton et en faisait le tour. Plutôt que de tendre la main à Anne pour l'aider à descendre, il la prit par la taille et la souleva.

Le souffle de la jeune femme s'altéra. De son côté, Hart tremblait un peu, conscient de ce qui se jouait pour lui. C'était son âme qu'il s'apprêtait à livrer à Anne en lui faisant découvrir tout ce qu'il était, et tout ce qu'il ressentait pour elle.

— Je les fais marcher un peu ? proposa Sam.

À regret, Hart déposa Anne au sol.

— S'il vous plaît, dit-il. Nous n'en avons pas pour longtemps.

Elle lui prit le bras tandis qu'ils traversaient la cour. De nombreux bâtiments s'étendaient autour d'eux : fonderie, entrepôts, atelier de poterie, et autres pièces destinées au broyage et au séchage de l'argile utilisée pour fabriquer les creusets.

À mesure qu'ils approchaient des salles de mélange, le sol et les bâtiments apparaissaient noircis, du fait de l'utilisation de plombagine. C'était la même poussière noire qui recouvrait les vêtements des ouvriers, des hommes humbles et diligents, nullement habitués à la vue d'une lady. Certains restaient bouche bée devant sa beauté blonde. D'autres, ayant reconnu Hart, ôtaient leur casquette.

Hart adressa des signes de tête à chacun, mais ne s'arrêta pas.

— Tout a commencé avec l'Exposition universelle, reprit-il. Un gentleman venu d'Amérique présentait un nouveau modèle de creuset. Il disait que cela révolutionnerait l'industrie. Je pensais qu'il exagérait, naturellement, mais son enthousiasme était contagieux.

Hart se rappelait encore l'émerveillement qu'il avait ressenti en examinant les différentes inventions présentées au Crystal Palace.

— J'avais dix-neuf ans, à l'époque. Mes parents étaient encore de ce monde. Mon avenir était tout tracé. Après l'université, je devais me marier et m'installer à la campagne, quelque part loin de Londres, où mon comportement ne nuirait plus à l'excellente réputation de mon père.

— Hypocrite, murmura Anne.

Elle se mordit la lèvre.

— Je suis désolée de l'avoir dit, mais je le pense.

— Je n'ai pas tardé à le découvrir, répondit sombrement Hart. Deux ans plus tard, mes parents n'étaient plus là et j'ai découvert qui était vraiment mon père.

— Vous avez dû être tellement…

Elle ne trouvait pas ses mots.

— J'avais perdu mes illusions, je ne dirai pas le contraire. Mais je n'avais pas l'intention de dévier de l'avenir qu'ils m'avaient fixé. J'aspirais à vous conquérir, et j'avais hérité de Barton Court. J'étais destiné à finir mes jours dans la peau d'un gentleman-farmer.

Elle lui lança un regard moqueur.

— Un gentleman-farmer, vraiment ?

Il posa sa main sur la sienne.

— Cela n'avait pas d'importance, en fin de compte. Quand vous avez rompu notre engagement, la vie que j'avais envisagée s'est évanouie dans un nuage de fumée. J'étais brisé. Je ne me souciais plus de mon avenir ni de ma réputation. Barton Court ne m'intéressait plus.

— Vous y teniez quand même un peu, puisque vous ne l'avez pas vendu.

— Non, je ne l'ai pas vendu. Mais je l'ai hypothéqué.

Anne s'arrêta.

— Pardon ?

Hart l'incita à avancer, ce qu'elle fit à regret, tout en le fixant avec stupéfaction.

— Je l'ai mis en gage contre un prêt. Puis j'ai pris un pari insensé avec cet argent et avec le peu qui restait de mon héritage.

Hart regarda autour de lui, encore vaguement surpris de son audace.

— J'ai repris contact avec cet Américain rencontré à l'Exposition universelle, et je lui ai offert une somme considérable pour obtenir les droits exclusifs de fabriquer ses creusets en Angleterre. Et avec le reste de l'argent, j'ai ouvert cette usine.

Anne était médusée.

— Vous avez dépensé tout ce que vous aviez ?

— Ça ne suffisait toujours pas. J'ai dû m'associer avec trois hommes d'affaires. Parfit était banquier. Acker dirigeait une manufacture de savon et venait de prendre sa retraite. Goodbody était à la tête d'une chaîne de pharmacies. Ils avaient l'expérience qui me faisait défaut, mais j'étais avide d'apprendre.

— Bonté divine, Hart…

Elle baissa la voix tandis qu'ils passaient près de deux ouvriers.

— Vous auriez pu faire faillite. Vous auriez pu perdre Barton Court.

— Je sais. Mais ce n'est pas arrivé.

Il la guida vers l'un des bâtiments.

— Allons voir l'entrepôt.

Tenant toujours le bras de Hart, Anne entra avec lui dans le froid bâtiment. Des étagères s'alignaient à perte de vue, garnies de récipients cylindriques de différentes tailles et de couleur gris métal. Des creusets, présuma-t-elle.

Deux ouvriers étaient occupés à garnir une étagère. Ils saluèrent Hart en ôtant leur casquette. Ce dernier leur demanda de les laisser quelques minutes, et ils s'empressèrent de quitter l'entrepôt.

— Quand nous avons commencé, expliqua Hart, nous n'avions qu'un four en brique, un moulin, et un unique cheval pour broyer l'argile. Cinq ans après, nous avons réhabilité les bâtiments existants, étendu le site, bâti un nouveau quai de chargement, et remplacé notre cheval par une machine à vapeur développant une puissance de trente-cinq chevaux.

Anne l'observa tandis qu'il regardait autour de lui, tel un roi surveillant son territoire. Il y avait de la satisfaction dans son attitude, mais aussi de la gravité.

Miséricorde. Il avait hypothéqué son domaine pour cette usine. Il avait engagé son héritage aussi sûrement que s'il avait parié aux tables de jeu.

C'était bien l'homme qu'elle avait connu dans sa jeunesse, prêt à tout pour parvenir à ses fins. Mais l'audace dont il avait fait preuve cette fois était d'un autre genre. Hart avait tout risqué : sa fortune, sa propriété, sa place dans la société et dans sa famille.

Être dans le commerce signifiait ne plus exister pour ses relations. Si une jeune lady se risquait à épouser un commerçant, elle n'était plus reçue parmi sa famille. Le bannissement était total.

— Je ne savais pas que vous fabriquiez de tels objets, dit-elle.

— Personne ne le sait. Ça doit rester un secret.

— Vous avez sûrement eu envie de le partager.

— Parfois.

Il esquissa un sourire et avoua :

— J'ai souvent souhaité pouvoir vous en parler.

Il y avait tant de tristesse dans ses paroles. Tant de regret.

Anne ressentit une profonde émotion à son égard. Ce même sentiment qu'elle avait eu pour lui au cours de toutes ces années.

Hart se dirigea vers une étagère et prit un contenant de taille moyenne.

— Savez-vous à quoi sert un creuset ? demanda-t-il.

Elle le rejoignit, ses longues jupes balayant le sol de l'entrepôt.

— À faire fondre des métaux, je crois.

— Ça ne les fait pas uniquement fondre. Ça les purifie. La chaleur élimine tout ce qui est inutile et indésirable.

Il lui tendit le creuset pour qu'elle puisse l'examiner.

— Quand il est fabriqué avec un mélange d'argile et de plombagine, un creuset brûle la matière deux fois plus vite. C'est une économie considérable de temps et d'argent.

Anne manipula le récipient avec soin. L'objet était solide et lourd entre ses mains.

— Vous êtes le seul à en fabriquer ?

— En Angleterre, oui. En fait, nous ne pouvons plus suivre la demande. Nos mines ne produisent pas suffisamment. Nous sommes obligés de nous développer.

Anne lui rendit le creuset.

— Je ne savais pas que ça pouvait avoir une telle valeur.

— Une valeur immense. Les creusets éliminent les impuretés. Ils distillent jusqu'à l'essentiel ce qui est déposé à l'intérieur.

Il remit l'objet à sa place sur l'étagère, laissant s'attarder ses doigts.

— Parfois, j'ai l'impression que c'est ce qui m'est arrivé.

Anne le dévisagea avec attention.

— Que voulez-vous dire ?

Il laissa retomber ses bras le long de son corps.

— Quand ma mère m'a appelé sur son lit de mort pour me révéler la trahison de mon père, j'ai perdu la foi. J'ai perdu mon cœur. Et je vous ai perdue.

Anne s'immobilisa, retenant son souffle tandis qu'il levait la main pour caresser une mèche de cheveux qui lui tombait sur la tempe, avant de la remettre en place sous son bonnet noir.

— Je suppose qu'on a parfois besoin d'être mis au feu pour comprendre ce qui est vraiment important, dit-il. Cela brûle tout autour de soi, et ne laisse que l'essentiel. C'est ainsi que je me suis retrouvé face à mes responsabilités et à mon amour pour vous.

Anne sentit ses lèvres trembler.

— Hart…

— Ne dites rien.

Du bout des doigts, il traça la courbe de sa joue.

— Pas tout de suite.

— Vous n'espérez quand même pas que je…

Il la fit taire d'un baiser.

La protestation étouffée de la jeune femme se transforma en gémissement de plaisir. Elle posa les paumes sur son torse.

Ils n'avaient aucune garantie d'intimité ici. N'importe qui pouvait entrer.

Mais Hart ne semblait pas s'en soucier. Sa bouche lui dérobait chaque souffle, chaque soupir avec une tendresse qui provoquait dans ses veines un troublant élan de chaleur.

Si l'embrasser ressemblait à cela, elle n'osait songer au reste.

Heureusement, il ne prolongea pas cette étreinte. S'il l'avait fait, elle aurait pu succomber sans se soucier des conséquences.

Il posa doucement son front contre le sien.

— Si je ne vous le dis pas maintenant, je ne le dirai jamais.

— Vous avez déjà dit…

— Il ne s'agit pas de cela.

Sa voix se fit plus grave :

— Vous savez ce que je ressens pour vous, Anne. Ce n'est pas là que réside mon problème.

Elle fit remonter ses mains sur le devant de sa veste de laine.

— De quoi s'agit-il, alors ?

— Je vais devoir partir prochainement. J'ai des affaires à régler en Écosse. Il m'est impossible de l'éviter.

Elle rejeta la tête en arrière pour le regarder dans les yeux.

— Combien de temps serez-vous absent ?

— Sans doute un mois.

— Un mois !

Anne eut l'impression que son cœur chutait comme une pierre.

Elle comprenait mieux maintenant pourquoi il ne voulait pas faire de promesse ou de déclaration. Il savait ce qui les attendait et le risque qu'ils encouraient.

C'était ainsi que leur histoire s'était terminée, la dernière fois. Il était parti, et les sentiments qu'ils avaient l'un pour l'autre n'avaient pas été assez forts pour qu'ils supportent la séparation.

— J'y vais pour explorer des opportunités minières dans les Highlands, expliqua-t-il. Une fois que j'aurai quitté mon hôtel à Inverness, je serai en constant déplacement, sans adresse fixe. Il me sera difficile de recevoir des lettres, mais j'ai l'intention de vous écrire tous les jours.

— Rien ne vous y oblige.

— Tous les jours, répéta-t-il. Je serai rentré à temps pour la réception de mon grand-père. Si vous partagez mes sentiments, retrouvez-moi à Sutton Park. Sinon, ne venez pas.

Anne sentit sa bouche se parcheminer.

— Mais de toute façon, nous avions un accord…

— Ça m'est égal, à présent. Je n'aurais jamais dû vous demander quoi que ce soit en échange de mon aide. Quoi qu'il arrive, je ferai toujours tout ce que vous me demanderez, Anne. Absolument tout.

Il soutint son regard.

— Je vous ai aimée sans faillir durant le temps où nous avons été séparés. Même quand j'étais en colère contre vous, je vous aimais. Si vous venez à Sutton Park, faites-le parce que vous ressentez la même chose, et pour aucune autre raison. Et pour l'amour du ciel…

Il prit son visage entre ses mains.

— Portez ce que vous voulez. Du noir, du rouge, n'importe quelle couleur ! Je ne veux plus de concessions. Ce que je veux, ce que j'ai toujours voulu, c'est vous.

Anne chercha son souffle. Elle n'avait pas envie d'attendre. Elle voulait lui parler maintenant. Mettre les choses au clair entre eux.

Mais Hart avait raison.

Ce n'était ni le moment ni l'endroit. Et quand bien même ce le serait, elle doutait de pouvoir trouver les mots. Ses pensées étaient trop éparpillées.

— Ce sera long, dit-il. Mais…

Elle agrippa les revers de sa veste en guise d'avertissement.

— Si vous me dites que l'absence renforce les sentiments, Félix Hartford, je ne réponds plus de mes actes.

Il sourit.

— Dans ce cas, je ne dirai rien.

Il déposa un dernier baiser sur ses lèvres, avant de s'écarter.

— Venez, dit-il d'un ton bourru en lui offrant son bras. Laissez-moi vous montrer le reste de l'usine.

38

Anne avait pris place en face de Stella dans la calèche qui s'éloignait de la maison de M. Fielding à Russell Square.

Maman était toujours à l'intérieur avec M. Fielding, claquemurée dans son bureau. Dès leur arrivée, il avait requis son assistance pour réviser un obscur texte en latin à propos d'un fait historique, et Anne avait été livrée à elle-même.

Evelyne ne résidait plus ici. Après leur bref voyage de noces, M. Malik et elle s'étaient installés dans une petite ferme à Hampstead. Sa tante et ses sœurs avaient aussi quitté les lieux, regagnant le Sussex après le mariage.

Anne n'avait donc eu personne pour lui tenir compagnie.

Tandis qu'elle buvait du thé noir dans le salon, en regardant la pluie tomber derrière la fenêtre, elle avait eu l'idée de faire appeler Stella.

Cette dernière se faisait rare à Ludgate Hill, le trajet étant trop compliqué pour elle en l'absence de calèche. Mais George's Street n'était pas très éloignée de Bloomsbury.

Il avait fallu peu de temps à Stella pour arriver, mouillée, les joues rosies et souriante.

Anne avait aussitôt obtenu la permission de sa mère de prendre la calèche pour aller faire des courses avec son amie.

— Et si on s'arrêtait chez Hatchards ? suggéra Stella. Ou bien nous pourrions aller chez Bloxham's Books à Charing Cross. C'est l'endroit préféré de Julia.

— Ni l'un ni l'autre, dit Anne. Nous allons à la boutique de M. Malik, sur Conduit Street.

— Tu as besoin d'une nouvelle robe ?

— J'ai besoin d'un renouveau complet, déclara Anne avec détermination.

Stella fut surprise.

— Pour quoi faire ? La saison londonienne est terminée.

— Ce n'est pas pour la saison. C'est pour la réception chez le comte de March.

— Tu y vas toujours, alors ?

— Évidemment.

Anne ne voyait pas comment quiconque pourrait en douter.

Mais Hart s'était posé des questions. Il semblait croire qu'elle pouvait le rejeter.

Difficile de totalement l'en blâmer. Elle l'avait déçu par le passé, tout comme lui-même l'avait déçue.

Ce qui se passerait à partir de maintenant relèverait uniquement de la confiance.

Hart avait commencé en lui confessant ses sentiments sans espoir de réciprocité. Et à présent, elle devait faire de même. Elle devait lui faire comprendre qu'elle tenait à lui comme il tenait à elle.

Elle n'en avait pas eu l'opportunité dans les lettres qu'elle lui avait écrites ces deux dernières semaines. Elle n'avait pas osé mettre son âme à nu, n'étant pas certaine qu'il recevait bien ses courriers. Il s'était arrêté peu de temps à Inverness, avant d'entreprendre un long voyage à travers les Highlands.

De son côté, il avait tenu parole, lui livrant quotidiennement des anecdotes sur le temps, les personnes qu'il rencontrait, ses échanges amusants avec les gens du cru.

Ce n'étaient pas des lettres d'amour. Hart n'était pas un adepte de la romance sirupeuse. Mais ses sentiments pour elle étaient présents à chaque ligne.

Anne le voyait. Elle le ressentait. Il lui faisait comprendre qu'elle lui manquait.

Tout comme il lui manquait.

— Le temps dans le Hampshire sera épouvantable, dit-elle, reprenant sa conversation avec Stella. Mais il régnera une atmosphère festive à Sutton Park. Je ne vais pas jeter une ombre funèbre sur les fêtes avec tout ce noir.

Stella se pencha vers elle, intriguée.

— Tu songes à porter une autre couleur ?

— Du rouge.

— Du rouge ! s'exclama Stella en écarquillant les yeux. Tu ne fais pas les choses à moitié.

— Tu voudrais que j'y aille progressivement ? D'abord du rose pâle, puis du rose vif ? Je ne suis pas aussi timorée. Et toi ? Vas-tu t'acheter une nouvelle robe ?

— J'aimerais bien. J'ai fait des économies en ce sens. Et je voudrais faire bonne impression, pour une fois. Personne ne me connaîtra à Sutton Park – à part toi et M. Hartford, bien sûr.

Elle fronça les sourcils.

— Penses-tu qu'il me trouvera ridicule ?

— Hartford est en général trop occupé à se ridiculiser lui-même pour se formaliser de ce que font les autres. Pourquoi ? Qu'as-tu l'intention de porter ?

— Il ne s'agit pas de ma robe.

Le visage de Stella s'empourpra.

— J'ai commandé par la poste un flacon de teinture pour cheveux.

— Bonté divine ! Tu n'as pas l'intention de l'utiliser, j'espère.

Jamais une dame de qualité ne s'abaisserait à se teindre les cheveux. Tout comme la poudre et le rouge, c'était réservé aux actrices et aux prostituées.

— J'en ai assez d'avoir les cheveux gris, dit Stella avec dépit.

— Mais c'est ce qui fait ta personnalité ! Le reste serait mensonger. Les personnes que tu rencontrerais ne verraient pas qui tu es vraiment.

— De toute façon, personne ne me voit. Il suffit d'un regard sur mes cheveux gris, et on m'oublie aussitôt. Personne ne fait attention à mon visage ou à ma silhouette. Personne ne sait si je suis intelligente, ou drôle, ou bonne cavalière…

Elle soupira.

— J'aimerais avoir une chance de me faire remarquer sans que mes cheveux gris viennent tout gâcher.

— Moi, je te vois, assura Anne. Et ceux qui n'y parviennent pas ne te méritent pas.

— Tu es un amour, dit Stella. Quel dommage que tu ne puisses pas m'épouser.

— C'est de cela qu'il est question ? Tu cherches un mari ?

Stella se tassa au fond de son siège.

— Je ne veux pas un mari, je veux ma liberté. Et le mariage, si ironique que ça puisse paraître, est la seule façon de l'obtenir. Si cette teinture peut m'aider, c'est avec bonheur que je l'essaierai.

Le fracas des roues et le martèlement des sabots s'étaient intensifiés alors que leur calèche entrait dans Bond Street. La pluie n'avait pas empêché les Londoniens de se rendre dans leurs boutiques favorites, et la circulation était difficile. Les chevaux hennissaient et les cochers s'invectivaient bruyamment.

— Quelle couleur as-tu achetée ? demanda Anne.

— Or du Caucase. C'est supposé donner à mes cheveux un lumineux éclat auburn.

Anne grimaça tandis que lui venait à l'esprit l'image de Mme Frazil et de ses boucles d'un rouge criard.

— Oh, Stella…

— Ne dis rien. C'est ma seule chance de faire impression.

— Ce ne sera peut-être pas l'impression visée.

— Eh bien, au moins, j'aurai essayé. Et puisque personne ne me connaît là-bas, je ne vois pas quel mal ça pourrait faire.

— Je suppose que tu as raison. Mais pourquoi auburn, pour l'amour du ciel ?

Stella prit une profonde inspiration.

— Je suis allée à la galerie de Berners Street.

— Pardon ?

— La galerie que nous a recommandée cet homme impertinent au British Museum.

— Tu n'as pas fait ça !

Le visage de Stella resta imperturbable.

— Si.

— Et alors ?

— J'ai vu le tableau de M. Whistler. Il représente une femme à la peau très blanche, avec une robe blanche, dans un environnement blanc. La seule couleur est apportée par ses cheveux.

— Laisse-moi deviner. Ils sont auburn ?

Stella hocha la tête.

— Elle n'a rien de remarquable, sinon. Elle est pâle et insignifiante. Un fantôme regardant le vide.

— Ce n'est donc pas un joli tableau ?

— Dérangeant, en tout cas.

Elle soupira.

— Oh, Anne, je n'aurais pas dû y aller. J'aurais dû deviner qu'il concevait la comparaison comme une insulte…

Se rappelant le séduisant jeune homme en fauteuil roulant, Anne n'en fut pas aussi certaine.

— Il s'est montré impertinent, dit-elle, mais je ne pense pas que son intention était de t'insulter.

— Comment le prendre autrement ?

— Il semblait fasciné par toi. Comme s'il avait été frappé par la foudre.

Stella la fixa avec incrédulité.

— Absolument pas !

— C'est l'impression que j'ai eue, en tout cas. Peu importe l'aspect du tableau, je suis certaine qu'il voulait te faire un compliment. Les gentlemen férus d'art doivent penser que les jeunes femmes aiment être comparées à des œuvres obscures et troublantes.

Stella observa un court silence.

— Était-ce un gentleman ?

— Il en avait l'air. Il était habillé de façon respectable et s'exprimait bien. Mais, ne le connaissant pas, je ne peux le dire avec certitude.

Anne sourit à son amie.

— Tu ne vas pas vraiment te teindre les cheveux, n'est-ce pas ?

Stella redressa les épaules avec détermination.

— Au contraire, j'en ai la ferme intention.

— Et ton frère ? Ne risque-t-il pas de s'y opposer ?

— Il n'en saura rien. Le prospectus promet que la couleur disparaît en une semaine. Je l'appliquerai la veille de notre départ pour le Hampshire, et je cacherai mes cheveux sous une résille et un bonnet. Mon frère n'y verra que du feu.

Elle eut une petite moue.

— De toute façon, il ne fait jamais attention à moi. Sauf quand il a besoin d'une secrétaire. Et même cela ne mérite pas sa considération.

— Les hommes s'attendent à ce que leurs sœurs soient à leur service, commenta Anne. De même que les parents avec leurs filles.

— Ta mère se montre très exigeante envers toi ?

— Pas plus que d'habitude. Mais, en dépit de son excentricité, c'est une traditionaliste. Pour elle, un mari ou un fils aura toujours plus de valeur qu'une fille.

Songeant à ce que sa mère lui avait dit sur la nécessité pour une femme d'avoir un homme sur qui s'appuyer, elle hésita à poursuivre.

— Les filles sont supposées se sacrifier, reprit-elle finalement. Nous renonçons à nos rêves pour notre famille. Nous restons à la maison quand on a besoin de nous. Nous nous marions quand on nous dit de le faire. Et nous sommes censées accepter tout cela sans nous plaindre. Et sans en être remerciées. Tandis qu'un homme…

— Quand un homme renonce à une toute petite chose pour sa famille, il est considéré comme un héros, compléta Stella. C'est injuste. La vie d'une femme n'a pas moins d'importance. Et nos sacrifices n'ont pas moins de valeur.

— C'est vrai, dit Anne. Ils ont même plus de valeur, car nous avons plus à perdre.

La calèche s'arrêta devant la boutique de M. Malik. Anne et Stella descendirent avec l'aide du valet. Jeanette avait voyagé à son côté sur le siège extérieur. Elle batailla pour descendre et suivre les ladys à l'intérieur de la boutique éclairée au gaz.

Le petit salon d'accueil était meublé de fauteuils de cuir, d'un miroir en triptyque et d'un long comptoir d'acajou poli. Au fond, une porte masquée par un rideau desservait l'atelier de couture.

C'était une affaire encore modeste, mais qui avait rapidement gagné en popularité. D'après Evelyne, son mari avait récemment pris commande pour des robes de deuil destinées aux suivantes de la reine.

Anne n'en était pas surprise. M. Malik avait un talent fou. Ses créations étaient simples et élégantes, toujours taillées dans les étoffes les plus flatteuses, et il avait un sens aigu des couleurs.

Elle avait hâte de lui demander son avis. Mais ce ne fut pas M. Malik qui vint les accueillir. Ce fut sa cousine Mira, une ravissante jeune femme aux cheveux noirs et aux yeux verts.

— Milady, dit-elle en inclinant la tête. Mademoiselle Hobhouse. Que puis-je faire pour vous ?

— M. Malik n'est-il pas disponible ? demanda Anne. J'ai une importante commande à passer et je souhaiterais le consulter.

— Je suis désolée, mais il est au palais.

— Oh, Seigneur ! fit Stella. C'est terriblement enthousiasmant.

Mira sourit avec fierté.

— Il a obtenu une nouvelle commande.

— Sera-t-il de retour cet après-midi ? demanda Anne.

— Je ne peux vous l'assurer, milady. Mais peut-être puis-je vous aider ?

Anne ne voulait pas l'offenser. Mira était une couturière talentueuse. D'ailleurs, c'était elle qui avait brodé et orné toutes les robes de soirée d'Evelyne.

— J'ai besoin de deux robes de bal, dit-elle. Ainsi que de plusieurs robes de jour, et d'une robe de voyage pour un long trajet en train le mois prochain.

— Oui, milady. Nous avons une sélection de nouveaux tissages en crêpe noir, popeline et soie moirée.

— Pas de noir, précisa Anne en prenant appui de ses mains gantées sur le comptoir. Je préfère le rouge.

Mira haussa les sourcils, mais ne fit aucun commentaire.

— Avez-vous une teinte particulière en tête ?

— Je comptais sur votre cousin pour me guider. Mais peut-être pourriez-vous le faire…

Mira observa Anne avec un froncement de sourcils pensif.

— Pas de corail, je pense. Un bordeaux vous ôterait votre éclat. Un carmin serait préférable. Ou un rouge orangé assez foncé…

Elle se dirigea vers l'une des étagères.

— Nous avons un nouveau velours carmin qui conviendrait très bien pour un bal.

Anne échangea un regard avec Stella. Le velours carmin n'était pas seulement lumineux. Il était opulent. Sensuel, même. En le portant, elle ferait assurément sensation.

Mira écarta plusieurs rouleaux d'étoffe pour accéder au velours carmin. Ce faisant, elle révéla un rouleau de soierie à la couleur étonnante.

Ce n'était pas du rouge, mais c'était une splendeur. Le cœur d'Anne se mit à battre plus vite.

— Et cette étoffe également.

Mira eut un regard dubitatif.

— Pour une robe de bal, milady ?

— Non, dit Anne avec détermination. Ce sera pour ma robe de voyage.

Plus tard dans l'après-midi, de retour à Ludgate Hill, Anne se tenait devant la petite coiffeuse de sa chambre, sa femme de chambre l'aidant à se défaire de ses vêtements mouillés par la pluie, quand sa mère entra sans s'être annoncée.

Sur le lit s'amoncelaient des boîtes ouvertes d'où s'échappaient divers articles tous invariablement rouges : bas, gants, éventails, jupons…

En les découvrant, maman eut un choc.

— Anne ? Que signifie tout cela ?

Anne fit signe à Jeanette de sortir. La femme de chambre se précipita vers la porte, laissant sa maîtresse à demi dévêtue avec sa mère.

— Je ne vois pas d'inconvénient à ce que tu fasses des achats, dit maman. Mais de la lingerie de cette couleur…

— Pas seulement la lingerie.

Anne traversa la pièce, vêtue uniquement de son corset.

— J'ai acheté d'autres articles.

Maman souleva l'un des chapeaux, un modèle en velours rouge rehaussé de perles de cristal.

— Ne me dis pas que tu as commandé des robes de cette couleur !

L'estomac d'Anne se noua d'anxiété. Elle redoutait cette conversation. Mais il ne servait à rien de tergiverser. Sa décision était prise.

— Plusieurs. Elles devraient être prêtes à temps pour notre voyage dans le Hampshire.

La comtesse d'Arundell était médusée.

— Tu as l'intention de renoncer au noir.

Ce n'était pas une question.

Anne y répondit quand même.

— Oui.

— Et d'une façon aussi outrancière ?

Sa mère secoua la tête.

— Et ton père ?

— Cela fait sept ans, maman.

— Je sais combien de temps ça fait.

La comtesse jeta le chapeau sur le lit d'un geste brusque.

— Cela vient de Hartford, je suppose.

— C'est ma propre décision.

— N'insulte pas mon intelligence. L'audace même de cette couleur annonce son influence. Il n'a jamais rien pris au sérieux dans la vie, à commencer par les obligations qu'un enfant doit à sa famille.

Anne prit aussitôt sa défense.

— Vous vous trompez. Il est beaucoup plus responsable qu'on ne le pense. Et il a un immense respect pour sa famille.

La comtesse ricana.

— C'est vrai, insista Anne. Croyez-moi quand je vous dis qu'il assume beaucoup de choses.

— À part relever un défi ou prendre des paris, je ne vois pas ce qu'il a accompli dans sa vie. Même sa décision de nous accompagner dans le Yorkshire a été prise sur un coup de tête. Il n'a rien pour lui, à part une apparence plaisante et un certain talent pour mener un attelage.

L'expression de maman s'assombrit.

— Je n'aurais jamais dû accepter qu'il te courtise. J'aurais dû deviner que c'était voué au désastre. Je me suis aveuglée quant aux conséquences…

— Sottises.

Maman parut outrée.

— Je te demande pardon ?

Anne ne se laissa pas intimider.

— Sottises, ai-je dit. Hartford a des principes. S'il semble irréfléchi et moqueur, ce n'est qu'un masque qu'il porte pour cacher la vérité.

— Quelle vérité, je te prie ?

Anne hésita.

Elle ne pouvait parler à sa mère de Mme Neale et de ses enfants. Jamais elle ne trahirait la confiance de Hartford sur ce sujet. Mais il en allait autrement de l'usine de creusets.

— C'est un homme d'affaires, maman. Et il a fort bien réussi dans son domaine. Il détient des parts d'une usine de creusets à Battersea.

— *Quoi ?*

Anne s'arma de courage. Elle n'avait pas honte du travail de Hartford. Au contraire. Elle décrivit en détail l'usine, ses entrepôts, le travail de l'argile et le rôle essentiel de la plombagine dans le processus de fabrication. Elle expliqua combien les creusets étaient importants pour les armateurs et pour le chemin de fer, et précisa que des opérations minières allaient être menées en Écosse.

— Il y travaille en secret depuis cinq ans, ajouta Anne. Et il lui est impossible de partager ce qu'il a accompli avec sa famille ou d'autres personnes de la bonne société. C'est tellement injuste !

Maman semblait à la fois impressionnée et médusée.

— Es-tu en train de dire que, pendant tout ce temps, ce garçon faisait du commerce ?

— Je crois que de nombreux gentlemen feront du commerce d'ici quelques années. Il serait déraisonnable de ne pas investir dans les usines. Le monde change, maman. Un homme ne peut pas se tenir éloigné du progrès. Pas plus qu'une lady, d'ailleurs. Vous êtes sûrement d'accord avec moi. C'est pourquoi vous avez insisté pour que nous nous installions à Ludgate Hill, n'est-ce pas ? Vous vouliez vivre parmi le peuple, apprécier son énergie et son labeur.

— Certes, mais… une usine à Battersea ?

— Il a merveilleusement réussi, maman. J'aimerais que vous puissiez le voir. Que tout le monde puisse le voir.

— Et Barton Court ? A-t-il l'intention de s'en séparer ?

— Pas du tout. Il y a fait de nombreux travaux. J'ai cru comprendre que c'est un bon propriétaire terrien. Très consciencieux. Son père avait laissé le domaine dans un état épouvantable.

— Cela ne m'étonne pas. Everett Hartford a toujours été plus intéressé par les questions morales que par les considérations pratiques.

Anne se garda bien de détromper sa mère.

— En tout cas, malgré les négligences de son père, Hartford ne s'est jamais dérobé à son devoir.

— A-t-il l'intention de s'installer à Barton Court, une fois marié ?

Cette idée semblait réconforter sa mère.

— Tu aimais tant la campagne, ajouta-t-elle. Tu as tellement pleuré quand nous avons dû quitter Cherry Hill.

— J'aime infiniment la campagne.

— Et tu serais contente d'épouser un commerçant ?

Anne rougit.

— Il n'a pas encore fait sa demande.

— Mais s'il la fait…

— Je tiens à lui, maman. Comme vous teniez à papa.

La comtesse se laissa soudain tomber au bord du lit, les larmes aux yeux.

— Oh, il me manque affreusement…

Anne se précipita et s'assit à côté d'elle sur le lit.

— Il me manque aussi, dit-elle.

— Je l'aimais tellement !

— Et il nous aimait, assura Anne. Il ne voudrait pas que nous soyons malheureuses. Il ne voudrait pas que nous portions son deuil éternellement.

— Je ne veux pas porter son deuil. Je veux qu'il me revienne.

— Oh, maman…

— C'est un souhait déraisonnable, je sais.

Elle passa un bras autour des épaules d'Anne, et l'attira plus près d'elle.

— Les défunts sont toujours avec nous. Partout où nous regardons, partout où nous allons. Mais ils se tiennent hors de portée. C'est cela le plus frustrant : percevoir leur présence, mais ne pas pouvoir les toucher. Ne plus jamais sentir ce réconfort béni qu'offrent leurs bras. Une fois la porte fermée, elle ne se rouvre plus jamais. Pas avant que nous les rejoignions dans la tombe.

Anne avait la gorge serrée par l'émotion.

— Vous n'êtes pas pressée de le faire, j'espère.

Une note de regret totalement inhabituelle passa dans la voix de maman :

— Je suis désolée si je t'ai inquiétée à ce sujet, ma chérie.

— C'est le cas. J'ai parfois redouté…

— Tu n'aurais pas dû. Je n'en suis pas encore réduite à une telle désolation. Mais je t'ai rendue malheureuse, n'est-ce pas ?

— Non, objecta doucement Anne.

— Je t'ai surveillée de près, par peur de te perdre comme je l'avais perdu.

— Vous ne me perdrez jamais, promit Anne. Je serai toujours là pour vous. Je ne vous abandonnerai pas dans le besoin.

— J'ai beaucoup exigé de toi.

— Votre chagrin était immense.

— Mais je n'aurais pas dû te l'imposer. Tu es jeune. Tu ne peux pas éternellement regarder en arrière.

L'expression de maman se fit pensive.

— Tu as raison d'abandonner le noir. Tu dois penser à l'avenir. Quant à moi, j'espère que tu ne verras pas d'inconvénient à ce que je garde mes tenues de deuil.

— Je n'y vois pas d'inconvénient, mais je voudrais que vous soyez heureuse.

— Petite sotte.

Sa mère la serra contre elle et déposa un baiser dans ses cheveux.

— Comment pourrait-il en être autrement, en t'ayant pour fille ?

39

Hart se tenait en compagnie de son grand-père et de son oncle dans le hall de Sutton Park.

L'imposante maison de style gothique, avec ses arches de pierre sculptées et ses plafonds voûtés, avait été décorée à profusion pour les fêtes. Des branches de sapin et des guirlandes de lierre et de gui ornaient chaque linteau de fenêtre, chaque encadrement de porte et chaque manteau de cheminée. À la verdure s'ajoutaient des rubans rouge et or, ainsi que des pommes de pin et des glands peints en doré.

Si cela ne suffisait pas à insuffler l'esprit de Noël, l'allégresse des invités et l'odeur des biscuits au gingembre fraîchement sortis du four le faisaient assurément.

Hart était arrivé la veille, en se demandant comment il allait être reçu. Il était resté absent un peu plus d'un mois, laissant Marcus livré à lui-même à Battersea. C'était assez long pour que toutes sortes de crises se soient déclenchées : révélations sur la famille Neale ou sur l'usine de creusets, menace de chantage de la part de Gabriel Royce… Hart s'attendait à moitié à être assailli par un flot de gens en colère.

En lieu et place, il trouva une maisonnée plutôt guillerette.

Brookdale était déjà sur place depuis quelques jours avec sa femme, sa belle-fille et leurs trois fils, qui se trouvaient actuellement consignés dans la nursery.

Les autres invités arrivaient aujourd'hui et affluaient depuis une heure. Il s'agissait de relations titrées, de gentlemen-farmers et de leurs épouses, de botanistes et de quelques hommes d'affaires.

M. Archer était venu avec sa femme, Laura, et le frère de celle-ci, Edward Hayes. M. Hayes se déplaçait en fauteuil roulant et était assisté d'un valet.

Les invités avaient été accueillis un à un et accompagnés à leur chambre par les domestiques. Tout le monde se retrouverait au bal de ce soir. Cela marquerait l'ouverture de la réception, avec un orchestre de vingt musiciens et un somptueux dîner au champagne.

Grand-père ne recevait plus guère, mais quand il le faisait il ne regardait pas à la dépense.

Hart sourit et s'inclina devant une jeune lady et ses parents. Tante Esther avait mis sa menace à exécution et invité une sélection de jeunes filles à marier, même s'il courtisait déjà Anne.

— Puis-je vous rappeler, dit Esther quand la jeune fille et ses parents furent hors de portée de voix, que lady Anne n'est pour l'instant pas là ?

Hart n'avait pas besoin qu'on le lui rappelle. Chaque fois que les portes s'ouvraient, laissant entrer une rafale de pluie en même temps qu'un nouveau groupe d'invités, il s'attendait à voir Anne. Chaque fois, il était déçu.

Sa longue absence consacrerait peut-être la fin de ses espoirs, exactement comme la fois précédente.

Pour la Parfit Plumbago Crucible Company, en revanche, ce voyage avait porté ses fruits. Après à peine une semaine d'exploration, une ancienne carte les avait conduits vers une vallée encaissée non loin du loch Ness. Là, un forage expérimental avait révélé une profonde veine de plombagine. La découverte avait été suffisamment prometteuse pour mettre les choses en marche. En outre, le propriétaire des terrains s'était montré impressionné par les compétences de William Webb, et leur nouveau projet semblait bien parti.

Mais rien ne pouvait débarrasser Hart de son terrible sentiment d'appréhension.

Sa vie personnelle lui importait bien davantage que le reste. Sans Anne, rien n'avait plus d'importance.

Il avait presque renoncé à croire qu'elle viendrait quand les portes s'ouvrirent de nouveau, livrant passage à lady Arundell, Anne et Mlle Hobhouse. Toutes trois portaient de lourdes capes et des bonnets pour se protéger de la pluie.

Un spasme de soulagement serra la poitrine de Hart. Mais ce n'était pas la seule chose qu'il ressentait en la regardant. Il y avait aussi de la joie. Une joie profonde et bouleversante.

C'était la réponse qu'elle lui faisait, après ce qu'il avait dit à l'usine de creusets.

Anne l'aimait aussi.

Elle ne l'avait peut-être pas exprimé avec des mots, mais elle le démontrait par ses actions. Elle était venue ici parce qu'elle le voulait. Pas pour un moment seulement, mais pour toujours.

Hart n'aurait pu être plus heureux.

Puis elle ôta sa cape.

Anne entendit des hoquets de surprise et des exclamations étouffées quand la servante l'aida à ôter sa cape trempée de pluie. Il n'était pas facile de dire si Hart avait réagi de la même façon. Elle le redoutait, en tout cas.

Assurément, elle avait été choquée elle-même quand elle avait essayé la robe pour la première fois.

La tenue de voyage à carreaux rouge et bleu mettait sa silhouette en valeur, grâce à une coupe ajustée. Le motif était audacieux mais il flattait son teint et ses cheveux.

Le résultat ne pouvait qu'attirer les regards, mais Anne ne s'inquiétait que d'une seule paire d'yeux.

Après avoir défroissé ses jupes et lissé ses cheveux du plat de la main, elle prit une profonde inspiration pour se donner du courage et se tourna vers la salle de réception.

Hart était sorti du rang. Il semblait hypnotisé.

Anne lui offrit un timide sourire.

Les yeux bleus de Hart étincelèrent comme jamais.

Il s'avança pour la saluer.

— Anne, vous avez l'air…

— Oui, je sais.

Elle prit ses mains tendues.

— J'ai l'air d'un paon.

— J'allais dire « splendide ».

Il lui pressa les mains.

— Mon Dieu, comme vous m'avez manqué !

Elle lui sourit, le cœur débordant d'émotion.

— Vous aussi, vous m'avez manqué.

— Hartford, intervint lady Arundell. Soyez aimable de ne pas monopoliser ma fille. Le voyage a été long, et nous avons hâte de gagner nos chambres.

— Veuillez m'excuser, dit-il.

Mais Anne s'attarda, tirant sur ses mains pour qu'il lui prête attention.

Il inclina la tête vers elle.

— Je vous en prie, ne faites aucune remarque sur les cheveux de Mlle Hobhouse.

Hart haussa un sourcil, mais ne chercha pas à en savoir plus.

— Bien sûr que non.

Anne lui adressa un signe de tête appuyé, avant de le libérer.

Derrière elle, Stella avait ôté son bonnet, révélant d'épaisses tresses de couleur abricot mûr, retenues par une résille aux mailles serrées.

Ce n'était pas vraiment criard. En fait, si on ne connaissait pas Stella, on pouvait penser que cette couleur lui allait bien.

Mais ce n'était pas l'avis d'Anne.

Stella n'était plus du tout elle-même. Elle ressemblait peut-être à une créature romantique dans un tableau, mais ce n'était pas la téméraire Furie aux cheveux argentés qu'Anne connaissait et aimait.

Durant leur voyage, la comtesse d'Arundell avait sévèrement réprimandé la jeune femme pour s'être teint les cheveux. Mais si Hartford fut surpris, il n'en montra rien.

De toute façon, il semblait se préoccuper uniquement d'Anne. Il la conduisit vers sa famille pour les salutations d'usage.

— Je vois que vous avez renoncé à vos tenues de deuil, déclara lady Brookdale. Je vous en félicite.

— Vous êtes charmante, dit lord March en prenant la main d'Anne entre les siennes. L'écossais est un motif très gai. Je l'ai souvent remarqué sur mon petit-fils.

— Mademoiselle Hobhouse, fit Mariah. Vous semblez différente…

— Vous trouvez, mademoiselle Spriggs ? C'est sûrement à cause du temps.

— Oh, c'est une horreur ! s'exclama Mariah. La circulation en est-elle affectée ? Les personnes venant de Londres seront-elles excessivement retardées ?

— Tous nos invités sont arrivés, annonça lady Brookdale. Tu n'as pas d'inquiétude à avoir.

Lord Brookdale s'inclina devant la mère d'Anne.

— Votre Seigneurie.

— Brookdale, dit la comtesse en le regardant de haut. Toujours à vous amuser à Westminster, me suis-je laissé dire ?

— Nous devons bien avoir nos petits divertissements, répondit froidement Brookdale.

— Certains sont plus intéressants que d'autres, répliqua lady Arundell.

Elle se déplaça vers le comte de March, qui abandonna la main d'Anne pour la saluer.

— Mais croyez-vous que les routes seront impraticables ? insista Mariah, posant cette fois la question à Anne.

— Mais d'où vous vient cette obsession des routes ? demanda Hart. Vous n'avez quand même pas invité votre mystérieux chevalier servant ?

Mariah rougit jusqu'à la racine des cheveux.

— Oh, pourquoi devez-vous être aussi horrible !

— Ignorez-le, conseilla Anne. Sinon, vous ne ferez que l'encourager.

Hart passa un doigt le long de son bras.

— En parlant d'encouragement...

Une chaleur intense se propagea dans le ventre d'Anne, et elle faillit perdre toute contenance.

— Les routes sont en mauvais état, dit-elle, mais loin d'être impraticables. Et il n'y a aucun problème avec les trains. Le nôtre était parfaitement à l'heure.

Les épaules de Mariah s'affaissèrent de soulagement.

— Mariah ? appela sa mère. Viens ici. Ton grand-père disait...

La conversation échappa à Anne tandis qu'elle se tournait vers Hart.

— Vous êtes très taquin, commenta-t-elle.

— C'est exact. Danserez-vous la danse d'ouverture du bal avec moi ce soir ? C'est une valse.

Le cœur d'Anne s'emballa. Elle n'avait pas valsé avec lui depuis ses seize ans. Toutes les occasions lui étaient bonnes pour l'inviter, mais elle refusait systématiquement.

Pas cette fois.

— Oui, dit-elle avec un sourire. Avec plaisir.

40

La chambre d'Anne, au deuxième étage de Sutton Park, était sûrement l'une des plus jolies de la maison. Du papier de Chine bleu couvrait les murs, et des tapis d'Aubusson réchauffaient les sols. Un lit à baldaquin aux luxueuses tentures bleu et or occupait le centre de la pièce, et un délicat secrétaire en noyer accueillait tout le nécessaire pour écrire. Mais surtout, les fenêtres donnaient sur l'écurie. Avant que le soleil se couche, elle avait pu apercevoir certains des vieux chevaux de Cherry Hill s'ébattant dans la prairie.

Si Anne avait encore douté de ses sentiments pour Hart, elle les aurait reconnus à présent, sans l'ombre d'une ambiguïté.

Elle l'aimait.

Comment aurait-il pu en être autrement ?

Elle le soupçonnait d'avoir choisi cette chambre spécialement pour elle. Il pensait constamment à elle. Cela avait toujours été le cas.

— Ça ne te plaît pas, dit Stella, morose.

Elle se tenait devant le miroir et examinait sévèrement son reflet. Les flammes des bougies illuminaient sa nouvelle robe de bal et sa nouvelle couleur de cheveux.

Anne vint se placer à côté de son amie et posa une main sur son épaule.

— Ce n'est pas ça. Simplement, je n'y suis pas habituée.

— Mais je n'ai pas l'air trop ridicule, n'est-ce pas ?

Stella portait une robe de crêpe de soie blanche délicatement brodée. Jeanette avait arrangé ses cheveux en une torsade élaborée qu'ornaient des perles et une aigrette en verre soufflé.

— Pas plus que moi, j'espère, répondit Anne.

Sa propre robe était aussi éclatante que celle de Stella était pâle. Taillée dans le riche velours carmin, elle dégageait ses épaules et ses bras. Une ceinture en velours à boucle dorée ceignait sa taille. Sa double jupe était festonnée de broderies florales noires.

— Nous sommes toutes les deux très différentes de ce que nous sommes habituellement.

— Pas toi, protesta Stella. Tu es radieuse. Tandis que je suis…

— Éthérée, dit Anne. Lumineuse. Aussi ravissante que le personnage d'un tableau. Celui de M. Whistler, peut-être…

Stella se tourna pour enfiler ses longs gants.

— Quelqu'un m'invitera peut-être à danser, pour une fois.

— J'en suis certaine.

À son tour, Anne enfila ses gants.

— Hartford le fera, à n'en pas douter. Et c'est un excellent danseur. Quand Evelyne a dansé avec lui durant la saison, je n'ai pas pu m'empêcher d'être jalouse.

— Jalouse d'Evie ?

— Du plaisir de danser avec lui.

— Il t'a pourtant invitée à danser assez souvent, lui rappela Stella.

— Je sais. Mais ce soir, ce sera la première fois que j'accepterai en sept ans.

— Comme c'est romantique !

— J'espère que ça le sera.

Anne fit bouffer ses jupes.

— Y allons-nous ?

Les deux amies quittèrent la chambre et s'engagèrent dans l'escalier en chêne. Violons, hautbois et trompettes résonnaient de la salle de bal. L'orchestre accordait ses instruments.

Hartford les attendait en bas des marches. Il était d'une beauté à couper le souffle dans son costume de soirée noir, porté sur une chemise blanche. Quand il vit Anne, un large sourire illumina son visage, semblable à celui qu'il avait eu en découvrant sa robe à carreaux.

— Mesdames, fit-il en s'inclinant. Puis-je me permettre de vous dire que vous êtes toutes les deux splendides ?

— Merci, dit Stella en rougissant.

Anne se contenta de sourire.

Le regard de Hart s'attarda sur son visage.

— Je n'imaginais pas à quel point le rouge vous siérait, milady.

— Moi non plus, reconnut Anne.

Elle regarda par-dessus son épaule.

— Avez-vous vu ma mère ?

— Lady Arundell se trouve déjà dans la salle de bal avec mon grand-père.

Hart leur offrit un bras à chacune.

— Me permettez-vous de vous escorter ?

Stella posa délicatement sa main gantée sur la manche de Hart. Anne fit de même sur son bras opposé, le laissant les guider à travers le hall et les larges portes grandes ouvertes sur la salle de bal gothique de Sutton Park.

La pièce était aussi impressionnante que dans le souvenir d'Anne, avec son plafond orné d'arches en stuc, ses cheminées en marbre d'Italie, et sa profusion de miroirs où se reflétaient trois splendides lustres en cristal.

Comme le reste de la maison, la salle de bal était décorée pour Noël. Il y avait des branchages et des rubans partout. Au fond de la pièce, les musiciens étaient installés sur une estrade.

— Vous plairait-il de danser la valse d'ouverture, mademoiselle Hobhouse ? demanda Hart. Je songe à un gentleman que je serais ravi de vous présenter. C'est un proche voisin de mon grand-père.

— Oh oui ! dit Stella avec enthousiasme. J'ai tellement envie de danser.

— Il doit être par là.

Hart tourna la tête vers la rangée de chaises et de fauteuils alignés le long du mur.

Les places étaient déjà occupées par des ladys âgées et le groupe habituel de vieilles filles destinées à faire tapisserie.

Parmi elles, non loin de la porte-fenêtre donnant sur la terrasse, un bel homme aux cheveux noirs était assis dans un fauteuil roulant.

Anne le reconnut en même temps que Stella, qui étouffa un cri de surprise.

— Ne vous inquiétez pas, fit Hart, il a dû s'aventurer dans le salon de jeu. Voulez-vous que j'aille le chercher ? Il reste quelques minutes avant l'ouverture du bal.

— Faites, je vous en prie, dit Anne.

Dès que Hart se fut éloigné, elle se précipita vers Stella.

Cette dernière tournait le dos à la porte-fenêtre, le visage écarlate.

— Que fait-il ici ?

— Je l'ignore. En dehors de ce jour au musée, je ne l'avais jamais vu.

— Je suis mortifiée.

— Tu n'as aucune raison de l'être. Tu es magnifique, et…

— Mes cheveux et ma robe sont presque identiques au tableau qu'il nous a recommandé, expliqua Stella d'une voix tremblante. Il va éclater de rire en me découvrant.

Anne prit la main de son amie.

— Il n'oserait jamais.

— Il faut que je sorte.

Stella libéra sa main.

— J'ai besoin d'un moment pour reprendre mes esprits.

— Stella, attends !

Trop tard. Dans un envol de soie blanche, Stella quittait déjà la salle de bal.

Hart réapparut peu après.

— Où est Mlle Hobhouse ?

— Elle avait besoin de prendre l'air. Et le voisin de votre grand-père ?

— Je ne l'ai pas trouvé. Il est sans doute sorti fumer.

Sourcils froncés, il observa Anne.

— Quelque chose ne va pas ?

Le regard de la jeune femme se porta de l'autre côté de la pièce.

— Qui est le gentleman près de la porte-fenêtre ?

Hart suivit son regard.

— M. Edward Hayes. Teddy, comme il aime à être appelé. C'est le beau-frère du parfumeur que mon grand-père a invité. Un artiste, je crois. Pourquoi posez-vous la question ?

— Mlle Hobhouse et moi l'avons croisé au British Museum. Il lui a fait quelque peu perdre contenance.

— Oh ? Je ne l'en aurais pas cru capable…

Hart se rembrunit.

— Voulez-vous que j'aille lui parler ?

Anne fut touchée par ce geste.

Hart ne se montrait pas seulement protecteur envers elle. Il prenait soin de ses amies aussi. Il avait veillé sur Julia en l'absence d'Anne, et il était prêt à défendre également l'honneur de Stella.

Mais ce n'était pas nécessaire.

— Il ne s'agissait pas d'avances déplacées, expliqua-t-elle. Il a simplement fait une remarque qui l'a déstabilisée. Elle ne va pas tarder à revenir, j'en suis certaine. Mlle Hobhouse n'a rien d'une petite nature.

— Je n'en doute pas.

L'orchestre entama les premières notes d'une valse de Strauss.

Hart tendit la main.

— Me feriez-vous l'honneur ?

En guise de réponse, Anne posa sa main sur la sienne.

Il passa un bras autour de sa taille, l'attirant plus près de lui.

Dangereusement près.

— J'ai eu envie de faire ça chaque fois que je vous ai vue, à chaque bal depuis six ans et demi.

— Sept ans, maintenant.

Anne retint son souffle tandis qu'ils commençaient à se mouvoir au rythme de la musique, ses jupes virevoltant autour d'elle en un gracieux demi-cercle de velours cramoisi.

— J'ai cessé de compter depuis le jour où vous êtes apparue à Arlington Street, dit-il. Quand je vous ai découverte dans la bibliothèque de mon grand-père, j'ai cru que j'étais en train de rêver.

— Pas très longtemps, je présume. Je vous ai suffisamment réprimandé pour que vous vous réveilliez.

— Vous étiez magnifique.

Anne faillit se tromper dans les pas. Cela faisait si longtemps. Elle avait dansé avec d'autres gentlemen, bien sûr, mais rien n'était comparable au fait d'être de nouveau dans les bras de Hart. Ses gestes, à la fois souples et assurés, avaient une grâce innée et donnaient la sensation qu'ils flottaient tous deux dans les airs.

La valse avait longtemps été considérée comme scandaleuse. Entre les bras de Hart, Anne comprenait mieux en quoi cela pouvait être choquant. Cette façon de s'enlacer, cette ondulation sensuelle des corps ressemblaient à une étreinte amoureuse. Et la musique, qui faisait écho au battement de son sang dans ses veines, ne faisait que renforcer le trouble qu'elle ressentait.

Ses doigts s'enfoncèrent plus profondément dans l'épaule de Hart tandis qu'ils glissaient sur le parquet ciré.

— Regardez-moi, ma douce, dit-il gentiment.

Sa main était chaude et ferme dans son dos, y laissant son empreinte à travers l'étoffe de la robe.

— Faites-moi confiance, ajouta-t-il. Je ne vais pas vous guider à contretemps.

— Ça ne vient pas de vous. C'est moi.

Elle croisa son regard.

— C'est contre ma nature de laisser quelqu'un prendre le contrôle.

— Vous pouvez mener, si vous voulez.

Elle rit discrètement.

— Non, merci. En tout cas, précisa-t-elle, malicieuse, en ce qui concerne la danse.

Ce fut au tour de Hart de sourire.

— Je vous suivrai n'importe où, ma douce amie.

Anne se détendit entre ses bras. La confiance ne lui était pas naturelle. Mais elle décida soudain de l'accorder tout entière à cet homme. Il en résulta une incroyable sensation de légèreté, encore jamais ressentie.

Elle ne s'appuyait pas sur lui. Elle ne dépendait pas de lui pour la guider ou veiller sur elle.

Non, ce n'était pas cela du tout.

Ils étaient égaux. Partenaires. Chacun complétant idéalement l'autre.

Cela rendait leur danse infiniment agréable. Cela rendait tout agréable.

Ils ne dirent plus un mot, se noyant dans le regard de l'autre.

Un sourire flottait sur les lèvres de Hart, mais dans ses prunelles bleues dansait une lumière de feu qui ne laissait aucun doute quant à son désir. Anne en ressentait la chaleur jusqu'au plus profond d'elle-même.

Tandis que la danse s'achevait, il approcha les lèvres de son oreille.

— Voulez-vous me suivre dans la bibliothèque ? J'ai quelque chose de très particulier à vous demander, ce soir.

Le cœur d'Anne se mit à battre follement.

— Puis-je le faire ? s'enquit-il.

— Oui, dit-elle. Vous pouvez.

Il garda sa main dans la sienne et ils se dirigèrent vers le hall.

Ils n'avaient pas fait plus de quelques pas quand Hart s'arrêta brutalement.

Son visage devint livide, comme s'il avait vu un fantôme.

Anne suivit son regard.

Et sentit son estomac se nouer.

Marcus Neale se tenait près de la porte d'entrée, vêtu d'un costume de soirée.

Et il n'était pas seul.

Mariah était avec lui.

41

Tout fut soudain clair comme le cristal. Marcus était le mystérieux chevalier servant de Mariah, songea Hart.

C'était Marcus qui lui avait offert cette horrible broche qu'elle portait au bal des Ramsay. Lui qui l'avait exhortée à le retrouver à Richmond Park. Lui qui faisait des efforts pour « réarmer son navire ».

Voilà comment Marcus avait su où télégraphier à Hart dans le Yorkshire. Mariah le lui avait dit. Elle était la bien-aimée de Marcus. Ou, plus vraisemblablement, sa victime involontaire.

Hart peinait à le croire. Marcus et lui s'étaient quittés en bons termes après leur dernière mise au point. Ils semblaient mieux s'entendre. Et à présent, son demi-frère lui jouait ce tour pendable ?

— Vous ne l'avez pas invité ? demanda Anne.

— Certainement pas, répondit Hart, lui tenant toujours la main. Je vais voir si je peux minimiser les dégâts.

Mais il était déjà trop tard.

Brookdale et tante Esther venaient de les rejoindre dans le hall, le visage crispé par une colère à peine contrôlée.

Le sang de Hart se glaça.

Les conséquences de cette rencontre avaient des ramifications bien plus vastes que Marcus ne pouvait le comprendre.

Hart n'était pas encore prêt à les affronter. Mais, après neuf longues années de secrets, il semblait qu'il n'avait plus le choix.

— Je pense que nous avons dépassé le stade où il faudrait minimiser les choses, murmura Anne.

— Je crains que vous n'ayez raison, marmonna Hart d'un ton bourru. Je vais devoir affronter la situation.

Elle lui pressa la main d'un geste rassurant.

— Nous l'affronterons ensemble.

Il hocha la tête, la gorge trop nouée pour pouvoir parler. Ce soir, il avait prévu de faire sa demande à la jeune femme. Au lieu de quoi – une fois de plus –, la famille se mettait en travers de sa route. La dernière fois, c'était celle d'Anne. Cette fois-ci, ce serait la sienne.

Tout le monde se retrouva bientôt dans la bibliothèque, y compris le comte de March et lady Arundell.

— Quelle est toute cette agitation ? demanda celle-ci. Est-il arrivé quelque chose ?

— Est-ce le mystérieux chevalier servant de ma petite-fille ? s'enquit grand-père. T'es-tu renseigné sur lui, mon garçon ?

Hart ne répondit pas.

La bibliothèque de Sutton Park était une vaste salle aux allures de cathédrale, avec un plafond haut de deux étages. Des livres reliés de cuir s'alignaient le long des murs, et de confortables sièges étaient groupés ici et là, offrant de confortables zones de détente, aussi bien à l'étage inférieur, dont le sol était recouvert d'une épaisse moquette, que sur la galerie cernée d'une rambarde en fer forgé qui faisait le tour de la pièce.

Oncle Brookdale se tenait avec sa femme devant l'immense cheminée qui évoquait une caverne, et toisait sévèrement Marcus et Mariah.

— Ce n'est pas ainsi que l'on se comporte, monsieur, tonna-t-il. Entretenir une amourette furtive, retrouver ma fille en secret. Lui écrire ! Vous, un homme que nous n'avons jamais rencontré, et qui n'a pas eu la décence de présenter ses respects comme l'exige le protocole.

— Qui sont vos parents, monsieur ? questionna lady Brookdale.

Hart s'approcha en compagnie d'Anne.

Lady Arundell et le comte de March n'étaient pas loin derrière.

— Êtes-vous venu ici pour semer le désordre, jeune homme ? lança grand-père. Il s'agit de ma maison, monsieur. Les gens y viennent à ma demande. Ou pas du tout.

— J'ai invité M. Neale, intervint Mariah. Si vous me laissiez vous expliquer…

— Neale, dis-tu ?

Grand-père se tourna vers lady Arundell.

— L'un des Neale du Surrey ?

— Les Neale du Surrey n'ont que des filles, si ma mémoire est bonne, répliqua la comtesse. Et ce jeune homme n'offre aucune ressemblance avec eux, bien qu'il me semble familier…

— Mes intentions sont honorables, déclara Marcus.

Il se tenait très droit, avec toute la dignité d'un soupirant rendant visite aux parents d'une jeune lady.

— J'aime votre fille, et j'espère être un jour en position de faire ma demande.

— Vous êtes un inconnu, monsieur, trancha Brookdale. Et cependant, vous avez l'audace d'évoquer des sentiments amoureux à l'égard de ma belle-fille ? D'espérer pouvoir demander sa main ? Comme si nous allions accepter une telle union. Vous ne nous avez pas été présenté. Nous ne savons rien de votre naissance, de votre éducation ou de votre personnalité.

— Et nous n'en avons nul besoin, déclara tante Esther. Votre conduite à elle seule vous désigne comme un faquin.

Hart s'avança.

— Je ne puis défendre son comportement, dit-il en regardant son demi-frère dans les yeux. Mais je peux vous parler de sa lignée familiale.

Oncle Brookdale se tourna vers lui, furieux.

— Tu connais ce voyou ?

Son visage devint écarlate.

— J'aurais dû le savoir ! Est-ce toi qui as organisé cette scandaleuse mise en scène ? Est-ce une autre de tes méprisables farces ? J'imagine que tu as dû trouver amusant de présenter ma belle-fille à un...

— Hartford n'y est pour rien, coupa Marcus en élevant la voix. Mlle Spriggs et moi nous sommes rencontrés par hasard. Au début, nous ne connaissions pas nos noms.

— C'est vrai, fit Mariah. Je marchais dans Hyde Park avec ma femme de chambre quand j'ai trébuché et fait tomber mon roman dans la Serpentine. M. Neale a plongé pour le récupérer. C'était un geste excessivement galant.

Le visage de Marcus trahit un soupçon de remords.

— Je venais de rentrer de Plymouth, dit-il à Hart. Je n'ai appris qui elle était que bien plus tard. À ce moment-là, mes sentiments étaient tels que je ne pouvais plus rompre le lien.

Hart le crut. Et ce n'était pas seulement en raison de l'expression contrite de Marcus, mais parce que sa confession expliquait beaucoup de choses. Depuis qu'il était revenu du pensionnat, Marcus aspirait éperdument à devenir un gentleman. Tous ces paris et ces achats de vêtements et de cadeaux à crédit, il devait les avoir faits pour Mariah.

— Nous nous sommes retrouvés chaque fois que nous le pouvions, révéla Mariah en s'accrochant au bras de Marcus. Mais rien d'indécent ne s'est produit, je vous le promets. Nous marchions dans le parc et nous discutions.

Tante Esther secoua la tête.

— Comment ma fille peut-elle être aussi écervelée ? Risquer ta réputation de cette façon ! N'as-tu pas pensé à la carrière de Brookdale ?

Ce dernier continuait à fixer Hart.

— Eh bien, n'as-tu rien à dire ?

— Une chose. Marcus Neale ne m'est pas inconnu. Il est le fils de Mme Neale, une ancienne femme de chambre de ma mère, et de…

— Un enfant de domestique ?

Lady Brookdale vacilla en arrière, comme si on l'avait giflée.

— Je vous en prie, madame, laissez-le parler, lança Anne d'un ton cassant. Rien de bon ne peut être obtenu par ces interruptions constantes.

Lady Brookdale afficha un air outré.

— De quel droit vous trouvez-vous dans cette pièce ? Il s'agit d'une affaire familiale !

— C'est on ne peut plus vrai, madame, déclara lady Arundell, plus autoritaire que jamais. Et puisque ma fille envisage un lien avec cette famille, elle est tout à fait en droit d'être ici.

Anne adressa un regard d'encouragement à Hart.

— Mon très cher garçon, dit-elle, employant les mots doux d'autrefois. Qu'attendez-vous ?

Hart sentit quelque chose se dénouer dans sa poitrine. Avec Anne à son côté, il se sentait fort. Comme s'il pouvait porter le monde à bout de bras.

Se redressant de toute sa taille, il affronta son oncle et sa tante.

— Marcus Neale est le fils de feu mon père, Everett Hartford.

— Ah ! s'exclama la comtesse d'Arundell. Voilà qui explique la ressemblance.

Une fois cette révélation faite, il était impossible de ne pas le voir. Chacun scruta tour à tour Marcus et Hart, et se rendit à l'évidence.

Ce qui suivit fut un pur chaos.

Oncle Brookdale hurla à l'outrage. Tante Esther perdit connaissance, s'affaissant sur le tapis. Et le comte de March devint pâle comme un linge. Pendant quelques instants, il donna l'impression qu'il était lui aussi sur le point de faire un malaise.

Hart se précipita aussitôt vers son grand-père pour l'aider à prendre place dans un fauteuil.

— Je suis désolé, dit-il. Je ne voulais pas que vous le découvriez de cette façon.

Oncle Brookdale releva tante Esther et, avec l'aide de lady Arundell, l'étendit sur le divan.

Mariah se laissa tomber dans un fauteuil, le teint un peu vert.

— Monsieur Neale, murmura-t-elle. Cela veut-il dire que vous êtes mon cousin ?

— Des *cousins* !

Tante Esther, qui venait d'ouvrir un œil, s'évanouit de nouveau.

Marcus s'accroupit à la hauteur de Mariah.

— Nous ne sommes pas cousins par le sang. Seulement par alliance. Rien ne nous empêche d'être ensemble.

Il lui prit la main.

— Veuillez me pardonner. Je n'ai pas osé prendre le risque de vous révéler les circonstances de ma naissance.

Anne leva les yeux vers Hart tandis qu'elle desserrait la cravate du comte de March.

— Trouvez-lui une boisson forte, voulez-vous ?

Hart se dirigea vers la desserte et remplit un verre de brandy qu'il apporta aussitôt à son grand-père, le lui tenant pour l'aider à boire.

— Ce jeune homme n'est pas le fils de mon frère, assura Brookdale tout en éventant sa femme avec un mouchoir. Everett n'aurait jamais…

— Sottises, coupa la comtesse d'Arundell. Il suffit de le regarder. Tout le monde peut reconnaître les traits d'Everett chez ce garçon.

Grand-père fixa Marcus, assimilant lentement la vérité.

— Everett a eu un autre enfant.

— Trois, milord, précisa Marcus. J'ai deux jeunes sœurs.

— N'écoutez pas, père ! s'exclama Brookdale. Ce sont des mensonges. Everett était un homme irréprochable. Il a dûment honoré les engagements du mariage.

Hart ne put retenir un ricanement.

Son oncle le regarda sévèrement.

— Pardieu, si tu tournes cela en ridicule…

— C'est mon père qui a tourné ça en ridicule. Il n'avait aucune moralité. J'en suis désolé, mais c'est ainsi. Il a entretenu une maîtresse pendant une dizaine d'années. Il a engendré trois enfants, qu'il a laissés sans un penny après sa mort.

— Il nous aimait, dit Marcus. Quelles que soient ses erreurs.

Le comte de March but une autre gorgée de brandy. Par-dessus son verre, son regard croisa celui de Hart.

— Depuis quand le sais-tu ?

Hart serra les dents. Il n'avait nulle envie d'avoir cette conversation. Mais Anne avait raison : ce secret n'était pas comparable à l'hydre de Lerne, mais aux écuries d'Augias.

Il était temps de faire place nette.

— Depuis neuf ans. Ma mère me l'a confessé avant de mourir. C'était pour elle une source de grande amertume.

Grand-père cilla.

— Pourquoi ne m'as-tu rien dit ?

— Parce que vous étiez tellement fier de lui. Vous disiez toujours que le souvenir de sa moralité vous réconfortait. Et j'avais aussi en tête la carrière d'oncle Brookie. Je savais le mal que cela pourrait lui faire sur le plan politique. À ma façon, j'ai essayé de protéger la famille.

Brookdale le dévisagea, stupéfait.

— Tu as voulu nous protéger ?

— Pas seulement, admit Hart. J'avais honte. Ce n'était pas flatteur pour ma mère. Il nous avait rejetés tous les deux.

Grand-père se pencha en avant avec un soupir las.

— En réalité, les travers d'Everett se sont manifestés bien avant ta naissance.

— Père ! protesta Brookdale. Il n'est pas nécessaire d'insulter la mémoire de mon frère.

— Il était porté sur la bagatelle, insista grand-père. Tu le sais très bien, Brookie. J'ai dû le tirer d'affaire quantité de fois, quand il était à Oxford. Je pensais qu'il s'était amendé. C'est de cela que j'étais fier. Il avait embrassé sa nouvelle philosophie avec tant de ferveur, tant de zèle.

— J'appelle cela de l'hypocrisie, déclara sentencieusement la comtesse d'Arundell. Ceux qui sont le plus fermement opposés à quelque chose adoptent précisément ce comportement en privé.

— Maman, protesta Anne, je ne pense pas que cette observation nous aide beaucoup.

— Non, non, dit le comte de March en lui tapotant la main. Votre mère a raison, ma chère enfant. J'ai constaté souvent ce phénomène. J'aurais dû le percevoir chez mon fils. J'ai été aveuglé par l'amour que je lui portais.

Brookdale se laissa tomber sur le divan à côté de sa femme, toujours étendue.

— Une maîtresse et trois enfants, murmura-t-il. Cobb ne perdra pas une seconde à répandre la nouvelle.

— Personne d'autre n'est au courant, dit Marcus. Sauf ma mère et mes sœurs. Et peut-être aussi M. Royce. J'ai remarqué que l'un de ses hommes me suivait.

Hart lui lança un regard alarmé.

— Vous aussi ?

— Royce ? répéta lady Arundell. Mais qui est ce Royce ?

— Il possède une maison de paris à St Giles, expliqua Hart. Marcus lui devait de l'argent, et je suis allé régler ses dettes. C'est ainsi que Royce a découvert notre lien familial.

— Gabriel Royce ? s'exclama Brookdale. Le plus grand criminel de Londres ?

Le peu de couleur que son visage possédait encore disparut.

— Je suis fichu !

— Viens ici, mon garçon, dit le comte de March. Laisse-moi te regarder.

Marcus se sépara à regret de Mariah et s'avança vers son grand-père. Ses mains tremblaient.

— Monsieur…

Les yeux du comte brillaient de larmes.

— On dirait tout à fait lui… Et tes sœurs ? Te ressemblent-elles ?

— De façon extraordinaire, l'informa Hart. Je pourrai vous conduire chez Mme Neale, afin que vous fassiez leur connaissance.

— Certainement pas ! déclara tante Esther, qui avait repris connaissance.

Empêtrée dans ses jupes, elle batailla pour se mettre en position assise.

— Aucun d'entre vous n'a donc compris combien tout cela est sordide ? Tellement commun et vulgaire. Il n'y aura aucune relation entre nos deux familles. Quant à une union entre ma fille et ce… présomptueux et désargenté bât…

— Il ne restera pas désargenté longtemps, décréta Hart avant que sa tante ait eu le temps de prononcer le mot désobligeant. Il s'embarque dans une nouvelle aventure industrielle. N'est-ce pas, Marcus ? Grâce à un travail acharné et une persévérance de tous les instants, il aura fait fortune dans quelques années.

— C'est pourquoi je suis venu ici, dit Marcus. Je suis désolé, Hartford, mais je devais voir Mariah avant de partir. Nous n'avons pas pu nous retrouver à Londres, le mois dernier. C'était ma dernière chance de lui parler. Je devais lui expliquer. J'ai pensé que personne ne me remarquerait, dans la foule des invités.

— Où allez-vous ? demanda Mariah.

— En Écosse. Dans les Highlands. Hartford m'a trouvé un emploi.

Les yeux de Brookdale s'étrécirent.

— Qui diable connais-tu dans les Highlands, Hartford ?

— Quel genre d'emploi ? demanda grand-père au même moment.

Hart échangea un bref regard avec Anne. Elle lui adressa un signe de tête.

Avant de se jeter à l'eau, il prit une profonde inspiration.

— J'ai l'honneur d'être l'associé majoritaire de la Parfit Plumbago Crucible Company, dit-il. Nous sommes sur le point d'étendre nos opérations minières en Écosse.

Le visage d'Anne rayonnait de fierté.

— Hart possède une extraordinaire usine à Battersea, milord, expliqua-t-elle au comte de March. Les creusets qui y sont manufacturés sont d'une grande valeur pour l'industrie britannique.

— Pardieu ! s'exclama Brookdale. Tu es dans le *commerce* !

Tante Esther poussa un gémissement.

— Conduisez-moi à ma chambre, mon ami, demanda-t-elle à Brookdale. J'ai besoin de ma femme de chambre et de mon carbonate d'ammonium.

— Le commerce ?

Grand-père examina le visage de Hart, cherchant à déterminer s'il plaisantait.

— Est-ce vrai ?

— Tu nous as tous ruinés ! tonna Brookdale. La réputation de notre famille, ma carrière politique...

— N'avez-vous pas entendu ma fille ? intervint lady Arundell. Hartford a réussi. Pour une fois dans sa vie, il s'est tenu à quelque chose, et il est aux portes de la fortune et de la consécration. C'est un gentleman de la nouvelle ère. Je crois que vous devriez tous être fiers de ce qu'il a accompli.

— Être fiers de compter un commerçant dans la famille ?

Brookdale pinça les lèvres.

— Vous vous égarez, milady.

— Vous êtes un politicien, dit lady Arundell. Où réside l'avenir de l'Angleterre, si ce n'est parmi les inventeurs et les industriels ? Le prince Albert aurait apprécié une telle innovation. À moins que vous ne vous considériez comme étant d'une moralité supérieure à celle du défunt prince consort ?

— En aucun cas, madame. Mais les exigences de ma position...

— Avez-vous terminé ? s'impatienta tante Esther. Je vous ai dit que j'avais grand besoin de me reposer. N'avez-vous pas pitié de mes pauvres nerfs ?

— Je dois retourner au bal, annonça grand-père. Mes invités vont se demander où je suis passé. Inutile d'encourir d'autres ragots.

— Je vous accompagne, décréta lady Arundell.

Elle prit le bras du comte et l'aida à se lever.

— Tout se passera bien, March, dit-elle avec force. Nous avons traversé de pires tempêtes. Ce ne sont pas quelques broutilles qui vont nous abattre. Pensez à votre petit-fils et à ma fille. Nos deux grandes familles vont enfin être réunies !

L'expression de grand-père s'adoucit.

— Il y a lieu de fêter cela, madame. Je suis d'accord.

Brookdale essaya d'aider sa femme à se relever, mais il ne pouvait le faire seul, tous deux étant à peu près de la même corpulence.

— Permettez-moi, fit Marcus.

— Ah non ! s'exclama tante Esther en se laissant retomber contre les coussins du divan.

— Je vous en prie, maman, laissez-le faire, plaida Mariah. Il est toujours tellement chevaleresque.

Marcus souleva aisément tante Esther dans ses bras.

— Cela ne me dérange aucunement, madame, dit-il galamment. Vous êtes plus légère qu'une plume.

— Je viens avec vous, fit Mariah en trottinant à côté de Marcus, tandis que celui-ci emportait lady Brookdale vers sa chambre.

Brookdale les suivit d'un pas morne, s'arrêtant sur le seuil pour jeter un coup d'œil par-dessus son épaule.

— Un commerçant ! s'exclama-t-il. Dieu nous garde !

Quand ils furent seuls, Hart échangea un regard avec Anne.

— Les écuries d'Augias, commenta-t-il.

Et il éclata de rire.

Il ressentait un immense soulagement, telle une bête de somme qu'on aurait soudain débarrassée de son fardeau.

Anne ne se joignit pas à son rire. Hissée sur la pointe des pieds, elle avait pris son visage entre ses mains, en un geste délicat et pourtant chargé d'une force infinie.

C'était une alliée. Une amie. La compagne de son cœur.

— Que vouliez-vous me demander ? s'enquit-elle innocemment.

Soudain, tous les soucis de Hart s'envolèrent. Même le décor de la bibliothèque devint flou. Il n'y avait plus qu'eux, baignés par le doux halo du feu qui crépitait dans l'âtre et par la flamme vacillante des bougies, tandis que dehors la tempête faisait rage.

Mais les circonstances ne se prêtaient plus à une déclaration romantique. Pas avec sa famille sur les bras. Pas avec Marcus dont il fallait organiser l'avenir, et avec son oncle et son grand-père à calmer.

Hart comprit soudain qu'il n'y aurait jamais de moment idéal. Ni pour Anne ni pour lui. Mais c'était précisément la beauté de leur relation.

Rien d'autre n'avait besoin d'être parfait dans leur vie, car ils étaient parfaits l'un pour l'autre. Ensemble, ils pourraient affronter tous les obstacles, essuyer toutes les tempêtes.

— Je me demandais, ma très chère amie, si vous aviez envisagé de m'épouser, dit-il.

— Je l'ai envisagé.

— Et ?

— Oui. Je vais vous épouser, Hart.

Il relâcha son souffle.

— C'est vrai ? Vous allez le faire ?

— Oui.

Elle tira sur les revers de sa veste pour qu'il se penche vers elle et l'embrassa fougueusement.

— Oui, oui, oui.

Il referma les bras autour de sa taille et lui rendit passionnément, éperdument son baiser, tout en chuchotant contre ses lèvres des mots d'amour.

— Ma chérie, je jure de vous rendre heureuse.

Il la sentit sourire.

— Vous l'avez déjà fait.

Il n'y eut alors plus de mots. Seulement Anne dans ses bras. Ses lèvres pressées contre les siennes. Tous deux ensemble. Enfin. Sans obstacle entre eux.

— Votre mère avait tort, vous savez, dit-il un long moment plus tard.

Anne le regarda amoureusement.

— En quoi ?

— L'usine de creusets n'est pas le seul projet auquel je me suis tenu avec détermination. Je n'ai jamais renoncé à vous non plus.

— Oui, je suppose qu'on peut dire ça…

— J'ai toujours gardé espoir. Tout au long de ces années. Malgré les difficultés.

La voix de Hart était lourde d'émotion.

— Je vous aime infiniment, ma douce. Jusqu'aux confins de la terre et du ciel. Tout ce que je demande, c'est que vous m'aimiez un tout petit peu en retour, et je serai comblé.

— Fou que vous êtes !

Elle reprit son visage entre ses mains, et dans ses yeux brillait une lueur particulière.

— Ne savez-vous pas que vous êtes l'amour de ma vie ?

La poitrine de Hart se serra. De nouveau, il s'empara de sa bouche et l'embrassa avec force, lui communiquant tout l'amour qui emplissait son cœur.

La musique du bal s'insinuait sous la porte. Après une danse campagnarde, l'orchestre jouait maintenant une vigoureuse polka.

Hart n'aurait su dire combien de temps s'était écoulé, mais cela suffisait pour que leur absence ait été remarquée.

— Nous n'allons pas devoir tarder à y retourner, dit-il en lui caressant la joue. À mon grand regret.

Anne glissa les doigts dans ses cheveux.

— Quand nous serons mariés, nous ne serons plus obligés de mettre fin à nos baisers.

— Quand nous serons mariés, je ne vous perdrai jamais de vue.

Il s'écarta pour la contempler, l'air solennel.

— J'ai l'intention de passer chaque heure de chaque jour avec vous.

— Chaque heure de chaque jour ?

Anne rit doucement.

— Nous allons inévitablement nous chamailler et nous rendre fous l'un l'autre.

Baissant les yeux sur sa blonde Furie, Hart ne put retenir un sourire.

— Mon très cher amour, dit-il. J'attends ce moment avec une grande impatience.

Épilogue

Somersetshire, Angleterre, été 1863

Anne retint fermement les rênes de Damselfly tandis que la fougueuse jument tentait de nouveau de ruer.

— C'est ta faute, dit-elle à son mari. Si tu l'avais montée quand elle avait trois ans…

Hart attrapa les rênes.

— Elle a été montée, mais elle manque de pratique.

Dépourvu de chapeau et de manteau, il se tenait à côté d'Anne dans le manège situé derrière le bâtiment en pierre abritant l'ancienne écurie de Barton Court.

Les manches de sa chemise de lin blanc étaient roulées jusqu'aux coudes, révélant les muscles sinueux de ses avant-bras. Avant de sortir, il était à son bureau dans la bibliothèque, occupé à écrire l'une de ses chroniques. Elles étaient encore publiées occasionnellement, et s'adressaient toutes secrètement à Anne, chaque ligne comportant un sous-entendu enjôleur.

— Il n'y a pas de honte à renoncer, dit-il.

Anne lui lança un regard éloquent tandis qu'elle se positionnait près de Damselfly.

— Balivernes. Je suis parfaitement capable de la monter. Tu as dit toi-même qu'elle était parfaite pour moi.

Ayant calmé la jument, Hart aida la jeune femme à prendre place sur la selle d'amazone. Il la souleva sans effort, avec cette même force tranquille qu'il employait pour tenir Damselfly.

— J'essayais de te consoler, après ta décision de mettre Saffron à la retraite. Mon intention n'était pas que tu te brises le cou.

Anne passa la jambe droite au-dessus du pommeau. Les jupes de sa tenue d'équitation retombèrent sur ses jambes dans un gracieux mouvement de lainage vivement coloré.

— Mon cou va parfaitement bien, dit-elle. À condition que tu continues à tenir fermement Damselfly.

Elle tentait de paraître plus courageuse qu'elle ne l'était en réalité.

Saffron avait été dessellé pour la dernière fois quinze jours auparavant. La décision avait été difficile, mais nécessaire. L'étalon méritait d'être mis définitivement au repos. Et à présent qu'Anne occupait pleinement sa place de maîtresse de Barton Court, elle était en mesure de lui offrir une plaisante retraite. Les pâtures du domaine étaient luxuriantes, et le temps clément. En outre, Anne avait le loisir de s'occuper de son ancien cheval : le brosser, le cajoler, et le gâter avec un apport de fourrage aussi souvent qu'elle le souhaitait.

Ce n'était que l'un des nombreux bénéfices dont elle profitait depuis son mariage avec Hart.

Après des fiançailles scandaleusement brèves, ils s'étaient mariés à St George's Hanover Square. Célébrée au printemps, la cérémonie avait été extravagante. Julia, Stella et Evelyne avaient naturellement endossé le rôle de demoiselles d'honneur. Toutes trois étaient vêtues de robes de soie à double jupe qui s'assortissaient à merveille à l'élégante robe de mariée en satin blanc et dentelle d'Anne.

Des invités venus d'un peu partout avaient assisté à l'alliance des deux grandes maisons Hartford et Deveril.

L'église débordait d'aristocrates titrés, originaires des comtés les plus reculés du pays.

Même Marcus et ses sœurs étaient présents, au grand dam de lord Brookdale et de son épouse.

Anne n'avait nullement tenu compte de l'opinion de Brookdale. À dire vrai, elle avait développé une grande affection pour la famille cachée du père de Hart. Ethel et Ermintrude étaient des jeunes filles charmantes, emplies d'humour et d'intelligence derrière leur apparence timide. Quant à Marcus, il avait suffi d'un travail honnête et respectable pour qu'il change du tout au tout. Revenu brièvement d'Écosse pour assister au mariage, il avait donné l'impression d'être sur le bon chemin pour devenir le gentleman qu'il avait toujours aspiré à être.

Anne était persuadée que Mariah et lui se marieraient dans l'année. Ils étaient toujours follement épris et, comme l'avait rappelé Julia, un mariage était souvent suivi d'un autre.

— Tu es la prochaine, avait murmuré cette dernière à Stella, tandis qu'elles s'employaient toutes trois à draper le long voile de dentelle d'Anne avant qu'elle marche vers l'autel.

— Peut-être pas, avait rétorqué Evelyne. Il n'est pas nécessaire de se marier pour être heureux.

— Elle a raison, ma chère, avait approuvé Anne avec une irréfutable assurance. Nul besoin d'une fin de conte de fées. Il faut faire de sa vie ce dont on a envie qu'elle soit.

Stella avait rougi et vaguement protesté, étonnamment silencieuse face aux bavardages de ses amies. Depuis son infortunée rencontre avec M. Hayes à la réception de Noël du comte de March, elle s'était montrée curieusement taciturne sur le sujet de la romance.

Si Anne ne l'avait pas connue aussi bien, elle aurait pu imaginer que son amie cachait un secret.

L'évocation de Stella lui fit penser à la jument de cette dernière, Locket. Damselfly avait un peu le même tempérament que la capricieuse jument grise. Mais là où Locket était réceptive et prompte à se plier aux ordres, Damselfly était aussi sauvage et imprévisible qu'un feu de joie.

Hart partageait ce constat.

— À la seconde où je vais la libérer, elle va exploser comme un pétard de feu d'artifice.

— Sottises.

Anne passa sa main gantée sur l'encolure tendue de la jument.

— Nous sommes amies depuis longtemps, n'est-ce pas, ma fille ?

— Sois prudente, Anne, lui dit Hart. Ta mère ne me le pardonnerait jamais si tu te blessais à cause de moi.

— Ma mère n'est pas là, lui rappela-t-elle.

Ce n'était pourtant pas faute de l'avoir invitée.

Après leur mariage, Hart – l'insensé et précieux homme – avait proposé à la comtesse d'Arundell de venir vivre avec eux. Maman avait refusé, naturellement. Elle ne pouvait supporter la campagne.

En revanche, maman avait tenu sa promesse de visiter l'Italie avec M. Fielding. Accompagnés par plusieurs de leurs amis férus de spiritisme, ils étaient partis depuis un mois. D'après la dernière lettre de maman, ils séjournaient à présent dans une villa en Toscane.

Anne espérait voir sa mère le mois prochain à Londres. Hart et elle prendraient leurs quartiers d'hiver dans la capitale, tout autant pour la satisfaction de leur famille que pour le bon fonctionnement de l'usine de creusets. C'était la vie qu'ils souhaitaient : la moitié de l'année à la campagne, l'autre moitié en ville. Une existence rêvée aux yeux d'Anne.

— Je ne me le pardonnerais jamais, insista Hart en tenant toujours la bride de Damselfly. Peut-être devrions-nous attendre…

— Tu peux la libérer, lui dit gentiment Anne. Je sais ce que je fais.

La mâchoire de Hart se crispa. Pendant un moment, il donna l'impression de vouloir argumenter.

Novice dans le rôle de mari, il cédait parfois à des élans protecteurs largement exagérés. Anne était obligée de lui rappeler qu'elle n'était pas faite en verre, susceptible de se briser à la moindre chute. Elle était tout à fait capable de prendre soin d'elle-même.

Il savait quelle valeur elle accordait à l'indépendance, et il comprenait combien il était important pour elle que leur mariage fonctionne comme un partenariat où régnait l'égalité.

C'était ainsi qu'il la traitait toujours : comme son égale.

Sauf, bien sûr, quand l'inquiétude pour sa sécurité prenait le dessus.

— Je regrette d'avoir suggéré que tu pourrais la monter, murmura-t-il tandis qu'il lâchait la bride de Damselfly. S'il devait t'arriver quelque chose…

Anne n'entendit pas la suite. Les paroles de son mari se perdirent dans le bruissement du vent alors que Damselfly s'envolait, bondissant comme l'éclair à travers le manège. La jument alezane était aussi expressive et fougueuse sous la selle que lorsqu'elle était attelée au phaéton de Hart avec sa sœur au tempérament tout aussi imprévisible.

Une cavalière moins expérimentée serait tombée à la première seconde. En dépit de ses années de pratique équestre, Anne avait d'ailleurs du mal à rester en selle. Sa complicité avec Saffron avait émoussé ses capacités. Elle était habituée au tempérament doux du vieil étalon et à l'aisance avec laquelle ils communiquaient.

Échanger avec Damselfly était comme parler une autre langue.

Mais Anne apprenait vite.

Elle raccourcit les rênes pour rétablir le contact et, répartissant son poids sur la selle, reprit le contrôle de la jument.

Damselfly secoua la tête en signe de protestation, mais Anne tint bon. Jouant de son poids et de ses mains, elle força la jument à exécuter une volte serrée, requérant l'attention de sa monture afin qu'elle se courbe sous la pression de sa jambe.

— C'est bien ! lança Hart.

Il avait pris place derrière la clôture en bois délavée par les intempéries. Sa voix exprimait un soulagement incontestable.

— Elle écoute, à présent.

Anne esquissa un sourire et continua à travailler avec Damselfly, lui faisant exécuter une série de cercles en alternant droite et gauche, d'abord au trot, puis au petit galop.

La jument répondait merveilleusement dès lors qu'on savait capter son attention, et se montrait réceptive au moindre geste.

C'était une nouvelle expérience pour Anne, des plus exaltante.

Lorsqu'elle mit pied à terre, un large sourire illuminait son visage.

Hart la serra avec force dans ses bras.

— Ça va ?

Anne eut un rire légèrement essoufflé.

— Et toi ?

— J'ai vieilli de dix ans, dit-il dans les cheveux d'Anne. Sinon, ça va…

— Fou que tu es, plaisanta-t-elle. Douterais-tu de mes talents équestres ? Moi qui suis l'une des « quatre Amazones » ! L'une des « trois Furies » !

— Tu peux rire. Mais il y a eu un moment, quand Damselfly est passée au galop…

— Je l'avais bien en main.

Anne passa un bras autour de la taille de Hart, tout en tenant les rênes de la jument dans sa main opposée.

— Mon intention n'était pas de t'inquiéter.

— Tu m'inquiètes toujours. Mais je te fais confiance. Je ne m'attends pas à ce que tu changes, même si tes exploits menacent parfois de me faire avoir une attaque d'apoplexie.

— Je sais, dit Anne en prenant appui sur son mari. C'est l'une des raisons pour lesquelles je t'aime.

L'expression de Hart s'adoucit. Il inclina la tête, et sa bouche réclama celle de son épouse pour un long baiser appuyé.

Hissée sur la pointe des pieds, Anne s'abandonnait à la douceur de cette étreinte quand Damselfly martela impatiemment le sol de ses sabots.

Elle mit fin à leur baiser dans un rire.

— Nous avons le chic pour choisir nos moments.

Quand ce n'étaient pas les chevaux qui les interrompaient, c'étaient les domestiques, ou même Éris. Rien que ce matin, la chatte noire – qui avait bien grandi – avait sauté sur leur lit, se faisant une place sur l'oreiller de Hart, sans se soucier qu'Anne et lui soient au beau milieu d'une étreinte passionnée.

— C'est vrai, reconnut-il.

Il l'observa avec une tendre affection, avant d'esquisser un sourire.

— Mais je ne m'en plains pas.

Anne sentit son cœur se gonfler d'amour pour son mari.

— Moi non plus.

Même s'ils aimaient se taquiner, et parfois s'engager dans une brève querelle, les débuts de leur mariage apparaissaient comme réussis dans tous les domaines. Il n'y avait pas là grand mystère. Chacun appréciait simplement la compagnie de l'autre, à l'extérieur de la maison comme à l'intérieur.

Surtout à l'intérieur.

Hart était un romantique. Anne n'avait pas conscience qu'il l'était à ce point, avant leur nuit de noces. L'amour qu'il lui portait n'avait pas de limites. Mais il n'y avait rien de mièvre dans son comportement. Rien de sirupeux ni d'exagérément poétique. En fait, il était tout aussi versé à la taquiner durant leurs étreintes charnelles qu'il l'était à la faire fondre dans ses bras. Elle adorait lui rendre la monnaie de sa pièce.

Et il l'aimait inconditionnellement.

Anne se demandait parfois s'ils seraient un jour rassasiés l'un de l'autre.

Pour le moment, il semblait que non.

— Et si nous retournions à la maison ? suggéra-t-il.

Elle lui sourit.

— Avec plaisir.

Note de l'autrice

En écrivant ce roman, j'ai été inspirée par plusieurs personnages historiques, endroits et événements de l'époque victorienne. J'ai aussi beaucoup été influencée par ma propre expérience, ayant perdu mon père des suites d'une insuffisance cardiaque deux jours avant Noël, en 2021.

Le deuil est une émotion puissante. Et quand ce deuil a pour objet la perte d'un parent, il peut altérer la dynamique d'une famille. L'enfant endosse parfois le rôle d'aidant tandis que le parent qui lui reste sombre dans le chagrin. Dans ces situations, l'enfant n'a pas la possibilité de faire son deuil. Il ne peut ni exprimer sa peine ni la surmonter de façon saine, car toute son énergie est employée à soutenir sa famille.

C'est ce qui s'est produit dans le cas d'Anne. Sa situation est doublement compliquée car, avant la mort de son père, lady Arundell avait toujours été le pilier de la famille. Voir sa mère affaiblie par le chagrin a un effet déstabilisant sur elle. Et quand la période de deuil de sa mère se prolonge bien au-delà de ce que prescrit l'étiquette, Anne est obligée de se façonner une vie dans l'ombre de ce deuil, par crainte sinon de perdre le seul parent qui lui reste.

Pour en savoir plus sur les conventions victoriennes qui m'ont inspiré le deuil prolongé de lady Arundell, et sur mes autres recherches historiques pour ce roman, vous pouvez consulter mes notes ci-dessous.

Le veuvage de la reine Victoria

On attendait d'une veuve de l'époque victorienne qu'elle porte le deuil de son mari pendant deux ans. Durant les dix-huit premiers mois, elle se devait d'arborer des tenues sobres et invariablement noires. Au cours des six derniers mois (période connue sous le nom de demi-deuil), elle était autorisée à adopter des teintes grises et lavande. À l'issue de ces deux années, la démonstration publique de son deuil était terminée, et la veuve pouvait alors faire son retour dans la société – et dans le monde de la couleur.

En 1862, époque où se déroule notre histoire, la reine Victoria vient de perdre son mari, le prince Albert. Personne n'avait de raison de penser qu'elle irait au-delà de la période de deuil de deux ans imposée par l'étiquette. De fait, tout dépassement aurait été considéré comme hautement excentrique. Anne y fait allusion au chapitre 6, quand elle compare la période de deuil prolongé de sa mère à la perte récente subie par la reine :

Le prince Albert était mort six mois plus tôt, laissant la reine figée sous le poids d'une perte irrémédiable. Mais Anne ne s'attendait pas à ce que la reine Victoria succombe à cette émotion. Sa Majesté était solide et volontaire. Sans doute serait-elle de nouveau elle-même après une ou deux années de deuil.

En fait, la reine Victoria est restée en noir jusqu'à la fin de sa vie. Elle a ainsi servi de modèle pour le personnage de lady Arundell – une femme qui, ainsi que la décrit Anne, « s'était immergée dans son deuil de tout son être, s'enfermant et enfermant tous ceux qui l'entouraient sous une chape d'affliction ».

Comme dans le cas de lady Arundell, la peine de la reine Victoria l'a rendue égoïste et aveugle aux besoins de ses enfants. Elle a exercé sur leur vie un contrôle impitoyable, tout en balayant d'un revers de main leurs souhaits en tant qu'individus. Le chagrin de la reine en a aussi fait une proie facile pour le mouvement spirite. Très attachée au symbolisme du deuil, et pleurant perpétuellement le prince Albert, elle a été l'objet de rumeurs prétendant qu'elle correspondait avec des médiums, et a même participé à une séance dans l'espoir de communiquer avec son défunt mari.

Ludgate Hill, c'est la vie

Au chapitre 18, Mme Frazil déclare que « Ludgate Hill, c'est la vie ». Cela résume parfaitement ce que la rue symbolise, à la fois dans mon histoire et dans la représentation du Londres victorien. À l'époque, Ludgate Hill était l'un des quartiers les plus animés et les plus hétérogènes de la ville.

Dans son ouvrage *Scènes de Londres et habitants de Londres : anecdotes, réminiscences et croquis*, publié en 1863, William Harvey appelle cette rue la plus grande artère de Londres et la décrit ainsi :

Une chaussée raide, étroite et incommode, pourvue d'une double rangée de vilaines maisons empilées, ou plutôt serrées les unes contre les autres, avec une apparente détermination à en faire tenir vingt ou trente sur un emplacement prévu pour une douzaine ; le trottoir désagréablement restreint, la rue perpétuellement encombrée de tout ce qui existe en matière de véhicules tractés par des chevaux – fourgons, chariots, remorques, omnibus –, se mettant en danger les uns les autres à chaque instant ; calèches privées, phaétons, et occasionnellement charrettes de poissons ou de légumes – de simples planches sur roulettes, à vrai dire –, tous cruellement en danger d'être broyés en une masse informe ; ici et là un infortuné piéton, douloureusement pressé par le temps et constamment en mouvement, au péril de sa vie ou de ses membres, entre la triple rangée de lourds véhicules, de façon à passer d'un côté à l'autre.

Ludgate Hill offrait un contraste saisissant avec des quartiers fortunés comme Mayfair. Pour Anne et sa mère, quitter leur maison de Grosvenor Square pour un logement délabré parmi le chaos de Ludgate Hill consistait essentiellement à faire le choix de la vie – à revenir dans le monde, après cette période de deuil prolongé.

Les mines de graphite

La manufacture de creusets de Hart, la Parfit Plumbago Crucible Company, reflète la véritable histoire de Morgan Advanced Materials, une compagnie fondée par les frères Morgan en 1856. Les six frères Morgan faisaient à l'origine de l'import-export, et dirigeaient un commerce de quincaillerie et droguerie. Cependant, en 1851, tandis qu'ils visitaient l'Exposition universelle, ils découvrirent une nouvelle gamme de creusets fabriqués aux États-Unis d'Amérique, susceptibles d'accroître considérablement leur fortune.

Composé d'un mélange d'argile et de graphite, le creuset américain promettait de faire fondre les métaux plus vite que n'importe quel autre modèle disponible sur le marché.

Pressentant leur potentiel, les frères Morgan obtinrent le droit exclusif de manufacturer ces creusets dans l'Empire britannique. Ils érigèrent une petite usine à

Battersea, qu'ils appelèrent la Patent Plumbago Crucible Company. Au début, cela se résumait à un four de brique et à un cheval unique pour entraîner la roue de meulage de l'argile.

En l'espace de quelques années, le cheval fut remplacé par deux moteurs à vapeur. Dès 1880, la compagnie Morgan – à présent rebaptisée Morgan Crucible Company – devint l'une des plus grandes fabriques de creusets dans le monde.

Le commerce : une occupation scandaleuse

Au milieu de l'ère victorienne, les ladys et les gentlemen en vogue affichaient souvent un mépris de bon ton pour ceux dont la fortune provenait du commerce. Travailler pour vivre était considéré comme vulgaire. Pis encore, c'était commun. Être un commerçant, c'était être au service de ses clients. En résumé, être un domestique.

Par conséquent, un commerçant ne pouvait être considéré comme un gentleman. Bien au contraire. Les manufacturiers et les boutiquiers avaient souvent la réputation d'être issus des classes les plus basses de la société. Ce qui n'est pas le cas de Hart, bien sûr.

Mais un lignage aristocratique ne protégeait en rien de l'infamie.

Un lien quelconque avec le commerce avait le pouvoir de ruiner la réputation d'un gentleman auprès des membres de sa propre classe. C'était susceptible d'entacher sa famille par association. C'est la principale raison pour laquelle Hart dissimule ses activités commerciales, et cela explique aussi pourquoi c'est un autre nom que le sien qui figure sur le titre de propriété de la compagnie.

Remerciements

J'ai commencé à écrire *La cavalière de Ludgate Hill* un mois après le décès de mon père. J'étais dévastée, rongée par le chagrin, et comme anesthésiée. Avec le recul, je ne sais pas comment j'ai réussi à aller de l'avant. Mais je sais que je n'aurais pu le faire sans le soutien des personnes merveilleuses qui peuplent ma vie personnelle et professionnelle.

Avant toute chose, j'ai une énorme dette de gratitude envers ma mère, Vickie. Merci d'avoir été avec moi, de m'avoir encouragée, et d'avoir supporté mon anxiété à l'idée d'écrire alors que nous étions toutes deux si tourmentées et épuisées après avoir perdu papa.

Je ne sais toujours pas si mes projets d'écriture ont été une charge supplémentaire ou une bouée de sauvetage qui nous a empêchées de couler. Quoi qu'il en soit, nous sommes toujours là, et je t'en suis infiniment reconnaissante.

Je dois aussi d'immenses remerciements à ma tenace et fantastique agente, Kevan Lyon ; à ma brillante éditrice, Sarah Blumenstock ; et à Liz Sellers, Yazmine Hassan, Jessica Plummer, Megha Jain, Angelina Krahn, ainsi qu'au reste de l'exceptionnelle équipe de Berkley/Penguin Random House qui travaille si dur pour le compte de mes *Belles de Londres*.

Un grand merci également à Isabel, Dana, Alissa, Rel, Flora, Sarah et Renee, pour avoir lu les ébauches de cette histoire et m'avoir fourni de si précieux avis et commentaires.

Et, comme toujours, gratitude et amour à ma famille animale : Stella, Jet, Tavi, Bijou et Asteria.

Pour finir, j'aimerais remercier mon père, Eugene. Tu n'étais pas là pour cette histoire, mais il y a tellement de toi dedans. Tu es infiniment regretté, éternellement aimé, et honoré dans tout ce que je fais et tout ce que je suis.

14135

Composition
FACOMPO

Achevé d'imprimer en Italie
par GRAFICA VENETA
le 3 juin 2024

Dépôt légal : juillet 2024
EAN 9782290382424
OTP L21EPSN002507-549897

ÉDITIONS J'AI LU
82, rue Saint-Lazare, 75009 Paris

Diffusion France et étranger : Flammarion